ADLER ÜBER BOZEN

Burkhard Rüth, Jahrgang 1965, ist Unternehmensberater und betriebswirtschaftlicher Fachautor. Er lebt in Kiel an der Ostsee, fühlt sich aber seit seiner frühen Jugendzeit Südtirol mit seinen Menschen und seiner so vielfältigen Landschaft eng verbunden. Mit seinem Romanhelden Commissario Vincenzo Bellini widmet er der faszinierenden Region zwischen Brenner im Norden und dem Trentino im Süden eine eigene, erfolgreiche Krimireihe.
www.burkhard-rueth-krimis.de

BURKHARD RÜTH

ADLER ÜBER BOZEN

DER FÜNFTE FALL DES COMMISSARIO VINCENZO BELLINI

Kriminalroman

emons:

Bibliografische Information der Deutschen Nationalbibliothek
Die Deutsche Nationalbibliothek verzeichnet diese Publikation in der Deutschen Nationalbibliografie; detaillierte bibliografische Daten sind im Internet über http://dnb.d-nb.de abrufbar.

Umschlagmotiv: derProjektor/photocase.de
Umschlaggestaltung: Nina Schäfer, nach einem Konzept von Leonardo Magrelli und Nina Schäfer
Umsetzung: Tobias Doetsch
Gestaltung Innenteil: César Satz & Grafik GmbH, Köln
Lektorat: Susanne Bartel
Druck und Bindung: CPI – Clausen & Bosse, Leck
Printed in Germany 2018
ISBN 978-3-7408-0412-1
Originalausgabe

Die Rache ist mein;
ich will vergelten, spricht der Herr.
Römer 12,19

Prolog

Ein großer Mann gleicht einem Adler;
je höher er sich aufschwingt,
desto schwieriger ist er zu erkennen,
und so muss er seine Größe
mit der Einsamkeit seiner Seele bezahlen.
Stendhal

Ich bin ein großer Mann. Ich gleiche einem Adler. Also bin ich frei wie ein Adler. Und mächtig wie er. Die Berge sind meine Welt. Denn ich bin der König der Berge. In den Tälern scharen sich die Schafe zusammen, um mich zu jagen. Sie wissen nicht, was sie tun. Doch ich weiß es.

Ich kenne jeden Berg. Und jedes Tal. Und jeden Weg. Denn das ist meine Welt, meine Heimat, mein Revier, mein Frieden.

Ich habe mich in schwindelerregende Höhen aufgeschwungen. Ich sehe sie! Ich sehe alles! Doch sie sehen mich nicht. Viel zu weit über ihnen ziehe ich meine Kreise. Mag meine Seele auch einsam sein, so kann ich mich dennoch in ihrer niederen Welt bewegen wie ein Schatten.

Denn die Zeit des Adlers ist gekommen!

Lange habe ich auf diesen Augenblick gewartet. Viel zu lange. Aber jetzt schwebe ich hoch über meiner Beute. Der Beute, die glaubt, den Adler zu jagen. Doch es verhält sich andersherum: Sie sind die Beute, und der Adler ist der Jäger. Das ist sein Wesen. Das war es schon immer. In Bozen. Im Reintal. Auf dem Penegal. Und in der eisigen Welt der Gletscher.

Meine größte Beute, meine Jagdtrophäe für die Ewigkeit, ist mir entkommen.

Doch das wird ihr nicht noch einmal gelingen, denn ich bin bereit, meine Beute zu reißen.

1

JVA Bozen, Dienstag, 3. Dezember 2013

Commissario Vincenzo Bellini hing wie ein Sack auf dem hässlichen, zerkratzten Holzstuhl und vergrub, der Verzweiflung nah, das Gesicht in seinen Händen. »Wie konnte es nur so weit kommen?«, stammelte er immer wieder.

Ispettore Giuseppe Marzoli schüttelte den Kopf. Der Ärger bohrte tiefe Falten in seine Stirn. »Meinst du das ernst? Wir haben dich damals schon gewarnt, dass du dir solche Entgleisungen in deiner Funktion nicht leisten kannst. Hättest du mal auf uns gehört.«

Vincenzo hob den Kopf. »Du glaubst tatsächlich, ich hätte das getan?« Seine Stimme wurde lauter und eine Nuance härter. »Ausgerechnet ich?«

Commissario Benvenuto di Cesare kommentierte Vincenzos Frage mit einem Grunzen. Ispettrice Sabine Mauracher, die in Berlin geboren und aufgewachsen war, hob beschwichtigend die Hände und antwortete für Marzoli, der beschämt zu Boden blickte: »Niemand von uns glaubt, dass du zu so etwas fähig bist, Vincenzo. Aber die Indizienlage ist leider eindeutig, und du kannst nichts zu deiner Entlastung beitragen. Keine Zeugen. Von einem nachprüfbaren Alibi ganz zu schweigen. Wir werden versuchen, den Vice Questore davon zu überzeugen, dass wir nicht nur gegen dich, sondern auch in deinem Sinne ermitteln müssen. Allerdings hat der Staatsanwalt aus Belluno, Dottore Varga, schon angedeutet, dass die Beweise ausreichen, um Anklage gegen dich zu erheben.«

»Leider«, brummte di Cesare. »Ich kann nicht begreifen, wie du dich so gehen lassen konntest. Warum nimmst du das so persönlich? Was ist nur in dich gefahren?«

Vincenzos Kopf fiel in seine Hände zurück. Er hatte jegliche Körperspannung verloren. »Das wisst ihr doch«, sagte er leise. »Die Sache mit Gianna. Ich werde niemals vergessen, was das Schwein ihr angetan hat. Und mir genauso. Ohne dich, Sabine, würde Gianna nicht mehr leben. Bis heute verfolgt mich das bis in meine Träume. Der Hass hat sich für alle Zeiten in mir eingegraben, und immer noch läuft er frei herum.«

Di Cesare kniff die Augen zusammen. »Ich dachte, es wäre gar nicht klar gewesen, dass er für Giannas Verschwinden verantwortlich ist. Insofern kann ich deinen Hass nicht nachvollziehen, sondern frage mich vielmehr, wie blank deine Nerven wohl wirklich lagen.«

Wütend sprang Vincenzo auf und stieß dem hünenhaften, muskelbepackten di Cesare mit Wucht einen Finger gegen die Brust.

Er wich keinen Millimeter zurück.

»Spinnst du jetzt völlig? Wie lange kennen wir uns schon? Ich weiß von dir, dass du niemals so etwas tun würdest, aber du traust es mir zu? Was ist nur mit euch allen los? Wo bleibt eure viel gepriesene Loyalität?« Wütend funkelte er auch Marzoli und Mauracher an.

Di Cesare schloss die Augen und amtete ein paarmal tief ein und aus. »Beruhige dich, Vincenzo. Wir sind nicht deine Feinde. Sabine sagte ja gerade schon, dass wir weiterermitteln werden. Wir halten dich auf dem Laufenden. Aber du musst dir darüber im Klaren sein, dass wir dabei auch weitere Hinweise finden können, die gegen dich sprechen.«

»Genau das befürchte ich.« Marzolis Stimme war nur mehr ein Flüstern.

Für einen Moment herrschte ein unangenehmes Schweigen in der schmucklosen Zelle. So schmucklos, hässlich und in einem so baufälligen Gebäude untergebracht, dass Bozen bald ein neues Gefängnis bekommen würde. Doch das nützte Vincenzo nichts, der di Cesare und Marzoli anglotzte.

Di Cesare glotzte zurück, Marzoli blickte wieder betreten zu Boden.

Vincenzo stand auf, trat an Marzoli heran, beugte sich zu

ihm hinab und sah ihm direkt in die Augen. »Ich frage dich das nur noch dieses eine Mal: Hältst du mich für schuldig?«

Marzoli wich seinem Blick aus. »Wie gesagt, wenn wir ermitteln –«

Vincenzo unterbrach ihn brüsk und mit erhobener Stimme. »Ja oder nein?«

»Vincenzo, wir können bei unseren Ermittlungen doch nicht –«

»Ja oder nein?«

Schweigen.

»Ja oder nein?«

»Nein.«

»Gut.« Er wandte sich an die anderen. »Und ihr?«

»Ich auch nicht«, sagte Mauracher.

»Gut. Und du, Benvenuto?«

»Eher nicht.«

»Was soll das heißen?«

Di Cesare hatte keine Mühe, Vincenzos bohrendem Blick standzuhalten. »Das heißt, dass ich dich für unschuldig halte, aber auch das Gegenteil nicht ausschließen kann. Und erst recht nicht darf. Du kennst die Regeln genauso gut wie ich. Ich bin Polizist. Du auch. Aber du bist auch ein Heißsporn mit einem ausgeprägten Gerechtigkeitssinn. Der Gaul könnte mit dir durchgegangen sein. Wie gesagt, ich glaube es nicht, aber dennoch … Und wie auch Giuseppe richtig erkannt hat, könnten wir bei unseren Ermittlungen auf weiteres dich belastendes Material stoßen.«

»Nun ja«, wandte Mauracher ein, »aber würde ein Heißsporn dermaßen kaltschnäuzig eine solche Tat begehen? So jemand würde doch eher im Affekt handeln.«

Di Cesare hob seinen Zeigefinger. »Wir wissen nicht, ob der Täter bei seiner Tat kaltschnäuzig war.«

»Doch«, widersprach Marzoli, »denn Planung und Ausführung der Tat kann man nur als äußerst professionell bezeichnen. Und an dieser Stelle ist Vincenzo für mich aus dem Rennen.«

»Und vergesst nicht die Einbrüche in meine Wohnung«, warf Vincenzo ein.

»Die angeblichen Einbrüche«, konterte di Cesare trocken.

Vincenzo fiel die Kinnlade herunter. »Glaubst du etwa, dass ich mir das ausgedacht habe? Um schon im Vorfeld späteren Verdacht von mir abzuwenden? Mich hat verdammt noch mal jemand in die Scheiße geritten, du Idiot!«

Di Cesare schüttelte den Kopf. »Ich glaube dir, dass jemand in deiner Wohnung war. Aber wer auch immer dir einen Besuch abgestattet hat, er war leider so unhöflich, keine Spuren zu hinterlassen. Und nur das interessiert den Staatsanwalt.«

»Nicht *jemand* war in Vincenzos Wohnung«, konstatierte Marzoli.

»Eben«, pflichtete ihm Mauracher bei, »sondern er.«

Di Cesare schnaubte verächtlich durch die Nase. »Kann es sein, dass das Monster von Bozen bei euch allen zu einer gewissen Paranoia geführt hat?«

»Du kennst den Mann nicht«, sagte Marzoli, »du warst damals nicht dabei. Aber wir hatten leider schon mehrmals das zweifelhafte Vergnügen mit ihm. Wir wissen, wozu er fähig ist.«

»Und denk daran, was der Bastard mit Gianna gemacht hat«, sagte Vincenzo in einem Tonfall, der keinen Zweifel daran ließ, welche Gedanken ihm in diesem Augenblick durch den Kopf jagten.

»Vielleicht gemacht hat«, schränkte di Cesare mit weiterhin ruhiger Stimme ein. »Nach allem, was ich von dieser Sache weiß, gab es einen Täter. Und der war nicht euer Monster.«

»Wie überaus praktisch, dass der selbst dabei draufgegangen ist.« Mauracher verschränkte die Arme. »Ich sage es hiermit klipp und klar: Dieser vermeintliche Täter ist nicht der, der mir im Eis begegnet ist.«

»Dir und deinen Männern ist er doch auch schon entkommen«, sagte Marzoli an di Cesare gewandt. Es klang wie ein Vorwurf.

»Stimmt«, räumte di Cesare ein. »Ich gebe zu, dass ich ihn

unterschätzt habe. So schnell und ohne Sicherung eine Felswand zu erklimmen wäre eine außergewöhnliche Leistung für einen Amateur. Nicht jedoch für einen erfahrenen Extrembergsteiger. Beim nächsten Mal entwischt er mir nicht. Jedenfalls nicht auf diese Weise.«

»Schön und gut«, sagte Vincenzo, »aber was gedenkt ihr, jetzt zu tun?«

Marzoli überlegte, ob er Vincenzo schon die ganze Wahrheit sagen sollte. Seit dem Morgen gab es eine neue Entwicklung, die ihm den Todesstoß versetzen konnte. Er selbst war sprach- und fassungslos gewesen und hatte bis jetzt nur mit Vice Questore Baroncini darüber gesprochen. Nein, es war besser, seinen Kollegen und Freund noch nicht damit zu belasten. Er würde es schon früh genug erfahren.

»Wir werden auf jeden Fall nochmals deine Wohnung unter die Lupe nehmen, und zwar jeden Quadratzentimeter«, sagte er stattdessen und versuchte, so energisch und optimistisch zu wirken wie möglich. Auch dass Baroncini ihnen bereits befohlen hatte, sie zu durchsuchen, allerdings nach weiteren Beweisen gegen Vincenzo, behielt er tunlichst für sich.

»Vielleicht haben wir irgendwas übersehen«, ergänzte Mauracher. »Außerdem fahren wir nach Cortina d'Ampezzo, um noch einmal in der Nachbarschaft herumzufragen. Die Leute waren gestern nicht alle zu Hause. Und zum Lagazuoi müssen wir auch noch mal. Haben die Carabinieri zwar alles schon gemacht, aber trotzdem: Je mehr Augen, desto höher die Wahrscheinlichkeit, etwas zu finden. Aber zuerst müssen wir hier und jetzt den Fall gründlich aufrollen. Weil wir noch am Beginn der Ermittlungen stehen, haben wir die Akten ›Mur‹ und ›Lagazuoi‹ mitgebracht. Und unsere internen Notizen. Lasst uns am besten damit anfangen, womit alles begann. Mit dem Betriebsausflug von Leitner S.r.l. im Sommer …«

2

Kaltern, im vorangegangenen Juni

Das Weingut Brunner lag leicht erhöht in den Weinbergen und bot einen traumhaften Blick auf den idyllischen See. Hinter dem Gut erhoben sich die steilen Flanken des Penegals. Der von Anton Brunner in dritter Generation geführte Betrieb produzierte typische Südtiroler Weine: Lagrein, Merlot und Vernatsch, Weißburgunder, Gewürztraminer und Goldmuskateller. Das Gut verfügte über ein Restaurant und fünf komfortabel ausgestattete Ferienwohnungen, alle mit Seeblick, und veranstaltete Weinproben und Weinseminare. Auch Räumlichkeiten für Veranstaltungen aller Art standen zur Verfügung.

Einen dieser Räume, den Rittersaal im Obergeschoss, hatte die Firma Leitner S.r.l. gemietet, die Büromöbel und -technik vertrieb. Weil das erste Halbjahr sehr gut verlaufen war – seit einigen Monaten gehörte auch die Stadt Bozen zu den Kunden – hatte sich Firmeninhaber Ludwig Leitner entschieden, seinen Sechzigsten mit der Belegschaft in diesem gediegenen Rahmen zu feiern. Der Rittersaal war ideal für ihn und die fünfunddreißig Mitarbeiter geeignet. Für die Raucher gab es eine Dachterrasse, auf die sich am lauen Sommerabend Simon Bacher, einer der Verkäufer, der Finanzchef Andreas Wieser, der Key Account Manager Roberto Dissertori und der Einkäufer Karl Lahntaler zurückzogen.

Bacher, dessen kapitaler Bauch sich unter seinem weißen Hemd wölbte, lehnte an dem schmiedeeisernen Geländer und schaute versonnen auf den Kalterer See, in dessen sanften Wellen sich die Strahlen der allmählich hinter dem Penegal versinkenden Sommersonne spiegelten. Doch mit seinen Gedanken war er ganz woanders: »Silvia sieht heute wieder rattenscharf aus! Ich bin viel zu geil, um mich auf irgendwelche belanglosen Gespräche zu konzentrieren.«

»Stimmt.« Auch Wieser hatte den Blick zum Penegal gewandt, nahm den Berg aber ebenso wenig wahr wie Bacher den Sonnenuntergang. »Wobei ich mir vorstellen könnte, dass deine Frau das gar nicht witzig findet, wenn du so daherredest.«

»Was ist denn mit dir los?«, fragte Dissertori, die muskulösen Arme vor der Brust verschränkt. Er selbst brüstete sich gern mit seinen Affären.

»War nur ein Scherz«, erwiderte Wieser lachend und nahm noch einen ordentlichen Schluck Lagrein. »Aber Silvia ist wirklich atemberaubend. Diese wilden braunen Locken. Und was für eine tolle Figur. Man kann gar nicht glauben, dass die schon zwei Kinder zur Welt gebracht hat. Schade, dass sie niemanden an sich ranlässt. Sie scheint tatsächlich treu zu sein.« Er bedachte seinen Kollegen mit einem süffisanten Grinsen. »Wie oft bist du eigentlich schon bei der abgeblitzt, Roberto?«

»Halt die Klappe«, sagte Dissertori, der Zurückweisungen hasste. Noch mehr hasste er es allerdings, auf sie angesprochen zu werden.

Lahntaler, der Unscheinbarste von ihnen, wandte ein, dass Silvia Mur als Assistentin der Geschäftsführung allzu persönliche Kontakte zu Kollegen vermeiden müsse. Und eine Affäre oder ein One-Night-Stand seien definitiv persönlich. Dissertori solle sich besser an die Mädels im Büro halten.

Der Key Account Manager lehnte sich lässig an das Geländer der Dachterrasse und sah seine Freunde an. »Wenn ihr ehrlich seid, denkt ihr doch alle gern an Silvia, wenn ihr euch einen runterholt, oder irre ich mich?«

»Ich bin verheiratet, ich muss mir keinen runterholen«, sagte Wieser im Brustton der Überzeugung.

Alle lachten, selbst der eher schüchterne Lahntaler.

Dissertori stellte sich so nah vor Wieser, dass der seinen Atem spüren konnte, und flüsterte: »Sag das noch mal. Sag, dass du deiner Alten so hörig bist, dass sich bei Silvias Anblick nichts bei dir regt.«

Wieser wandte sich von Dissertori ab. »Red nicht so einen

Stuss. Jeder weiß, dass Silvia ihrem Alexander treu ist wie ein Hund. Daran wird keiner von uns jemals etwas ändern.«

»Genau«, sagte Bacher, »zumal Alexander verdammt gut aussieht. Selbst ein Schönling wie du wird niemals bei der landen, Roberto.«

»Das werden wir ja sehen«, entgegnete Dissertori mit einem anzüglichen Grinsen und zog ein kleines Fläschchen aus der Hosentasche.

»Was ist das?«, fragten Bacher und Wieser wie aus einem Mund. Lahntaler zog nur eine Augenbraue in die Höhe.

»Ihr seid doch alle scharf auf Silvia, oder nicht? Auch du, Andreas. Brauchst hier also nicht den Moralapostel zu spielen«, sagte Dissertori, ohne auf die Frage einzugehen.

»Schon«, gab Lahntaler zu, »aber an so eine wie die würde ich mich nie ranwagen. Bildschön, selbstbewusst und fünfzehn Jahre jünger. Die ist eine Nummer zu groß für mich. Mindestens.«

»Das ist für dich doch jede Frau«, frotzelte Dissertori.

»Red keinen Scheiß, sondern sag endlich, was in der Flasche ist.«

»Unser Büchsenöffner für Silvia.« Dissertori lächelte verschwörerisch. »Damit kommt selbst so ein Dickerchen wie du endlich mal zum Zug, Simon.«

»Keine Ahnung, wovon du sprichst«, entgegnete Bacher, den Blick auf die Flasche geheftet.

»Aber ich«, triumphierte Lahntaler. »Roberto, du bist ein Genie. Das wird noch ein richtig schöner Abend. Wie hast du dir das vorgestellt?«

Und während die Nacht heraufzog, weihte Dissertori seine Freunde in seinen Plan ein, der alle in höchste Erregung versetzte.

Schließlich gingen sie zurück in den Rittersaal, wo Leitner gerade die Zahlen des ersten Halbjahres präsentierte. Dissertori musste aufpassen, vor Langeweile nicht einzuschlafen. Hoffentlich fasste sich der Chef kurz. Dann käme das obligatorische Diner. Und dann …

Silvia Mur mochte ihren Chef. Und ihre Position als seine persönliche Assistentin. Sie verdiente gut. Zusammen mit dem Einkommen ihres Mannes, der bei einem privaten Sicherheitsdienst angestellt war, konnten sie sich ein schönes Haus in Klobenstein leisten, dem Hauptort der Gemeinde Ritten. Wenn sie abends auf der Terrasse Wein tranken, sahen sie manchmal, wie der Schlern von der untergehenden Sonne in rosarotes Licht getaucht wurde. Wie in einem kitschigen Heimatfilm. Und dennoch real.

Zu Leitner war sie gekommen, weil ihr Mann Alexander ihren Chef im Rahmen eines Auftrags kennengelernt und so von der vakanten Position erfahren hatte, bevor sie in den Stellenanzeigen der hiesigen Zeitungen erschienen war. Leitner war ein geradliniger, ehrlicher Mann. Hart, aber fair zu seinen Mitarbeitern. Was er von anderen verlangte, verlangte er zuallererst von sich selbst. Er beteiligte die Belegschaft am Gewinn, und jedes Jahr gab es eine Weihnachtsfeier, die dieses Jahr Ende November auf dem Lagazuoi stattfinden sollte, in der auf fast dreitausend Meter Höhe gelegenen Hütte. Silvia Mur freute sich schon jetzt darauf.

Auch auf den heutigen Abend hatte sie sich gefreut. Auf die Feier. Auf das gute Essen. Auf die Weine von Brunner, bei dem Alexander und sie regelmäßig kauften. Und auch für ihren Chef hatte sie sich gefreut, weil die Zahlen so gut waren. Was ihre Laune indes trübte, war Dissertori, dieser zudringliche Widerling. Er war attraktiv, eins neunzig groß, sportlich, schwarze Haare mit grauen Schläfen, dunkelblaue Augen und eine tiefe, männliche Stimme. Und trotzdem …

Er hielt sich für ein Geschenk an die Frauenwelt, und sie würde jede Wette eingehen, dass er schon mit mindestens der Hälfte der weiblichen Belegschaft geschlafen hatte. Auch bei ihr hatte er es schon versucht. Nicht nur einmal. Immer hatte sie Nein gesagt, und doch probierte er es trotzdem wieder.

So wie heute. Mur hatte es schon geahnt, als er sich neben sie setzte. Und hatte natürlich recht behalten. Small Talk und Komplimente, denen schließlich eine Hand auf ihrem Knie gefolgt war. Als sie ihm einen bitterbösen Blick zugeworfen hatte, hatte er sie grinsend weggezogen. Er schrammte immer knapp an einer sexuellen Belästigung vorbei, wusste genau, was er tat. Nicht, dass er solo gewesen wäre. Nein, zu Hause wartete sein gehorsames Frauchen und versorgte den Haushalt und die drei Kinder. Dissertori war ein narzisstischer Macho, wie er im Buche stand.

Jetzt begannen die Kellner, das Dessert zu servieren. Buchteln und dazu Goldmuskateller. Wobei Mur überlegte, den Wein wegzulassen, denn seit sie vor ein paar Minuten von der Toilette zurückgekommen war, war ihr schwindelig. Und jetzt wurde ihr auch noch übel. Wahrscheinlich hatte sie schon zu viel getrunken. Bei der ausgelassenen Stimmung und den guten Gesprächen hatte sie nicht darauf geachtet, wie häufig ihr nachgeschenkt worden war. Oder hatte Dissertori, der Arsch, ihr etwas in den Wein geschüttet? Zuzutrauen wäre es ihm.

»Ist alles okay mit dir?«, fragte er jetzt mitleidig.

»Warum sollte es das nicht sein?«, blaffte Mur, überrascht, dass der Rittersaal sich plötzlich drehte.

Dissertori zuckte mit den Schultern. »Keine Ahnung. Ich finde nur, dass du ein wenig, nun ja, angeheitert wirkst. So kennt man dich gar nicht.«

»Das hättest du wohl gern«, erwiderte sie, schon leicht lallend, und trank wider ihre Vernunft einen großen Schluck Wein.

»Wie kommst du darauf?« Dissertori entwendete ihr das Glas.

»Du willst mich doch nur endlich rumkriegen! Gib mir gefälligst meinen Wein wieder!«

Um sie herum verstummten die Gespräche, und viele Gesichter wandten sich ihnen neugierig zu.

Dissertori schien peinlich berührt, denn er murmelte nur: »Silvia, bitte reiß dich zusammen.« Er gab Lahntaler ihr Glas und befahl ihm, den Rest des Weins wegzuschütten.

Doch Silvia Mur hatte keine Lust, sich zusammenzureißen.

Das tat sie schon viel zu lange. Sie fing grundlos an zu lachen und bot Dissertori, beinahe schreiend, an, mit ihr Brüderschaft zu trinken. Damit verstummten auch die letzten Unterhaltungen.

Leitner schien befremdet vom Verhalten seiner Chefsekretärin und beugte sich zu ihr hinüber. »Was soll das, Frau Mur?«, fragte er.

»Was habt ihr denn alle?«, erwiderte sie mit vorgestrecktem Kinn. »Darf man hier etwa keinen Spaß haben?«

»Das hat mit Spaß nichts zu tun«, sagte Leitner ruhig. »Herr Dissertori hat recht: Sie sollten besser keinen Alkohol mehr trinken.«

»Blödsinn«, lallte sie, füllte das Weinglas von Carmen Ferrari, ihrer Tischnachbarin zur Rechten, bis zum Rand und leerte es ex.

Dissertori und der ihm gegenübersitzende Wieser wechselten einen Blick.

Ferrari, die zweite Assistentin der Geschäftsführung, hakte sich bei ihrer Kollegin ein und flüsterte ihr etwas ins Ohr.

Mur stieß Ferrari unsanft beiseite. »Ich denke ja gar nicht daran!«, rief sie. »Ich bin schon immer viel zu brav gewesen. Zeit für ein wenig Abwechslung. Hast du heute Nacht schon was vor, Roberto?«

»Es reicht, Frau Mur! Sie lallen und reden Blödsinn. Das wird ein Nachspiel haben.« In Leitners Stimme schwang ein bedrohlicher Unterton mit.

Mur wollte etwas entgegnen, brachte aber nur noch ein unverständliches Gestammel zustande. Der Rittersaal drehte sich immer schneller, und urplötzlich überfiel sie eine große Müdigkeit, sodass sie auf ihrem Stuhl zusammensank.

Dissertori rüttelte sie sanft an der Schulter. »Was ist los mit dir, Silvia? Sollen wir einen Arzt rufen?«

Mur schüttelte den Kopf. »Nein, aber kannst du mich nach Hause bringen?«

»Vielleicht sollten wir lieber ein Taxi rufen«, schlug Ferrari vor, doch Leitner hielt es für klüger, wenn ihre Kollegen seine

Sekretärin begleiteten. Sollte sie sich unterwegs übergeben müssen, wäre ein Taxi keine gute Idee.

Lahntaler bot an, bei Dissertori mitzufahren, er habe ohnehin vorgehabt, bald aufzubrechen, und Bacher schloss sich an, weil er, wie er sagte, am nächsten Tag früh rausmüsse.

»Ich auch«, sagte Wieser. »Mir fallen schon die Augen zu, so müde bin ich. Zusammen sollten wir es schaffen, Silvia sicher nach Hause zu bringen.«

Die Männer standen auf. Dissertori stützte Mur, die sich nicht mehr auf den Beinen halten konnte und offensichtlich nicht mitbekam, was um sie herum geschah. Sie geleiteten sie die Treppe hinunter, verabschiedeten sich von den Kellnern, bedankten sich für den tollen Service und führten ihre Kollegin aus dem Saal.

Auf dem unbeleuchteten Parkplatz standen nur noch die Fahrzeuge der Mitarbeiter der Firma Leitner S.r.l. und die des Weingutes. Im Schutz der Dunkelheit stiegen die Männer mit Mur in Dissertoris Jeep. Bacher rutschte auf den Beifahrersitz, die beiden anderen nahmen Mur im Fond in ihre Mitte, wo sie komatös in sich zusammensackte. Als sich Dissertori erkundigte, ob es ihr besser gehe, antwortete sie nicht. Sie reagierte auch nicht anderweitig, sondern sank nur noch tiefer in den Sitz. Dissertori lächelte zufrieden und startete den Motor, einen leistungsstarken V8. Wieser griff beiläufig unter Murs Rock und legte seine Hand auf ihren Oberschenkel. Mur reagierte immer noch nicht. Also ließ Wieser seine Hand noch ein wenig höher gleiten, spürte seine Erektion und drängte jeden Gedanken an seine Frau beiseite.

3

Eine Weile fuhren sie schweigend durch die Dunkelheit auf der Südtiroler Weinstraße in Richtung Bozen dahin. Wiesers Hand war zu Murs Slip vorgedrungen, und auch Lahntaler näherte sich dem verlockenden Areal vom andern Bein aus und wurde mit jeder Minute mutiger. Die beiden Männer wechselten einen Blick. Ein fairer Deal!

Plötzlich stieß Wieser mit seiner freien Hand Dissertori von hinten an. »Fahr da vorn links rein.« Er wies auf einen Feldweg, der in die Weinberge führte.

»Sollen wir nicht erst mal durch Bozen durch? Dahinter ist der Wald, und dann ist es nur noch ein kurzes Stück bis Klobenstein.«

Wieser schüttelte den Kopf. »Auf keinen Fall. Nachher kommt auf der Fahrt nach Bozen noch irgendwas dazwischen. Bieg jetzt ab! Der Weg führt zuerst durch den Weinberg und dann etwas steiler in den Wald hinein. Ich kenne den vom Mountainbiken, nachts kommt da garantiert keiner vorbei.«

»Okay.« Dissertori bog in den Feldweg ein.

Wiesers und Lahntalers Hände trafen sich an Murs Slip. Sie lächelten sich zu. Zwei Männer. Ein Ziel.

Nach weniger als einem Kilometer fuhren sie in den Wald und schafften es dank Allradantrieb bis zu einer Kehre. Dissertori parkte den Wagen am Rand, stieg aus, öffnete die Tür neben Wieser, registrierte dessen Hand unter Murs Rock und zog sie weg. »Gleich«, hauchte er und hievte zusammen mit dem kräftigen Wieser die bewegungslose Kollegin aus dem Auto. Sie arrangierten sie, auf dem Rücken liegend, auf der Motorhaube.

Es war still. Nur das Knacken des Geästs der Bäume und das Zirpen der Grillen in den nahen Weinbergen waren zu hören. Und das Grunzen von Wieser, dessen eheliche Treue endgültig seiner unterdrückten animalischen Triebhaftigkeit unterlegen war. Die Luft war erfüllt von den Düften des Sommers und des Waldes.

Dissertori schob Mur, die mehr an eine Tote erinnerte als an eine Frau in den besten Jahren, den Rock hoch und den Slip runter. Er spreizte ihre Beine, befummelte sie und zwinkerte Wieser zu. »Du zuerst. Oder hast du immer noch Skrupel? Zeig uns, was du draufhast, du Hengst!«

Wieser grinste, imitierte ein Wiehern, knöpfte Murs Bluse auf und öffnete seine Hose.

»Was für ein Anblick«, sagte Lahntaler. »Aber richtig ist das nicht, was wir hier machen.«

»Und? Bist du ein Loser?« Dissertori holte eine Packung Kondome aus dem Handschuhfach und gab eins davon Wieser. »Keiner zwingt dich mitzumachen, Karl. Schau halt nur zu. Besser als nichts.«

»Muss das sein?« Wieser verzog angesichts der Kondome das Gesicht. »Ich kann die Dinger nicht ausstehen. Die rauben einem jedes Gefühl.«

»Ja«, erwiderte Dissertori, »oder willst du deine DNA an oder besser gesagt in Silvia hinterlassen?«

»Auch wieder wahr«, stimmte Wieser zu, streifte sich ein Kondom über und verging sich dann, unter dem Anfeuern der anderen und dem Ausstoßen seltsamer Laute, an Silvia Mur.

Als er fertig war, schob ihn Dissertori mit dem Hinweis, es selbst nicht mehr länger aushalten zu können, zur Seite. Mit der Fertigkeit des geübten Praktikers zog er sich das Kondom über und brauchte kaum eine Minute bis zum großen Finale. Dann forderte er Bacher auf, der noch unentschlossen wirkte, es ihm gleichzutun.

Bacher gab zu, es noch nie mit einer so schönen Frau getrieben zu haben. »Aber ist es eine Meisterleistung, sich an einem betäubten Opfer zu vergehen?« Er schien nicht einmal zu bemerken, dass er währenddessen unentwegt jenes betäubte Opfer begrapschte.

Dissertori packte Bacher an seinen Handgelenken, zog ihn von Mur weg und hielt ihm ein Kondom hin. »Ein bisschen fummeln kann jeder«, sagte er. »Aber jetzt musst du beweisen, dass du ein richtiger Kerl bist und kein Warmduscher.«

Bacher zögerte nur einen Augenblick, dann missbrauchte er mit Kondom sein wehrloses Opfer. Als es vorbei war, wandte er sich an Lahntaler. »Wie sieht's mit dir aus, Karl? Ja oder nein? Wir haben nicht ewig Zeit. Und so eine Gelegenheit kriegst du so schnell nicht wieder. Ich weiß, wovon ich spreche!«

»Oder bringst du es nicht?«, zog Dissertori Lahntaler auf, und Wieser grinste über das ganze Gesicht.

Lahntaler zögerte wie schon Bacher zuvor nur einen Augenblick. Dann siegten seine Erregung und sein Stolz. Sein Stöhnen wurde übertönt vom Ruf eines Waldkauzes. Vom See her kam ein leichter Wind auf. In der Ferne waren die Lichter Bozens zu erahnen.

»Jetzt aber nichts wie weg von hier«, mahnte Lahntaler, als er fertig war. Er wollte nach Murs schlaffen Armen greifen, um sie zurück ins Auto zu bugsieren, doch Dissertori hielt ihn davon ab.

»Ich war schon ewig nicht mehr so geil«, gestand er. »Ich will noch mal.«

»Ich auch!«, rief Bacher und reihte sich hinter Dissertori ein.

»Scheiß Kondome«, grunzte Wieser und stellte sich hinter Bacher.

»Na gut, meinetwegen«, gab auch Lahntaler seinen Segen und bildete das Ende der Schlange.

4

Klobenstein, zur selben Zeit

Alexander Mur war todmüde. Bald Mitternacht und noch keine Spur von seiner Frau. Aber ungewöhnlich war das nicht. Die Betriebsausflüge waren bei der Belegschaft von Leitner S.r.l. beliebt und endeten selten vor zwölf Uhr nachts. Er konnte das sogar verstehen, denn der Chef war ein feiner Kerl. Es hatte Spaß gemacht, für diesen geradlinigen Menschen zu arbeiten, zumal das Betriebsklima entsprechend gut war. Was sich wiederum positiv auf die Partylaune bei solchen Anlässen auswirkte. Normalerweise blieb er auf, bis seine Frau zurück war. Egal, wie spät es wurde. Ihn trieb eine gewisse Unruhe um, wenn sie allein unterwegs war. Immerhin war Leitners Firma eine Männerdomäne. Aber okay, es waren alles anständige Typen, bis auf diesen Dissertori vielleicht. Auch er war kein übler Kerl, aber ein Testosteron-Junkie, dessen Erfolgsmaßstab die Summe seiner Eroberungen war.

Und Silvia war wahrlich eine bildschöne Frau! Woraus Alexander Murs Eifersucht resultierte. Als ihr Mann kannte er auch ihre anderen Vorzüge: ihre Zuverlässigkeit, ihre Ehrlichkeit und ihre Treue. Und ihre Fürsorge, nicht nur für die Kinder. Bei ihr wusste man immer, woran man war, das war eine der Grundfesten ihrer Ehe. Aber natürlich war er sich eben auch ihrer Reize bewusst.

Eigentlich war er sich sicher, dass seine Eifersucht unbegründet war. Zumal der alte Ludwig Leitner auch ihn, Alexander, jedes Mal persönlich zu den Feiern einlud und Silvia keinen Hehl daraus machte, dass sie sich glücklich schätzen würde, ihren Mann an ihrer Seite zu haben. Aber das wollte er nicht. Er wäre nur ein Fremdkörper gewesen, der seine Frau in ihrem Verhalten gegenüber ihren Kollegen gehemmt hätte.

Also blieb er bei solchen Anlässen zu Hause, trank bei einem schönen Film ein Glas Wein oder verabredete sich mit einem Freund. Und begrüßte Silvia mit einem Kuss, wenn sie die Tür aufschloss. Trank noch ein weiteres Glas Wein mit ihr. Egal, wie spät es war. Ging mit ihr ins Bett. Schlief mit ihr ein. Glücklich. Wachte mit ihr auf. Glücklich.

Aber heute war er mit seinen Kräften am Ende. Seine Firma hatte vor einiger Zeit einen wichtigen Auftrag übernommen. Schon seit Monaten fahndete die Polizei erfolglos nach einem entflohenen Häftling. Der Typ schien ein Chamäleon zu sein. Oder ein Phantom. Natürlich konnte die Polizei keinen privaten Sicherheitsdienst beauftragen, aber ein Mailänder Anwalt sehr wohl. Denn dieser hatte eine Tochter, die bis heute unter einem Trauma litt, weil sie von diesem Typen gekidnappt worden war, so die Meinung ihres Vaters. Der Alexander Murs Sicherheitsfirma mit inoffiziellen Ermittlungen beauftragt hatte, weil er seinen Chef kannte. Doch bisher hatten sie zu nichts geführt. Logisch, denn seine Firma war ein Sicherheitsdienst und keine Detektei. Sie schützte Geldtransporte, Personen des öffentlichen Lebens oder Kinder einer solchen, aber machte doch keine Jagd auf entlaufene Sträflinge!

Jedenfalls hatte er wegen dieses abstrusen Auftrags heute eine Sonderschicht in einem abgelegenen Bergtal einlegen müssen. Weil sich der gesuchte Sträfling, der Alexander Mur aus den Medien als »das Monster von Bozen« bekannt war, angeblich in den Bergen versteckte. Höchstwahrscheinlich in der Nähe von Bozen.

Was für ein Schwachsinn! Warum sollte sich jemand, dem die Flucht aus der Bozener Psychiatrie gelungen war, noch in der Nähe aufhalten? Der war doch längst über alle Berge.

Doch solcherlei Gedankenspiele waren nicht sein Metier. Immerhin wurde er fürstlich dafür entlohnt, den Auftrag eines vermögenden Klienten zu erfüllen. Ohne Fragen zu stellen. Weshalb er volle vierundzwanzig Stunden in diesem beschissenen Tal gewesen war. Ohne auch nur eine Mütze Schlaf zu bekommen.

Jetzt stand er vor dem Badezimmerspiegel, unfähig, für Silvia wach zu bleiben, und musste feststellen, dass sein Spiegelbild ihm schonungslos offenbarte, dass sein Job längst nicht mehr altersgerecht war. Altersgerecht für einen Sechsundvierzigjährigen! Was für ein Scheiß.

Er verließ das Badezimmer, schlüpfte in seinen Schlafanzug und wollte sich gerade hinlegen, froh, schlafen zu dürfen, als es an der Tür klingelte. Erst ein Mal, dann, wenige Augenblicke später, drei Mal hintereinander. Alexander Mur war gleichermaßen irritiert wie wütend. Wütend, weil jetzt die Kinder sicherlich wieder wach waren. Irritiert, weil ihm niemand einfiel, der um diese Zeit bei ihm klingeln sollte. Silvia hatte ja ihren eigenen Hausschlüssel. Oder war etwas passiert?

Er sprang auf, lief lautlos in den Flur, vergewisserte sich, dass seine Töchter noch schliefen, und dann ebenso lautlos die Treppe hinunter, zur Eingangstür, wo er durch den Spion spähte.

Silvia hing, scheinbar benommen, am Arm von diesem widerlichen Roberto Dissertori. Der soeben Anstalten machte, schon wieder die Türklingel zu betätigen. Die Gedanken rasten durch Murs Kopf, lieferten sich ein spannendes und ergebnisoffenes Duell mit seiner bleiernen Müdigkeit. Dass seine Frau in Begleitung von diesem Macho war, verhieß nichts Gutes. Er riss die Tür auf, bevor Dissertori erneut klingeln konnte.

Der Anblick war surreal. Silvias Kopf war auf die Brust gesunken. Ihr Blick aus halb geöffneten Augen starr gen Boden gerichtet. Abwesend. Fremd. Dissertori stand aufrecht, um Silvia zu stützen. Er wirkte zugleich besorgt und irgendwie provokant.

»Guten Abend, Alexander. Tut mir leid, dass wir deine Frau in diesem Zustand nach Hause bringen. Aber sie hat über die Stränge geschlagen, und zwar schon relativ früh am Abend. Frag mich nicht, warum. Jedenfalls haben wir sie sicherheitshalber nach Hause gefahren.«

Alexander Mur musterte erst noch einmal Dissertori und seine Frau und scannte dann die Umgebung. Ein berufsbedingter Reflex. Die Nacht in Klobenstein war still und friedlich. Ein Jeep am Straßenrand, der nicht hierhergehörte. Von

Dissertori. Darin eine Bewegung. Also waren der Macho und Silvia nicht allein unterwegs gewesen. Sekundenlang standen sie sich gegenüber. Niemand sagte etwas. Bis sich seine Frau wortlos aus Dissertoris Armen löste und an ihm vorbei ins Haus torkelte.

Er folgte ihr mit seinem Blick. Sie wankte durch die Diele und machte Anstalten, die Treppe hinaufzugehen. Er überlegte, ihr zu helfen, doch dann war sie auch schon aus seinem Blickfeld verschwunden. Er wandte sich an Dissertori. »Was habt ihr mit ihr gemacht, Roberto?« Seine Stimme war kalt.

Dissertori zuckte entschuldigend mit den Schultern. »Was sollen wir mit ihr gemacht haben? Wir haben sie nur nach Hause gebracht. Ist bei euch alles okay? Sie wirkte heute irgendwie so anders als sonst. Total aufgedreht. Und auf der Rückfahrt hätte sie mir um ein Haar mein Auto vollgekotzt! Ich habe es gerade noch geschafft, rechts ranzufahren. Mein Gott, die hat sich die Seele aus dem Leib gespuckt, so etwas habe ich schon lange nicht mehr gesehen. Nicht auszudenken, wenn das auf der Feier vor Leitners Augen passiert wäre!«

Alexander Mur schwieg. Seine Frau war längst verschwunden. Aber wohin? Ins Bett? Ohne sich zu waschen und die Zähne zu putzen, obwohl sie sich übergeben hatte? Er hörte kein Geräusch im Haus. Sie musste sich wirklich sofort hingelegt haben. Irgendwas war hier faul. Warum sonst war dieser Testosteron-Junkie so handzahm? »Silvia hat sich in den letzten zwanzig Jahren nicht übergeben. Egal, wie viel sie getrunken hatte. Also, was ist hier los?« Die Toilettenspülung im Obergeschoss rauschte.

»Nichts gegen deine Frau, aber sie hat sich heute wirklich danebenbenommen«, wurde Dissertori lauter. »Und ich bin nicht verpflichtet, dir irgendwas zu erklären. Ich war einfach nur so zuvorkommend, sie nach Hause zu bringen. Aber jetzt bin ich müde und muss dringend ins Bett. Hast du sonst noch Fragen, oder darf ich gehen?«

Alexander Mur bedankte sich gezwungen bei Dissertori, schloss die Haustür und ging ins Schlafzimmer hinauf. Silvia lag vollständig bekleidet mittig auf dem Bett. Sie hatte sich nicht zugedeckt. Selbst ihre Pumps trug sie noch. Er konnte sich beim besten Willen nicht vorstellen, dass seine sonst so besonnene Frau sich dermaßen betrunken haben sollte, dass sie sich zuerst übergab und dann in voller Montur ins Bett fallen ließ. Noch dazu so, dass für ihn kein Platz mehr war.

Er rüttelte sie sanft an den Schultern. »Silvia?«

Keine Reaktion.

»Silvia! So kannst du doch nicht schlafen. Du musst dir die Zähne putzen. Oder wenigstens dein Nachthemd anziehen. Was ist denn nur los mit dir?«

Noch immer keine Reaktion.

Unschlüssig stand er vor dem Bett und überlegte, einen Arzt zu rufen. Aber was sollte der machen? Der würde ihn nur auslachen und empfehlen, Silvia solle ihren Rausch ausschlafen und sich auf einen üblen Kater einstellen.

Er zog seiner Frau die Pumps aus, deckte sie zu, nahm seine eigene Bettdecke und ging ins Wohnzimmer. Eine Nacht auf der Couch.

5

Klobenstein, der folgende Tag

Alexander Mur hatte den Handywecker auf acht Uhr gestellt. Was nicht nötig gewesen wäre, denn er hatte die ganze Nacht kein Auge zugetan. Schon wieder. Seine Müdigkeit war verflogen gewesen, seine Gedanken hatten Stunde um Stunde um Dissertori und Silvias merkwürdigen Auftritt gekreist. Und mit diesen Gedanken war seine Sorge gewachsen, dass etwas Schlimmes geschehen sein musste. Drei Mal, in Abständen von zwei Stunden, war er ins Schlafzimmer gegangen, um nach seiner Frau zu sehen. Sie hatte nicht einmal ihre Schlafposition geändert, hatte genau so dagelegen, wie er sie vorgefunden hatte, nachdem Dissertori gegangen war.

Jetzt stand er auf, schlüpfte in seine Jeans, ging in die Küche und schaltete die Kaffeemaschine ein. Koffein würde Silvia sicherlich guttun. Kurz darauf schlich er mit zwei vollen Tassen ins stille Obergeschoss. Offensichtlich schliefen alle noch. Typisch für die Kinder. Untypisch für Silvia.

Sie lag immer noch regungslos auf dem Bauch, Beine und Arme weit von sich gestreckt, eine Hand und ein Fuß baumelten über der Bettkante. Er stellte die Kaffeetassen auf den Nachttisch, öffnete das Fenster und die Fensterläden. Sonnenstrahlen fluteten den stickigen Raum. Es würde ein schöner, aber kühler Tag werden. Normalerweise war es Silvia, die nach dem Aufstehen sofort das Fenster aufriss und die klare Luft einatmete.

Heute nicht.

Alexander Mur kniete sich vor das Bett und begann, seine Frau an der Schulter zu schütteln. Erst sanft. Dann, als sie nicht reagierte, immer nachdrücklicher. »Silvia, wach auf«, sagte er in Endlosschleife. Und endlich, nach unzähligen Minuten, wie es ihm vorkam, schlug sie die Augen auf. Ihr trüber Blick fiel ihm als Erstes auf. Sie schaute ihn zwar an, schien aber durch ihn hindurchzusehen.

»Was ist passiert?«, fragte er, ohne zu wissen, ob er die Antwort hören wollte.

Schwerfällig richtete sie sich auf und setzte sich stöhnend auf die Bettkante. Es schien sie enorme Kraft zu kosten, den Kopf gerade zu halten.

»Wie geht es dir?« Irgendwie fand er seine Frage deplatziert, aber da war sie auch schon ausgesprochen.

»Beschissen«, entgegnete sie tonlos.

Er setzte sich neben sie, nahm sie in den Arm, wollte etwas Tröstendes sagen.

Sie wies seine zärtlichen Bemühungen brüsk ab. »Nicht!«

Er schrak zurück. Sie verhielt sich wie eine Fremde. Er hatte keine Ahnung, was er tun sollte, fühlte sich mit der Situation überfordert. Aber er musste wissen, warum sie so merkwürdig war.

Er stand auf und stellte sich neben das Fenster. »Silvia, du erzählst mir jetzt bitte, was gestern passiert ist.«

»Ich weiß es nicht«, murmelte sie und torkelte aus dem Schlafzimmer.

Sekunden später hörte er, wie die Badezimmertür zufiel. Er schlich in den Flur, blieb vor der Tür stehen und lauschte. Hörte, wie sie würgte. Hatte sie vielleicht doch einfach nur einen heftigen Kater?

Eine Tür ging auf, und Johanna erschien im Türrahmen, rieb sich die müden Augen. »Papa, was ist los? Warum seid ihr so laut? Geht es Mama nicht gut?«

Er ging zu seiner elfjährigen Tochter, legte ihr den Arm um die Schultern und schob sie zurück in ihr Zimmer. »Alles in Ordnung, meine Kleine. Deiner Mutter ist nur ein bisschen schlecht. Sie hat bei der Feier gestern etwas Verdorbenes gegessen. Leg dich noch mal hin. Ich wecke dich, wenn das Frühstück fertig ist.«

Er gab ihr einen Kuss auf die Stirn und deckte sie zu. Als er leise die Tür hinter sich geschlossen hatte, klopfte er an die Badezimmertür. »Silvia, alles okay mit dir? Kann ich dir irgendwie helfen?« Statt einer Antwort hörte er ihr Schluchzen.

Er drückte die Türklinke hinunter. Abgesperrt. Ihr Schluchzen wurde lauter. »Silvia, mach auf! Bitte.« Er rüttelte an der Klinke. »Warum schließt du dich ein?«

Der Schlüssel wurde im Schloss herumgedreht, und sie öffnete die Tür. Ihr Gesicht war tränenüberströmt.

»Was ist passiert?«, fragte er nochmals voller banger Unruhe. Sie hatte doch nicht etwa ein schlechtes Gewissen, weil sie tatsächlich mit Dissertori …? Nein, das würde sie niemals tun. Auch nicht, wenn sie getrunken hatte. Außerdem wirkte sie auch nicht wie eine Frau, die ihren Mann betrogen hatte. Sie wirkte irgendwie … anders.

Sie schüttelte den Kopf und sah ihn mit geröteten Augen an. Fast wie ein Kind. »Ich habe keine Ahnung.«

6

Klobenstein, Mitte der folgenden Woche

Seine Frau hatte sich krankgemeldet. Seit Dissertori sie von Leitners Betriebsfeier nach Hause gebracht hatte, war sie wie ausgewechselt. Sie aß wenig, wirkte benommen und sprach kaum noch. Weder mit ihm noch mit den Kindern. Und wenn, dann ging es um Belanglosigkeiten. Die Stimmung war gedrückt, und seine Frau weigerte sich, zu einem Arzt zu gehen, weil es, wie sie sich ausdrückte, »nichts zu untersuchen gab«.

Alexander Mur hatte seinen Chef gebeten, einen Kollegen ins Ultental zu schicken, um nach dem geflohenen Monster zu suchen, und sich eine Woche freigenommen. Er konnte Silvia in diesem Zustand nicht allein lassen und musste herausfinden, warum sie plötzlich so dermaßen neben der Spur war.

Am Montag, nachdem sie ihm eröffnet hatte, vorläufig nicht ins Büro zu gehen, hatte er bei ihrer Firma angerufen und mit Leitner, Dissertori und einigen anderen Mitarbeitern gesprochen, dabei aber nichts Neues erfahren. Alles deutete darauf hin, dass mit ihr der Gaul durchgegangen war. Ein gottverdammtes Besäufnis! Das passte nicht zu ihr, aber okay, so etwas kam in den besten Familien vor. Aber warum meldete sie sich deshalb krank, war kaum ansprechbar und ließ sich nicht von ihm anfassen? Und warum lag sie noch im Bett, wenn Johanna und Sofia in die Schule mussten? Er nippte an seinem Kaffee und blickte verstohlen zur Treppe ins Obergeschoss, wartete. Wann würde sie aufstehen?

Erst um halb zehn schlich Silvia die Treppe hinunter, weiter ins Esszimmer und ließ sich grußlos in den Stuhl ihm gegenüber fallen, wo sie wie ein nasser Sack in sich zusammenfiel.

»Willst du einen Kaffee?«, fragte er.

Sie nickte.

»Nur mit Milch?«

Noch mal Nicken.

»Soll ich dir einen Toast machen? Oder ein paar Spiegeleier?«

Sie schüttelte den Kopf.

Er stand auf und ließ den Kaffee durchlaufen. Eine abstruse Situation. Warum konnte sie sich nicht an die Betriebsfeier erinnern? Nur, weil sie einen über den Durst getrunken hatte? Hatte sie den ersten kompletten Filmriss ihres Lebens?

Er stellte den Kaffee vor ihr ab, setzte sich ihr gegenüber, schaute aber aus dem Fenster. Der Himmel bezog sich. Das Schönwetter-Intermezzo vom Wochenende war schon wieder Vergangenheit. Regenfluten waren angekündigt. Normalerweise nutzten sie solche Gelegenheiten, um zusammen ins Bett zu gehen. Meistens ging die Initiative dafür von ihr aus, aber heute?

»Ich befürchte, dass etwas Schlimmes geschehen ist«, sagte Silvia unvermittelt und ohne ihn anzusehen. Sie hielt die Kaffeetasse mit beiden Händen umschlossen.

Alexander Murs Kehle wurde eng. Genau das hatte er von Anfang an befürchtet. »Was meinst du damit? Du musst mir gegenüber jetzt absolut ehrlich sein, wir können doch über alles reden.«

Sie hob den Kopf, blickte ihn irritiert an. »Glaubst du etwa, ich hätte dich betrogen?«

Er hob abwehrend die Hände. »Ich glaube gar nichts. Ich möchte nur wissen, was los ist. Denn auch du musst zugeben, dass dein Verhalten seit eurer Betriebsfeier ein wenig … nun ja … merkwürdig ist.«

Sie schaute durch ihn hindurch, und ihm wurde unheimlich zumute. Plötzlich sah sie ihm unvermittelt in die Augen. Das war noch unheimlicher.

»Ich habe dich nicht betrogen«, sagte sie. »Du weißt, dass ich das niemals tun würde. Genauso wenig wie du mich. Wir haben es uns bei unserer Heirat geschworen.«

»Aber was ist es dann? Du bist seit Freitagnacht ein anderer Mensch, ich erkenne dich kaum wieder.«

Wieder ging ihr Blick in die Ferne. Ihre Augenlider flatterten, Tränen liefen ihr über die Wangen und tropften auf ihre Bluse. Sie starrte den Tisch an und begann zu reden. So leise, dass Alexander Mur sich ihr entgegenlehnen musste, um sie zu verstehen.

»Ich weiß immer noch nicht, was auf der Feier geschehen ist«, begann sie. »Die Stimmung war locker, ausgelassen, aber ich war sauer, dass ausgerechnet Roberto neben mir saß. Du weißt ja, was ich von ihm halte. Irgendwann bin ich aufs Klo, und als ich zurückkam, wurde mir plötzlich komisch. Das Letzte, woran ich mich erinnern kann, ist, wie mich Roberto, Karl, Simon und Andreas ins Auto gesetzt haben. Aber danach? Nur noch Dunkelheit. Das Nächste, was ich weiß, ist, dass ich die Badezimmertür aufgeschlossen habe und du mich gefragt hast, was passiert ist. Aber alles im Zeitraum dazwischen ist wie in einem dichten Nebel verschwunden. Aus meinem Gedächtnis ausradiert. Und etwas hat sich verändert: Ich kann duschen, so oft ich will, und fühle mich dennoch schmutzig. Und ich ertrage deine Nähe nicht. Keine Ahnung, warum.«

Er nickte, denn Letzteres war ihm kaum entgangen. Er erzählte ihr, wie Dissertori sie zu Hause abgeliefert und was er gesagt hatte. Und fragte sie nach ihrem merkwürdigen Verhalten, auch gegenüber den Kindern. »Wie kommst du darauf, dass etwas Schlimmes passiert sein könnte, wenn du doch einen Filmriss hattest? Ist es nur so ein Gefühl?«

Sie verzog das Gesicht. »Ja. Aber dann ist da noch das mit dem Duschen und deinen Berührungen, die ich nicht ertrage. Und ich habe keine Lust auf Sex. Bei dem Gedanken daran wird mir regelrecht schlecht.«

»Dann versuch, dich zu erinnern. Was ist am Freitag passiert?«

Sie schloss die Augen und seufzte. Minutenlang saßen sie sich gegenüber und schwiegen. Plötzlich blickte sie auf und fragte: »Als mich Roberto hier abgeliefert hat, wie habe ich da auf dich gewirkt? Und wie in der Nacht und am nächsten Tag?«

»Das habe ich dir doch schon erzählt.«

»So meine ich das nicht. Hattest du wirklich den Eindruck, dass ich betrunken war? Und wie habe ich ausgesehen? Saß meine Kleidung korrekt?«

»Du wirktest eher betäubt als betrunken. Oder als hättest du Drogen genommen. An deiner Kleidung ist mir nichts aufgefallen.«

Sie zitterte am ganzen Körper und begann wieder zu weinen. Diesmal hielt der Tränenstrom Minuten an. Er wollte sie tröstend in den Arm nehmen, doch sie wies ihn ab. Schließlich atmete sie tief ein und aus und sagte dann: »Ich glaube, Roberto und die anderen haben mich vergewaltigt.«

7

Bozen, Questura, derselbe Tag

»Das Problem ist, dass man K.-o.-Tropfen nur bis zu zwölf Stunden nach der Einnahme nachweisen kann. Bei Ihnen ist seit dem Vorfall aber nun schon fast eine Woche vergangen. Und die Männer waren, wie Sie sagten, zu viert. Die Vermutung liegt nahe, dass sie sich gegenseitig ein Alibi geben werden. Natürlich werden wir sie befragen, aber Sie müssen darauf gefasst sein, dass sie nicht zur Rechenschaft gezogen werden können beziehungsweise sie Sie sogar wegen falscher Anschuldigung verklagen. So etwas kommt leider häufiger vor.«

Alexander Mur hatte wegen Silvias Verdacht entschieden, sofort zur Polizei zu gehen, seine Frau ins Auto gesetzt und ins Präsidium gebracht. Dort saßen sie nun im Büro des aus den Medien bekannten Commissario Bellini, dessen Kollegen, Ispettore Giuseppe Marzoli und Ispettrice Sabine Mauracher, sich ein wunderliches Duell um die Cantuccini auf einer Etagere lieferten. Silvia Mur schien froh zu sein, dass bei ihrer Aussage eine Polizistin dabei war.

»Haben Sie nach dem Aufwachen am nächsten Morgen Verletzungen an sich festgestellt? Oder Spermaspuren? Irgendeinen eindeutigen Hinweis auf eine Vergewaltigung?«, fragte die Polizistin.

Mur dachte nach. Doch da war nichts Seltsames gewesen, gar nichts. Weder an ihr noch an ihrer Kleidung. Deshalb hatte es auch so lange gedauert, bis ihr überhaupt klar geworden war, dass die Männer sie betäubt und vergewaltigt haben mussten. Hätte sie nicht dieses Gefühl von Schmutzigsein gehabt und diese Abneigung gegen jegliche Berührung, sie wäre vielleicht nie darauf gekommen. Allein der Gedanke, dass sie hinterher jeden Tag ins Büro gegangen wäre, als sei nichts geschehen, und diese Typen sie angegrinst hätten, ohne dass sie eine Ahnung gehabt hätte, warum, brachte sie um den Verstand.

»Dann wird es schwierig«, erklärte Mauracher. »Wir werden Sie zuerst untersuchen lassen und dann die Verdächtigen befragen. Sollten die alles abstreiten und wir weder Beweise noch Zeugen finden, haben Sie, wie schon angedeutet, schlechte Karten. Leider.«

»Das ist zum Kotzen«, echauffierte sich Alexander Mur, der bislang kaum etwas gesagt hatte. »Da schütten diese Bestien meiner Frau K.-o.-Tropfen ins Weinglas, vergewaltigen sie und gehen jetzt auch noch straffrei aus. Was ist das für ein Rechtssystem?«

»Beruhigen Sie sich«, ermahnte ihn Marzoli, »das ist noch nicht gesagt. Vier Täter können sich zwar gegenseitig Alibis geben, aber andererseits kann sich einer von ihnen auch in Widersprüche verwickeln. Glauben Sie mir, das wären nicht die Ersten, die in einem Verhör zusammenbrechen.«

Aber Alexander Mur ließ sich nicht beruhigen. »So ein Blödsinn! Ich weiß genau, wie das endet. Meine Frau kriegt auch noch eine Anzeige wegen Falschaussage, und die lachen sich ins Fäustchen. Und wir müssen ein Leben lang mit einem ungesühnten Verbrechen leben. Bringen Sie die Männer hinter Gitter, sonst kann ich für nichts garantieren!«

»Was wollen Sie damit sagen?«

»Dass ich mich eigenhändig um diese Kanalratten kümmern werde, wenn sie nicht in den Knast kommen!«

»Sie sollten vorsichtig sein, was Sie –«, wollte Marzoli ihn ermahnen, doch Vincenzo fiel seinem Kollegen ins Wort.

»Er hat doch recht! Wie oft müssen wir solche Typen noch laufen lassen, weil irgendein arroganter Anwalt uns mit Paragrafen oder abstrusen Formfehlern kommt? Oder ein Richter meint, die ach so traurige Kindheit eines Gewalttäters würde alles entschuldigen. Wen kümmern denn die Opfer? Sollte ich den Psychopathen zu fassen kriegen, der Gianna das angetan hat, wüsste ich auch nicht, was ich tue.«

Betretenes Schweigen erfüllte den Raum. Marzoli sah seinen

Kollegen entgeistert an, Alexander Mur nickte wütend. Dessen Frau und Mauracher wechselten einen Blick.

Schließlich räusperte sich Marzoli und riet, Silvia Mur solle am besten direkt zur Amtsärztin gehen. Sie würden jetzt zu Leitner S.r.l. fahren. An Alexander Mur gewandt sagte er: »Ich verstehe Sie. Wirklich. Aber Sie sollten sich vor solchen Äußerungen hüten und uns vertrauen. Wir glauben Ihnen und werden alles in unserer Macht Stehende tun, um die Männer zu überführen.«

***

Leitner S.r.l.

Die Firma hatte ihren Sitz in der Via Bruno Buozzi im Gewerbegebiet Bozen-Süd, unweit der Messe, die jedes Jahr über dreitausend Aussteller und fast eine Viertelmillion Besucher zählte.

Sie waren zu viert. Vincenzo und Mauracher wollten Dissertori und Wieser befragen, Marzoli und ein weiterer Beamter Lahntaler und Bacher.

Roberto Dissertori, dessen eng sitzendes weißes Hemd seinen muskulösen Oberkörper betonte, zeigte sich überrascht vom Besuch der Polizisten. »Was kann ich für Sie tun? Aber bitte, nehmen Sie doch Platz. Möchten Sie etwas trinken?«

»Nein danke«, sagte Vincenzo und kam sofort zur Sache. »Ist es richtig, dass Sie am vergangenen Freitag Ihre Kollegin Silvia Mur von der Betriebsfeier nach Hause gebracht haben?«

»Ja, sie war sturzbetrunken. Es war ziemlich übel, sie hat sich während der Fahrt übergeben müssen, und jetzt ist sie schon die ganze Woche lang krankgemeldet. Aber warum interessiert das die Polizei?«

»Wer hat Frau Mur nach Hause gebracht?«

»Ich, Bacher, Wieser und Lahntaler.«

»So viele? Und was war mit den Autos Ihrer Kollegen? Haben die sie beim Weingut stehen lassen?«

»Ja, die hatten alle was getrunken und haben die Wagen am nächsten Tag abgeholt. Wir wollten alle nach Hause, und ich hatte ein bisschen Sorge, Silvia allein zu fahren.«

»Warum?«

»Sie sind gut. Stellen Sie sich mal vor, die hätte eine Alkoholvergiftung gehabt und wäre im Auto kollabiert! Ich kenne mich doch. Bestimmt wäre ich panisch geworden und hätte genau das Falsche gemacht. Ich war heilfroh, dass die Jungs zur Sicherheit dabei waren.«

Vincenzo nickte und machte sich Notizen.

Mauracher musterte Dissertori unverhohlen. Er wirkte auf sie nicht so, als könnte ihn ein Kollaps aus der Ruhe bringen.

Schließlich hob Vincenzo wieder den Blick von seinem Schreibblock und sah Dissertori direkt in die Augen. »Silvia Mur beschuldigt Sie und Ihre Kollegen, sie mit K.-o.-Tropfen betäubt und auf dem Weg nach Klobenstein gemeinschaftlich vergewaltigt zu haben. Was haben Sie dazu zu sagen?«

Während Dissertori Vincenzo anstarrte, studierte Mauracher seine Gesichtszüge. Ein Schönling. Oberflächlich. Selbstverliebt. So selbstverliebt, dass er sich für einen guten Schauspieler hielt.

Dissertori schüttelte den Kopf. »Unfassbar. Da ist man Kavalier, will helfen, und dann wird man eines solchen Verbrechens beschuldigt. Warum macht Silvia das?«

»Erklären Sie es uns.« Es war das Erste, was Mauracher sagte.

Dissertori zuckte mit den Schultern. »Woher soll ich das wissen? Vielleicht schämt sie sich für ihren Exzess und ihren peinlichen Auftritt bei der Feier und will jetzt die Aufmerksamkeit auf jemand anderen lenken. Aber ist es nicht eher Ihre Aufgabe, das herauszufinden? Ich kann nur sagen, dass an diesen Anschuldigungen nichts, aber auch gar nichts dran ist. Als ob ich so was nötig hätte! Ich werde einen Anwalt konsultieren und prüfen, ob ich rechtliche Schritte gegen sie einleiten kann. Hier geht es schließlich um meinen Ruf und um den meiner Kollegen.«

***

Gedankenverloren beobachtete Vincenzo, wie Mauracher Marzoli mit einem flinken Griff Richtung Etagere die beiden letzten Cantuccini vor der Nase wegschnappte. Grinsend stopfte sie sich eines in den Mund, begleitet von Marzolis entsetztem Blick. Wortlos zog Bellini seine Schreibtischschublade auf, nahm eine Tüte des köstlichen Gebäcks heraus und entleerte sie auf die Etagere. Marzoli nahm sich sofort fünf Cantuccini und legte sie auf einen kleinen Teller, der vor ihm stand. Außer Reichweite von Mauracher.

»Siehst du«, frotzelte die, »der liebe Commissario kümmert sich sogar um das leibliche Wohl seiner Kollegen.«

»Es ist mir schleierhaft, warum du nicht dick und rund bist«, entgegnete Marzoli. »Du isst doch mindestens genauso viel von den Dingern wie ich.«

Mauracher grinste schelmisch. »Weil ich, im Unterschied zu dir, fast jeden Tag Sport treibe. Vielleicht sollte ich mal ein ernstes Wörtchen mit deiner Frau reden.«

»Hüte dich …« Weiter kam er nicht, denn Bellini haute auf den Tisch.

»Jetzt hört doch endlich mal mit diesen Frotzeleien auf. Ihr seid ja der reinste Kindergarten! Wir haben eine Vergewaltigung aufzuklären.«

»Mutmaßliche Vergewaltigung«, korrigierte ihn Marzoli.

Vincenzos Gedanken wanderten zu Dissertori und den anderen Verdächtigen. Zu Leitner, den sie ebenfalls befragt hatten, und zu den weiteren Zeugen des Abends. Ihre Aktion war genau so gelaufen, wie er es erwartet hatte. Die vier Beschuldigten entlasteten sich gegenseitig. Sie sagten exakt dasselbe. Wenn sie logen, mussten sie ihre Aussagen vorher einstudiert haben. Sowohl Leitner, der einen geradlinigen Eindruck machte, als auch einige Kollegen und Kolleginnen von Silvia Mur berichteten übereinstimmend, dass sie an dem entsprechenden Abend völlig von der Rolle gewesen sei. Zunächst sei sie noch ganz normal gewesen, aber plötzlich, einige meinten, direkt nach einem Toilettengang, wie ausgewechselt. Sei laut geworden, habe zu lallen angefangen. Und dann habe sie mit Dissertori geflirtet, der in der Firma als Schürzenjäger verschrien war, aber ein Nein normalerweise akzeptierte. Niemand konnte sagen, wie viel genau Mur getrunken hatte. Auf den Tischen hätten immer mehrere Flaschen Wein gestanden und die Kellner jedes leere Glas sofort wieder aufgefüllt.

Das sah nicht gut aus für Mur.

Die Spurensicherung an Dissertoris Wagen und die Ergebnisse der amtsärztlichen Untersuchung standen noch aus. Aber wenn auch das nichts ergab, war der Fall, wenn man denn überhaupt von einem sprechen konnte, schon abgeschlossen. Und Dissertori war nicht der Einzige gewesen, der rechtliche Schritte gegen Mur angekündigt hatte. Die Frau tat Vincenzo leid. Denn er glaubte ihr. Ihr Verhalten ließ sich zwar durchaus mit einer zu großen Menge Alkohol erklären, war jedoch auch die typische Wirkung von GBL, das man problemlos und legal über das Internet bestellen konnte. Offiziell war es nichts weiter als ein Putzmittel. Eine Massenchemikalie. Hundert Milliliter für zwanzig Euro. Ein paar Tropfen ins Weinglas. Der erste Schluck: Euphorie pur, Partylaune, ein Rausch. Der zweite Schluck: bums, aus und vorbei. Von Euphorie zur Hilflosigkeit in fünf Sekunden. Körperfunktionen: liefen nur noch auf Sparflamme. Gehirn: abgeschaltet. Erinnerungen: keine. Fünf oder sechs Stunden lang. Und ein Schluck zu viel: tot.

Diese Hundesöhne mussten Mur GBL ins Glas geträufelt haben, denn laut ihrem Mann trank sie nicht viel und war noch nie betrunken gewesen. Warum hätte sich daran am letzten Freitag etwas ändern sollen? Es war zum Kotzen, was Männer Frauen antaten, ohne dafür bestraft zu werden. Und würde Alexander Mur die Vergewaltiger erledigen, müsste er dafür auch noch ins Gefängnis. Vincenzo wusste, dass seine persönliche Haltung den Prinzipien seines Berufs widersprach, aber er war auch nur ein Mensch. Mit einer Vorstellung von Recht, die durch das lückenhafte und ungerechte Rechtssystem immer wieder auf eine harte Probe gestellt wurde.

»… Männer daherreden!«

Vincenzo schreckte auf. Er hatte nichts von einer Diskussion zwischen Marzoli und Mauracher mitbekommen. »Was hast du gesagt?«, fragte er seine Kollegin.

Sie schien aufgebracht, denn sie sagte übertrieben laut: »Dass nur ein Mann so dämlich daherreden kann!«

Marzoli hob beschwichtigend die Hände. »Bitte, Sabine, das hast du völlig falsch verstanden.«

»So, habe ich das?« Wütend funkelte sie Marzoli an.

Der wollte etwas erwidern, doch Vincenzo ging sichtlich genervt dazwischen. »Mir reicht schon euer Cantuccini-Gezanke. Warum streitet ihr euch jetzt schon wieder?«

Mauracher rekapitulierte. Sie habe sich über Marzoli aufgeregt, weil der es als möglich erachte, dass Silvia Mur tatsächlich nicht vergewaltigt worden sei, sondern einvernehmlichen Sex mit den Männern gehabt habe. Auf der nächtlichen Heimfahrt. Weil sie so betrunken gewesen sei, dass sie sämtliche Hemmungen fallen gelassen habe. Und am nächsten Tag habe sie alles vergessen oder verdrängt. Doch geplagt von ihrem schlechten Gewissen habe ihr Hirn zum Schutz die Vergewaltigung erfunden, weshalb sie und ihr Mann dann zu ihnen gekommen seien.

Vincenzo schüttelte den Kopf. »Manchmal bist du wirklich naiv, Giuseppe. Einvernehmlicher Sex. So ein Quatsch. Mur ist vergewaltigt worden. Eindeutig. Aber wir können nichts machen.«

Mauracher nickte. »So sehe ich das auch. Erzähl nie wieder so einen Scheiß, Giuseppe. Sonst werde ich echt sauer!«

8

Leitner S.r.l., Anfang der folgenden Woche

»Dieser Commissario macht mich nervös. Der hat mir kein Wort geglaubt, das habe ich gespürt.«

»Mach dir mal nicht ins Hemd, Karl. Der kann uns gar nichts, solange wir nur konsequent zu unseren Aussagen stehen. Also bleib gefälligst cool.«

Dissertori hatte Lahntaler, Wieser und Bacher in der Frühstückspause ins Freie vor das Firmengebäude beordert, um sie auf weitere Verhöre vorzubereiten. Denn die drei zeigten Nerven. Und das war nicht gut. Vor allem um Lahntaler machte er sich Sorgen. Er hatte den Eindruck, der könnte im nächsten Verhör einbrechen.

»Dieser Bellini ist aber auch angsteinflößend«, befand Wieser. »Wenn ich daran denke, wie der mich angesehen hat, stellen sich meine Nackenhaare auf. So, als wollte der mich umbringen. Ehrlich, ich hatte richtig Schiss vor dem.«

»Ging mir genauso«, ergänzte Bacher. »Obwohl ich meine Aussage bei seinem Kollegen gemacht habe. Aber wie der mir bei der Begrüßung in die Augen geblickt hat. Der wusste, was ich getan habe. Der kalte Schweiß ist mir ausgebrochen, und das ist dem bestimmt nicht verborgen geblieben. Verdammte Scheiße, wir werden alle in den Knast wandern!«

Dissertori packte ihn am Kragen. »Schrei doch noch lauter, damit es ganz Bozen hört, du Idiot! Ich sag euch mal was: Es ist scheißegal, was dieser Bellini glaubt oder denkt, weil wir in einem Rechtsstaat leben. Ohne Beweise geht nichts, und die hat der nicht. Und wird sie auch nicht kriegen. Nicht, solange ihr eure verdammten Hackfressen haltet und immer wieder dasselbe erzählt. Habt ihr das verstanden?«

Wieser steckte sich eine Zigarette zwischen die Lippen. »Mir graut vor dem Tag, an dem Silvia zurückkommt.«

»Die kommt nicht zurück«, versprach Dissertori.

Wieser sah ihn erstaunt an. »Wie kommst du darauf? Die kann sich doch nicht ewig krankschreiben lassen.«

Dissertori lächelte. »Die kündigt. Jede Wette. Oder glaubt irgendjemand von euch, dass die weiterhin mit uns zusammenarbeiten könnte?«

»Allein bei der Vorstellung, der in die Augen zu sehen, läuft's mir eiskalt den Rücken runter.« Lahntaler schüttelte den Kopf. »Ich habe die gefickt. Wehrlos, hilflos. Trotz der Tropfen weiß die genau Bescheid, und jetzt soll ich deiner Meinung nach so tun, als wäre nichts geschehen?«

Dissertori verdrehte die Augen. »Mein Gott, du hast sie doch nicht umgebracht! Ein lächerlicher Fick, mehr war's doch nicht. Jede Sekunde passiert das tausendmal auf der Welt, also red nicht so einen Stuss! Trotzdem bereue ich im Nachhinein die Aktion. Aber nicht wegen Silvia. Nein, die war geil. Euretwegen! Ich dachte, ihr hättet euch im Griff, aber stattdessen entpuppt ihr euch als Mimosen. Wenn ihr so weitermacht, landen wir tatsächlich noch im Knast.«

Bacher sah Dissertori nachdenklich an. »Du bist ein Vergewaltiger und hast überhaupt kein schlechtes Gewissen. Bist du wirklich so abgebrüht, Roberto?«

Dissertori stieß verächtlich Luft durch die Nase aus. »Vergewaltiger. Schlechtes Gewissen. Was faselst du für einen Quatsch? Erstens hat Silvia nichts davon mitbekommen, zweitens wird sie sich selbst daran aufgeilen, wenn nur ein bisschen Zeit verstrichen ist, und drittens hätte die das schon viel früher haben können. Gratis und bei vollem Bewusstsein. Warum hat mich die blöde Schlampe auch immer wieder abblitzen lassen!«

»Du glaubst wirklich, dass dir alle Frauen zu Füßen liegen müssen, oder?«

Dissertori ging bedrohlich auf Wieser zu. »Pass auf, was du sagst, du Pantoffelheld!«

»Hört auf, euch zu streiten!«, rief Lahntaler wütend. »Roberto hat doch recht. Wir haben es selbst in der Hand, wie das Ganze ausgeht. Wir müssen uns alle am Riemen reißen, dann ist das irgendwann auch wieder vorbei. Und wenn Silvia tatsächlich in die Firma zurückkommt, hat sie ein Problem. Nicht wir.«

Dissertori tätschelte Lahntaler die Wange. »Du hast es immerhin kapiert, Karl. Ich hoffe, ihr anderen werdet es auch.« Er bedachte Bacher und Wieser mit einem Blick, der hätte töten können.

***

Questura

Vincenzo hatte das Ehepaar Mur in die Questura gebeten. Alexander Mur hatte sich eine weitere Woche Urlaub genommen, seine Frau war eine weitere Woche krankgeschrieben, und dem Commissario fiel die frustrierende Aufgabe zu, den beiden die Ergebnisse der medizinischen Untersuchung und der Spurensicherung mitzuteilen. Vincenzo hatte Mauracher dazugebeten, weil ihm nicht verborgen geblieben war, dass sich Silvia Mur einer Frau gegenüber offener verhielt. Und wer sollte ihr das verdenken, nach dem, was sie durchgemacht hatte? Außerdem war Dottoressa Claudia Paci, Vincenzos Lieblingsrechtsmedizinerin, anwesend, denn er hatte einen letzten Vorschlag parat.

Silvia Mur hatte den Kopf gesenkt. Ihre Stimme war leise, sie flüsterte. »Mit anderen Worten: Das war es? Die Schweine werden nicht angeklagt und können weitermachen wie bisher, und ich muss zusehen, wie ich klarkomme? Wie stellen Sie sich das vor? Soll ich am kommenden Montag in die Firma gehen und so tun, als wäre nichts geschehen? *Business as usual?* Hallo, Roberto, schön, dich wiederzusehen?«

Alexander Mur wollte seine Frau in den Arm nehmen, doch sie wies ihn ab.

Vincenzo ahnte, dass das vielleicht ehemals glückliche Ehepaar auf absehbare Zeit nicht mehr glücklich sein würde, und dachte an Gianna. Sie hatten stets unterschiedliche Lebensziele verfolgt, aber ihre große Liebe hatte sie verbunden. Bis sie Opfer eines geistesgestörten Verbrechers geworden waren. Danach war nichts mehr so wie vorher gewesen, und jetzt waren sie kein Paar mehr. Und der Täter lief genauso frei herum wie Murs Vergewaltiger.

Alexander Mur ballte die Hände zu Fäusten. »Ich schwöre bei Gott, dass ich das nicht tatenlos mitansehen werde! Die oder wir. Wenn Sie die Typen nicht wegsperren, werde ich dafür sorgen, dass sie für ihre Tat büßen.«

»Nicht, Alexander«, sagte seine Frau.

»Tun Sie nichts Unüberlegtes«, mahnte Mauracher. »Außerdem gibt es noch eine letzte Möglichkeit. Vincenzo, wäre es nicht an der Zeit …?«

Er nickte gedankenverloren. Gianna und Silvia. Zwei Frauen, die so unterschiedlich gar nicht waren. Selbstbewusst, geradlinig, unerschrocken, auf Karriere bedacht. Und beide Opfer von widerlichen Männern. Mit einem Lebenspartner und einer Familie, die zu Mitopfern geworden waren, ohne dass ihnen das Rechtssystem Gerechtigkeit zuteilwerden ließ. Er starrte durch Alexander Mur hindurch. »Ich kann das gar nicht oft genug sagen: Ich verstehe Sie, Alexander.«

»Danke«, sagte Mur mit zusammengepressten Lippen.

»Vincenzo!« Mauracher sprang auf und baute sich vor ihrem Vorgesetzten auf.

»Schon gut, krieg dich wieder ein«, murmelte Vincenzo und bat Paci zu erklären, welchen Trumpf sie noch im Ärmel hatten.

Die Rechtsmedizinerin, deren rote Lockenpracht nach der letzten gnadenlosen Kürzungsorgie wieder so gewachsen war, dass sie ihr bei jedem Wort ins Gesicht fiel, erläuterte sachlich, dass sich mittels einer Haarprobe die Einnahme von K.-o.-Tropfen auch noch nach längerer Zeit nachweisen ließ. Allerdings hing der Erfolg der Untersuchung von der Art der verabreichten Chemikalie ab. »Es ist unsere letzte Möglichkeit«, sagte sie. »Ihr Haar muss aber erst sechs Wochen lang nachwachsen, bis wir es auf K.-o.-Tropfen testen können. In dieser Zeit dürfen Sie es nur waschen. Nicht bleichen, färben oder tönen. Keine Dauerwelle. Wenn das Ergebnis positiv ist, wissen wir, dass Ihnen K.-o.-Tropfen verabreicht wurden. Sollte es negativ sein, bedeutet das eine zusätzliche Entlastung der Täter. Es ist Ihre Entscheidung.«

Unsicher blickte Silvia Mur von einem zum anderen. »Was meinst du, Alexander?«

»Wir sollten es versuchen, wenn ich nicht in den Knast wandern soll, weil ich deine Kollegen massakriert habe.«

»Bitte, sag so was nicht. Ich und die Kinder, wir brauchen dich.«

Paci räusperte sich. »Dann schlage ich vor, dass Sie versuchen, die nächsten sechs Wochen durchzustehen.«

»Aber ich kann mich doch nicht weitere sechs Wochen krankschreiben lassen«, gab Silvia Mur zu bedenken.

»Doch, das können Sie«, sagte Vincenzo.

»Nein«, sagte sie entschieden. »Den Gefallen tue ich denen nicht.«

Alexander Mur betrachtete seine Frau liebevoll von der Seite. Die Kämpferin. Das war ihre Natur. Doch diesmal hatte sie verloren. Sie würde nie wieder für Leitner arbeiten.

9

Sarnthein, 24. Juli

Vincenzo saß auf dem Balkon seiner Wohnung, trank ein Forst und aß dazu Südtiroler Speck. Da es außer der Vergewaltigung keine aktuellen Fälle gab, hatte er die Questura schon um siebzehn Uhr verlassen können. Er war nach Hause gefahren, hatte sich umgezogen und war nach langer Zeit zum ersten Mal wieder seine lange Bergrunde gelaufen. Von seiner Wohnung steil hinauf zur Sarner Skihütte, dann weiter bergan zur Auener Alm und zum Auener Joch, von dort aus über den Höhenweg mit phantastischer Fernsicht zu den Stoanernen Mandln und schließlich in weitem Bogen bergab wieder zurück nach Sarnthein. Er hatte die für einen Dauerlauf recht anspruchsvolle Strecke lange gemieden, weil er mit ihr Erinnerungen an Gianna verband. Bei einer Wanderung mit Picknick am Auener Joch hatten sie zum letzten Mal Sex in der freien Natur gehabt.

Danach war sie verschwunden. Gekidnappt von einem Geisteskranken. Gefangen im Eis. Befreit während eines Schneesturms. Seitdem war auch sein Leben nicht mehr dasselbe. Seine traumhafte Bergrunde war für ihn zum Sinnbild des eigenen Verderbens, des persönlichen Untergangs geworden. Doch verrückterweise schien ihm das Schicksal der Eheleute Mur zu helfen, sein eigenes ein Stück weit besser zu ertragen. Weil er nicht mehr allein war. Auch ihre Beziehung hatten widerwärtige Egomanen wenn nicht zerstört, so doch beträchtlich beschädigt. Dass sie diese Situation scheinbar gemeinsam meisterten, hatte ihm Mut gemacht, diese Strecke, auf die er sich so viele Jahre lang jedes Mal gefreut hatte, endlich wieder zu laufen.

Am Auener Joch hatte ihn jedoch die Erinnerung übermannt, und er hatte gegen die aufsteigenden Tränen ankämpfen müssen. Aber er hatte auch Dankbarkeit empfunden für die

Zeit, die er mit Gianna hatte haben dürfen. In diesem Moment hatte er begriffen, dass er seinem eigenen Schicksal niemals entkommen konnte, weil das Hirn eine riesige Festplatte war, auf der nichts verloren ging. Aber heute konnte er damit besser umgehen als in jenem schicksalhaften Herbst vor zwei Jahren. Silvia Mur war, ohne es zu ahnen, zu einer Art Therapeutin für ihn geworden.

Und jetzt war es an ihm, ihr zu helfen, zu *ihrem* Auener Joch zurückzukehren, wo auch immer das lag. Was allerdings unmöglich war, solange ihre Vergewaltiger frei herumliefen. Während der vergangenen zwei Wochen hatte er die Typen drei Mal in die Questura bestellt und ihnen immer dieselben Fragen gestellt. Sie waren bei ihren ursprünglichen Aussagen geblieben. Egal, wie sehr er sie unter Druck gesetzt hatte.

Vincenzo besaß eine gesunde Menschenkenntnis. Er wusste, dass Roberto Dissertori noch viel mehr Druck aufbaute, als er es konnte, und damit die drei anderen kontrollierte. Vor ihm hatten sie mehr Angst als vor einem Commissario, dessen Spielraum durch täterfreundliche Gesetze begrenzt war. Dieser Egozentriker wusste das genau und genoss es. Seine Auftritte in der Questura waren eine reine Provokation gewesen. Er fiel in eine Kategorie Mensch, der Vincenzo alles zutraute. So wie dem Monster von Bozen, allerdings viel dümmer und primitiver.

Nach den wiederholten Befragungen war er überrascht gewesen, was für Phantasien ihn überkommen hatten. Dissertori gefesselt in einem Verlies, seine Waffe an dessen Schläfe. »Gesteh, du Bastard, oder ich puste dir das Hirn weg!« Zu seinem eigenen Entsetzen hatte die Szene nicht mit einem Geständnis geendet.

Und die laufende Ermittlung entlastete die Täter immer stärker. Obwohl sich einige Fragen stellten. Zum Beispiel die nach der zeitlichen Diskrepanz zwischen dem Aufbruch vom Weingut und der Ankunft in Klobenstein. Da fehlten immerhin dreißig oder vierzig Minuten. Aber Dissertori wiederholte nur gebetsmühlenartig, dass Silvia Mur sich mehrmals übergeben habe. Der Zeitverlust ließ sich damit locker erklären. Aber die gute halbe Stunde reichte eben auch aus, um sich zu viert an einem willenlosen Opfer zu vergehen.

Die Mitarbeiter des Weingutes Brunner, die für Leitners Feier zuständig gewesen waren, hatten auch nur ausgesagt, dass Silvia Mur betrunken gewirkt und sich danebenbenommen habe. Keinerlei Auffälligkeiten seitens der Beschuldigten. Im Gegenteil, gerade Dissertori war ihnen als sehr fürsorglich in Erinnerung geblieben. Vincenzo hatte bei der Aussage innerlich getobt. Dieser Blender wusste genau, wie er sich in Szene setzte.

Vincenzo hatte das letzte Stück des Südtiroler Specks verzehrt, aber immer noch Appetit. Und nach dem Forst immer noch Durst. Er stand auf, ging in die Küche, öffnete den Kühlschrank, überprüfte die Vorräte. Sehr gut, ein weiteres Stück Speck, nicht angeschnitten. Und noch etwas Graukäse. Er nahm beides heraus, zusammen mit einem zweiten kühlen Bier, und ließ die Kühlschranktür zufallen. Er wandte sich in Richtung Brotschrank, um auch Schüttelbrot mit auf den Balkon hinauszunehmen, hielt aber plötzlich in der Bewegung inne. Ein kalter Schauer lief ihm über den Rücken, Schweiß bildete sich unter seinen Achseln.

Achte auf meine Zeichen, Vincenzo! Die Worte des Monsters.

Schnell stellte er Flasche, Speck und Käse auf der Arbeitsplatte ab und ging zurück zu seinem Kühlschrank, den er mit einem leichten Anflug von Panik öffnete. Er starrte hinein. Nur das aufdringliche Summen der Kühlautomatik war zu hören. Sein Blick scannte das obere Fach. Dann das mittlere. Und schließlich das untere. Er schloss die Augen. Versuchte, sich zu erinnern. *Wie viele Flaschen hast du gestern reingelegt? Es waren doch fünf, oder?* Heute Abend hatte er erst ein Bier getrunken, das auf der Arbeitsplatte war folglich das zweite. Fünf minus zwei ergab drei. Demzufolge müssten sich noch drei Flaschen Forst im untersten Fach befinden.

Minutenlang zählte Vincenzo immer wieder das Bier und schloss die Augen. Fünf Flaschen. *Zwei rausgenommen. Sollten noch drei da sein. Verdammt, verdammt, verdammt.* Er schloss die Kühlschranktür und ging langsam durch seine Wohnung. Schlafzimmer: Bett gemacht, Kleiderschrank zu, Fenster auf Kipp. Bad: Klodeckel unten, Matte vor der Dusche, Fenster ebenfalls auf Kipp. Arbeitszimmer: Stecker des Rechners gezogen, alle Ordner im Schrank, Fenster geschlossen. Erleichterung. Alles war genau so, wie es sein sollte.

Er ging zurück in die Küche. Stand unschlüssig zwischen Arbeitsplatte und Kühlschrank. Öffnete das frische Forst und nahm einen großen Schluck. Spürte dennoch wieder diese Panik in sich aufsteigen. Von der er niemals gedacht hätte, dass sie eines Tages zurückkehren könnte.

Mit geschlossenen Augen zog er erneut die Kühlschranktür auf. Spürte den kalten Luftzug im Gesicht, hörte das Summen des Gerätes. Fasste neuen Mut. Öffnete die Augen, starrte in das unterste Fach. Fünf Flaschen minus zwei, das ergab immer noch drei.

Aber warum lagen dort *vier*?

Er begann zu zittern. So heftig, dass er das Bier abstellte. Du musst dich irren, redete er sich ein. Du hast eine Flasche mehr reingelegt, als du dachtest, und die Erinnerung spielt dir einen Streich. Eine andere Erklärung gibt es nicht.

Achte auf meine Zeichen!

Mit einem Aufschrei stieß Vincenzo die Kühlschranktür zu, rannte in den Flur, zog seine Dienstwaffe aus dem Holster, entsicherte sie und prüfte die Wohnungstür. Abgeschlossen und durch die Kette gesichert. Blick nach rechts. Blick nach links. Waffe im Anschlag. Verdammte Scheiße! Systematisch durchsuchte er jeden Raum. Schaute in Schränke und unter das Bett. Trat auf den Balkon. Bloß keine Einbruchsspuren übersehen. Aber nichts.

Vincenzo schloss die Balkontür und zog von innen sämtliche Fensterläden zu.

Plötzlich traf es ihn wie ein Blitz. Er rannte ins Badezimmer. Sah die Flasche Rasierwasser, die auf der Ablage am rechten Rand stand. Hatte er sie nicht mittig stehen lassen? So wie immer? Seine Panik wuchs, sein Puls raste. Was sollte er tun? Wem sollte er davon erzählen? Ein falsch stehendes Rasierwasser, eine Flasche Bier zu viel im Kühlschrank. Er konnte Maurachers spöttische Kommentare förmlich hören.

Vincenzo steckte seine Waffe in den Hosenbund, stülpte sich ein paar Latexhandschuhe über, nahm die restlichen Flaschen Forst aus dem Kühlschrank und stellte sie neben die anderen beiden. Morgen würde er alle Reiterer geben und ihn bitten, sie auf Fingerabdrücke zu untersuchen. Auf *seine* Fingerabdrücke.

Das ist der Moment, auf den wir beide gewartet haben, dachte er und öffnete das dritte Bier an diesem Abend, ohne die Latexhandschuhe auszuziehen. Und leerte es. So wie die letzten drei, die im Kühlschrank gelegen hatten. Mögliche Spuren gab es höchstens *an* der einen mysteriös aufgetauchten Flasche, nicht *in* ihr.

Das Bier zeigte kaum die erhoffte Wirkung. Vincenzo wusste, dass es so wie damals sein würde, als ihn das Monster in tiefster Nacht in seiner Wohnung angerufen hatte, um ihm zu sagen, dass Gianna in seiner Gewalt war. Damals hatte ihm der Alkohol einen widerlichen Kater beschert, ihn aber nicht von seiner Panik erlöst.

Er putzte sich die Zähne und ging in sein Schlafzimmer. Schloss die Tür ab, legte sich ins Bett und die Waffe unter sein Kopfkissen.

Und fand trotzdem keinen Schlaf.

10

Questura, 30. Juli

Eine knappe Woche später lief Vincenzo nervös in seinem Büro auf und ab. Schweiß rann ihm über das Gesicht und tropfte auf sein Hemd, was nicht nur an der für Bozen so typischen schwülen Hitze lag. Seit er die überzählige Flasche in seinem Kühlschrank entdeckt hatte, kam er nicht mehr zur Ruhe. Er war sich längst sicher, dass er sie nicht hineingelegt hatte. Denn er kannte ihn. Das war genau seine Handschrift. Und das war genau das, was er dem Commissario geschworen hatte, der ihn einst verhaftet hatte: Ich komme wieder, es ist noch lange nicht vorbei! Das Spiel begann also von Neuem. Aber das Monster hatte aus seinen Fehlern gelernt. Was immer der Mann vorhatte, es würde Vincenzo aus heiterem Himmel treffen. Und vielleicht nicht nur ihn. Denn Kollateralschäden gehörten zu seinem Repertoire.

Es klopfte, und Reiterer, der Leiter der Spurensicherung, trat ein. Hinter ihm Mauracher und Marzoli, der sich sofort auf die Etagere stürzte. Reiterer hielt eine schmale Mappe hoch. »Die Ergebnisse der Analyse der Flaschen und der Spurensicherung in Ihrer Wohnung, Bellini.«

»Setzt euch«, sagte Vincenzo. »Kaffee?«

»Sì«, entgegnete Reiterer, »auch wenn Ihrer mit meinem nicht mithalten kann.«

Vincenzo schaltete seine kleine Pad-Kaffeemaschine ein und drehte sich zum Spurensicherer um. »Weil Sie sich ein Profigerät gegönnt haben. Wie teuer war das noch mal?«

Reiterer grinste. »Warum, wollen Sie sich auch so etwas zulegen? Keine schlechte Idee. Aber glauben Sie mir, mein Lieber, wenn ich Ihnen sage, dass Sie sich das nicht leisten können.«

»Espresso, Crema, Lungo oder Brasil?«

»Wie meinen?«

»Welchen Kaffee Sie wollen. Mein Gott, Sie sind wirklich schwer von Begriff.«

Reiterer spitzte die Lippen. »Nur keinen falschen, gleichwohl berechtigten Neid, Bellini. Brasil, selbstverständlich. Besser als nichts.«

Vincenzo stellte eine Tasse unter die Verteilerdüse, legte die passende Kapsel ein und drückte auf den Startknopf. »Milch, Zucker?«

»Wie lange kennen wir uns schon, Bellini?«

»Auf jeden Fall zu lange, Reiterer.«

»Kindergarten«, raunzte Marzoli Mauracher zu, die ihm mit einem Nicken zustimmte und sich einen Keks in den Mund schob.

»Milch und Zucker sind nur was für Weicheier wie Sie.«

Vincenzo stellte grinsend die Tasse vor den Spurensicherer auf den Besprechungstisch. »Bitte sehr. Also, wie viel?«

Reiterer nahm einen kleinen Schluck und verzog angewidert das Gesicht. »Jedes Mal, wenn ich so etwas vorgesetzt bekomme, sehe ich mich darin bestätigt, dass es klug war, fünftausend Euro in einen Jura-Kaffeeautomaten zu investieren. Das nächste Mal sollten wir uns wieder bei mir treffen.«

»Fünftausend?«, rief Marzoli.

Reiterer nickte.

»Für eine Kaffeemaschine?«

»So ist es.«

»Und Ihr Crosstrainer? Was hat der noch mal gekostet?«, erkundigte sich Vincenzo.

»Ach, Commissario, was ist nur los mit Ihnen? Das habe ich Ihnen doch alles schon erzählt. Es waren ebenfalls fünftausend. Also zehntausend für einen Crosstrainer und einen Kaffeeautomaten. Beides Dinge, die ich täglich nutze. Zwei lohnende Investitionen.«

»Zehntausend Euro«, murmelte Mauracher kopfschüttelnd. »So viel hat nicht mal mein Auto gekostet.«

Der Leiter der Spurensicherung lächelte sie an. »Tja, das liegt daran, dass Sie in einer anderen Gehaltsklasse unterwegs sind als ich, liebe Sabine.«

»Eingebildeter Affe«, konterte Bellini. »Können wir uns dann zur Abwechslung mal Ihrer Arbeit zuwenden? Was haben Sie gefunden? Oder haben Sie wie so häufig versagt?«

Der Spurensicherer lachte. »Nichts zu finden bedeutet nicht, dass die Arbeit schlecht gemacht wurde, sondern dass es entweder nichts zu finden gab oder derjenige, der Spuren hätte hinterlassen können, genauso gute Arbeit abgeliefert hat wie wir.«

»Das heißt also, Sie haben wirklich nichts gefunden? Weder in meiner Wohnung noch an den Flaschen? Sie enttäuschen mich.«

Reiterer bestätigte, dass er und seine Männer ausschließlich Spuren von Bellini selbst hatten feststellen können. Keine Fingerabdrücke des Monsters, allerdings räumte er ein, nicht das volle Programm gefahren zu haben. »Unser Einsatz war ja auch eher halb offiziell. Die Kosten für eine solche Maßnahme, nur weil eine Flasche zu viel im Kühlschrank liegt, würde Baroncini niemals absegnen. Und wenn ich ehrlich zu Ihnen sein darf, Bellini: Ich glaube, Sie haben sich einfach nur getäuscht. Paranoia. Allzu verständlich nach dem, was Sie durchgemacht haben.«

Vincenzo verdrehte die Augen. »Wenn der Täter Handschuhe getragen hat, als er die sechste Flasche in den Kühlschrank gelegt hat, dürften sich auf dieser gar keine Fingerabdrücke finden. Denn auch ich hatte ja Handschuhe an, als ich die Flaschen aus dem Kühlschrank genommen habe.«

Reiterer wiederholte, dass Vincenzos Fingerabdrücke auf allen Flaschen gewesen seien.

»Könnte doch sein, dass du die fremde Flasche zuerst getrunken hast. Als du noch keine Handschuhe getragen hast«, warf Marzoli ein. »Die Chancen stehen immerhin eins zu fünf.«

Der Commissario verzog das Gesicht zu einer gequälten Grimasse. »Genau genommen sogar eins zu zwei. Denn auch die zweite Flasche habe ich noch blank aus dem Kühlschrank genommen. Was ist denn mit dem Rasierwasser?«

»*Niente.*«

***

»Setzen Sie sich!«

Vincenzo nahm auf dem schweren Sessel vor Baroncinis Schreibtisch Platz. Das Büro des Vice Questore war groß, dominiert von dunklem Holz, etwas helleren Holzdielen und Bildern aus der Renaissance. Drucke von Tizian, Correggio und del Sarto. Vor den großen Fenstern des drei Meter hohen Raumes hingen Vorhänge aus dunkelgrauem Samt. Geschmackvoll, edel, hochwertig. Aber auch ein wenig erdrückend.

»Sie wissen, warum ich Sie habe kommen lassen, Commissario?«

Vincenzo schüttelte den Kopf. »Nein, ich habe keine Ahnung.«

Baroncini lehnte sich in seinem Ledersessel zurück und legte die Fingerspitzen aneinander. »Wegen Ihres merkwürdigen Verhaltens.«

»Merkwürdiges Verhalten?« Vincenzo war ehrlich überrascht.

Der Vice Questore zitierte seine Äußerungen in Bezug auf die mutmaßlichen Vergewaltiger von Silvia Mur und ging dann auf die ominöse sechste Bierflasche ein. »Dass die Spurensicherung wegen einem Forst ausrückt, ist ein Hammer, Commissario. Lächerlich! Nicht auszudenken, wenn so etwas an die Öffentlichkeit durchsickert. Was haben Sie sich nur dabei gedacht?«

Genau das wollte das Monster erreichen: Niemand glaubte ihm. Alle hielten ihn für verrückt. Aber er wusste es besser. »Vergessen Sie nicht das Rasierwasser.«

Baroncini grinste breit. »Rasierwasser. Was Sie nicht sagen. Also rechtfertigen eine Bierflasche und ein Rasierwasser den Einsatz der Spurensicherung?«

Vincenzo hob abwehrend die Hände. »So habe ich das nicht gemeint. Ich –«

»Sondern?«

Es hatte keinen Zweck. »Tut mir ehrlich leid, Vice Questore. Kommt nicht wieder vor.«

»Und Ihre Äußerungen? Racheschwüre gegenüber Verdächtigen?«

»Sie müssen doch selbst zugeben –«

Baroncini rutschte in einer fließenden Bewegung auf seinem Sessel vor und schlug seine flache Hand auf die Schreibtischplatte. »Sie vertreten das Recht im Sinne unserer Gesetze, Bellini! Wo kämen wir denn hin, wenn es jeder Polizist selbst in die Hand nähme? Gerade Sie stehen wegen der spektakulären Entführung Ihrer ehemaligen Freundin und der Tatsache, dass Sie seinerzeit deshalb die eine oder andere Regel, sagen wir mal, großzügig ausgelegt haben, im Fokus des öffentlichen Interesses. Ich weiß, dass Sie die Geschichte verfolgt, und das tut mir ehrlich leid. Aber in diesem Job ist höchste Professionalität gefragt, verstanden?«

Vincenzo nickte. Als das Monster das Bier in seinen Kühlschrank gelegt hatte, hatte es schon gewusst, wie Vincenzo reagieren würde. Und der Vice Questore. Reiterer, Marzoli, Mauracher und Baroncini, sie waren nichts weiter als Marionetten in den Händen eines Puppenspielers. Er allein hatte die Kontrolle über sie, und die wollte er unter keinen Umständen verlieren. »Verstanden, Vice Questore. Ich verspreche noch einmal, dass das nicht mehr vorkommt. Weder das eine noch das andere.«

Baroncini nickte zufrieden. »Gut, nichts anderes habe ich von Ihnen erwartet. Sie können gehen.«

11

Questura, 12. August

Die Serie schlechter Nachrichten wollte nicht abreißen. Erst das Ergebnis der Spurensicherung in seiner Wohnung und jetzt war auch noch das der Rechtsmedizin negativ. Die Analyse eines Haares von Silvia Mur hatte nichts ergeben. Keine Hinweise auf narkotisierend wirkende Substanzen. Vincenzo hatte davor gegraust, dem Ehepaar Mur die Nachricht zu überbringen. Sie waren extra dafür in die Questura gekommen.

Während er Kaffee verteilte und Marzoli mittels eines mahnenden Blickes klarmachte, dass die Cantuccini auf der Etagere diesmal für alle gedacht waren, erläuterte Paci mit der Nüchternheit der Medizinerin die Ergebnisse der Untersuchung.

Silvia Mur schaute betreten zu Boden, und Vincenzo nahm erleichtert zur Kenntnis, dass sie sich inzwischen wenigstens wieder von ihrem Mann trösten ließ. »Mit anderen Worten: Die vier gehen straffrei aus«, stellte sie mit schwacher Stimme fest.

»Wahrscheinlich haben sie eine andere Substanz verwendet«, sagte Paci. »GHB, Gamma-Hydroxybuttersäure, auch bekannt als Liquid Ecstasy, lässt sich nach einmaliger Einnahme kaum nachweisen, die Einlagerung in den Zellen, und damit die Nachweisbarkeit, ist ein längerfristiger Prozess. Das Haar muss entsprechend lange wachsen, und meistens ist, leider, auch eine mehrmalige Einnahme der Substanz nötig. Wie geht es Ihnen jetzt, Frau Mur? Haben Sie noch irgendwelche Beschwerden?«

Vincenzo hatte sie kommen sehen. Die Tränen, die Mur über die Wangen liefen. In einer solchen Menge, dass sie nicht in der Lage war zu antworten. Das übernahm ihr Mann für sie, während er sie noch fester an sich drückte. Was für ein nettes, liebenswertes Paar, dachte Vincenzo. Und dann kommen diese vier Typen daher und zerstören rücksichtslos ihr Glück.

»Silvia leidet immer noch unter Gedächtnisstörungen.

Sie schläft sehr schlecht und wenn, wacht sie mit bedenklichen Angstattacken wieder auf. Nichts ist mehr wie vorher. Die ganze Familie leidet darunter. Johanna und Sofia, unsere Töchter, sind verstört, und ihre schulischen Leistungen haben stark nachgelassen. Vor allem Johanna, unsere Jüngere, hat sich verändert. Sie ist in sich gekehrt und will sich nicht mehr mit Freundinnen treffen. Nicht einmal auf das Freibad hat sie Lust, obwohl sie eigentlich eine Wasserratte ist. Und ich jage wieder Ihr Monster, Commissario Bellini, weil ich mir nicht noch länger freinehmen konnte.«

Bei Alexander Murs letzten Worten lief Vincenzo ein eiskalter Schauer über den Rücken. *Wenn der mehr darüber wüsste, mit wem er es zu tun hat.* »Geht Ihre Frau denn wieder arbeiten?«

Mur schüttelte den Kopf. »Sie hat es eine Woche lang versucht. Es muss die Hölle gewesen sein. Dissertori hat ihr Vorwürfe gemacht und angekündigt, sie zu verklagen. Bacher hat in dasselbe Horn gestoßen. Leitner hat zwar seinen Mund gehalten, aber es war wohl offensichtlich, dass er Silvia nicht glaubt. Die ganze Belegschaft hat sie gemieden. Als sie am Freitag schluchzend nach Hause kam, habe ich gesagt, dass jetzt Feierabend ist. Sie wird nie wieder in die Firma gehen. Die Ärzte prüfen, ob sie vorläufig als berufsunfähig eingestuft werden kann. Unsere letzte Hoffnung war die Haaranalyse. Tja …«

Gerade war es ihm noch kalt den Rücken hinuntergelaufen, jetzt spürte Vincenzo, wie zornige Hitze in ihm aufstieg. »Ich kann Ihnen gar nicht sagen, wie leid mir das alles tut. Diese Typen sind das Allerletzte und gehören in den Knast. Wenn die Beweislage nicht ausreicht, so wie es momentan leider aussieht, hätte ich auch kein Problem damit, wenn ihnen, nun ja, etwas zustoßen würde. Aber ich schwöre Ihnen, dass ich sie wieder und wieder in die Mangel nehmen werde. Jeden Einzelnen von ihnen. Morgens, mittags und abends. Irgendwann wird einer von denen einbrechen, und dann wird es zappenduster für sie!«

Vincenzo hatte dem Ehepaar Mut machen wollen, doch Silvia Mur brach mit einem Weinkrampf von einer Heftigkeit, die der Commissario so noch nie erlebt hatte, zusammen und ließ sich zu Boden sinken. Ihr Mann konnte sie nicht auf dem Stuhl halten. Sie krümmte sich, als würde sie von schweren Krämpfen geschüttelt, auf den Holzdielen und schluchzte so laut, dass die Tür aufflog und zwei Kollegen besorgt fragten, was los sei und ob sie helfen könnten. Mit einer kurzen Handbewegung komplimentierte Vincenzo sie hinaus. Paci starrte ihn entgeistert an. Auch Marzoli und die sonst eher vorlaute Mauracher waren zu keinem Wort fähig.

»Tut mir leid, das wollte ich nicht«, flüsterte Vincenzo in Richtung Alexander Mur, der jetzt neben seiner Frau kniete.

Er sah zu dem Commissario hoch. »Das muss es nicht. Ich habe täglich diese Phantasien. Die haben ihr Recht auf Leben verwirkt. Ihr Dasein ist eine Beleidigung für die Schöpfung. Auge um Auge, Zahn um Zahn. Ich habe es von jeher mit dem Alten Testament gehalten. Wenn wir jetzt gehen, werden wir nicht mehr wiederkommen. Wir müssen mit dem Geschehenen leben. Und hoffen, dass die Zeit ein Stück weit die Wunden heilt. Nicht heute. Nicht morgen. Nicht nächsten Monat und auch nicht nächstes Jahr. Aber vielleicht irgendwann.«

***

»Sind Sie von allen guten Geistern verlassen?« Paci schrie fast.

Selbst der sanftmütige Marzoli konnte sich nicht länger beherrschen und schalt seinen Vorgesetzten einen Idioten.

Mauracher merkte mit betretener Miene an, dass man kaum verhindern könne, dass dieser Ausbruch aktenkundig würde. »Was hast du dir nur dabei gedacht, Vincenzo?«

Sie hatten recht. Alle drei. Er könnte ihnen das Warum erklären, aber sie würden es nicht verstehen. Er verstand es im Grunde ja selbst nicht, war sich selbst fremd geworden. Was hatten Silvia Murs und Giannas Schicksal gemeinsam? Oder ging es ihm um eine Art höhere Gerechtigkeit? Oder machte er jeden, der einer Frau etwas antat, indirekt für sein eigenes Schicksal verantwortlich? Weil ein Mann, nein, das Monster, ihm Gianna genommen hatte? Er wusste es nicht. Er wusste nur eines: Diese Geschichte musste zu einem Ende gebracht werden. Endgültig. Für immer.

»Ich bin zu weit gegangen.« Vincenzo bemühte sich, betroffen zu wirken. »Dennoch sollten wir uns überlegen, wie wir Dissertori und seine Freunde aus der Reserve locken können. Das sind wir Silvia Mur und ihrem Mann schuldig.«

Marzoli verdrehte die Augen. »Die Haaranalyse war unsere letzte Chance. Die Männer sind unschuldig, zumindest im Sinne des Gesetzes. Mag sein, dass sie in Wirklichkeit schuldig sind, aber uns sind die Hände gebunden. Glaub mir, Vincenzo, mir geht das Schicksal dieser Frau, nein, dieser Familie, genauso nah wie dir, denn ich habe selbst eine. Aber ich weiß auch, dass ich nichts mehr ausrichten kann. Baroncini wird die Ermittlungen einstellen. Das muss er sogar. Und wir müssen uns leider damit abfinden, dass der eine oder andere Verbrecher ungestraft davonkommt. Aber gottlob ist das ja eher eine Seltenheit.«

Vincenzo lachte bitter. »Selten. Ja, das mag sein. Aber einer davon läuft weiter frei herum und diese vier Männer auch. Macht das deine Statistik für die Opfer irgendwie besser, Giuseppe?«

Marzolis Blick verfinsterte sich. »Natürlich nicht. Hinter jedem Verbrechen stecken persönliche Schicksale. Und für Silvia Mur ist es nicht von Bedeutung, ob zwanzig Prozent der Vergewaltigungen aufgeklärt werden oder fünfzig oder neunzig. Eine beschissene Zahl kann ihre Wunden nicht heilen. Aber für uns sind diese Zahlen der Gradmesser unseres Erfolges.«

Paci schob sich eine Locke hinter das Ohr. Sie wirkte streng in ihrem Arztkittel. Genauso wie ihr Tonfall. »Sie haben mir damals, als mein Mann mich betrogen hat, Mut zugesprochen, Vincenzo. Das hat mir gutgetan, aber mein Leben ist seither nicht mehr so wie vorher. Etwas fehlt. Und es tut weh. Immer noch. Ich glaube, ab einem gewissen Alter geht uns das allen so. Irgendetwas passiert und reißt uns aus unserer Vorstellung von der heilen Welt, die wir allzu lange als selbstverständlich hingenommen haben. Giannas Entführung ist der Knackpunkt in Ihrem Leben. Sie haben sie damit verloren. Und das Leben der Familie Mur ist seit dieser Betriebsfeier ein anderes. Ein schlechteres. Nichts davon lässt sich ändern. Aber Sie helfen weder sich noch Gianna oder den Murs, wenn Sie sich zu solchen Hasstiraden hinreißen lassen. Akzeptieren Sie die Realität, sonst holt sie Sie irgendwann ein.« Paci stand auf und verließ Vincenzos Büro. Zurück blieb Ratlosigkeit.

Der Commissario schob die Etagere zu Marzoli hinüber, doch der winkte ab. »Danke, mir ist der Appetit vergangen.«

»Soll das ein Witz sein?«

»Nein.«

»Also, so groß ist mein Frust nun auch wieder nicht.« Mauracher zog mit einem schelmischen Grinsen die Cantuccini zu sich herüber, und Vincenzo lächelte.

Marzoli legte die Stirn in Falten. »Was ich mich die ganze Zeit schon frage, Vincenzo: Wenn er tatsächlich diese eine Bierflasche in deinen Kühlschrank gelegt hat, wie soll er vorher in deine Wohnung gekommen sein? Es gibt keinerlei Einbruchsspuren. Was macht dich so sicher, dass du dich nicht verzählt hast? Schließlich gilt: *Errare humanum est.*«

Vincenzo war das Lächeln vergangen. »Ich irre mich nicht. Er hatte einen Nachschlüssel. Hast du vergessen, wie er uns damals in die Irre geführt hat? Er hat uns manipuliert, wie Schachbrettfiguren auf seinem Spielbrett hin- und hergeschoben. Glaubst du wirklich, dass er ein Problem damit hätte, in eine Wohnung einzudringen, ohne Spuren zu hinterlassen?«

Mauracher nutzte die Gunst der Stunde und räumte die Etagere leer.

Marzolis Kiefer mahlten. »Warum nimmst du das so persönlich, Vincenzo?«, fragte er. »Warum bist du nicht mehr zu deiner Therapeutin Rosa Peer gegangen? Kapierst du nicht, dass du einen Privatkrieg führst?«

Vincenzo glotzte seinen Kollegen an. »Privatkrieg? Bist du jetzt völlig durchgedreht? Hat das süße Familienleben mit deiner Barbara, die jeden Tag für dich kocht, und deinen Kindern, die niemals Probleme machen, dein Hirn aufgeweicht? Kriegst du überhaupt noch mit, was da draußen geschieht, Giuseppe? Oder lebst du nur noch in deiner heilen Welt und blendest alles um dich herum aus? Das ist eine Scheinwelt, kapierst du das nicht?«

Marzoli blieb der Mund offen stehen, und Mauracher legte den letzten Keks zurück auf die Etagere.

»Ihr habt doch keine Ahnung«, sagte Vincenzo tonlos. »Das ist unser größtes Problem. Jeden Tag zieht ihr euch in eure friedliche kleine Welt zurück und wollt nicht sehen, dass um uns herum ein Krieg tobt. Erst, wenn der Krieg ein persönliches Opfer gefordert hat, werdet ihr erwachen. Doch dann ist es zu spät. Deshalb können sich die Dissertoris, Bachers, Lahntalers und Wiesers dieser Welt ohne Probleme K.-o.-Tropfen besorgen, eine Frau missbrauchen und ihr Leben zerstören. Und weil ihr euch spätestens nach Feierabend in den Schoß eurer Liebsten begebt, vergesst ihr das Schicksal einer Silvia Mur ganz schnell. Ihr könnt euch nicht in sie hineinversetzen. Baroncini kann es nicht. Der Staatsanwalt kann es nicht. Und der Richter erst recht nicht. Und so geschieht jeden Tag neues Unrecht, ohne gesühnt zu werden. Es ist schlichtweg zum Kotzen. Ich spiele ernsthaft mit dem Gedanken aufzuhören. Ein bescheidenes, zurückgezogenes Leben führen. Nichts mehr von diesem Wahnsinn und kollektiven Wegsehen mitkriegen. Das wäre vielleicht die beste Lösung.« Vincenzo sprang auf und rannte aus seinem Büro.

Zurück blieb – wieder einmal – Ratlosigkeit.

***

»Was ist nur mit ihm los?«, fragte Marzoli und wusste, dass er die Antwort schon kannte.

Mauracher stand auf, ging an Vincenzos Schreibtisch, öffnete die unterste Schublade und nahm eine Tüte Cantuccini heraus. Die letzte. Während sie die Kekse auf die Etagere fallen ließ, mutmaßte sie, dass Vincenzo zu viel in zu kurzer Zeit erlebt hatte. Nach der Festnahme des Monsters von Bozen vor zwei Jahren war er der Held der Medien gewesen. Doch dann war der Absturz gefolgt. Seine Gianna war in eine grausame, surreale Horrorwelt entführt worden, und niemand, außer Vincenzo selbst, hatte geglaubt, dass der Psychopath sich damit an ihm rächen wollte. Gianna konnte gerettet werden. Aber ihre Beziehung war daran zerbrochen. Und jetzt das Verbrechen an Silvia Mur und die Täter, die nicht zur Rechenschaft gezogen wurden.

»In gewisser Weise hat er ja recht«, sagte Mauracher. »Wir leben in einer Scheinwelt und fühlen uns dort viel zu wohl, um die Augen aufzumachen. So wie Vincenzo früher. Bis Gianna verschwand. Danach hat er sich verändert. Versuch dir vorzustellen, jemand würde eine deiner Töchter umbringen. Könntest du unbekümmert weiterleben? Könntest du dann noch einen Kindsmord objektiv aufklären?«

»Das ist unsere Aufgabe als Polizist, Sabine. Unser Job ist eine große Herausforderung. Wer sich mit Verbrechen auseinandersetzt, dem wird zwangsläufig Ungerechtigkeit begegnen. Gerade in unserem Beruf ist es keine Seltenheit, sich in eine heile Scheinwelt zu flüchten. Ich befürchte, dass Vincenzos Seele an dem, was geschehen ist, nachhaltigen Schaden genommen hat. Und sein Verlust, seine Ängste, aber auch seine Wut drängen jetzt, mit diesem vermeintlichen Verbrechen, an die Oberfläche. Er ist ein wandelndes Pulverfass.«

»Aber was ist mit dem Bier? Und dem Rasierwasser? Glaubst du, dass er sich das alles nur eingebildet hat?«

Marzoli blickte zu Boden. »Genau das befürchte ich. Vincenzo ist traumatisiert, vergiss das nicht. Wir helfen ihm am meisten, wenn wir einfach nur unsere Arbeit machen.«

12

Questura, 13. August

Am nächsten Morgen ließ Vincenzo die Tageszeitung auf den Schreibtisch sinken. Wo hatte dieser Reporter das her? Baroncini hatte ihnen strikt untersagt, etwas über die Vergewaltigung an die Öffentlichkeit zu geben. Zu Silvia Murs Schutz. Doch heute war die Geschichte der Aufmacher auf Seite eins. Der Journalist Fabiano Fasciani ließ sich genüsslich über Pannen in der Questura aus, zweifelte die Eignung des leitenden Commissarios in Person von Vincenzo Bellini an und konstatierte, es sei ein Skandal, dass unschuldige Mitbürger an den Pranger gestellt würden. Zwei Fragen standen jetzt im Raum: Wer war die undichte Stelle, und wie würde Silvia Mur auf den Artikel reagieren?

Noch bevor er zum Telefonhörer greifen konnte, um diesen widerlichen Reporter anzurufen, stürmte Baroncini, mit der Tageszeitung wedelnd und ohne anzuklopfen, in sein Büro. »Was soll das, Bellini?«, polterte er.

Vincenzo ließ den Hörer wieder auf die Basisstation sinken. »Woher soll ich das wissen, Vice Questore?«

»Sie sind der Verantwortliche! Das ist das einzig Richtige, was dieser Sensationsreporter von sich gegeben hat. Ich frage Sie, von wem Fasciani diese Informationen bekommen hat!«

»Ich habe keine Ahnung, aber von niemandem von uns. Für Mauracher, Marzoli, Reiterer und Paci lege ich die Hand ins Feuer. Es gibt doch viele Kollegen in der Rechtsmedizin und der Spurensicherung. Und natürlich die, die zu unserer Ermittlungsgruppe gezählt haben und denen jede kleine Gehaltsaufbesserung gelegen kommt. Wenn ich ehrlich sein darf, finde ich den Artikel an sich gar nicht so dramatisch. Typisch Fasciani eben. Eher sorge ich mich darum, was er mit Silvia Mur macht.«

Seufzend ließ sich der Vice Questore in einen der Freischwinger an Vincenzos Besprechungstisch sinken. »Haben Sie einen Kaffee für mich?«

Bellini stand auf und ging zur Kaffeemaschine.

»Crema, bitte«, sagte Baroncini, ehe der Commissario fragen konnte.

Vincenzo ließ zwei Kaffee Crema durchlaufen, setzte sich mit den beiden Tassen ebenfalls an den Glastisch und schob eine zu Baroncini hinüber.

»Danke.« Der Vice Questore trank einen großen Schluck. »Damit eins klar ist: Ich unterstelle Ihnen nicht, dass Sie etwas nach außen getragen haben. Was mich viel mehr belastet als dieser Artikel sind Sie, Bellini. Ich habe mit Ihrer Psychologin gesprochen, Rosa Peer. Sie sagte, Sie erscheinen nur unregelmäßig zu Ihren Sitzungen. Warum? Steht Ihnen Ihre männliche Eitelkeit im Weg? Paci hat mir erzählt, Sie seien in Gegenwart der Eheleute Mur ausgerastet, woraufhin Silvia Mur weinend zusammengebrochen sei. Solche Auftritte können wir uns nicht leisten. Ich habe Sie gewarnt. Reißen Sie sich zusammen und gehen Sie zu Rosa Peer.« Er atmete mehrmals tief durch. »Wie geht es eigentlich Gianna? Haben Sie noch Kontakt zu ihr?«

Vincenzo presste die Lippen zusammen. Er hatte die Trennung von Gianna überwunden. Eigentlich. Trotzdem gab es noch oft Momente, in denen er wehmütig an die gemeinsame Zeit zurückdachte. An ihre Wanderungen zum Auener Joch. An ihre Urlaube und Zukunftspläne. So unterschiedlich sie auch gewesen waren, zumindest von seiner Seite aus war es die große Liebe gewesen. Die im ewigen Eis der Gletscher zerstört worden war. Von einem Psychopathen. Er hatte alles riskiert, um Gianna zu retten. Sogar sein eigenes Leben. Aber sie entfremdete sich von ihm, zog den Schlussstrich, und er ließ sie gehen. Seit einigen Monaten war sie mit diesem schmierigen Anwalt liiert, Lorenzo di Angelo, der ihr Vater sein könnte. Nie würde er vergessen, wie er die beiden in Giannas Wohnung überrascht hatte. Welch Demütigung! Es hatte nicht viel gefehlt, und er hätte diesen Winkeladvokaten verprügelt. Die erste Frau, die ihn nach der Trennung interessierte, war Rosa Peer, doch allein bei dem Gedanken daran hatte er ein schlechtes Gewissen Gianna gegenüber. Und deshalb wollte er sich nicht regelmäßig auf ihre Couch legen. Noch nicht. Aber das ging den Vice Questore nichts an.

»Wir telefonieren gelegentlich. Gianna hat bald Geburtstag, dann werde ich ihr natürlich eine Karte schreiben. Außerdem glaube ich nicht, dass ich psychologische Betreuung brauche. Ich kann mich gut selbst einschätzen. Es wird keine Aussetzer mehr geben, und ich werde die weiteren Ermittlungen sachlich und professionell führen. Versprochen.«

Baroncini betrachtete seinen Untergebenen nachdenklich. »Ich vertraue Ihnen. Aber nur noch dieses eine Mal. Noch so ein Auftritt wie vor den Murs und ich beurlaube Sie. Ich meine es ernst! Und gehen Sie gefälligst zu Rosa Peer und sagen Sie ihr, warum Sie ihre Hilfe nicht mehr in Anspruch nehmen wollen.« Er leerte seine Tasse, stand auf und verließ wortlos das Büro.

Der Commissario blieb noch lange an seinem Besprechungstisch sitzen, starrte aus dem Fenster auf die gegenüberliegende Hauswand und vergaß dabei Fasciani. Plötzlich schlug sein siebter Sinn Alarm. Er spürte, dass bald etwas passieren würde. Etwas Schreckliches, womit niemand rechnete. Er am allerwenigsten. Doch sein Instinkt hatte ihn noch nie getäuscht. Ein diffuses Gefühl von Angst bemächtigte sich seiner und beraubte ihn all seiner Energie. Niemand konnte ihm in diesem Zustand helfen. Auch nicht Rosa Peer.

13

Bozen, 16. August

Vincenzo war außer sich vor Wut. Er wollte die Entscheidung nicht akzeptieren. »Wir müssen die Ermittlungen fortsetzen, Vice Questore!«

»Der Meinung bin ich auch«, sagten Mauracher und Marzoli gleichzeitig.

Doch Baroncini schüttelte den Kopf. »Die Beweislage ist eindeutig, Bellini. Da gibt es nichts mehr zu ermitteln. Alles andere wäre Verschwendung von Steuergeldern.«

»Verdammt noch mal, dann sind Sie auch dafür verantwortlich, dass vier Schwerverbrecher weiterhin frei herumlaufen und jederzeit die Nächste vergewaltigen können!«

Baroncini zuckte mit den Schultern. »Uns sind die Hände gebunden. Leider.«

Vincenzo redete sich immer mehr in Rage. So sehr, dass er etwas Unbedachtes sagte: »Mir nicht! Dann werde ich diese Typen eben einfach über den Haufen schießen!«

Dem Vice Questore fiel die Kinnlade herunter. Er starrte Bellini an. Für einen Augenblick herrschte bedrücktes Schweigen. Als der Commissario seinen Fehler erkannte, wurde ihm heiß, und der Schweiß brach ihm aus.

»Das reicht, Bellini! Ich habe Sie gewarnt! Wenn das nicht aufhört, muss ich Ihre Dienstfähigkeit in Zweifel ziehen. Ab sofort gehen Sie wieder zu Ihrer Psychologin. Bevor noch ein Unheil geschieht.«

Vincenzo verschränkte die Arme vor dem Körper. »So ein Quatsch. Diese Verbrecher müssen hinter Gitter gebracht werden, dabei kann uns Rosa Peer auch nicht helfen.«

»Wir haben keine Beweise. Und mäßigen Sie gefälligst Ihren Ton!«

Doch Vincenzo war in Fahrt und verspürte keineswegs das

Verlangen, sich zu mäßigen. »Scheiß auf Beweise! Hier geht es um Gerechtigkeit!«

Baroncini kniff die Augen zusammen. »Wir vertreten aber nicht die Gerechtigkeit, sondern das Recht, Bellini. Im Zweifel für den Angeklagten. Natürlich rutschen dabei auch Straftäter durch das Netz der Justiz, aber wäre es Ihnen andersrum vielleicht lieber? Wenn wir jeden wahrscheinlich Schuldigen einbuchten und dadurch auch Unschuldige ihrer Freiheit berauben würden? Außerdem hätten Sie sich mit dem Thema auseinandersetzen sollen, bevor Sie diesen Beruf ergriffen haben. Ich warne Sie: Lassen Sie die Finger von jetzt an von dem Fall. Die Ermittlungen sind abgeschlossen. Wenn Sie sich meinen Anweisungen widersetzen, beurlaube ich Sie wirklich. Das ist das allerletzte Mal, dass ich Ihr Verhalten toleriere!«

Vincenzo schnaubte vernehmlich durch die Nase. »Lieber ein paar Unschuldige im Knast als Dreck auf der Straße. Für Silvia Mur und all die anderen vergessenen Opfer.«

»Das sehe ich allerdings auch so«, bemerkte Mauracher, die angesichts der Entgleisungen ihres Kollegen bislang geschwiegen hatte. »Es sind zu viele gefährliche Typen auf freiem Fuß. Wenn wir uns vor ihnen schützen wollen, müssen wir auch Irrtümer in Kauf nehmen. Das machen wir jetzt doch auch, indem wir vier Vergewaltiger nicht hinter Gitter bringen.«

Marzoli kniff die Augen zusammen. »Da bin ich anderer Meinung. Es ist gut so, wie es ist. Die Freiheit jedes Menschen ist ein zu hohes Gut, um verantwortungslos mit ihr umzugehen. Vier Männer sind weiterhin in Freiheit, obwohl sie *wahrscheinlich* schuldig sind, und Silvia Mur wird vermutlich bis an ihr Lebensende darunter leiden. Doch ob die Kerle nun in den Knast wandern oder nicht, weder das eine noch das andere macht die Vergewaltigung rückgängig. Eine menschliche Tragödie, natürlich. Aber welche menschliche Tragödie wäre es, wenn beispielsweise ich irrtümlich weggesperrt würde, kein Gehalt mehr bekäme und meine Barbara mit unseren drei Kindern in unserem nicht abbezahlten Haus säße und nicht wüsste, wie sie den nächsten Tag überstehen soll? Du hast gut reden, Vincenzo. Du bist allein, trägst nur für dich selbst die Verantwortung. Aber versuche, dich in die Lage von Menschen wie mir hineinzuversetzen.«

Vincenzo bedachte Marzoli mit einem bösen Blick. »Das ist der Grund, warum ich gern Rächerfilme sehe«, sagte er leise. »›Ein Mann sieht rot‹ mit Charles Bronson. Großartig, wie der mit den Barbaren abrechnet. Schon als Jugendlicher habe ich mir jemanden wie ihn gewünscht. Jemanden, dem die beschissene Justiz egal ist und der mit dem Abfall das macht, was er verdient: ihn entsorgen.«

»Schluss jetzt, Bellini!« Baroncini war kurz davor, die Contenance zu verlieren. »Ich habe Sie stets für einen guten Polizisten gehalten und tue es noch immer. Aber Sie müssen darauf achten, dass sich Ihr Trauma nicht verselbstständigt. Sie sind dabei, die Kontrolle über sich zu verlieren, und deshalb gehen Sie augenblicklich zu Ihrer Psychologin! Ansonsten sind Sie in ein paar Tagen beurlaubt, darauf können Sie sich verlassen!«

***

Schon kurz darauf saß Vincenzo Rosa Peer gegenüber. Nicht auf ihrer Couch, sondern an einem ganz normalen Tisch. Auf Augenhöhe und mit einer Tasse Kaffee vor sich. Die Polizeipsychologin, die ihn bei seinem letzten Fall, einem brutalen Frauenmörder, unterstützt hatte, war seine letzte Station an diesem Arbeitstag. Gottlob. Denn er sehnte sich nach Hause, nach seiner Auener Bergrunde und nach vielen Liegestützen. Auspowern. Abschalten. Gedanken verdrängen. Und danach duschen und einen gemütlichen Abend einläuten. Allein!

Die Woche war sehr anstrengend gewesen, vor allem mental. Die Standpauke von Baroncini, die unterschwellige Angst vor einer drohenden Gefahr. Das Telefonat mit Alexander Mur, nachdem der unsägliche Artikel in der Zeitung erschienen war. Wie befürchtet hatte er bei Silvia Mur zum nächsten Zusammenbruch geführt. Seither ging sie nicht nur ein Mal, sondern zwei bis drei Mal pro Woche zu ihrer Therapeutin. Bei Leitner S.r.l. hatte sie gekündigt. Allein wagte sie sich kaum noch aus dem Haus. Wenn ihr Mann unterwegs war, litt sie Höllenqualen. Jedes Geräusch löste Panik in ihr aus, die Kinder kamen gar nicht mehr an sie heran. Es wurde also nicht besser, sondern schlimmer. Vincenzo konnte sich gut in sie und Alexander Mur hineinversetzen und empfand tiefes Mitleid. Im Wortsinn. Und vernichtenden Hass. Ebenfalls im genauen Wortsinn.

Das freie Wochenende ohne Verabredungen kam ihm gerade recht. Hans Valentin, der Bergführer, hatte angerufen und gefragt, ob er mit ihm mal wieder den Schwarzenstein besteigen wolle, aber er hatte abgelehnt. Er wollte ausschlafen, auf dem Balkon frühstücken, lesen, Sport machen und dann was Leckeres kochen.

Mittags war er in der Trattoria seiner Eltern gewesen, um sich, zum Missfallen seiner Mutter, aber zur Freude seines Vaters, eine Kiste von dem großartigen Morellino di Scansano und das Rezept für das Schöpsernes zu besorgen. Das Lammfleisch würde es nachher am Abend geben. Und morgen Schüttelbrot, Käse und Speck, auf das er sich jetzt schon freute. Der Wetterbericht war für seine Pläne perfekt. Sonnig, aber etwas kühler dank Nordföhn.

»… denke ich nicht, dass Sie die Therapie unterbrechen sollten.«

»Was?« Vincenzo war so in Gedanken gewesen, dass er nicht mitbekommen hatte, was Rosa Peer gesagt hatte. Sie trug ein rotes Kostüm, das einen starken Kontrast zu ihren schwarzen Haaren bildete. »Ich meine, sorry, ich war einen Moment lang mit den Gedanken woanders.«

»Und wo?«

Kam ihm das nur so vor, oder therapierte sie ihn sogar in diesem Augenblick, mit der Kaffeetasse in der Hand? »Ich habe daran gedacht, dass ich mich auf das Wochenende freue, das ich ganz allein in Sarnthein zu verbringen gedenke.« Unter ihrem schweigenden Blick wurde er nervös. »Haben Sie etwas dagegen einzuwenden?«, fragte er brüsker als beabsichtigt.

Rosa Peer lächelte. »Überhaupt nicht.«

»Aber?« Wie war es nur möglich, dass jemand mit nur zwei Worten so viel sagen konnte?

»Aber: Sie ziehen sich in sich zurück. Schon im letzten Jahr, als Sie wegen des Frauenmörders bei mir waren, fiel mir das auf. Natürlich gibt es Menschen, die vom Naturell her Einzelgänger sind, aber Sie gehören nicht dazu.«

»Woher wollen Sie das wissen?«

Sie nippte an ihrem Kaffee. »Ich habe mich über Sie informiert. Und mir ein ganz gutes Bild von Ihnen machen können. Außerdem verfüge ich über eine gesunde Menschenkenntnis, was in meinem Beruf von großem Vorteil ist.«

Jetzt war Vincenzo überrascht. »Wieso haben Sie das getan? Ich meine, sich über mich informiert?«

Was hatte er hören wollen? Dass sie so fasziniert von ihm, seinem sagenhaften Charisma und seinem attraktiven Äußeren war, dass sie unbedingt alles über ihn hatte wissen müssen? Peers Erklärung fiel erheblich profaner aus.

»Der Vice Questore machte sich Sorgen um Sie, seinen besten Commissario. Er bat mich, Sie zu einer Therapie zu bewegen. Und nachdem ich mich mehr mit Ihnen beschäftigt hatte, gab es für mich keinen Grund, daran zu zweifeln, dass Sie die Therapie nicht fortsetzen sollten, sondern müssen. Das habe ich Ihnen auch gerade gesagt, als Sie es sich gedanklich schon in Ihrem trauten Heim gemütlich machten. Ganz allein. Fern von allem Bösen. Fern von Ihrer Vergangenheit. Fern von Ihrem Trauma im Eis. Und weit entfernt von dem Monster in Ihrem Kopf.«

»Meinen Sie nicht, dass Sie übertreiben?«, fragte Vincenzo in dem sicheren Wissen, dass sie es nicht tat.

»Sie kennen die Antwort«, lautete ihre treffsichere Analyse.

Er seufzte. »Geben Sie mir noch ein bisschen Zeit, bis ich die Sache mit Silvia Mur verarbeitet habe. Dann komme ich wieder zu Ihnen, okay?«

Rosa Peer zuckte mit den Schultern. »Sie sollten nicht meinetwegen, sondern Ihretwegen die Therapie machen. Die Aufarbeitung Ihres Verhaltens in der Sache Mur wäre ein guter Anfang.«

Vincenzo konnte sich nicht dagegen wehren, dass ihn Rosa Peer anzog. Sie verhielt sich ruhig und sachlich, aber er konnte sich gut vorstellen, dass sie privat nur so vor Energie und Lebensfreude sprühte. Mit ihrer großen Nase war sie nicht im klassischen Sinne schön, aber dennoch insgesamt sehr weiblich. Sie besaß eine angenehme Stimme, der man gern zuhörte, und hatte Tiefgang. Worin das Problem lag. Ließe er sich auf diese Therapie ein, würde er anfangen, Gefühle für sie zu entwickeln, und nicht zögern, sie zum Essen einzuladen. Worauf sie sich nicht einlassen durfte und, so wie er sie einschätzte, auch nicht würde, solange er ihr Patient war. Und als wäre das nicht schon kompliziert genug, spukte Gianna noch immer in seinem Kopf und in seinem Herzen herum. Nein, er musste Rosa Peer aus dem Weg gehen. Wenigstens vorläufig.

Er stand auf und verabschiedete sich mit dem Versprechen, wiederzukommen, wenn er merkte, dass er sich immer mehr einigelte und weiterhin diese Wut, diesen Hass in sich spürte.

»Wie Sie meinen«, sagte sie. Und als er schon in der Tür stand: »Sollten Sie sich endgültig gegen eine Therapie bei mir entscheiden, dürfen Sie mich auch gern zum Essen einladen.«

Vincenzo lächelte. »Mit dem allergrößten Vergnügen.«

***

Sarnthein

Er zog die Haustür hinter sich zu und dehnte seine Waden- und Oberschenkelmuskulatur. Ideale Bedingungen. Trocken, sonnig, fünfzehn Grad, leichter Wind aus nördlichen Richtungen. Wenn er das Hochplateau erreichte, würde wahrscheinlich gerade die Sonne hinter den Bergen versinken. Hinter traumhafter Kulisse. Er spürte ein Gefühl innerer Befreiung. Wie immer, wenn er in den Bergen lief. Und umso stärker, wenn er sich auf ein köstliches Mahl und ein gutes Tröpfchen danach freuen konnte.

Locker und noch ruhig atmend trabte er die steile Wiese

hinter seinem Haus empor. Er hätte auch die Serpentinen nehmen können, aber die Zeiten, in denen er vor dem Steilanstieg gekniffen hatte, waren vorbei. Am Waldrand machte er fünfzig schnelle Liegestütze, sprang auf und lief weiter, in den Schatten der Bäume. Als er zur Skihütte kam, hatte er in kurzen Laufpausen schon vierhundert Liegestütze absolviert. Damals, während der Krise mit Gianna, war er körperlich und mental neben der Spur gewesen. Jetzt nur noch mental. Eindeutig ein Fortschritt.

Etliche Höhenmeter und Liegestütze später erreichte er das Auener Joch und verspürte einen Anflug von Sehnsucht. Von geplanter Sehnsucht. Denn wenn er ehrlich zu sich war, hatte er beabsichtigt, in diesem Gefühl nostalgischer Erinnerung an sein letztes schönes Erlebnis mit Gianna zu schwelgen. Ihr Picknick am Wegkreuz inmitten satter Almwiesen und mit traumhaftem Fernblick zum Ortler und in die Dolomiten hinüber. Zukunftspläne. Zumindest er hatte sie geschmiedet. Doch das Schicksal hatte andere Pläne gehabt. Weshalb dieser Ort nur noch *sein* Auener Joch war und nicht mehr ihr gemeinsames.

Gemächlich lief er über den Höhenrücken, vorbei an den Stoanernen Mandln, genoss die Aussicht auf die sich in der untergehenden Sonne rot verfärbenden Dolomitenzacken. Er dachte an Rosa Peer. Fragte sich, ob eine Liaison mit ihm wohl auch ihr Untergang wäre. So wie sie es für Gianna gewesen war. Weil Frauen, die ihm näherkamen, dasselbe Schicksal drohte. Aber daran, was Gianna passiert war, war kein Schicksal schuld, sondern ein Psychopath. Und solange der existierte, würde es für Vincenzo keine glückliche Beziehung geben. Das wusste er. Das Gefühl innerer Ruhe und Ausgeglichenheit wich wieder dem von latenter Angst. Weil Vincenzo wusste, dass diese Ruhe trügerisch gewesen wäre. Die Ruhe vor dem Sturm.

Der Pfad zweigte nach Osten ab und führte steil ins Tal hinab. Noch ein paar Liegestütze und dann wieder durch den dichten Bergwald. Als er Sarnthein erreichte, war es schon fast dunkel. Bevor er die Haustür aufschloss, blickte er verstohlen in alle Richtungen. Doch da war niemand. Nur sein Nachbar aus dem Erdgeschoss, ein älterer, alleinstehender Herr, der freundlich durch das offene Küchenfenster grüßte und sich daran erinnerte, dass er damals, in Vincenzos Alter, genauso sportlich gewesen war wie er.

Der Commissario nickte, war fast dankbar für den ewig gleichen Kommentar des alten Mannes, von dem er wusste, dass er seit seiner Kindheit im Rollstuhl saß. Doch der sich stetig wiederholende kleine Wortwechsel entschärfte Vincenzos Gefühl von Bedrohung.

Zumindest kurzfristig.

Er schloss die Wohnungstür auf, hinter sich wieder ab und legte die Kette vor das Schloss. Zog sich die verschwitzten Klamotten aus, ging zum Kühlschrank, griff seufzend und ohne hinzuschauen in das unterste Fach und zog eine Flasche Bier heraus. Ein Export. Das war nach dem Laufen einfach besser. Bevor die Kühlschranktür zufiel, nahm er noch ein Bier heraus. Immerhin war er lange unterwegs gewesen und hatte sehr viele Liegestütze gemacht, da konnten zwei Flaschen nicht schaden. Er öffnete die erste, ließ die kühle Flüssigkeit seine Kehle hinablaufen und entkorkte dann eine Flasche Morellino di Scansano. Ein edler Wein wie dieser musste atmen. Ein Blick zur Wanduhr, ein Geschenk von Gianna. Eigentlich viel zu spät zum Essen. Es würde Sinn machen, die Zutaten, vor allem das Lamm, noch vor dem Duschen vorzubereiten. Vincenzo hörte das Fünfte Klavierkonzert von Beethoven, während er Gemüse schnitt und an seinem Bier nippte. Als alles endlich in Topf und Pfanne vor sich hin schmorte und brutzelte und er ins Bad wollte, stellte er fest, dass die erste Flasche schon leer war.

Insgeheim musste er Rosa Peer recht geben. Der exzessive Sport und Alkoholkonsum, eigentlich eher Alkoholmissbrauch, das Vermeiden von Kontakten, all das war Ausdruck eines … Traumas. Einer Psychose. Er lief vor sich und seiner Vergangenheit davon. Aber warum deshalb zu einer Therapeutin gehen, die zusätzliches Ungemach verhieß? Nicht für ihn, sondern für sie selbst.

Er versuchte, die Selbsterkenntnis, die sich den Weg aus seinem Unterbewusstsein bahnte, niederzuringen. Wohl denen, die nicht fähig waren, ihr Handeln zu hinterfragen. Er leerte das zweite Bier auf ex und holte, nach einem flüchtigen Moment, in dem die Vernunft ihm riet, direkt auf Wein umzusteigen, blind noch ein drittes aus dem Kühlschrank. Er wusste genau, wo und wie viele Flaschen darinlagen.

Er öffnete es und verschwand mit ihm im Badezimmer. Wo das Rasierwasser genau dort stand, wo es hingehörte. In der Dusche ließ er minutenlang heißes Wasser über seinen Körper laufen. Er verzichtete auf das kalte zum Schluss, trocknete sich ab und leerte das dritte Bier, bevor er in einen Trainingsanzug schlüpfte. Er war schließlich allein.

Da das Lamm in der Küche noch ein bisschen brauchte, deckte er den Tisch. *Und jetzt?*

Vincenzo schenkte sich den Morellino ein, schwenkte das Glas und sah zu, wie der Wein Schlieren hinterließ. Er erschnupperte die Aromen: reife Kirschen, Himbeeren und dunkle Beeren. Aber auch ein Hauch von Trüffel, Zimt und Minze. Unverkennbar. Großartig. Er stellte die drei leeren Bierflaschen in die Kiste im Flur und prüfte das Lammfleisch. Noch zehn Minuten. Genau die nötige Zeit, um zu testen, ob der Morellino tatsächlich so gut war, wie er roch. Bellini schloss die Augen, schnüffelte noch einmal und nahm dann einen ordentlichen Schluck.

Blankes Entsetzen! Kohlensäure! Eine perfide Täuschung des Geruchssinns.

Er stellte das Weinglas ab, betrachtete den Tisch. *Dinner for one.* Kerzen, auf Beethoven folgte Mozart, vierzigste Sinfonie. Aber auch der Wein brauchte noch einen Moment. Wie das Lamm. Wie es wohl wäre, das alles mit Rosa Peer zu teilen? Wie war es gewesen, es mit Gianna zu tun? Und wozu hatte es geführt?

Spontan entschied er, die Zeit mit einem vierten Bier zu überbrücken, und fragte sich, da er den Kühlschrank öffnete, selbstkritisch, ob es angesichts der Notlage, in der er sich offensichtlich befand, wohl clever gewesen war, nur das unterste Fach des Kühlschranks zu befüllen. Vier Flaschen. Nebeneinander. Weil für mehr kein Platz war. Sollte er demnächst auch das zweite Fach bestücken?

Doch diese Entscheidung musste warten. Es zählte nur das Hier und Jetzt. Er nahm die letzte Flasche Export aus dem untersten Fach. Souverän, geübt, selbstsicher. Ohne hinzusehen. Erfahrungen ohne Gianna. Er trank in kleinen Schlucken und mit kleinen Pausen. Als die Flasche leer war, war das Lamm immer noch nicht durch, und auch der nächste Kontrollschluck Morellino brachte kein positives Ergebnis. Da fehlte noch eine entscheidende Viertelstunde.

Vincenzo dachte nach. Mur, Gianna, das Monster. Alles nicht gut. Also war es legitim, die letzten fünfzehn Minuten der Wartezeit mit einem ebensolchen letzten Bier zu überbrücken. Doch das hatte er ja schon aus dem Kühlschrank genommen. Also musste er sich mit Nachschub aus dem Keller begnügen. Seine Hand lag schon auf der Klinke, als er sich fragte, ob er tatsächlich bereits die letzte Flasche geleert hatte.

Er schloss die Wohnungstür wieder, ohne sie zu versperren, ging zurück zum Kühlschrank und riss selbigen auf, um sicherzugehen, dass kein Bier mehr darin lag.

Vincenzo traf der Schlag. Im untersten Fach hatten vier Flaschen gelegen. Die waren getrunken. Aber in dem Fach darüber lagen plötzlich sechs!

Achte auf meine Zeichen!

Er war wieder in seiner Wohnung gewesen. Aber wie? Und wann?

Sein Puls beschleunigte sich. Schweiß perlte auf seiner Stirn, lief ihm übers Gesicht, tropfte vom Kinn auf die Fliesen. Er schaltete die Stereoanlage aus, lauschte in die Stille seiner Wohnung. Nichts. Lief in den Flur, nahm seine Dienstwaffe aus dem Holster, entsicherte sie und unterzog jeden Raum einer Prüfung. Erst jetzt fiel ihm auf, was ihm bisher entgangen war.

Das Schlafzimmer. Jeden Morgen ließ er unter der Bettdecke seinen Schlafanzug verschwinden. Der jetzt auf dem Kopfkissen lag. Im Badezimmer stand das Rasierwasser an Ort und Stelle, aber der WC-Deckel war nicht geschlossen. Ein Unding. Das passierte ihm niemals. Außerdem war er seit seiner Rückkehr von der Arbeit noch nicht auf der Toilette gewesen. Das Arbeitszimmer. Der Laptop war hochgeklappt. Auch dafür musste eine fremde Hand verantwortlich sein. Er selbst schloss ihn stets nach dem Herunterfahren.

Was sollte er bloß machen? Spätabends seine Kollegen rufen? Um ihnen was zu erzählen? Dass schon wieder ein Geist in seiner Wohnung gewesen war und die Biervorräte im Kühlschrank aufgefüllt hatte? Und dass dieser Geist vergessen hatte, den Klodeckel wieder zu schließen?

Wie machte er das? Wie kam er in seine Wohnung? Vincenzo schloss die Wohnungstür ab und legte die Kette vor. Eine Scheinsicherheit, die sich mit einem schlichten Magneten aushebeln ließ. Er holte einen Stuhl aus der Küche, klemmte ihn unter die Klinke und legte zusätzlich einige Hantelscheiben auf die Sitzfläche. Theoretisch käme immer noch jemand in die Wohnung, allerdings nicht, ohne einen infernalischen Krach zu veranstalten.

Er sicherte die Balkontür so gut wie möglich, schloss alle Fensterläden. Dann erinnerte er sich an das Lamm und rannte in die Küche. Der Gestank von verbranntem Fleisch schlug ihm entgegen. Das Abendessen, auf das er sich so gefreut hatte, würde ausfallen, doch der Appetit war ihm sowieso gründlich vergangen. Er räumte auf, überlegte dabei, wie er vorgehen sollte. Am besten würde er nichts mehr anfassen und morgen früh alle anrufen, die einen Wohnungsschlüssel besaßen. Und anschließend die Kollegen und Reiterer. Diesmal musste er einfach Spuren hinterlassen haben!

14

Sarnthein, 17. August

Vincenzo saß mit Marzoli und Mauracher am Küchentisch und trank Kaffee. Trotz der Waffe unter seinem Kissen hatte er wieder die ganze Nacht kein Auge zugetan und war nur noch ein Schatten seiner selbst. Denn er wusste schon jetzt, wie das Ergebnis der Spurensicherung ausfallen würde, die momentan mit acht Leuten seine Wohnung auf den Kopf stellte.

Mauracher betrachtete ihn verstohlen von der Seite. Glaubte das junge Ding ernsthaft, dass er das nicht merken würde? »Was gibt's, Sabine?«, fragte er schroff.

Sie druckste, ganz untypisch für sie, verlegen herum, war dann aber so offen zuzugeben, dass sie befürchtete, er leide unter Verfolgungswahn. »Seien wir ehrlich, Vincenzo«, sagte sie behutsam, »außer dir sind nur deine Eltern, dein Nachbar und Hans Valentin im Besitz eines Wohnungsschlüssels. Und niemand von ihnen vermisst ihn. Zumindest auf den ersten Blick gibt es keine Einbruchsspuren, und ich glaube auch nicht, dass die Spusi etwas finden wird. Der Einbrecher hätte tagsüber kommen müssen, weil du ja abends immer hier warst, aber kein Nachbar hat etwas bemerkt. Und das in so einem Dorf! Befolge Baroncinis Rat und mach mit der Therapie weiter.«

Vincenzo vergrub sein Gesicht in den Händen. »Du glaubst mir nicht. Ihr glaubt mir alle nicht. Das ist genau das, was er will. Ihr geht ihm auf den Leim.«

Marzoli räusperte sich. »Du stehst unter einer immensen Anspannung, Vincenzo. Du bist immer noch traumatisiert, ob du das wahrhaben willst oder nicht. Ich kann mir gut vorstellen, dass jemand in einer ähnlichen Lage seinen Schlafanzug versehentlich auf das Kissen legt und nicht darunter. Oder vergisst, den Klodeckel zu schließen. Und dass gerade du den Kühlschrank bis oben hin mit Bier füllst, ist auch nicht gerade verwunderlich. Und später hast du es einfach vergessen. Weil es zu banal war und du mit deinen Gedanken woanders warst. Niemand war in deiner Wohnung, hörst du? Niemand.«

Vincenzo wollte noch etwa erwidern, doch Reiterer betrat die Küche. »Und das am frühen Morgen«, schnaubte er und sah sich um. Sein Blick fiel auf die Kaffeemaschine vom Commissario. »Gar nicht so übel. Kriege ich einen? Gern stark.«

Vincenzo erhob sich schwerfällig und ließ einen Espresso durchlaufen. »Setzen Sie sich«, sagte er zu dem Leiter der Spurensicherung und wies auf den Stuhl, auf dem er gerade noch gesessen hatte. An seinem kleinen Küchentisch fanden nur drei Personen Platz.

»Und Sie?«, fragte Reiterer überrascht.

»Für Sie bleibe ich sogar stehen. Was haben Ihre Leute gefunden?«

Reiterer nippte an dem Espresso. »Nichts. Wobei wir natürlich die Laboranalysen abwarten müssen. Aber ich bin mir sicher, dass auch die nichts ergeben werden. So wie beim letzten Mal.«

Vincenzo rieb sich die brennenden Augen. Natürlich würden sie nichts finden. Weil er es so wollte. Er manipulierte die gesamte Bozener Polizei, um seinen Erzfeind, Vincenzo Bellini, zu isolieren. Er beobachtete sein nächstes Opfer, spielte mit ihm und genoss seine Überlegenheit, während er auf den einen Moment wartete. Den letzten Moment. Vincenzo kam sich vor wie ein verängstigtes Versuchskaninchen in einem Käfig mit unsichtbaren Gittern.

»Was ist denn mit Ihrem Schlüssel?«, fragte Reiterer.

Vincenzo zog die Augenbrauen in die Höhe. »Mit meinem? Der steckt im Schloss. Wieso fragen Sie das?«

Reiterer seufzte. »Ach, Bellini, Sie sind doch sonst nicht so schwer von Begriff. Meine Frage zielte darauf ab, in Erfahrung zu bringen, wo Sie Ihre Schlüssel üblicherweise aufbewahren, wenn Sie unterwegs sind. Bei der Arbeit, beim Einkaufen, wo auch immer.«

Vincenzo dachte nach. Eine gute Frage. Er schloss die Augen

und sah sich durch die Arkaden der Bozener Altstadt laufen. Wo waren dann seine Schlüssel? »Also«, er dehnte das Wort, weil er immer noch nachdachte, »eigentlich nehme ich immer eine dünne Jacke mit. Selbst im Hochsommer. Im Gebirge kann man nie wissen. Den Schlüsselbund stecke ich in eine der Taschen. Und die Jacke habe ich an, oder sie liegt im Auto oder hängt in meinem Büro am Haken. Und was heißt das jetzt?«

»Dass jemand den Schlüssel aus deiner Jacke genommen haben könnte, wenn sie zum Beispiel den ganzen Tag im Auto lag«, antwortete Mauracher für Reiterer, der zustimmend nickte.

»Ein interessanter Ansatz. Und hast du dich nicht manchmal darüber geärgert, dass du vergessen hattest, den Wagen abzuschließen?«, ergänzte Marzoli.

»Darauf wollte ich hinaus«, frohlockte Reiterer.

Vincenzo glotzte von einem zum anderen. Sein Blick blieb an Reiterer hängen. »Woher wissen Sie, dass ich manchmal vergesse, das Auto abzuschließen?«

Reiterer bedeutete Vincenzo, ihm noch einen Espresso zu machen. »Weil Sie sich auch in meiner Gegenwart schon über Ihr diesbezügliches Unvermögen ausgelassen haben. Vielleicht erinnern Sie sich nicht daran, weil ich Ihnen ausnahmsweise nicht widersprochen habe.«

Marzoli grinste, wurde aber sogleich wieder ernst und stellte die These in den Raum, dass jemand – oder er – Vincenzo beobachtet und dessen Unachtsamkeit genutzt haben könnte, um die Jacke aus dem nicht verschlossenen Wagen zu entwenden.

»Um sich einen Nachschlüssel machen zu lassen und die Jacke dann wieder in Ihr Auto zu legen. Mit Schlüssel«, vollendete Reiterer die Theorie.

»Die einzig logische Erklärung, wenn wir nicht an deinem Verstand zweifeln sollen«, bemerkte Mauracher grinsend.

»Aber leider nicht beweisbar«, wandte Reiterer ein.

»Außerdem kann man den Schlüssel nicht einfach nachmachen lassen. Der ist für ein Sicherheitsschloss.«

»Dann hat er eben mit deinem Schlüssel aufgeschlossen.

Du bist manchmal den ganzen Tag im Büro und würdest nicht mitbekommen, wäre deine Jacke für ein paar Stunden aus dem Auto verschwunden.«

»Und jetzt?«, fragte Vincenzo.

»Schlösser austauschen«, schlug Marzoli vor. »Und besser auf deine Schlüssel aufpassen.«

»Heißt das, dass ihr mir glaubt?«, fragte Vincenzo erstaunt.

Die drei sahen sich an. Ehe einer von ihnen etwas erwidern konnte, kam eine Kollegin in die Küche. »Wir sind dann hier fertig«, sagte sie.

»Gut«, entgegnete Reiterer, »das muss alles sofort ins Labor.« Er trank seinen Espresso aus, stand auf und wollte gehen. Dann hielt er inne und drehte sich noch einmal um. »Ich glaube Ihnen, Bellini.«

»Ich jetzt auch«, sagten Marzoli und Mauracher unisono.

»Trotzdem musst du uns versprechen, die Therapie bei Rosa Peer weiterzumachen«, mahnte Marzoli eindringlich.

»Vergiss es«, sagte Vincenzo mit einer wegwerfenden Handbewegung.

15

Bozen, 2. September

Es war Anfang September, und die Ergebnisse der Spurensicherung waren negativ gewesen. Sämtliche Fingerabdrücke in Vincenzos Wohnung stammten von ihm selbst, von seiner Ex, Gianna dal Monte, von Hans Valentin, von Bellinis Eltern und von zwei unbekannten Personen. Eine davon war wahrscheinlich Vincenzos direkter Nachbar, aber das musste noch bestätigt werden. Der zweite nicht identifizierte Abdruck könnte von jedem Besucher stammen, war aber definitiv nicht vom Monster von Bozen, dessen Abdrücke ihm schon vor Jahren abgenommen worden waren.

Frustriert hatte Vincenzo daraufhin ein Foto des Verbrechers aus der Akte genommen und war damit zu allen Schlüsseldiensten in Bozen und Umgebung gegangen. Für den Fall, dass er versucht hatte, den Schlüssel nachmachen zu lassen, obwohl das eigentlich unmöglich war. Aber niemand konnte sich an den Mann auf dem Foto erinnern. Was natürlich nichts hieß. Er hätte es auch woanders versuchen können, sogar in Österreich oder Deutschland. Oder er hatte sich, wie schon einmal, verkleidet. Ein Meister der Tarnung. Oder besaß er einen dieser 3D-Drucker und hatte sich damit eine Schlüsselkopie selbst gedruckt? Oder sah Vincenzo tatsächlich Gespenster?

Er saß bei seinen Eltern Antonia und Piero in der Trattoria, stocherte lustlos in den Spaghetti herum und dachte nach. Selbst Pieros Brunello ließ ihn kalt. Die vergangenen zwei Wochen waren die Hölle gewesen. Keine Hinweise auf einen Einbruch. Silvia Mur am Boden zerstört, aber Leitner S.r.l. mit Top-Zahlen in der Presse. Simon Bacher zum besten Verkäufer Südtirols gekürt. Und Vincenzo mit einem neuerlichen Aussetzer in der Questura. Er hatte Bacher, Dissertori und Co. unverhohlen den Tod gewünscht. In Gegenwart aller Kollegen. Nämlich in der Kantine. Er war laut geworden. Zu laut. Deshalb war seine verbale Entgleisung auch Baroncini zu Ohren gekommen. Und der hatte ihm ein letztes, ein finales, wie er sich ausdrückte, Ultimatum gesetzt. Noch ein klitzekleines Fehlverhalten und es folgte die Suspendierung.

»Was ist los mit dir, mein Junge?«, fragte Piero und beobachtete, wie der Brunello Schlieren in seinem eigenen Glas bildete.

»Eine berechtigte Frage.« Antonia betrachtete ihren Sohn mit gerunzelter Stirn. »Du bist seit Wochen geistesabwesend. Redest kaum ein Wort. Verschmähst sogar einen Brunello. Was mich ja normalerweise freuen würde. Aber nicht bei deinem Zustand!«

»Es ist nichts«, log er und würgte ein paar Gabeln voll Spaghetti hinunter. Immerhin fand er in letzter Zeit nur so viele Bierflaschen im Kühlschrank vor, wie er hineingelegt hatte. Aber dafür musste er zweimal wöchentlich bei Rosa Peer erscheinen. Weil Baroncini das so angeordnet hatte. Grässlich. Seine Termine waren zwei Monate im Voraus in Peers Terminkalender eingetragen. In dieser Zeit durfte er nicht einmal Urlaub machen. Aber Ende November würde er sich freinehmen. Und so hoch in die Berge steigen, wie es Witterung und Schneeverhältnisse zuließen. Er musste dahin, wo er frei war!

16

Bozen, 23. Oktober

Seit der Betriebsfeier in Kaltern und Silvia Murs angeblicher Vergewaltigung war die Stimmung in der Belegschaft gedrückt. Von dem guten Betriebsklima, das weder Neid noch Eifersucht kannte, war nichts mehr übrig. Obwohl Leitner noch immer versuchte, diese Tugenden vorzuleben. Doch sein Tun blieb ohne Wirkung angesichts einer Extremsituation, welche die Belegschaft mehr und mehr spaltete.

Die einen, insbesondere die Männer, waren davon überzeugt, dass Roberto Dissertori und seine Freunde unschuldig waren. Die anderen hingegen konnten sich nicht vorstellen, dass sich Silvia Mur eine solche Geschichte ausgedacht hatte. Und so bildeten sich innerhalb der konträren Lager immer mehr kleine Grüppchen, die die andere Seite misstrauisch beäugten.

Und die Beschuldigten? Vor allem Dissertori gab sich cool. Ihm war nichts anzumerken. Kam jeden Tag in die Firma, als wäre nichts geschehen. Silvia Murs Kündigung hatte er mit einem Achselzucken zur Kenntnis genommen. Das sei doch nicht seine Schuld, war sein einziger Kommentar gewesen.

Carmen Ferrari wusste nicht recht, zu welchem Lager sie gehörte. Sie konnte sich nicht vorstellen, dass ihre ehemalige Kollegin die Vergewaltigung erfunden hatte, hatte es aber andererseits auch nicht für möglich gehalten, dass sie so wie auf der Betriebsfeier ausrasten konnte. Dissertori war ein eitler Gockel, aber das waren die meisten Männer. Wobei die drei anderen viel zu lasch waren, um so ein Ding durchzuziehen. Ferrari tendierte zu der Überzeugung, dass Silvia Mur sich total zugeschüttet und deshalb einen Filmriss gehabt hatte. Vielleicht hatte sie sich dann zum Selbstschutz diese krude Geschichte zusammengesponnen. Und es damit so weit getrieben, dass sie schließlich gekündigt hatte und jetzt auch noch reif für die Klapse war. Was für ein beschissenes Spiel!

Ferrari stieg in ihren Wagen und betrachtete sich im Innenspiegel. Sie sah nicht aus wie fünfundvierzig. Glatte, makellose Haut. Lange, gewellte nussbraune Haare. Dunkle Augen. Attraktiv, keine Frage. Gut, sie hatte ein paar Pfund zu viel auf den Hüften, aber das hatten viele, und das war bei ihrem stressigen Job auch kein Wunder. Außerdem gab es Männer, denen das gefiel.

Warum also bekam sie keinen Mann ab? Warum hatte Dissertori ständig Silvia Mur angegraben, sie aber keines Blickes gewürdigt? Was stimmte nicht mit ihr? Sie hatte bisher zwei feste Beziehungen gehabt. Eine mit Anfang zwanzig, die drei Jahre gehalten hatte, und dann noch eine mit fünfunddreißig. Sie war schon nach zwei Jahren erledigt gewesen. Beide Male hatte der Typ eine andere gehabt. Also war ihr nichts anderes übrig geblieben, als sich mit der einen oder anderen Affäre zu trösten. Zumal sie nach ihren bitteren Erfahrungen kein Vertrauen mehr in die Männerwelt hatte. Ihre bisherigen Eroberungen waren meist verheiratet gewesen und hatten ihre Ehefrauen betrogen. Und waren sich dabei auch noch toll vorgekommen! Unfassbar. Aber im Moment war nicht einmal jemand fürs Bett in Sicht.

Der Gedanke daran, jetzt in ihre wenngleich schöne Wohnung am Rand der Altstadt zu fahren und sich zu langweilen oder mit einer Freundin zu telefonieren, nur um sich stundenlang anhören zu müssen, wie wunderbar es mit dem Mann und den Kindern lief und dass sie sich jetzt auch noch einen Golden Retriever angeschafft hatten, wirklich ganz süß, war deprimierend. Also entschied sie sich, ins »Grifoncino« zu fahren, ihre Stammbar. Nur einen Kilometer von ihrer Wohnung entfernt. Dort könnte sie ein paar Cocktails oder Gläser Weißwein trinken und hinterher zu Fuß nach Hause gehen. Oder ein Taxi nehmen. Oder sich von einem Mann heimbringen lassen, der noch auf einen Drink mit reinkam. Und schließlich in ihrem Bett landete. Deutlich besser als Monologe über unerträgliches Familienglück.

Ferrari stellte den Wagen ab, prüfte ihr Make-up, zog den Lippenstift nach, kontrollierte ihre Frisur und trug einen Spritzer Baraja von Acqua di Biella auf.

Kurz darauf saß sie an der Bar ihrem Lieblingsbarkeeper gegenüber, der nicht fragen musste. Er wusste, was sie am liebsten trank: einen Hemingway Daiquiri.

Sie nippte an ihrem Drink, überlegte, ob sie noch etwas im »Laurin« essen sollte, und blickte sich um. Keine Bekannten, dafür viel junges Publikum. Zu jung für sie. Aber das konnte sich noch ändern. Der Abend war schließlich noch lang.

Als ihr der Barmann, wieder ungefragt, den zweiten Cocktail brachte – Ferrari hatte entschieden, dass sich Hemingway auch ohne feste Grundlage genießen ließ –, sah sie ihn. Er saß auf einem der stylishen roten Sofas in der hinteren Ecke und beobachtete sie. Er stach aus der Masse der Gäste nicht nur hervor, weil er anscheinend allein war. Er war älter, um die fünfzig, und sah phantastisch aus. Und er lächelte ihr zu. Sie drehte sich um. Meinte er jemand anderen? Nein, das Lächeln galt eindeutig ihr. Ihr Gesicht wurde warm vor Aufregung, sie fühlte sich wie ein Teenager. Lächelte schüchtern zurück. Er zwinkerte ihr zu, stand doch tatsächlich auf und ging auf sie zu! Mit einer unglaublichen Geschmeidigkeit. Wie ein Raubtier. Wahnsinnig sexy.

Je näher er kam, desto deutlicher konnte sie sehen, wie gut er wirklich aussah. Er war ziemlich groß, bestimmt eins neunzig, hatte breite Schultern, kurze schwarze Haare und eisblaue Augen. Wow, was für ein Kontrast. Der konnte locker im nächsten Film den Bond spielen. Auch sein dunkelblauer Anzug und das weiße Hemd passten dazu. Eine Krawatte trug er nicht. Er deutete auf den Hocker neben Ferrari. Sie nickte, und er setzte sich. Hoffentlich merkte er nicht, wie nervös sie war. Keine Frage, das war das attraktivste und interessanteste männliche Exemplar, das ihr jemals über den Weg gelaufen war.

Lässig stützte er einen Ellenbogen auf dem Tresen ab und deutete auf ihren Drink. »Darf ich fragen, was das ist?«

»Ein Hemingway Daiquiri«, sagte sie und hoffte, dass ihre Stimme sicher und fest klang.

Er lächelte dem Barkeeper zu, deutete auf ihren Cocktail und nickte.

Der junge Mann hinter der Theke lächelte zurück. In seinem Blick lag Bewunderung. Verständlich. Der Typ konnte nicht echt sein.

»Sie sind mir sofort aufgefallen, als Sie reingekommen sind«, sagte er mit einer tiefen, sonoren Stimme, die ihr einen wohligen Schauer über den Rücken laufen ließ. »Sie sind anders als die meisten Frauen hier. Aber vielleicht sollte ich mich vorstellen, bevor ich fortfahre.«

Der Barkeeper stellte den Hemingway Daiquiri mit einem Lächeln vor dem Traummann ab. Der bedankte sich und warf ebenfalls lächelnd ein, dass er die gesamte Zeche übernehmen werde. Ferrari wollte protestieren, doch er ließ ihr keine Chance.

»Keine Widerrede! Dank Ihnen ist der Abend gerettet. Mein Name ist Göritz. Jan Göritz. Und mit wem habe ich das Vergnügen?«

Ferrari nannte ihm ihren Namen und spürte, wie ihre Knie weich wurden. Wie gut, dass sie saßen. Sie wusste partout nicht, was sie noch sagen sollte. Totaler Blackout.

Dafür erzählte er ihr, dass er Deutscher sei, aus Köln komme und zweimal jährlich Urlaub in Südtirol mache. »Ich liebe die Berge und die Mentalität der Menschen hier«, sagte er mit einem leicht schwärmerischen Blick. Er sei Rechtsanwalt in einer großen Kölner Kanzlei und einundfünfzig. »Als Sie eintraten, hat Ihre Aura den Raum geflutet. Ich kann es einfach nicht anders beschreiben. Deshalb bin ich sehr glücklich, jetzt mit Ihnen an diesem Tresen sitzen und Hemingway Daiquiri trinken zu dürfen.«

Er strahlte eine traumwandlerische Sicherheit aus, die Ferrari sich winzig fühlen ließ. Bei Weitem weniger eloquent und selbstsicher als er, gab sie zu, dass er ihr auch sofort aufgefallen und sie froh sei, ihn kennenzulernen.

Es entwickelte sich ein lebhaftes Gespräch, in dem Ferrari ihre Unsicherheit mehr und mehr ablegte. Bald schon diskutierten sie auf Augenhöhe, und Jan Göritz – das »Sie« hatten sie längst hinter sich gelassen – legte immer wieder wie zufällig seine Hand auf ihren Arm. Was sie nicht als Anmache empfand, sondern als überaus erregend. Sie wünschte sich schon jetzt, dass es nicht bei ihrem Arm bliebe. Dieser Mann hatte ein Charisma, das seinesgleichen suchte.

Beim vierten Hemingway Daiquiri, es war schon bald elf Uhr, und Ferrari hatte keine Ahnung, ob sie morgen in der Lage sein würde, zur Arbeit zu gehen, traute sie sich endlich, die alles entscheidende Frage zu stellen. Die Frage, die zwischen »einer mit Glück einzigartigen Affäre« und »einer Beziehung mit Aussicht auf mehr« entschied. »Machst du eigentlich immer allein Urlaub? Ich meine, was sagt denn deine Frau dazu?«

Er lächelte. Souverän. Männlich. Warmherzig. Und erzählte, nachdem er Ferraris Lieblingsbarkeeper mit smartem Lächeln bedeutet hatte, zwei neue Hemingway Daiquiri zu mixen, dass es das Schicksal leider nicht gut mit ihm gemeint habe. Ein paar Affären, mehr habe es in seinem bisherigen Leben nicht gegeben. Mit keiner der Frauen, die er kennengelernt hatte, habe er sich eine gemeinsame Zukunft vorstellen können. Das gehe jetzt schon seit über dreißig Jahren so. Und warum? Weil er ein Macho sei? Nein, weil die Mehrheit der Menschheit, jawohl, der ganzen Menschheit, oberflächlich sei. Das Interesse reiche bis zu den Nachrichten und dem Schicksal von Freunden und Nachbarn. Gegenüber allem und allen anderen: pures Desinteresse. Reine Egozentrik. Egal, ob Männlein oder Weiblein, für Menschen mit Tiefsinn und überragendem Weitblick gebe es nur wenige Partner. Aber sie, Carmen, strahle genau das aus. Es sei einfach da. Und dass sie Tiefsinn habe, zeige allein schon ihre Unterhaltung.

»Du bist schön«, fuhr er fort, »doch das hebt dich nicht von der Mehrheit der hier anwesenden Frauen ab.« Mit einer ausladenden Handbewegung umfasste er die gesamte Bar. »Was dich besonders macht, ist deine Tiefgründigkeit.«

Er nahm ihre Hand und gab ihr einen Handkuss. Einen Handkuss! Aus welcher Zeit stammte ihr Traumprinz bloß, mit dem sie sich nun schon bald drei Stunden unterhielt? Und der ihre Gedanken an den nächsten Tag verschwinden ließ wie in einem schwarzen Loch.

»Seit so vielen Jahren komme ich immer wieder in deine Heimat, schöne Carmen. Doch wenn ich anfangs glaubte, hier, in der Grenzregion zwischen Deutschland und Italien, Frieden für einen von der Hektik und der Oberflächlichkeit der Stadt geprägten Touristen zu finden, dann habe ich mich leider getäuscht.«

Sie sah ihn fragend an, hatte keine Ahnung, wovon er sprach.

Er bemerkte ihre Ratlosigkeit, drückte ihre Hand noch fester und schien sie jetzt mit seinem Lächeln zu küssen.

Das hatte er jedem männlichen Wesen voraus, mit dem sie bislang in irgendwelchen Bars über irgendeinen Schwachsinn gesprochen hatte. Er machte sie nicht plump an. Er machte sie überhaupt nicht an! Nein, er zog sie in seinen Bann. Und sie hatte keine andere Wahl, als es geschehen zu lassen.

Er leerte seinen Cocktail, bestellte zwei neue und sah sie durchdringend an, ihre Hände in seinen. Als er den Kopf schüttelte, schien es, als fiele er in sich zusammen.

»So viele Jahre komme ich nun schon hierher«, sinnierte er, »in das Paradies. Doch seit einiger Zeit wird dieses Paradies von abscheulichen Gräueltaten zerstört. Zuerst vom Monster von Bozen, wie eure Presse den Psychopathen tituliert hat, dann von einer niemals in Gänze aufgeklärten Entführung und nur wenig später von einer Mordserie, bei der es um einen Batzen Gold ging, der in den Bergen gefunden wurde. Zu allem Überfluss ist diesem Monster auch noch die eigentlich unmögliche Flucht aus dem Hochsicherheitstrakt der Psychiatrie gelungen, und kurz darauf passierten brutale Morde, die an einen Serientäter der Nachkriegszeit erinnerten. Und zu guter Letzt die Vergewaltigung in den Weinbergen der Südtiroler Weinstraße im vergangenen Sommer. Was ist nur los mit den Menschen im Paradies?«

Ferrari war erstaunt, dass sich Jan Göritz, der erst vor wenigen Stunden als der schönste und coolste Mann in ihr Leben getreten war und den sie sich schon als die grandioseste Eroberung in ihrer Nach-Beziehungshistorie vorstellen konnte, ihr gegenüber in dieser überraschend sentimentalen Weise öffnete. »Nun ja«, sagte sie leicht irritiert, »das mit der Vergewaltigung ist ja gar nicht erwiesen.«

Er richtete seinen Oberkörper auf. »Soll das heißen, dass an der Sache nichts dran ist? Dass das nur Hirngespinste der Presse sind? Woher willst du das wissen?« Er war laut geworden.

Ein merkwürdiges Thema für einen ersten Abend, wunderte sich Ferrari, aber vermutlich hatte Jan einfach nur ein sehr ausgeprägtes Gerechtigkeitsempfinden. Sie beantwortete seine Frage wahrheitsgemäß.

Danach wirkte er geistesabwesend. Starr blickte er in den Raum. »Mit anderen Worten«, sagte er in Richtung der Toiletten, »laufen vier Vergewaltiger in Südtirol frei herum. In bester Gesellschaft mit einem Monster. Und ich habe immer gedacht, dass ihr hier, im Süden der Alpen, ein bisschen klüger seid als wir. Ein Irrtum.« Er sah ihr in die Augen.

Ferrari wich seinem Blick nicht aus. Denn Jan war ihr verrückterweise vertraut. Seine Souveränität war seiner Sentimentalität gewichen. Ihr Traumprinz. Wie aus dem Nichts aufgetaucht. Und dann erzählte sie ihm, dass sie in der Firma arbeitete, von der einige Kollegen eine Kollegin vergewaltigt haben sollten, und warum sie die Beschuldigten eher für unschuldig hielt.

Jan Göritz hörte ihr mit ernstem Blick zu und fragte, was aus Silvia Mur und den Männern geworden sei.

Ferrari sah Silvia Mur vor sich. Am Sommerabend auf dem Weingut am Kalterer See, als sie fröhlich und ausgelassen gewesen war. Und wenige Wochen später, als sie die Kündigung eingereicht hatte. Vorher hätte sie, Ferrari, es nicht für möglich gehalten, dass sich ein Mensch in so kurzer Zeit so sehr verändern konnte. Denn Silvia Mur schien um Jahre gealtert.

»Sie ist nicht mehr sie selbst«, sagte sie traurig und ob des

Alkohols leicht lallend, »und ist in Therapie. Von Alexander, ihrem Mann, weiß ich, dass ihre Ehe sehr leidet. Auch die Kinder. Sie kommen nicht damit klar, plötzlich eine depressive Mutter zu haben. Meine Kollegen, die sie der Vergewaltigung bezichtigt, weisen jede Schuld von sich und arbeiten immer noch in meiner Firma.«

Jan Göritz verdrehte die Augen. »So etwas denkt sich doch keine Frau aus. Und dann auch noch vier Männer. Die geben sich doch einfach gegenseitig ein Alibi! Ich bin Anwalt und weiß, wie K.-o.-Tropfen wirken. Deine Kollegin hatte keine Chance und ist auch nicht die Erste, der das passiert ist.«

Ferrari sah ihn mit neuem Interesse an. »Heißt das, dass du in Köln solche Fälle betreust?«

Er nickte. Seine Kanzlei decke mehrere Rechtsgebiete ab, aber sein Spezialgebiet sei Strafrecht, Vergewaltigung sein Kernthema. »Als Anwalt kann ich den Opfern wenigstens etwas helfen, wenn sich sonst schon niemand um sie kümmert. Was meinst du, was die für peinliche Verhöre und Untersuchungen über sich ergehen lassen müssen? Deshalb ist auch die Dunkelziffer der nicht angezeigten Vergewaltigungen und des Missbrauchs in der Ehe so enorm hoch. Keine Frau will sich dem aussetzen. Das Prozedere ist manchmal noch schlimmer als die Vergewaltigung selbst.«

Jan Göritz' ganze Ausstrahlung hatte sich verändert. War er zunächst smart und souverän gewesen, wirkte er jetzt frustriert und wütend. Ferrari erkundigte sich, warum er sich auf diese Taten spezialisiert habe, wenn ihm das Thema doch so zu Herzen ging, aber er wiederholte nur schmallippig, diesen Frauen helfen zu wollen.

Ferrari ließ Jan Göritz' Worte Revue passieren, und je mehr sie über das Geschehene nachdachte, desto weniger war sie von der Unschuld ihrer Kollegen überzeugt. »Kannst du irgendwas für Silvia tun? Oder hast du ein paar Tipps, wie ich ihr helfen kann?«

Er lächelte und nahm wieder ihre Hand. »Du bist wirklich sehr mitfühlend. Das ist schön. Und selten. Aber als Kölner

Anwalt kann ich hier nichts ausrichten. Was sagt denn die Polizei? Und was sind die vier Beschuldigten für Typen?«

Ferrari berichtete, dass die Polizei die Ermittlungen eingestellt und Commissario Bellini sich laut Silvia Mur fürchterlich darüber aufgeregt habe. Angeblich habe er sogar gedroht, sich die vier vorzuknöpfen. Karl Lahntaler sei der Einkäufer bei Leitner S.r.l. Unscheinbar, nichtssagend. Andreas Wieser für das Controlling zuständig. Er sehe ganz gut aus, sei aber stockarrogant. Simon Bacher sei Verkäufer, dicklich und wie Lahntaler nichtssagend. »Lahntaler und Bacher würde ich auf keinen Fall eine Vergewaltigung zutrauen. Wieser bedingt. Vielleicht, wenn er was getrunken hat. Aber dann ist da noch Roberto Dissertori. Ein Schönling vor dem Herrn. Eitel und selbstgefällig und nicht nur ein Mal bei Silvia abgeblitzt. Ich könnte mir vorstellen, dass der die Tat geplant und die anderen dann zum Mitmachen überredet hat. Bestimmte Männertypen fliegen auf Roberto, weil sie ihn cool finden. Sie sind ihm fast hörig. So wie Bacher und Lahntaler.«

Jan Göritz erkundigte sich dezidiert nach weiteren Eigenschaften und äußeren Erkennungsmerkmalen der vier und wollte wissen, was sie im Betrieb gegenüber den Kollegen geäußert hätten.

Ferrari wunderte sein Interesse, schließlich kannte er keinen der Beteiligten persönlich. »Hat Silvia deiner Meinung nach denn noch eine Chance, die Polizei oder das Gericht zu überzeugen?«

Er winkte ab. »Der Fall ist abgeschlossen. So wie tausend andere auch. Zu den Akten gelegt. Ein Opfer mehr ohne Perspektive. Und eine weitere zerstörte Familie. Aber vielleicht macht dieser Commissario seine Drohung ja wahr. Verdient hätten es diese Typen. Hat sich euer Betriebsklima seither verändert?«

»Das kann man wohl sagen. Die Stimmung war zunächst gedrückt, aber mittlerweile werden vor allem die Frauen zunehmend wütend. Die vier Kollegen reagieren kaum darauf. Die Zeiten, in denen ich morgens gern ins Büro gegangen bin, sind vorbei. Und auf unsere diesjährige Weihnachtsfeier würde ich liebend gern verzichten.«

Als Jan Göritz sich nach Ort und Datum der Feier erkundigte, berichtete Ferrari, dass sich Leitner diesmal etwas ganz Besonderes ausgedacht habe. Vom 29. November bis zum 1. Dezember sei die Hütte auf dem Lagazuoi angemietet worden. »Das ist ein ziemlich hoher Berg in den Dolomiten«, ergänzte sie, als sie Jans fragenden Blick bemerkte. »Die lassen extra für uns die Seilbahn fahren, was ein Vermögen kostet, weil der Sommerbetrieb längst eingestellt ist. Aber so ist Leitner eben. Stets großzügig. Und trotzdem hat dieses Jahr kaum jemand Lust, gleich drei Tage mit den Kollegen zu verbringen. Und dann auch noch so abgelegen, mitten auf einem Berg. Da kannst du dir nicht einfach dein Auto schnappen und verschwinden, wenn es dir zu viel wird. Leitner hat sogar ein Team aus Köchen und Kellnern angeheuert.«

Jan Göritz zog die Augenbrauen zusammen. »Ich hoffe sehr, dass dieser Roberto und seine feinen Freunde sich besaufen und dann abstürzen.«

Ferrari beugte sich vor und flüsterte: »Und ich habe immer gedacht, Anwälte wären dröge, langweilige Typen ohne jegliche Gefühlsregung. Anscheinend habe ich mich geirrt. Oder du bist eine Ausnahme.« Sie lehnte sich ihm noch weiter entgegen und küsste ihn. Sie war selbst überrascht über ihre offensive Art. Normalerweise hätte sie sich das bei einem solchen Mann nicht getraut. Doch Jan erwiderte ihren Kuss, und seine Hand wanderte ihren Rücken hinab. Ein wohliger Schauer durchrieselte sie, der schnell purer Erregung wich. Als er fragte, wo sie wohne, erwiderte sie grinsend: »Gleich um die Ecke.«

»Ich muss übermorgen leider wieder zurück nach Köln«, sagte er. »Was hältst du davon, wenn du morgen blaumachst und wir den Tag zusammen verbringen?«

»Oh nein«, entgegnete Ferrari enttäuscht. »Schon übermorgen? Kannst du deinen Urlaub nicht verlängern?«

Er schüttelte den Kopf. »Leider nicht. Ich habe Gerichtstermine, die kann ich nicht absagen. Aber wir bleiben in Kontakt, und sobald es mein Terminkalender zulässt, komme ich wieder. Und jetzt lass uns gehen.«

Er bezahlte und gab dem netten Barkeeper ein großzügiges Trinkgeld. Dann stand er auf, half Ferrari in den Mantel, und sie verließen das »Grifoncino« und gingen Hand in Hand zu ihr.

Die Nacht war klar und kühl. Es waren kaum noch Menschen auf der Straße, aus einigen Schornsteinen stieg Rauch auf. Im Norden ragten die Dolomiten finster in den Himmel. Verstreute Höfe und Hütte schickten einzelne Lichtpunkte ins Dunkel. Obwohl sie nur wenig Zeit hatten, war Ferrari glücklich. Sie fühlte sich wohl bei Jan Göritz. Geborgen. Vertraut. Und sie war geil auf ihn.

***

Er hörte das Wasser im Bad laufen. Carmen hatte ihn gefragt, ob er mit ihr duschen und sie von oben bis unten einseifen wolle. Und umgekehrt. Nichts hätte er lieber getan, denn Carmen hatte sich als wahre Liebesgöttin erwiesen. Viele Frauen waren ihm begegnet, und mit vielen hatte er geschlafen. Ob in Köln oder Bozen. Ob auf irgendeinem Berggipfel oder in Saint-Tropez. Aber Carmen war etwas Besonderes. Leidenschaftlich, wild, phantasievoll. Eigentlich war sie nicht wirklich sein Typ, fiel nicht in sein übliches Beuteschema. Zu füllig. Zu alt. Schon Mitte vierzig. Aber das sah man ihr nicht an. Sie wirkte jugendlich. Und machte ihn trotz allem an. Außerdem versprühte sie einen einnehmenden Charme.

Doch darum ging es nicht.

Er sah sich in ihrem Schlafzimmer um. Geschmackvoll eingerichtet. Wie die ganze Wohnung. Die Frau besaß Stil. Aber das konnte man von einer Assistentin der Geschäftsführung auch erwarten. Im Wohn- und Schlafzimmer waren edle Ahorn-Massivholzdielen verlegt. Sicherlich auch im Arbeitszimmer, dem einzigen Raum, den er bisher noch nicht gesehen hatte. Und den er hoffentlich auch nicht sehen musste.

Kleiderschrank aus echtem Mahagoni. Da genügte ihm ein Kennerblick. Als er das dunkle Metallbett erblickt hatte, war ihm sofort klar gewesen, dass sie auf Fesselspiele stand. Und er hatte sich nicht geirrt. Sie hatte ihn kokett angelächelt, als sie, nur noch mit ihrem süßen Spitzen-BH und Höschen bekleidet, eine Schublade des Sideboards, ebenfalls Mahagoni, aufzog und die schwarzen Plüsch-Handschellen hervorzauberte. Dann hatte sie die Dinger auf ihr Bett geworfen und gehaucht: »Du kannst doch sicherlich was damit anfangen, starker Mann, oder?«

Er war überrascht gewesen. Es zeugte doch von einer gewissen Gutgläubigkeit, wenn nicht gar Naivität, nicht nur einen wildfremden Mann in die Wohnung mitzunehmen, sondern sich gleich beim ersten Mal auch noch von ihm fesseln zu lassen. Noch dazu vor dem Hintergrund, dass ihre Kollegin erst vor wenigen Monaten vergewaltigt worden war. Aber ihm konnte das nur recht sein. So gestaltete sich seine Aufgabe überaus angenehm. Er hatte echte Lust gespürt, und das kam selten vor. Sein Körper funktionierte zwar in jeder Beziehung wie ein Schweizer Uhrwerk, aber beim Sex hatte er fast nie tiefe Empfindungen. Carmen schien etwas Spezielles in seinem Innern zu berühren. Er war froh, dass seine Aufgabe nicht den Einsatz von Gewalt erforderte, denn die hätte ihn in diesem Fall Überwindung gekostet. Aber so lief es einfach nur perfekt. Wie immer.

Auch in das Badezimmer hatte er schon einen Blick geworfen. Es war ebenfalls edel ausgestattet. Groß, sicherlich zwanzig Quadratmeter. Sie schien gut bei Leitner S.r.l. zu verdienen. Boden und Wände aus dunklem Naturstein. Eine riesige Whirlpool-Badewanne mit viel Platz für zwei und drei hohe, gusseiserne Bodenkerzenständer für die Romantik. Dazu eine großzügige begehbare Dusche mit Regenfunktion, Nebeldüsen und Lichtspiel.

Selbst er wohnte nicht dermaßen luxuriös. Umso mehr genoss er diese Annehmlichkeiten. Nur schade, dass er nicht mit ihr duschen konnte, denn Sex in einer solchen Dusche war immer etwas Besonderes. Aber er musste die Zeit nutzen, die Carmen im Bad verbrachte.

Er ging zu dem Sideboard und zog nacheinander alle Schubladen auf. Unterwäsche in der ersten, Schmuck in der zweiten, Sexspielzeug in der dritten. Aus der hatte sie auch die Plüsch-Handschellen gezogen. Bilder und Postkarten in der nächsten. Aber nirgendwo das, wonach er suchte. Auch nicht in ihrer Handtasche, in der er als Erstes nachgesehen hatte. Was war ihm entgangen?

Etwas enttäuscht öffnete er den Kleiderschrank, der quietschte. Gott sei Dank lief die Dusche noch. Aber auch in ihm entdeckte er nur das Vorhersehbare. Er wollte sich gerade ins Wohnzimmer schleichen, als er einen Summton vernahm. Er drehte sich um, bückte sich und sah das Leuchten.

Was für ein Glück, dass ausgerechnet jetzt eine WhatsApp-Nachricht eingegangen war. Ihr Handy lag unter dem Bett. Er prägte sich genau die Position des Telefons ein, bevor er es hervorzog. Es war nicht durch einen Code geschützt. Das Glück war ihm wirklich hold. Mit geübten Fingern machte er sich an die Arbeit und fand schon nach wenigen Sekunden, wonach er suchte. Er nahm sein eigenes Handy und tippte ein Memo mit den notwendigen Informationen, bevor er Carmens Telefon zurück an seinen Platz legte. Millimetergenau.

Das Wasser lief immer noch. Und seine Arbeit war getan. Fürs Erste jedenfalls. Er ließ seinen Slip fallen und ging über den Flur ins Bad. Als er es betrat, drehte sie soeben das Wasser ab und tastete nach ihrem Handtuch. Wieselflink nahm er es vom Haken, sodass Carmen ins Leere griff. Sie wirbelte herum.

»Ich bin es nur«, sagte er lächelnd. »Schade, dass du schon fertig bist. Plötzlich überkam mich doch der Drang, dir deinen Wunsch zu erfüllen und dich von oben bis unten einzuseifen.«

Sie sah an ihm hinab und zog eine Augenbraue in die Höhe. »Das glaube ich dir gern. Und wie ich sehe, bist du schon wieder bereit.« Sie drehte die Regendusche auf, zog ihn zu sich und küsste ihn.

Er genoss den Kuss, das prasselnde Wasser und ihren Hintern in seinen Händen. Keine Frage, das war seit langer Zeit mal wieder eine seiner angenehmeren Aufgaben. So durfte es weitergehen.

17

Leitner S.r.l., 25. Oktober

Frieda Engl nahm Carmen Ferraris Stimmung verwundert zur Kenntnis. So aufgedreht hatte sie ihre Kollegin noch nie erlebt. »Kannst du mir vielleicht mal verraten, was mit dir los ist? Du rennst hier durch die Gänge wie ein aufgescheuchtes Huhn und sprühst nur so vor Energie. Hast du heute Morgen irgendwas eingeworfen?«

Ferrari lachte spöttisch. »Eingeworfen? Ich? Darf man jetzt nicht einmal mehr gut gelaunt sein?«

Engl hob abwehrend die Hände. »Um Gottes willen, natürlich. Aber immerhin hast du dich gestern wegen einer Darminfektion krankgemeldet. Dafür bist du heute schon wieder überraschend gut drauf.«

Ferrari lächelte. »Ich habe auch allen Grund dazu.«

Engl wurde sofort hellhörig. Sie liebte Tratsch. Gerade jetzt, nach der schlimmen Sache mit Silvia Mur, kam ihr ein wenig Abwechslung gerade recht. Sie betätigte den Knopf am Kaffeevollautomaten und wagte einen Schuss ins Blaue. »Ist der Grund zufälligerweise männlich?«

»Du bist ziemlich neugierig, meine Liebe.«

»Ach, komm schon.« Engl zwinkerte Ferrari vertraulich zu. »Mir kannst du es doch erzählen.«

Ferrari grinste. »So, kann ich das? Das wäre ja mal ganz was Neues.«

Die beiden Kolleginnen lieferten sich ein kleines Wortgefecht, aber Engl ließ sich nicht beirren. »Jetzt sag halt: Wie heißt der Grund? Und sieht er gut aus? Wie ist er im Bett?«

Ferrari schüttelte den Kopf. »Du denkst immer nur an das Eine. Aber okay, er heißt Jan, sieht unglaublich gut aus, und wie er im Bett ist, geht dich nichts an.«

»Schade«, sagte Engl und schmollte. »Dann erzähl wenigstens ein bisschen von ihm. Wie hast du ihn kennengelernt? Wo kommt er her? Ich will alles wissen!«

Ferrari berichtete von ihrer Begegnung im »Grifoncino«, ihrem intensiven, tiefgründigen Gespräch, dem gestrigen Tag und woher Jan kam.

»Oje, ein Anwalt aus Köln. Und offensichtlich bist du verliebt. Das ist nicht gut.«

»Wieso? Er will so oft wie möglich kommen und ein verlängertes Wochenende bleiben. Vom Innsbrucker Flughafen nimmt er sich einen Mietwagen, der hat Kohle genug. Und ich mache dann eben Urlaub in Köln. Wo ein Wille ist, ist auch ein Weg.«

Engl nickte zustimmend. »Allerdings stelle ich mir das bei seinem Beruf schwierig vor. So einer ist doch dauernd im Stress. Und wieso ist ein Fünfzigjähriger solo, wenn er so gut aussieht und auch noch über beste Umgangsformen und Charme verfügt?«

Ferrari stellte ihre Tasse in die Spülmaschine. Sie musste zurück an ihren Schreibtisch. »Warum siehst du nur immer alles so negativ? Er hat halt bis jetzt nicht die Richtige gefunden. Er ist sehr anspruchsvoll.«

»Und du meinst, dass du diesen Ansprüchen genügst?«

»Das war jetzt nicht sehr nett«, entgegnete Ferrari angesäuert.

»So habe ich das doch nicht gemeint. Wie seid ihr denn verblieben?«

Ferrari sagte, dass er sich im Laufe des Wochenendes bei ihr melden wolle. Er habe ihre Festnetz- und ihre Handynummer. »Wahrscheinlich starre ich das ganze Wochenende nur auf beide Telefone«, mutmaßte sie lachend.

Engl nickte bedächtig. »Hast du denn auch seine Nummer?«

»Leider nicht. Daran habe ich im Liebestaumel gar nicht gedacht«, gab sie zu.

Engl legte die Stirn in Falten. »Ist es nach einer heißen Liebesnacht nicht üblich, dass beide ihre Nummern austauschen, so sie denn in Kontakt bleiben wollen? Und hast du ihn und den Namen seiner Kanzlei schon gegoogelt?«

»Nein«, bekannte Ferrari verblüfft, »warum?«

»Interessiert es dich denn gar nicht, ob er dich verarscht hat?«

Das hielt Ferrari für ganz und gar unmöglich. Sie hatte doch gespürt, dass sich auch Jan Hals über Kopf in sie verliebt hatte. Wahrscheinlich war Frieda bloß neidisch. »Warum hätte er das tun sollen? Wenn es ihm nur um einen One-Night-Stand gegangen wäre, wäre das für mich auch kein Problem gewesen. Dafür hätte er nicht lügen müssen. Ich freue mich jedenfalls schon auf seinen Anruf.«

»Komm mit«, sagte Engl und zog Ferrari am Ärmel aus der kleinen Küche.

»Wohin?«

»Das wirst du gleich sehen.«

Engl ging mit ihrer Kollegin zu ihrem Arbeitsplatz, setzte sich und tippte das Kennwort ihres Rechners ein. Dann rief sie die Seite eines deutschen Telefonbuchanbieters auf.

»Also, wie heißt er? Jan, und weiter?«

»Ach, Frieda, was soll das denn werden?«

»Ich habe irgendwie ein komisches Gefühl bei der Sache. Also, Nachname?«

»Göritz.«

Engl suchte nach Jan Göritz in Köln. Als Ergebnis wurden zwei Göritz angezeigt, aber kein Jan. Sie wechselte zu einer Suchmaschine und gab in die Maske der Bildersuche seinen Namen ein. Mehrere Fotos erschienen. »Sieh sie dir an. Ist es einer von denen?«

Ferrari prustete laut los. »Um Gottes willen!«

»So lustig ist das nicht. Dann versuchen wir es über seine Kanzlei. Wie heißt die?«

Die Firma war nach den Nachnamen der drei Gesellschafter benannt. Ferrari diktierte sie Engl, die sie in die Suchmaschine eintippte. Ein Link ploppte auf, Engl klickte darauf, und die Website öffnete sich. Mit geübten Fingern scrollte sie rauf und runter und öffnete verschiedene Unterseiten.

»Ich finde keinen Jan Göritz«, sagte sie endlich.

»Das verstehe ich nicht«, sagte Ferrari leise. »Vielleicht habe ich den Namen der Kanzlei falsch verstanden.«

»Quatsch. Mit den drei Nachnamen ist das doch eindeutig. Es ist so, wie ich es schon vermutet habe. Der hat dich verarscht, weil er dich nur ficken wollte. Wie alle Männer.«

»Das glaube ich nicht. Du hast ihn nicht kennengelernt. Hättest du, dann würdest du nicht so daherreden. Es muss ein Missverständnis vorliegen. Ich weiß nur nicht, welches.«

Engl drückte Ferrari den Telefonhörer in die Hand. »Ruf an.«

Ferrari starrte auf den Hörer. »Ich soll was?«

Engl verdrehte die Augen. »Ruf in dieser Kanzlei an und sag, dass du Jan Göritz sprechen willst.«

»Aber ich kann doch nicht einfach …«

»Doch, du kannst«, sagte Engl bestimmt. »Los jetzt.«

Widerwillig wählte Ferrari die Nummer in Deutschland und wurde nach einem kurzen Gespräch mit einer Sekretärin mit einem der Gesellschafter verbunden. Der Anwalt war freundlich und verständnisvoll. Die Unterhaltung dauerte fünf Minuten, in denen Ferraris Mundwinkel immer weiter nach unten wanderten. Es gab keinen Jan Göritz in der Kanzlei. Hatte es noch nie gegeben. Der Anwalt ging sogar alle Kölner Anwälte durch, die er kannte, doch kein Jan Göritz war darunter.

Mit hängenden Schultern legte Ferrari auf. »So eine verdammte Scheiße! Das gibt es doch gar nicht. Warum hat er das gemacht?«

Engl nahm ihre Kollegin in die Arme. »Weil Männer so sind, Schätzchen. Sei nicht allzu traurig. Freu dich, dass du eine tolle Nacht und einen schönen Tag mit ihm hattest. Guck mich an. Verheiratet seit zwanzig Jahren. Und was ist von all den Liebesschwüren übrig geblieben? Nichts als tote Hose.«

***

»Wenn Sie Ihren Kollegen in Schutz nehmen, indem Sie für ihn lügen, tun Sie ihm keinen Gefallen. Also erzählen Sie.«

Vincenzo, Mauracher und Marzoli waren zum Vice Questore bestellt worden, dessen Laune auf dem Nullpunkt war. Vincenzos Starrsinn nahm erschreckende Ausmaße an, und sein Vorgesetzter war mehr als bereit, endlich Konsequenzen zu ziehen.

Baroncini nickte Marzoli zu. »Und?«

Ispettore Marzoli vermied den Augenkontakt mit Vincenzo. Er schwitzte und brachte seine Aussage nur stotternd hervor. Er gab zu, dass der Commissario in der Kantine ausgerastet sei, und verfiel dann wieder in Schweigen.

»War das alles?«, fragte Baroncini mit einem gefährlichen Lächeln.

Marzoli nickte noch etwas heftiger als Mauracher.

Wütend sprang der Vice Questore auf. »Wollen Sie mich verarschen? Was meinen Sie, wie viele Kollegen, die Ihren Wutausbruch miterleben mussten«, sein Zeigefinger richtete sich bedrohlich auf Vincenzo, »zu mir gekommen sind, um mir davon zu berichten? Aber nicht, um Ihnen in den Rücken zu fallen. Sondern weil sie schockiert waren! Also hören Sie alle miteinander auf, mich für dumm zu verkaufen!«

Vincenzo ergriff das Wort und übersah Baroncinis Blick geflissentlich. »Halten Sie meine Kollegen da raus. Die können nichts dafür. Ich werde Ihnen selbst erzählen, was passiert ist.«

Baroncinis Augen verengten sich zu Schlitzen. »Eine Lüge, Bellini, eine für Sie vorteilhafte Auslassung und Sie laufen wieder Streife. Haben wir uns verstanden?«

Vincenzo nickte. Dann erzählte er, dass sie sich in der Kantine wieder über Silvia Mur unterhalten hätten. Und da sei die arme Frau vor seinem geistigen Auge aufgetaucht. Ein Häufchen Elend in Therapie. Er habe an ihre Familie gedacht und an die Scheißkerle – für die Bezeichnung handelte er sich sogleich einen bitterbösen Blick ein –, die immer noch frei herumliefen.

Gerade nach der Sache mit Gianna käme er immer schlechter damit zurecht. Und dann sei da noch die Tatsache, dass jemand zweimal bei ihm eingebrochen war, ohne Spuren zu hinterlassen. Und obwohl doch jedem klar sein müsse, um wen es sich dabei handele, nehme ihn niemand ernst. Das mache ihn schier wahnsinnig.

»Bei Ihnen ist niemand eingebrochen, Bellini«, bemerkte Baroncini finster. »Ein Einbrecher, der Ihre Biervorräte auffüllt, oder was? Vielleicht sollten Sie lieber Ihren Alkoholkonsum überdenken, als sich so etwas einzubilden, mein Lieber.« Er nickte den beiden anderen Beamten zu. »Haben Sie dem etwas hinzuzufügen?«

Mauracher räusperte sich. »Bellini ist aber auch wirklich in einer Extrem–«

Baroncini fiel ihr unwirsch ins Wort. »Therapie ist das Schlagwort, Bellini. Genau die werden Sie fortsetzen. Und zwar bei Rosa Peer. Ich weiß, dass Sie am Montag um elf Uhr den nächsten Termin bei ihr haben. Seien Sie pünktlich!«

Vincenzo setzte zu einem Protest an, aber auch er kam gegen den Vice Questore nicht an.

»Keine Widerrede! Das ist Ihre letzte Chance, Bellini. Sie haben ein Aggressionsproblem, Leute wie Sie kann ich mir nicht leisten. Und unser geschätzter Bürgermeister auch nicht. Verstanden? Also, Montag um elf Uhr! Und jetzt raus hier!«

18

Bozen, 28. Oktober

Vincenzo fühlte sich nicht wohl in seiner Haut. Seine bisherigen Termine bei Rosa Peer waren nur Vorgeplänkel gewesen, doch ab heute wurde es ernst. Sie war wie ausgewechselt. Kein Kaffee auf Augenhöhe, kein nettes Gespräch, das man mit einem Flirt verwechseln konnte. Stattdessen die professionelle Distanz einer Therapeutin. Nur einen einzigen persönlichen Kommentar hatte sie von sich aus fallen lassen: Das gemeinsame Essen müsse nun wohl doch noch eine Weile warten. Danach hatte sie entschieden, die übliche Einführungssitzung zu überspringen, weil sie sich inzwischen recht gut kannten.

Nun saß sie schweigend auf ihrem Stuhl, blätterte in seiner noch dünnen Akte, die Beine übereinandergeschlagen, in langem Rock und hochgeschlossener Bluse, die Haare straff zu einem Dutt zusammengedreht. Alles sachlich, alles streng. Am liebsten wäre Vincenzo aufgesprungen und schreiend davongelaufen. Doch das war keine Option. Baroncini würde ihn lynchen. Und so lag er tatsächlich zum ersten Mal auf einer immerhin sehr bequemen Couch und wartete darauf, dass Peer etwas sagte. Ihr Stuhl stand hinter seinem Kopf, sodass er sie nicht ansehen konnte. Ein unangenehmes Gefühl. Ob sie ihn wohl beobachtete? Taxierte?

Peer schien seine Gedanken gelesen zu haben. Sie räusperte sich und erklärte ihm, warum er lag, während sie saß, und warum sie keinen Blickkontakt hatten. »Es ist wichtig, dass wir uns bei den Sitzungen nicht ins Gesicht schauen können. Säßen wir uns gegenüber, würden wir uns unbewusst permanent beobachten, die Mimik und Gestik wahrnehmen und jedes Lächeln oder Zucken der Gesichtsmuskeln des anderen zu deuten versuchen. Es ist unmöglich, diesen Reflex zu unterdrücken. Sie aber sollen Ihren Gedanken freien Lauf lassen, ohne gezwungen zu sein, meine unbewussten Reaktionen zu interpretieren.« Er solle sich in den Sitzungen seinen Gedanken und Gefühlen, aber auch seinen Phantasien überlassen. Unabhängig davon, ob sie ihm wichtig oder unwichtig, falsch oder richtig, moralisch okay oder verwerflich erschienen.

Vincenzo dachte sofort an seine Rachephantasien gegenüber Silvia Murs Vergewaltigern. Er empfand sie als wichtig und richtig, aber auch als moralisch verwerflich.

Er hatte den Gedanken noch nicht zu Ende gedacht, als Rosa Peer noch hinzufügte, wie relevant es sei, seine Gedanken und Gefühle nicht zu bewerten.

»Stellen Sie sich vor, wir säßen beide in einem Bus. Sie vorn, ich ein paar Reihen hinter Ihnen. Sie sehen mich nicht, schauen aus dem Fenster und beschreiben mir alles, was an Ihnen vorüberzieht. Häuser, Bäume, Straßen, Autos, Menschen, Tiere. Ohne Prioritäten oder die Dinge in eine Beziehung zueinander zu setzen. Die Häuser, Bäume und alles andere sind Ihre Gedanken und Gefühle. Selbige vorbehaltlos und wertungsfrei auszusprechen ist schwieriger, als Sie denken. Aber keine Sorge, das kriegen wir schon hin.« Sie erläuterte anschaulich, wie die Therapiesitzungen ablaufen und worüber sie sprechen würden. Ziel sei, zu ergründen, woher seine übersteigerte Aggressivität rührte, um dann so lange an der Ursache zu arbeiten, bis sie keine Probleme mehr für seinen Beruf darstellte.

Je länger Rosa Peer sprach, desto mehr entspannte sich Vincenzo. Sie war zwar sachlicher als bei ihren vorherigen Treffen, aber ihre Stimme klang noch immer angenehm und warm. Außerdem hörte sich das, was sie erzählte, gar nicht so schlimm an. Er würde die Therapie schon überstehen. Und er traute der Polizeipsychologin tatsächlich zu, ihm bei der Bewältigung seiner kleinen Krise zu helfen, die den Vice Questore viel mehr zu belasten schien als ihn selbst. Er überlegte, ihr vorzuschlagen, Baroncini an seiner statt auf die Couch zu legen, widerstand aber dem Impuls.

Dem Impuls, Rosa Peer bei der Verabschiedung zu fragen,

ob ein Diner auf seine Kosten nicht auch trotz Therapie möglich sei, widerstand er hingegen nicht. Und handelte sich eine sanfte, aber deutliche Abfuhr ein. Sein nächster Termin sei Freitag, zur selben Zeit.

Er schlenderte durch die Gänge der Questura und musste sich eingestehen, dass er sich besser fühlte als vor der Sitzung. Gründe dafür benennen konnte er allerdings nicht. Er betrat sein Büro und sah, dass Marzoli und Mauracher an seinem Besuchertisch um die letzten Cantuccini rangelten. Als Marzoli ihn erblickte, hielt er in seiner Bewegung inne und bekam wieder einmal nicht mit, wie Mauracher blitzschnell die Etagere abräumte.

»Was macht ihr denn hier?«, fragte Vincenzo verwundert.

»Wir müssen immer noch das Monster jagen«, erinnerte ihn Marzoli, der nun entsetzt zusah, wie sich Mauracher die finalen zwei Kekse in den Mund schob. Dennoch fuhr er fort: »Er ist und bleibt ein Phantom. Weder wir noch di Cesare oder der private Sicherheitsdienst haben Hinweise auf seinen Aufenthaltsort gefunden. Und der Sicherheitsdienst ist inzwischen raus aus der Sache. Selbst Giannas Vater verfügt nur über begrenzte finanzielle Mittel.«

»Genau«, sagte Mauracher schmatzend. »Baroncini will jetzt, dass wir und Benvenuto alle Anlieger im Sarntal befragen.«

»Soll das heißen, dass der Vice Questore doch glaubt, dass der Irre bei mir eingestiegen ist?«, fragte Vincenzo überrascht.

Marzoli schürzte die Lippen. »So würde ich das nicht sagen. Ich habe ihn eher so verstanden, dass er die Befragung als letzte Möglichkeit sieht. Weil wir nirgendwo eine Spur von ihm gefunden haben. Also sollen wir unsere Kräfte noch einmal auf das Gebiet konzentrieren, in dem der Psychopath sich nach Überzeugung von einem der fähigsten Ermittler Südtirols, ja, das hat der Vice tatsächlich so gesagt, aufhält.«

»Wir müssen uns jetzt überlegen, wie wir vorgehen. Das Sarntal ist ja nicht gerade klein.«

Vincenzo schüttelte den Kopf. »Ich denke, es reicht, wenn wir mit sämtlichen Fotos, die wir von ihm haben, in Sarnthein von Tür zu Tür gehen. Wenn, dann hält er sich in meiner unmittelbaren Nähe auf. Allerdings ist sein Verkleidungstalent legendär. Vermutlich denkt er, er sei unbesiegbar.«

»Vielleicht ist er das ja sogar«, sinnierte Marzoli.

»Was?«

»Unbesiegbar.«

»So ein Quatsch«, sagte Vincenzo und lachte.

»Vor deiner Sitzung bei Rosa Peer wärest du Giuseppe wegen so einer Bemerkung noch an die Gurgel gegangen«, bemerkte Mauracher. »Die scheint dir gutzutun.«

»Natürlich«, frotzelte Marzoli, »die ist ja auch genau dein Typ. Stimmt's, Vincenzo?«

Vincenzo grinste. Sie waren ein verdammt gutes Team. Und Sabine hatte schon recht, Rosa Peer tat ihm gut. »Ja, ist sie«, bestätigte er, »und ich bin überglücklich, dass sie während der letzten Sitzung herausgefunden hat, was mein allergrößtes Problem ist.« Er blickte in erstaunte Gesichter und musste sich beherrschen, um nicht laut zu lachen. Er legte ein gewisses Pathos in seine Stimme: »Ich hätte ja gedacht, dass es wegen ihm ist. Und wegen Gianna. Und wegen Silvia Mur.«

»Aber?«

»Es ist wegen euch.«

»Wie bitte?«, kam es wie aus einem Mund.

Vincenzo musste sich wegdrehen, um seine ihm entgleisenden Gesichtszüge zu verbergen. »Wegen eurem Gezanke um meine Cantuccini. Und deiner Untreue mir gegenüber, Giuseppe, indem du mich bei Baroncini angeschwärzt hast.«

Während Mauracher sofort begriff und losprustete, nahm Marzoli jedes Wort für bare Münze und fragte konsterniert, ob sein Verhalten bei Baroncini denn wirklich so schrecklich gewesen sei. Er war fast den Tränen nahe.

Was für ein liebenswürdiger, gutherziger Kerl, dachte Vincenzo nicht zum ersten Mal in den letzten Jahren, stand auf, ging zu seinem Schreibtisch, zog die unterste Schublade auf und nahm zwei Tüten Cantuccini heraus. Die eine entleerte er wortlos auf die Etagere, die andere gab er Marzoli. »Für dich. Die kannst du mit nach Hause nehmen, weil du Sabines flinken Fingern immer unterlegen bist. Und natürlich habe ich einen Scherz gemacht. Ihr seid die besten Kollegen, die ich mir wünschen kann, okay? Aber ihr habt recht: Rosa Peer hat einen positiven Einfluss auf mich und versteht ihr Handwerk.« Sein Blick fiel auf die große Südtirolkarte an der Wand. »Ich hoffe, wir auch«, sagte er. Nur ein kleiner, unbedeutender Kommentar, doch die eben noch heitere Stimmung schlug sofort um. Wurde bedrückt. Unsicher. Angstvoll. Weil jeder von ihnen spürte, dass etwas Fürchterliches geschehen würde. Nein, geschehen musste.

19

Klobenstein, 21. November

Die Rittner Erdpyramiden waren die höchsten in ganz Europa. Bis zu dreißig Meter maßen die aus späteiszeitlichem Moränenlehm bestehenden Naturwunder mit ihren auffälligen, an eine Haube erinnernden Steinen auf ihrer Spitze, die sie Tausende von Jahren vor Regen schützten, bis sie irgendwann durch Wind und Wetter den Halt verloren und herabfielen. Anschließend löste sich die betroffene Pyramide ganz allmählich im Regen auf.

Der recht flach verlaufende Erdpyramidenweg von dem über eintausend Meter hoch gelegenen Ort Klobenstein ins Finsterbachtal war nur dreieinhalb Kilometer lang. Ein Spaziergang für jedermann durch eine traumhafte Landschaft mit Dolomitenblick und Aussicht auf die Lehmgiganten, ein beliebtes Ausflugsziel. Auch Franz Kafka war im Juni 1920 in Klobenstein gewesen. In seinem Brief an seine große Liebe Milena Jesenská hieß es, er habe »reine, fast kalte Luft nahe gegenüber den ersten Dolomitenketten« eingeatmet.

Alexander Mur ging dennoch selten zu den Erdpyramiden. Wenn, dann am Wochenende mit seiner Frau und den Kindern, die sich für lange Bergtouren nicht begeistern konnten. Sein Lieblingsweg, wenn er allein unterwegs war, war der Anstieg zum Rittner Horn. Eine ungefährliche, aber konditionell anspruchsvolle Tour. Mehr als zwanzig Kilometer mit einem Anstieg von über tausend Höhenmetern. Im Winter war er dort oft auf Skiern unterwegs, im Sommer gönnte er sich auf der Terrasse des Gipfelhauses gern ein Bier und genoss das imposante Bergpanorama. Im Süden und Südosten die Dolomiten mit Peitlerkofel, Schlern, Geislerspitzen, Rosengarten und Latemar. Im Norden die eher sanften Sarntaler Alpen, hinter denen sich bei klarer Sicht die höchsten Gipfel der Stubaier

Alpen erahnen ließen. Selbst Ortler und Großglockner waren dann zu erkennen.

Aber heute hatte selbst Mur keine Lust auf die Strapazen einer solchen Mammuttour gehabt. Seit der Vergewaltigung seiner Frau, an der er keinerlei Zweifel mehr hegte, schien auch aus ihm alle Energie gewichen zu sein. Selbst dieser harmlose Spaziergang strengte ihn schon an. Jeder Schritt kostete ihn Überwindung. Er war froh, dass der Mailänder Anwalt den Suchauftrag nach diesem Irren nicht verlängert hatte. So konnte er die vielen Überstunden abfeiern, die er im Laufe des Jahres angesammelt hatte.

Er erreichte die kleine Aussichtsplattform am Rand der Erdpyramiden. Obwohl es auf den Winter zuging, war es an diesem Novembertag nicht nur wolkenlos und sonnig, sondern auch ungewöhnlich mild. Fast fünfzehn Grad. Im Tal über zwanzig. Ein Hoch über Südosteuropa schaufelte warme Luft aus Nordafrika gen Norden. Dementsprechend viel war los. Alle wollten die letzten warmen Tage nutzen, ehe der Winter für mehrere Monate Einzug hielt.

Alexander Mur setzte sich auf eine Bank, nahm aber weder die Lehmgiganten noch die vielen Menschen um sich herum wahr.

Ein Pärchen stritt darüber, wer den Kinderwagen auf dem Rückweg schieben sollte. Zwei Hunde tollten herum und bellten. Mur bemerkte nichts davon. Seine Gedanken kreisten um seine Frau, die in diesem Moment wieder bei ihrer Therapeutin saß, um seine Kinder, deren schulische Leistungen weiter absackten, und um das Pack, das seine Familienidylle zerstört hatte.

Als Einziger hatte ihnen Commissario Bellini Verständnis entgegengebracht. Hatte sich in sie hineinversetzen können. Anscheinend geahnt, welches Leid einer solchen Tat folgte. Und Mur meinte, bei ihm eine ähnliche Wut bemerkt zu haben wie die, die ihn selbst verzehrte. Der Mann wollte Gerechtigkeit. War anders als seine gleichgültigen Kollegen. Er hatte sich schon vorgestellt, wie Bellini und er sich den Abschaum gemeinsam vornahmen. Für jeden zwei. Gerecht aufgeteilt. Betrieben Bellinis Eltern nicht diese entzückende kleine Trattoria in der Bozener Altstadt? Dort würde er mal zu Mittag essen. Allein.

Silvia und er entfremdeten sich immer mehr, und er konnte nichts dagegen tun. Die Kinder hingen, wenn sie aus der Schule kamen, den Rest des Tages nur noch vor ihrem Rechner oder spielten mit ihren Smartphones. Er hatte nicht die Kraft, es ihnen konsequent zu untersagen. Und Silvia erst recht nicht.

Wie gern würde er ihr klarmachen, dass sie drauf und dran war, ihre Ehe und ihre Familie zu zerstören. Aber das war unmöglich. Sie war ja das Opfer, nicht mehr belastbar. Und auch er hatte seit dem Vorfall keine Lust mehr auf Sex. Er kam nicht dagegen an.

Vier kranke Typen, egozentrisch und geil. Hatten sich an einer hilflosen Frau vergangen. Seiner Frau. Um ihre primitiven Triebe zu befriedigen. Wie lange hatte es gedauert? Zehn Minuten? Zwanzig? Ihre vier zerstörten Leben für ihre zwanzig Minuten Spaß?

Er spürte ihn wieder in sich aufsteigen, den Hass. Wie jedes Mal, wenn er sich ausmalte, was er mit diesen Typen anstellen würde, kehrte seine Energie zurück. Er besaß Waffen. Ganz legal. Und hatte eine erstklassige Nahkampfausbildung genossen. Er wusste genau, wo es wehtat. Kannte die Schmerzpunkte. Die Vorstellung des ungläubigen Gesichts von diesem widerlichen Dissertori, wenn er wie ein Kartenhaus in sich zusammenfiel!

Wahrscheinlich würde es danach auch Silvia besser gehen. Weil ihren Peinigern Gerechtigkeit widerfahren war. Und weil ihr Mann dafür gesorgt hatte. Das Einzige, was ihn davon abhielt, seine Phantasien in einer dunklen Nacht Realität werden zu lassen, war die Gefahr, überführt zu werden und im Knast zu landen. Damit hätte er seiner Familie einen Bärendienst erwiesen, ihr mehr geschadet denn genutzt.

Aber fand nicht in ein paar Tagen die alljährliche Weihnachtsfeier von Leitner S.r.l. statt? Und hatte der Firmenchef dafür nicht die Hütte auf dem Lagazuoi gemietet, den er, Mur, schon zigfach über sämtliche Routen bestiegen hatte? Silvia hatte ihm davon bereits im Frühjahr erzählt. Damals hatte sie sich noch auf das außergewöhnliche Event gefreut.

Freude, ein solches Gefühl war lange her. Seine Frau hatte angekündigt, am nächsten Wochenende mit den Kindern zu ihren Eltern zu fahren. Wieder einmal. Bloß weit weg vom Lagazuoi. Als ob Klobenstein nicht schon eine halbe Tagesreise entfernt wäre. Auch das war ein Beleg dafür, wie es in ihr aussah.

Und dieses Pack würde sich inmitten einer grandiosen Bergwelt auf Kosten des Chefs volllaufen lassen, sich köstlich amüsieren und keinen Gedanken an sein Opfer verschwenden. Das war den vieren scheißegal! Wahrscheinlich machten sie sich gleich an die Nächste ran. Eine gute Gelegenheit abwarten, ein paar K.-o.-Tropfen und fertig: ein weiteres Leben zerstört.

Mur dachte nur kurz nach und entschied sich dann, das nächste Wochenende in der Nähe des Lagazuois zu verbringen. Die nötige Ausrüstung, um auch bei widrigen Witterungsbedingungen im Gebirge zu campen, lag im Keller. Das Abenteuer und die Natur würden ihn ein wenig ablenken, und vielleicht bot sich ja sogar die Chance, Dissertori und die anderen …

»Mama, was macht der Mann da? Und warum guckt der so böse?«

Mur schreckte hoch. Vor ihm stand ein Mädchen, sechs oder sieben Jahre alt, und zeigte mit dem Finger auf ihn. Erst jetzt bemerkte er, dass er einen dicken Ast aufgehoben und mit brachialer Gewalt zerbrochen hatte. Seinen Gesichtsausdruck konnte er sich nur vorstellen.

»Man zeigt nicht mit dem Finger auf fremde Leute«, sagte die Mutter streng. »Das ist unhöflich, Lena.« Sie nahm ihre Tochter an die Hand und zog sie weg.

Das Kind drehte sich noch einmal zu ihm um. In seinen Augen erkannte Alexander Mur Angst.

20

Bozen, 26. November

»Ich nehme die Spaghetti alle vongole und dazu einen kleinen Salat. Und ein Mineralwasser, medium.«

Piero nickte. »Sehr gern. Und du, mein Junge?«

Vincenzo warf seinem Vater einen bösen Blick zu. Wie konnte er ihn in Gegenwart vom Vice Questore nur mit »Junge« ansprechen? Vielleicht hätten sie doch lieber woanders hingehen sollen. Aber Baroncini war ja so begeistert von seinen Eltern und fand ihre Trattoria so urig und das Essen so lecker.

»Speckknödel mit Krautsalat und ein Wasser. Still«, entgegnete Vincenzo mit belegter Stimme.

Piero zog die Augenbrauen hoch. »Keinen Wein? Ich habe erst gestern einen Lagrein –«

»Ich bin im Dienst!« Vincenzo blickte verstohlen zu Baroncini hinüber, der Piero mit einem Ausdruck des Befremdens bedachte. Er behielt es tunlichst für sich, dass er mittags bei seinen Eltern regelmäßig Wein zum Essen trank. Das musste Baroncini nicht wissen. Die Indiskretion seines Vaters war ihm unbegreiflich. Darüber musste er mal ein Wörtchen mit ihm reden.

»Wie du meinst«, sagte Piero kühl und verschwand in der Küche.

Baroncini schmunzelte. »Ihr Vater ist wirklich ein Original. Wein am helllichten Tag für einen Staatsdiener, köstlich. Der hat wirklich Humor. Ich bin immer wieder gern hier.«

»Ja, er ist ein echter Witzbold«, entgegnete Vincenzo gepresst.

»Es ist mir schleierhaft, wie Sie bei so netten Eltern zu solchen Aggressionen und Hasstiraden fähig sein können, Bellini.«

Der Commissario nippte an seinem Wasser, das sein Vater

ihm wortlos hingestellt hatte. Was hätte er für einen Lagrein gegeben. »Da haben Sie aber noch nicht das Temperament meiner Mutter erlebt, Vice Questore. Wehe, wenn die mal richtig wütend wird.«

Er bemühte sich redlich, witzig zu sein, auch wenn der Anlass des gemeinsamen Mittagessens es in keinster Weise war. Die Therapie bei Rosa Peer zeigte zwar Wirkung, er war insgesamt entspannter und ausgeglichener, aber der Hass auf Dissertori und dessen Vasallen ließ trotzdem nicht nach. Täglich wälzte Vincenzo die Akte »Mur« in der Hoffnung, auf etwas zu stoßen, was sie zuvor übersehen hatten. Und wenn er über die Vergewaltigung sprach, ging noch immer der Gaul mit ihm durch. Er wusste, wie viel Geduld Baroncini mit ihm hatte, der mit ihm ein »klärendes Gespräch«, wie er sich ausgedrückt hatte, in der Trattoria führen wollte.

Antonia brachte das Essen. Wie immer ein Fest der Sinne. Baroncinis Augen glänzten, als er fragte, ob viele Gäste denn schon mittags Wein bestellten.

Sie nickte. »Ein Glas Wein zum Mittagessen gehört doch zu unserer Lebensart. Und ein Vernatsch passt zu jedem Gericht. Es gibt sogar manche, die mittags eine ganze Flasche unseres besten Weines trinken.« Dabei wies sie mit angedeutetem Nicken zu einem der Nachbartische.

Vincenzo und Baroncini drehten sich um und sahen, wie Piero einem einzelnen Gast einen Rotwein einschenkte und ihn gestenreich kommentierte.

Der Mann wirkte sehr interessiert, blickte über den Rand seiner Brille und betrachtete die Flasche. Er hatte graue Haare und trug Wanderkleidung. Vielleicht hatte er die letzten Züge des Sommers am Vormittag für eine Bergtour genutzt und wollte sich zur Belohnung etwas Besonderes gönnen.

»Eine ganze Flasche. Mittags! Allein!«, sagte der Vice Questore. »Haben Sie dafür Verständnis, Bellini?«

Der Commissario räusperte sich. »Nein, ganz und gar nicht.«

Schweigend widmeten sie sich ihren Tellern. Erst beim Espresso erkundigte sich Baroncini beiläufig, warum Vincenzo die Sache mit Silvia Mur persönlich nahm. Er habe doch täglich mit Verbrechen zu tun. Auch mit ungesühnten. Seine übertriebene Reaktion könne also nicht nur an der Sache mit Gianna liegen. Er fordere ein offenes Wort, von Mann zu Mann!

»Solche Verbrechen sind nicht an der Tagesordnung«, sagte Vincenzo und merkte nicht einmal, dass seine Stimme sofort anschwoll. »Ich verstehe nicht, wie der Staatsanwalt angesichts der Offensichtlichkeit der Tat die Anklage fallen lassen konnte. Roberto Dissertori ist ein eingebildetes, arrogantes Arschloch! Wie dieser Wieser auch. Eigentlich ist der fast noch widerlicher. Denen würde ich alles zutrauen. Aber uns sind die Hände gebunden. Wir sind machtlos. Seien Sie ruhig ehrlich, Vice Questore, haben Sie die Typen in Ihrer Phantasie nicht auch schon erledigt?«

Er hatte so laut gesprochen, dass sich einige Gäste zu ihnen umdrehten. Auch der Wanderer, der seine Flasche Wein schon zur Hälfte geleert hatte, musterte Vincenzo nun neugierig. Er saß so dicht neben ihnen, dass er schon ihre bei normaler Lautstärke geführten Gespräche mitbekommen musste.

Baroncini schüttelte den Kopf. »Sie sind doch ein intelligenter Mensch, Bellini. Sie wissen, dass Sie sich mit Ihrem Verhalten selbst am meisten schaden. In Gedanken können Sie sich ausmalen, was Sie wollen. Aber das behalten Sie gefälligst fortan für sich. Genauso wie die Namen von Tatverdächtigen beziehungsweise ehemaligen Tatverdächtigen in der Öffentlichkeit, oder wollen Sie, dass sie morgen in der Zeitung stehen? Meinetwegen können Sie so lange alte Akten wälzen, bis Ihnen die Augen ausfallen, aber bitte in Ihrer Freizeit. Lassen Sie mich sagen, dass ich sehr froh bin, dass Sie endlich eine Therapie machen. Aber die muss auch bald anschlagen. Gerade haben Sie nicht einmal gemerkt, wie laut Sie geworden sind. Und um Ihre Frage zu beantworten: Nein, ich habe noch nie jemanden in meiner Phantasie ›erledigt‹. Sonst hätte ich den Beruf verfehlt.«

Vincenzo spürte, wie ihm heiß wurde. Der Anschiss seines

Vorgesetzten in der Trattoria seiner Eltern war ihm peinlich. Außerdem hatte er das Gefühl, dass ihn alle Leute anstarrten. Mit gesenktem Blick nippte er an seinem Espresso. Der Vice Questore hatte ja recht. Er nahm sich vor, sich ab sofort besser im Griff zu haben, als sein Vater an den Tisch kam, fragte, ob alles recht sei, und sich nach dem Stand der Dinge in Sachen Monster erkundigte.

Baroncini erklärte, dass seit dessen Ausbruch nach dem Mann gefahndet werde, er aber wie vom Erdboden verschluckt sei. Sogar international werde nach ihm gesucht. Bisher ergebnislos. Der Vice Questore mutmaßte, dass sich das Monster gemütlich auf einer Südseeinsel eingenistet habe und sich nie wieder in Südtirol blicken lassen werde.

»Hier wartet schließlich eine Armada an Spezialeinheiten auf ihn«, frohlockte er. »Und der Hochsicherheitstrakt der neuen Psychiatrie, aus der es selbst für ihn kein Entrinnen gäbe.«

Vincenzo hatte die Ausführungen seines Vorgesetzten mit offenem Mund verfolgt. »Entschuldigung, Vice Questore«, echauffierte er sich schließlich, wieder viel zu laut, »aber wie können Sie so etwas sagen? Sie wissen doch selbst, wie perfekt er sich tarnen kann. Ich bin sicher, er ist ganz in unserer Nähe, weil er seiner Meinung nach noch eine Rechnung offen hat. Oder glauben Sie allen Ernstes, ich hätte mir den Einbruch in meine Wohnung nur eingebildet? Und wenn dem so wäre, warum haben Sie dann Befragungen in meiner Nachbarschaft angeordnet?«

Baroncini sah Vincenzo ausdruckslos an. »Sie steigern sich da in etwas rein.« Auch er wurde nun lauter. »Sie wissen das, aber es gelingt Ihnen nicht, sich dagegen zu wehren. Dieser Verbrecher ist weg, hat Geld und Möglichkeiten genug. Die Befragungen im Sarntal sind nur eine ermittlungstaktische Selbstverständlichkeit, um eine Möglichkeit, so abwegig sie auch erscheinen mag, auszuschließen. Sollte das Monster jemals wieder auftauchen, endet der Mann in der Geschlossenen. Kapieren Sie das?«

Vincenzo drohte die Stimme zu versagen. Er war rot angelaufen. »Sie glauben mir also nicht? Ich habe mir die Einbrüche nur eingebildet, ist es das, was Sie sagen wollen? Meinen Sie, ich gehöre auch in die Geschlossene? Am besten in *seine* Zelle?« Er sprach so laut, dass sich nun auch die Gäste in der hintersten Ecke nach ihnen umdrehten und seine Eltern an der Theke in ihren Bewegungen innehielten.

Baroncini schüttelte den Kopf. »Nein, natürlich nicht«, sagte er resigniert. »Aber ich hatte gehofft, dass die Therapie bei Ihnen schnellere und sichtbarere Erfolge zeigen würde. Und was ist eigentlich mit dem Schloss in Ihrer Wohnung? Das wollten Sie doch, unsinnigerweise, wie ich mir zu bemerken erlaube, austauschen.«

Vincenzo ließ resigniert den Kopf sinken. »Mein Vermieter hat es mir untersagt, weil es sich um eine komplizierte Schließanlage handelt. Würde ich mein Schloss austauschen, müssten alle Schlösser im Haus erneuert werden, und das ist teuer. Außerdem sei ja nichts gestohlen, sondern etwas gebracht worden, meinte er. Nämlich Bier. Das fand der auch noch witzig.« Vincenzo verstieg sich zu einem Monolog über Gerechtigkeit, Fehler der Justiz, ungelöste Fälle, die nur von ihm erkannte Genialität des Monsters, die Naivität der ganzen Questura, nein, der Polizei generell, und die fatale Tatsache, dass nur er, Commissario Vincenzo Bellini, die Wahrheit erkennen würde. »Sie müssen wissen, Vice Questore«, sagte er schließlich leise, beinahe flüsternd, »dass er in diesem Moment mitten unter uns sein könnte. Sogar hier, in der Trattoria meiner Eltern!«

Baroncini sah sich lächelnd im Gastraum um, und sein Blick blieb an dem Rotwein liebenden Tischnachbarn hängen.

Der erwiderte das Lächeln und hob sein Glas, das er sodann leerte. Nachdem er sich mit der Hand über den Mund gewischt hatte, stellte er es ab und füllte es mit einem zufriedenen Grinsen aufs Neue.

Baroncini wandte seinen Kopf, nickte den Eltern vom Commissario zu, die noch immer betreten schweigend am Tresen standen, und sah endlich wieder Vincenzo an. »Merken Sie wenigstens selbst, wie absurd Sie klingen? Sogar Ihre eigenen

Eltern finden Ihr Benehmen seltsam. Das sollte Ihnen zu denken geben, Bellini.«

Als er nicht antwortete, sondern mit leerem Blick durch ein Fenster schaute, klopfte ihm der Vice Questore versöhnlich auf den Arm. »Haben Sie denn am Wochenende schon was vor?«, wechselte er das Thema.

Vincenzo war ihm dankbar dafür und erzählte, er habe sich ein paar Tage freigenommen, die er in Cortina d'Ampezzo verbringen wolle. Sein Freund, der Bergführer Hans Valentin, habe dort eine Wohnung. »Die kann ich immer nutzen, wenn er unterwegs ist. Ich hoffe, dass mich die Dolomiten auf andere Gedanken bringen.«

Baroncini bedeutete Piero, ihm noch einen Espresso zu bringen. »Das ist eine gute Idee, Bellini. Ich denke, die Berge werden eine wohltuende Wirkung auf Sie haben. Ist Cortina d'Ampezzo nicht in der Nähe des Lagazuois?«

Vincenzo runzelte die Stirn. »Ja, nur knapp zwanzig Kilometer vom Passo di Falzarego entfernt, warum?«

»Weil an diesem Wochenende die Weihnachtsfeier von Leitner S.r.l. auf dem Lagazuoi stattfindet.«

»Ich weiß, und?«

Baroncini machte eine wegwerfende Handbewegung. »War nur ein blöder Gedanke. Vergessen Sie's einfach.«

Piero brachte den Espresso, und Baroncini bat um die Rechnung. »Sie sind eingeladen, Bellini. Als Geste der Entspannung.«

Vincenzo wurde abwechselnd heiß und kalt. Schon wieder hatte er so einen dämlichen Auftritt hingelegt. Das musste endlich aufhören! Selten hatte er sich so auf ein paar Tage in völliger Abgeschiedenheit gefreut. Nicht reden. Nur wandern, klettern, lesen, abends mal fernsehen. Welch Wohltat.

Der Gast am Nebentisch erhob sich und schlüpfte in seine Jacke. Obwohl er die ganze Flasche Rotwein getrunken hatte, wirkte er nicht alkoholisiert. Erst jetzt, da er stand, konnte Vincenzo sehen, wie groß und kräftig der Mann war. Er wirkte dynamisch, obwohl er einen Bierbauch vor sich hertrug. Aufgrund der grauen Haare hatte Vincenzo ihn auf sechzig oder fünfundsechzig geschätzt, aber jetzt erschien er ihm viel jünger, höchstens fünfzig.

Der Mann schaute Vincenzo direkt in die Augen, lächelte freundlich, nickte, verabschiedete sich höflich von den Wirtsleuten und verließ die Trattoria gemessenen Schrittes. Schon in der Tür, drehte er sich noch einmal zu Vincenzo um, der ihm mit seinem Blick gefolgt war. Irgendetwas an diesem Mann löste in ihm Unbehagen aus. Wieder lächelte der andere, dann aber verschwand dessen Lächeln urplötzlich, und in seine Augen trat etwas durch und durch Böses. Er wandte sich um und verließ das kleine Restaurant.

Vincenzo lief ein eiskalter Schauer über den Rücken.

21

Klobenstein, 29. November, 11:35 Uhr

»Habt ihr alles, was ihr braucht?«, fragte Alexander Mur, der es kaum erwarten konnte, endlich allein zu sein. Sein Jagdinstinkt war erwacht.

Seine Frau nickte. »Ja, wir können los.« Abgesehen von einem »Guten Morgen« am Frühstückstisch waren das heute ihre ersten an ihn gerichteten Worte. Er fragte sich manchmal, ob ihr ihre Psychologin irgendwelche Drogen verabreichte. Zu therapeutischen Zwecken. Anders konnte er sich ihr Verhalten kaum noch erklären. Wenigstens hatten die Kinder schon nach der dritten Stunde Schulschluss gehabt, und Silvia wollte so schnell wie möglich aufbrechen.

Als er die Koffer ins Auto trug, machte sich sein schlechtes Gewissen bemerkbar. Die Kinder hatten keine Lust, dauernd mit ihrer Mutter zu den Großeltern nach Verona zu fahren. Sicherlich, Silvias Eltern waren nette Leute, verwöhnten ihre Enkel, wo es nur ging, und Verona war eine tolle Stadt. Aber nicht Ende November für Kinder. Doch er dachte nur an sich. Er musste raus hier! Sein Heim verkam mehr und mehr zu einem Irrenhaus, und die Patienten waren seine Familie.

Die Kinder stiegen hinten ein, Silvia gab ihm zum Abschied den obligatorischen Kuss, der allein sie offensichtlich Überwindung kostete, dann fuhren sie los. Er winkte ihnen nach. Johanna und Sofia winkten zurück, Silvia nicht. War es überhaupt okay, sie in diesem Zustand ans Steuer zu lassen? Andererseits war es ja bei den vorherigen Fahrten auch gut gegangen.

Sofort ging er in den Keller, um zu packen. Er nahm den Trekkingrucksack aus dem Regal. Diesmal brauchte er besonders viel Ausrüstung, er würde schwer zu tragen haben. Der Wetterbericht hatte für morgen einen Kälteeinbruch mit Sturm und sinkender Schneefallgrenze angekündigt. Optimale Bedingungen für ein Training. In jeder Hinsicht.

Nacheinander verstaute er Biwakzelt, Polarschlafsack, Stirnlampe, Outdoorkocher, einen Topf, Besteck, Brennstoff, Multifunktionsmesser, Trinkflasche und Thermoskanne, einen Müllbeutel, das Sturmfeuerzeug und zwei Kerzen im Rucksack. Es folgten eine Rolle Klopapier, Taschentücher, genug zu essen, zwei Flaschen Wein, Winterkleidung und Regenschutz. Die Isomatte würde er erst kurz vor seinem Aufbruch auf den Rucksack schnallen.

Als er fertig war, ließ Mur seinen Blick über die Regale gleiten. Hatte er etwas vergessen? Die Schneeschaufel? Er war unschlüssig. Bestand die Gefahr, dort oben einzuschneien? Er ging in sein Arbeitszimmer, fuhr den Rechner hoch und las nochmals den Bergwetterbericht für das kommende Wochenende. Dolomiten: am Freitag, also heute, sonnig und mild. Morgen tagsüber Eintrübung und Sturmböen im Gebirge aus Südost mit bis zu achtzig Stundenkilometern. Schneefallgrenze ab Samstagabend auf eintausend Meter sinkend. In der Nacht zu Sonntag zeitweise Niederschlag, am Tag nachlassend, dann Wetterberuhigung. *Ja, aber wie viel Schnee, ihr Idioten?*

Mur scrollte rauf und runter, bis er endlich den entscheidenden Link fand: oberhalb von zweitausend Metern waren dreißig bis vierzig Zentimeter Neuschnee angekündigt. Er lächelte in sich hinein. Das war gar nichts, eine Schneeschaufel mithin überflüssiger Ballast.

Er lief zurück in den Keller, klappte den Rucksackdeckel zu und schnallte die Isomatte darauf. Nachdem er auch seine Bergschuhe mit Innenfutter angezogen hatte, ging er mit dem Rucksack, der weit über zwanzig Kilo wog, ins Erdgeschoss. Im Flur betrachtete er sein Handy, das an der Ladestation hing. Nein, dachte er, diesmal bleibst du hier. Da, wo ich hingehe, will ich für niemanden erreichbar sein. Zumal er inzwischen begriffen hatte, dass Silvia ihn nicht anrufen würde, wenn sie bei ihren Eltern war. Manchmal hatte er das Gefühl, dass sie ihm die Schuld an dem gab, was ihr widerfahren war. Und so tauchten sie beide ab. Jeder in seine eigene Welt. Alexander Mur nahm den Autoschlüssel vom Schuhregal und seine Daunenjacke vom Haken.

Unter der Jacke entdeckte er das Holster mit seiner Dienstwaffe. Eine Beretta 92. Eigentlich gehörte sie in den verschließbaren Waffenschrank im Arbeitszimmer. Was war nur los mit ihm, dass er selbst seine Waffe vergaß? In einem Haushalt mit Kindern!

Minutenlang rang er mit sich, blickte schnell auf seine Uhr. Elf Uhr fünfundfünfzig. Zeit zum Aufbruch, denn er wollte noch heute aufsteigen. Sollte er die Waffe mitnehmen? Im Kampf Mann gegen Mann wären sie alle chancenlos gegen ihn. Aber vier gegen einen? Er zog die geladene Beretta aus dem Holster und verstaute sie im Rucksack. Mehr passte wirklich nicht mehr rein.

***

Sarnthein, 13:50 Uhr

Vincenzo atmete tief ein und aus. Er hatte so früh Feierabend gemacht wie möglich. Bis einschließlich Mittwoch hatte er jetzt Urlaub. Hans Valentin war wochenlang in Südamerika, und Vincenzo zog es mit Macht in dessen Wohnung in Cortina d'Ampezzo. Weg von hier, wo er sich unverstanden, alleingelassen und fremd fühlte.

Niemand glaubte ihm. Nicht der Vice Questore. Nicht Mauracher. Und nicht einmal mehr der gute Marzoli. Selbst seine Eltern waren reserviert und ihm auf merkwürdige Weise fremd. Er verspürte keinen Drang, mit Piero neue Weine zu verkosten. Alle Menschen, die ihm normalerweise nahestanden, schienen plötzlich meilenweit von ihm entfernt.

Er erinnerte sich an den merkwürdigen Gast bei seinen Eltern. Die Flasche Rotwein am helllichten Tag. Ja, der hatte Charisma gehabt! Dann das charmante Lächeln, und nur Sekunden später der eiskalte Killerblick. Es gab nur einen, von dem Vincenzo wusste, dass er dermaßen wandlungsfähig war. Doch selbst ihm traute er einen solch dreisten Auftritt nicht zu. Oder doch? Aber aus welchem Grund hätte er dieses Risiko eingehen sollen?

Nein, die verstörende Wahrheit war: Er selbst war kurz davor durchzudrehen. Irgendwo da draußen lauerte das Monster und führte etwas im Schilde. Aber nicht in der Trattoria seiner Eltern. Seine Intelligenz bestand vielmehr darin, Vincenzo durch perfide Botschaften, die nur er verstand, seine Anwesenheit zu signalisieren. Mit ein paar zusätzlichen Flaschen Bier im Kühlschrank. Mit einem umgestellten Rasierwasser. Er wusste genau, wie Vincenzo tickte. Und er wusste, dass niemand ihm glauben würde. Er wollte ihn in die Isolation treiben. Bis jetzt schien sein Plan aufzugehen.

Vincenzo prüfte sein Gepäck. Genug für eine knappe Woche. Auch die Notausrüstung für eine Übernachtung im Gebirge. Er lud alles in seinen Alfa. Schon am Vortag hatte er Lebensmittel eingekauft, um in Hans' Wohnung die fünf Tage über die Runden zu kommen. Er hatte keine Lust, in Cortina Zeit im Supermarkt zu vergeuden. Er wollte raus und in die Berge, um mit sich selbst ins Reine zu kommen. Wobei er wusste, dass es dafür etwas mehr bedurfte als ein paar Tage. Es bedurfte einer ganzheitlichen Reinigung. Aber in Ermangelung dieser waren die Berge ein guter Anfang.

Seine Dienstwaffe, eine Beretta 92, gehörte auch zum Notwendigsten, das er mitnahm. Vincenzo verstaute sie zusammen mit zwei Ersatzmagazinen und seinem Handy im Handschuhfach.

***

Bozen, 14:30 Uhr

Auf die Minute pünktlich setzte sich der Bus in Bewegung. Der Busfahrer gehörte zum Team der Südtiroler Eventagentur, die Ludwig Leitner beauftragt hatte, um zu gewährleisten, dass seine Weihnachtsfeier trotz der angespannten Gesamtsituation ein Erfolg wurde. Nichtsdestotrotz stellte er sich immer wieder die Frage, was mit Menschen geschah, deren Stimmung am Nullpunkt angekommen war, wenn sie gezwungen waren, ein ganzes Wochenende zusammen in einer Hütte auf einem einsamen Berggipfel zu verbringen. Ohne Rückzugsmöglichkeit. Würde es sie zusammenschweißen? Den Teamgeist stärken, sodass sich das Betriebsklima wieder besserte? Oder drohte das Gegenteil? Würde das Misstrauen untereinander noch stärker werden und es zu einer ausgewachsenen Katastrophe mit unabsehbaren Folgen für seinen Betrieb kommen?

Leitner hatte erwogen, den vier Beschuldigten im Sinne des Betriebsklimas zu kündigen. Sein Rechtsanwalt hielt es für möglich, unter den Umständen eine außerordentliche Kündigung durchsetzen zu können. Aber einerseits galt auch in seiner Firma der Grundsatz: *in dubio pro reo*, und andererseits würde er damit indirekt jenen Mitarbeitern recht geben, die Dissertori und die anderen für schuldig hielten. Die Fraktion, die sie für unschuldig hielt, würde er mit einer solchen Entscheidung gegen sich aufbringen. Zumal die vier beteuerten, nichts anderes getan zu haben, als Silvia Mur nach Hause zu bringen. Deren Auftritt er, Leitner, bei seiner Geburtstagsfeier selbst erlebt hatte. Nein, auch er hielt die vier eher für unschuldig und Silvia Mur in gewisser Weise für neurotisch, aber dieser Meinung war eben nur rund die Hälfte der Belegschaft. Wie er es auch anstellte, er konnte nicht alle seine Mitarbeiter zufriedenstellen.

Der Bus bog auf die Via Statale 12 ein, die parallel zur A 22, der berühmten Brennerautobahn, verlief, die sich durch das wildromantische Eisacktal bis zum Brennerpass auf tausenddreihundertfünfundsiebzig Meter Höhe hinaufwand, der seit 1911 die Grenze zwischen Italien und Österreich markierte.

Das Wetter war perfekt. Keine Wolke am Himmel und mit fünfzehn Grad ungewöhnlich mild. Selbst auf dem Lagazuoi dürften Plusgrade herrschen. Wahrscheinlich würden sie bei Sonnenuntergang auf der Hütte eintreffen. Weil heute noch eine so traumhafte Fernsicht war, hatte er mit dem Caterer einen kleinen Champagnerempfang auf der Panoramaterrasse direkt nach der Ankunft vereinbart. Er hoffte, dass selbst der trübsinnigste unter seinen Angestellten durch ein so grandioses Naturereignis aufgemuntert wurde. Ein guter Einstieg ins Wochenende.

Er beobachtete seine Mitarbeiter. Zweier- und Dreiergruppen hatten sich gebildet. Der Bus war groß genug. Und eine Vierergruppe. Alle auffallend nach Geschlechtern getrennt. Wenige Gespräche. Kaum Blickkontakt. Man konnte die gedrückte Stimmung nicht nur spüren, sondern auch sehen. Hoffentlich würde das gut gehen.

Er wandte sich ab und blickte durch das Fenster. Im Osten erhob sich die steile Flanke des Schlern, nördlich davon erstreckte sich die Seiser Alm. Und sobald der Bus die Via Statale verließ, erwartete sie eine Fahrt durch die spektakulären Dolomiten. Durch Gröden mit seinen prominenten Skiarenen Sankt Ulrich, Sankt Christina und Wolkenstein, die zu den attraktivsten und größten Skigebieten Europas zählten. Wenn diese verdammte Sache nur nicht passiert wäre, dann hätte er sich an der Natur und auf ein großartiges Wochenende freuen können.

Der moderne Reisebus glitt durch die Landschaft. Kaum Verkehr. In den Ferien und im Winter sah das freilich anders aus. Als Sankt Ulrich vor ihnen auftauchte, öffnete sich die Sicht auf den Langkofel. Konnte es überhaupt einen schöneren, beeindruckenderen Anblick geben? Und seine Mitarbeiter? Nur Carmen Ferrari, die wie er allein saß, schien die Landschaft in sich aufzusaugen. Alle anderen sahen gelangweilt aus dem Fenster oder spielten mit ihren Smartphones herum. Nein, von ihnen hatte niemand einen Sinn dafür. Wahrscheinlich würde auch das Panorama von der Hüttenterrasse aus nicht die erhoffte Wirkung entfalten. Wohl eher der Champagner.

Nach gut zwei Stunden erreichte der Bus den Passo di Falzarego in zweitausendeinhundertfünf Meter Höhe und hielt neben der Seilbahnstation. Das Außenthermometer zeigte acht Grad.

Leitner stieg hinter Ferrari aus, zog den Reißverschluss seiner Jacke hoch und blickte nach Westen, wo in der Nachmittagssonne jener schneebedeckte Gletscher der Marmolata glitzerte, in dem der Österreicher Leo Handl im Ersten Weltkrieg seine berühmte Stadt im Eis errichtet hatte. In ihr versteckten sich die Österreicher vor den Italienern, um nicht wie räudige Köter vom Gegner abgeknallt zu werden.

Ferrari berührte ihn sanft an der Schulter und wies nach Süden. »Wissen Sie, was das für bizarre Felsformationen sind?«

Leitner nickte. »Die Cinque Torri. Vom Lagazuoi aus haben wir einen noch schöneren Blick darauf. Ich wusste gar nicht, dass Sie so bergbegeistert sind. Mir ist schon während der Fahrt aufgefallen, wie interessiert Sie Ihre Umgebung betrachtet haben.«

»Bergbegeistert ist zu viel gesagt. Ich finde unsere Heimat einfach schön. Außerdem hat mich das Gucken abgelenkt.«

»Wovon denn?«

Ferrari schüttelte den Kopf. »Wenn ich ehrlich sein darf, Chef, bin ich mir nicht sicher, dass Sie sich mit dieser Veranstaltung einen Gefallen tun. Sehen Sie nur, wie verstohlen sich Bacher umblickt. Als würde er unter Verfolgungswahn leiden. Und Dissertori und Wieser stolzieren umher wie eitle Gockel. Ich bin direkt versucht, ihnen eine reinzuhauen, entschuldigen Sie meine Wortwahl. Aber vielleicht dient ihr Verhalten auch nur ihrem Selbstschutz.«

Leitner war froh, Ferrari als Assistentin an seiner Seite zu wissen. Sie war taff, vernunftbegabt und souverän. Und sie verfügte über eine gute Beobachtungsgabe. Nein, wahrscheinlich war es wirklich keine gute Idee gewesen, die Leute auf dem Lagazuoi zu kasernieren beziehungsweise in einen goldenen Käfig zu sperren.

Als der Betreiber der Seilbahn Bescheid gab, dass die Gondel abfahrbereit war, verstauten die Mitarbeiter der Eventagentur und des Caterers zuerst Technik, Lebensmittel und Getränke.

Leitner blickt zum Busfahrer, der sich an sein Gefährt lehnte und eine Zigarette rauchte. Er durfte gleich zurück ins Tal fahren und musste erst Sonntagmittag zurückkommen, um die

Gruppe wieder einzusammeln. Leitner hätte gern mit ihm getauscht.

Der Gondelführer bedeutete Leitner einzusteigen, und nach und nach versammelte sich die fünfunddreißigköpfige Belegschaft in der für fünfzig Fahrgäste ausgelegten Kabine. Sie würde sie in nur drei Minuten auf zweitausendachthundert Meter Höhe befördern. Die beiden nebeneinanderliegenden Türen schlossen sich, indem sie von oben nach unten glitten, und Sekunden später setzte sich die Bahn in Bewegung.

***

Unterhalb des Kleinen Lagazuois, 16:50 Uhr

Er folgte dem Kaiserjägerweg, einem zunächst breiten Forstweg mit der Markierung 402, nach Norden. Zuvor hatte er erwogen, den alternativen Anstieg über die Forcella Travenanzes zu nehmen. Diese Strecke war zwar völlig ungefährlich, aber viel länger. Da der schwere Rucksack jedoch dafür sorgte, dass er nur langsam vorankam, hatte er sich in letzter Minute für den Klettersteig mit der spektakulären Hängebrücke entschieden, die absolute Schwindelfreiheit voraussetzte. Wenigstens war das Wetter optimal. Eis auf Klettersteigen konnte lebensgefährlich sein. Aber bei dieser Witterung würde er zur Not auch im Dunkeln heil oben ankommen.

Der Weg wurde schmaler und steiler, um sich in Kehren unterhalb der mächtigen Lagazuoiwände in die Höhe zu winden, und er erhaschte einen Blick auf die Marmolata, die Cinque Torri und den markanten Hexenstein. Als er nach einer längeren Passage entlang der senkrecht aufragenden Felswand den Tunnelweg erreichte, versank die Sonne allmählich hinter den Gipfeln im Westen.

Der Tunnelweg, die Galleria del Lagazuoi, war ein über einen Kilometer langer, begehbarer Stollen. Ein restauriertes Relikt aus dem brutalen Bergkrieg der Jahre 1915 bis 1917, das den Einsatz einer Stirnlampe erforderte. Kurz hinter dem

Tunnel passierte er die Olang-Stellung, ehemalige Unterkünfte der Italiener. Als er die knapp hundert Meter höher gelegene Forcella Lagazuoi erreichte, setzte die Dämmerung ein, ließ jedoch noch eine spektakuläre Aussicht auf die mächtigen Gipfel der Tofana zu.

Zwischen einer Skipiste und der Felsmauer des Lagazuois ging es in zahlreichen Kehren weiter bergauf, vorbei an den Felswachen vier bis neun und mit immer neuen Ausblicken auf den Pass und die allmählich in der Dunkelheit versinkenden Gipfel der Cinque Torri und Marmolata. In großer Höhe glitt eine Seilbahngondel über ihn hinweg. Er beobachtete ihre Fahrt. Leitner und seine Mitarbeiter auf dem Weg zu ihrer Weihnachtsfeier. Unter ihnen vier Vergewaltiger, für die es nichts zu feiern geben sollte. Er stellte sich vor, er wäre in der Kabine und würde sie hinauswerfen. Einen nach dem anderen. Dann hätte wenigstens er einen Grund zum Feiern.

Kurz darauf hatte er es geschafft. Die Hütte tauchte links vor ihm auf, der Dachgiebel wurde von den letzten Sonnenstrahlen beleuchtet. In der Höhe war es länger hell, wurde aber sehr schnell dunkel, hatte die Dämmerung denn erst einmal eingesetzt. Er konnte die vorgelagerte Terrasse sehen, auf der die Sippschaft, kaum dass sie angekommen war, Champagner in sich hineinschüttete. Dekadentes Pack!

Vorn am Geländer stand Dissertori, mit dem Rücken zu ihm gewandt. Er war vielleicht fünfzig Meter entfernt, duckte sich hinter die Mauer der Seilbahnstation. Ein gezielter Schuss aus dieser Entfernung, dann wären es nur noch drei.

Er blieb eine Weile in Deckung und malte sich aus, was er mit den Vergewaltigern anstellen würde. Jetzt weiterzugehen war zu riskant. Im freien Gelände wäre er den Blicken der Belegschaft ausgesetzt. Er wartete eine weitere halbe Stunde, bis sich das Geschehen ins Innere der Hütte verlagerte. Die Dunkelheit würde ihm zusätzlichen Schutz bieten. Die ersten Sterne erschienen am Firmament, es kühlte empfindlich ab, und plötzlich setzte ein böiger Südwind ein. Der Vorbote des angekündigten Wetterumschwungs.

Er entfernte sich von der Hütte, stieg nördlich davon rund hundert Meter ab und fand hinter einer Felsformation den idealen Platz. Rasch baute er das kleine Biwakzelt auf und legte in seinem Innern Isomatte und Schlafsack aus. Von hier aus hatte er den rückwärtigen Teil der Hütte gut im Blick, konnte aber natürlich nicht sehen, was sich in oder vor ihr abspielte. Würde er denn tatsächlich des Nachts mit seiner Beretta dort hinaufgehen, Dissertori und dessen Schergen ins Freie locken und hinrichten? Oder versuchen, es wie einen Unfall aussehen zu lassen? Oder würde er nichts davon tun und morgen eine Tour gehen? Im Schneesturm auf die Tofana, weil ihm alles scheißegal war? Er schüttelte den Kopf. Er hatte keine Ahnung.

Zu seiner Erbsensuppe entkorkte er einen Lagrein, setzte sich damit vor das Zelt auf die noch von der Sonne warmen Felsen und schaute zu den Sternen empor. Welch erhabene und friedliche Stille. Er hatte schon oft in den Bergen übernachtet, aber diesmal war etwas anders. Und er wusste, dass es immer anders bleiben würde. Egal, wie er sich entschied.

***

Cortina d'Ampezzo, 20:00 Uhr

Vincenzo war vor zwei Stunden angekommen, hatte seine Sachen ausgepackt, das Forst in den Kühlschrank gelegt, zwei Flaschen ins Eisfach, dann eine Flasche Lagrein geöffnet und den Tisch gedeckt.

Nun saß er in der Stube an dem alten, schweren Holztisch, nippte an einem Bier, schob sich gedankenverloren Südtiroler Speck in den Mund und starrte hinaus in die Dunkelheit.

Am Vortag hatte er noch eine Sitzung bei Rosa Peer gehabt, die über seinen Ausraster in der Trattoria schon Bescheid wusste. Verständlich, dass Baroncini ihr das gesteckt hatte. Seinen Plan, für ein paar Tage allein nach Cortina zu fahren, um Bergtouren zu machen und zur Ruhe zu kommen, hatte sie gut gefunden, denn sie hielt ihn für schwer therapierbar, weil von Natur aus uneinsichtig. Ihrer Meinung nach fand er seine Aussetzer nur ärgerlich, weil sie seinem Ansehen schadeten. Von der Sache her glaubte er an das, was er von sich gab. Und damit lag sie verdammt richtig. Gute Therapeutin. Vincenzo war mittlerweile der Überzeugung, dass die gesamte Questura therapiert gehörte. Weil die Kollegen so gleichgültig mit dem Schicksal von Silvia Mur und ihrer Familie umgingen. Es war ihm ein Rätsel, wie sie weitermachen konnten, als wäre nichts geschehen. *Business as usual.* Dabei liefen vier Schwerverbrecher frei herum, brüsteten sich untereinander vermutlich mit ihrer »Heldentat« und planten bestimmt schon die nächste. Auf dem Lagazuoi, hinter irgendeinem Felsen.

Jedenfalls hatte Peer angekündigt, ihn einem »etwas konsequenteren Programm zu unterziehen«, wie sie es formuliert hatte, sollten auch die nächsten Sitzungen keine Fortschritte bringen. Ein Programm, das auch Auswirkungen auf seine Persönlichkeit haben könnte und, je nach Schwere seiner Therapieresistenz, medikamentös begleitet werden müsste. Und das war so ziemlich das Letzte, worauf Vincenzo Lust hatte.

Er holte die zweite Flasche Forst aus dem Eisfach, schnitt ein kleines Stück vom Felsenkäse ab und probierte ihn mit ein wenig Schüttelbrot. Ausgezeichnete Wahl. Zuerst würde er das Bier trinken und dem Käse dann die Ehre einer Lagrein-Begleitung erweisen. Ein Riserva Porphyr von der Kellerei Terlan. Allerdings nahm er sich vor, es heute bei der einen Flasche zu belassen, denn morgen erwartete ihn eine anspruchsvolle Tour. Wie gut, dass sich das Wetter noch bis zum Abend halten sollte; nur der Wind würde wohl auffrischen. Ein Grund mehr, nicht allzu spät aufzubrechen.

Er füllte ein bauchiges Rotweinglas, um den edlen Tropfen noch ein wenig atmen zu lassen. Hans war ein ähnlich begeisterter Weintrinker wie er und ein fast so guter Weinkenner wie sein Vater. In seinem gut bestückten Weinkeller fand sich für jeden Wein das passende Glas. Und wenn er seinem Bergfreund Vincenzo seine Wohnung zur Verfügung stellte, durfte der sich nach Belieben an seinem Weinvorrat bedienen.

Vincenzo kostete nun auch den Camembert, ein Cremina Riserva. Wunderbar schmelzig und nicht zu streng. Auch eine gute Wahl, zu der eigentlich ein Weißwein passte, aber er nahm es nicht so genau. Er schnitt die Höllensalami in mundgerechte Stücke, leerte das zweite Bier, spülte mit einem Schluck Wasser nach und probierte dann einen Schluck von dem Lagrein. Er war genau so, wie sein Vater ihn bezeichnet hatte: gigantisch. Allerdings noch ein wenig zu kühl. Vincenzo überbrückte die Zeit bis zum Temperaturoptimum mit einem dritten Forst.

Seine Gedanken wanderten zu Gianna. Er sah sie vor sich, am Auener Joch. Und an ihrem gemeinsamen Strand in Südfrankreich. Tiefe Trauer überkam ihn. Sie waren nie das perfekte Paar gewesen. Er, der natur- und heimatverbundene Commissario, der Kinder wollte, aber große Städte hasste. Sie, die Anwältin aus Mailand, die in der Kanzlei ihrer Eltern arbeitete, ihre Karriere und große Städte liebte, aber keine Familie wollte. Sie hatten schon kapital unterschiedliche Lebensziele verfolgt. Und dennoch hatte er sie geliebt und tat es vielleicht immer noch. Sie wären heute noch ein Paar, wenn das Monster sie nicht heimgesucht hätte, dessen war er sich sicher.

Vincenzos Gemütszustand änderte sich binnen Sekunden: von weinerlich-melancholisch zu wütend-hasserfüllt. Er trank das Bier auf ex, stellte fest, dass der Lagrein immer noch zu kühl war, und öffnete übergangsweise das vierte Forst. Zur Not würde er morgen eine Stunde später als geplant aufbrechen. In seiner aktuellen körperlichen Verfassung holte er die Zeit locker wieder rein.

Er erinnerte sich an all das, was das Monster von Bozen ihm angetan hatte. Es hatte sein beschauliches Südtiroler Leben gründlich auf den Kopf gestellt. War mit Sicherheit in seine Wohnung eingedrungen, wissend, dass dem überdrehten Commissario niemand glauben würde. Weil Vincenzo ihn vor mehr als vier Jahren wegen seiner grausamen Taten verhaftet hatte, sann er nun auf Rache. Dabei hatte von ihnen beiden nur einer Grund zur Rache: er, Commissario Vincenzo Bellini! Rache für sich, und für Silvia Mur und ihre Familie.

Er schüttelte sich, leerte das Bier. Schluss mit diesen Gedanken! Auch sie waren ein Grund, warum Gianna ihn verlassen hatte. So viel Wahrheit musste sein. Er würde in Ruhe essen, dann ins Bett gehen, und morgen, in den Bergen, sähe die Welt schon wieder ganz anders aus.

Er nahm einen weiteren Schluck Wein. Der Lagrein hatte endlich die optimale Temperatur, und Vincenzo war hin- und hergerissen, ob er zuerst den Speck oder die Salami essen sollte. Er entschied sich für einen Kompromiss: den Felsenkäse.

Während er langsam und genussvoll speiste, studierte er die auf dem Tisch ausgebreitete Wanderkarte. Er kalkulierte seine Gehzeit und kam zu dem Schluss, dass angesichts des angekündigten Wettersturzes eine so anspruchsvolle Tour eigentlich Wahnsinn war. Es war wahrscheinlich, dass er sowohl in einen Schneesturm als auch in die Dunkelheit geraten würde. Andererseits: Danach würde es ihm mit Sicherheit besser gehen. Und außerdem wäre es ein guter Fitnesstest.

Die Hütten in den Dolomiten waren bereits für den Winter geschlossen. Mit Ausnahme der auf dem Lagazuoi. Weil die Firma Leitner S.r.l. dort ihre Weihnachtsfeier veranstaltete. Mit vier Schwerstverbrechern in ihrem Kreis. Die sich hemmungslos und kostenlos vollfressen und besaufen durften. Der Gedanke war ihm unerträglich!

Ganz ruhig, ermahnte er sich. Konzentrier dich auf den Käse. Auf den Lagrein. Auf die Wanderkarte. Der Anfang der Tour war kaum mehr als ein Spaziergang, aber das änderte sich rasch. Vincenzo kannte jeden Winkel und jeden Fels, so oft hatte er den Gipfel schon bestiegen. Er freute sich auf den spektakulären Ausblick über die mächtigen Berge der Tofana und den Gletscher der Marmolata. Auch die Hängebrücke hätte ihn gereizt, doch der Weg über sie würde die Wanderung nur unnütz verkomplizieren. Beim nächsten Mal. Bei gutem Wetter. Im Sommer. Und unter anderen Vorzeichen.

Um Mitternacht ließ er sich ins Bett fallen. Den Wecker auf dem Nachttisch stellte er auf sieben Uhr, nachdem er festgestellt hatte, dass er sein Handy nicht finden konnte. Ebenso wenig wie seine Dienstwaffe, die er entgegen der Vorschrift mitgenommen hatte.

Er versuchte, die Gedanken zu verdrängen, und der Alkohol entfaltete seine Wirkung. Er ließ Vincenzo in einen unruhigen Schlaf fallen, doch seine Träume waren düster. Düster, bedrohlich, apokalyptisch.

22

Lagazuoi, 30. November, 09:25 Uhr

Lange hatten sie nicht durchgehalten. Um zweiundzwanzig Uhr zwanzig war das letzte Licht ausgegangen. Dürftig für die Weihnachtsfeier einer der erfolgreichsten Firmen Südtirols. Aber vielleicht spiegelte das die Stimmung wider. Vielleicht hatte die Vergewaltigung auch einen dunklen Schatten über die Leitner S.r.l. gelegt. Vielleicht war es zum Streit gekommen. Zum Eklat! Weil eine der Mitarbeiterinnen, enthemmt vom Champagner, Dissertori auf den Kopf zugesagt hatte, dass er ein mieser Vergewaltiger war!

Unrecht Gut gedeihet nicht. So stand es in der Bibel. Und vielleicht würde diese Weihnachtsfeier für vier Mitarbeiter der Leitner S.r.l. ja im tödlichen Abgrund des Unrechts enden.

Obwohl Alexander Mur todmüde gewesen war, hatte er kaum ein Auge zugetan. Die Gedanken rasten durch seinen Kopf, wanderten von seiner Frau zu Dissertori, von Dissertori zu seinen Kindern, von seinen Kindern in die Vergangenheit. Wie alles angefangen hatte. Wie er Silvia kennengelernt hatte. Im DoloMythos, dem berühmten Museum von Michael Wachtler in Innichen. Eine Zufallsbegegnung mit Folgen. Schönen Folgen. Eine davon war jetzt dreizehn, die andere elf Jahre alt. Sie hatten sich gesucht und gefunden.

Was für ein großes Glück bis zu jenem verhängnisvollen 28. Juni! An dem Tag war aus Glück Unglück geworden. An ihm hatten vier Schwerverbrecher aus einer harmonischen Familie einen Scherbenhaufen gemacht, weil sie sich gegenseitig beweisen mussten, wie groß und hart ihre Schwänze waren.

Innerlich unruhig war er schon bei Sonnenaufgang zur Bergstation geschlichen und hielt sich dort verborgen. Die Waffe steckte im Holster. Er wollte nichts verpassen.

Jetzt trat doch tatsächlich Dissertori, diese Ausgeburt der

Hölle, auf die Terrasse. Er trug einen Rucksack, der an ihm ähnlich deplatziert wirkte wie ein Fernglas am Hals eines Blinden. Stützte sich auf dem Geländer ab und tat so, als würde er die Aussicht genießen. Nur ein kleiner Stoß von hinten und er würde samt seiner Anabolika-Muskeln für immer im Abgrund verschwinden.

Andreas Wieser, der arrogante Drecksack, gesellte sich bald darauf zu ihm. Er hatte doch tatsächlich zwei Champagnerflöten mitgebracht. Bis obenhin voll. Sie unterhielten sich angeregt.

Mur schüttelte den Kopf. Was für ein billiges und vorhersehbares Drehbuch.

Nun tauchten auch noch Karl Lahntaler und Simon Bacher auf, ebenfalls mit großzügig gefüllten Gläsern. Mur war sich sicher: Das Quartett des Bösen hatte sich zusammengefunden, um die nächste Schandtat zu planen.

Instinktiv griff er an sein Holster, fühlte den hölzernen, ebenmäßigen Griff der Waffe. Er war ein verdammt guter Schütze. Selbst mit einer kleinen Handfeuerwaffe bräuchte er aus dieser Distanz nur vier Schüsse, um ebenso viele Ziele zu treffen. Aber anschließend würden über zwanzig Zeugen aus der Hütte ins Freie treten. Klar, auch die könnte er ausschalten, er war schließlich ein Elitesoldat, aber darum ging es nicht. Es gab vier Schuldige, aber viel mehr Unschuldige.

Mit einem gewissen Entsetzen registrierte Mur, der längst entschieden hatte, auf seine halbherzig geplante Wanderung zugunsten der Observierung zu verzichten, dass sich die vier mit anderen Kollegen in Bewegung gesetzt hatten. Genau auf seinen Posten zu!

Sie mussten an der Bergstation vorbeigehen, um zu dem Weg zu gelangen, der an seiner Basisstation vorbeiführte und die beste Tourenwahl für eine heterogene, teils unerfahrene Wandergruppe darstellte. Die zweitbeste war ein Pfad, der zwischen den Wänden der Tofana und der Fanesgruppe ins Val Travenanzes führte. Eine verhältnismäßig lange Wanderung, trotzdem hoffte er, dass sie sich für diese Route entschieden hatten und damit sein Biwak nicht passieren würden.

Er duckte sich hinter die östliche Hauswand der Bergstation. Die Gruppe ging nur wenige Meter entfernt an ihm vorbei, doch niemand sah in seine Richtung. Warum auch? Keiner rechnete mit ihm. Oder überhaupt mit einem anderen Wanderer. Offiziell fuhr die Seilbahn nicht, und die Hütte hatte geschlossen.

Doch er war da, ganz in ihrer Nähe!

Er verfolgte ihren Weg, der sie gottlob in das einsame Tal im Osten führte. Weg von seinem Lager im Westen. Als hätte er es geahnt.

Als die Gruppe vollständig aus seinem Blickfeld verschwunden war, ging er langsam auf die Hütte zu. Das Personal, das Ludwig Leitner in einem unerklärlichen Anfall von Größenwahn angeheuert hatte, musste noch anwesend sein. Und in der Tat. Mur konnte mindestens neun Personen sehen und hörte, wie sie sich über belanglose Dinge wie das Anheizen des Kamins, die Menüabfolge, die Weinauswahl und ähnliche irrelevante Themen unterhielten. Hier konnte er also nichts unbemerkt ausrichten.

Weil er keine Lust verspürte, den ganzen Tag in seinem provisorischen Lager zu verbringen, entschied er sich spontan, der Gruppe in gebührendem Abstand zu folgen.

Mur entfernte sich von der Hütte und schloss rasch zu den Wanderern auf, hielt aber genügend Abstand und achtete darauf, stets in Deckung gehen zu können. Kein Problem für einen Profi wie ihn.

Die vier Kanaillen hatten sich gemeinsam etwas zurückfallen lassen. Wahrscheinlich entschieden sie gerade über ihr nächstes Opfer.

Mur hatte keine konkreten Pläne, aber manchmal ergaben sich wie aus dem Nichts gute Gelegenheiten. Die vier könnten sich noch weiter zurückfallen lassen. Oder gar allein zurückgehen. Was wäre das schön! Er glaubte nicht, dass er zögern würde, sie zu töten. Sein Leben war doch ohnehin im Arsch.

Er prüfte seine Waffe. Sie war gesichert. Noch.

***

10:00 Uhr

»Ihr müsst euch am Riemen reißen! Ihr strahlt pure Angst aus. Verhaltet euch, als wäret ihr schuldig und hättet ein schlechtes Gewissen. Hast du bemerkt, wie die Ferrari dich angeguckt hat, Simon? So, als wüsste sie genau Bescheid.«

»Erzähl doch nicht so einen Mist«, entgegnete Bacher flehend. »Außerdem können nicht alle so abgebrüht sein wie du, Roberto.«

»Aber er hat doch recht«, sagte Wieser und deutete auf Bacher und Lahntaler. »Ihr seid die Schwachstellen und macht euch ins Hemd. Ich frage mich nur die ganze Zeit: warum? Wollt ihr euch heute Abend, als Dessert der besonderen Art, etwa vor die versammelte Mannschaft stellen und ein Geständnis ablegen?«

»Quatsch, mir graut es nur vor dem Abendessen«, gab Lahntaler zu.

»Und mir erst«, schloss sich Bacher an.

Schon der gestrige Abend war sehr zäh verlaufen. Es war kaum ein längeres Gespräch zustande gekommen. Alle hatten Angst gehabt, unausgesprochene Tabus zu brechen. Nach dem Essen, das zum Glück nur aus zwei Gängen bestanden hatte, hatten sich sofort wieder Grüppchen gebildet. Aber heute stand ein Fünf-Gänge-Menü mit passender Weinbegleitung auf dem Programm. Vorher sollte wieder mit Champagner auf der Terrasse angestoßen werden, und nach dem Diner war ein gemütliches Miteinander vor dem Kamin mit einer Whiskeyverkostung geplant. Eigentlich alles Dinge, auf die man sich freuen konnte. Aber nicht unter diesen Umständen.

Dissertori verdrehte genervt die Augen. »Ich will, dass ihr euch endlich wieder normal benehmt. Warum hat die Polizei wohl die Ermittlungen eingestellt? Ich sag's euch: Weil sie nichts gegen uns in der Hand hat! Bleibt einfach locker und denkt daran, dass die Zeit alle Wunden heilt. Seht euch lieber mal um. Ist euch überhaupt schon aufgefallen, in was für einer herrlichen Landschaft wir uns befinden? Das da vorn ist die Tofana. Glaube ich zumindest.«

»Die Landschaft ist mir so was von egal«, sagte Bacher verärgert. »Dieser Commissario Bellini ist von unserer Schuld überzeugt. Das spüre ich. Der macht bestimmt so lange weiter, bis er etwas findet.«

»Genau«, sagte Lahntaler, »und Silvias Mann hält uns auch für schuldig. Würde mich nicht wundern, wenn der einen Plan ausheckt, wie er uns um die Ecke bringen kann.«

Bacher nickte heftig. »Genau das habe ich auch schon gedacht. Und wenn Bellini uns nicht verhaften kann, dann traue ich dem auch zu, uns aufzulauern und abzuknallen.«

»Vielleicht wäre es ja doch das Beste, wenn wir zur Polizei gehen und –«

Weiter kam Lahntaler nicht, denn Dissertori packte ihn am Kragen. »Wenn irgendeiner von euch jemals wieder so einen Scheiß erzählt, polier ich ihm persönlich die Fresse! Ist das klar? Hätte ich vorher gewusst, was ihr für Memmen seid, hätte ich das Ding nur mit Andreas durchgezogen.« Er ließ von Lahntaler ab. »Denkt dran: Einer für alle, alle für einen.«

»Genau«, sagte Wieser, »aber jetzt muss ich dringend pinkeln.« Als er sich umdrehte, um hinter einem Felsen zu verschwinden, entfuhr ihm ein Schrei.

Erschrocken blieben die anderen stehen und starrten in seine Richtung.

»Was ist?«, fragte Dissertori.

Mit vor Entsetzen geweiteten Augen wies Wieser auf eine Felsgruppe, die sie vor wenigen Minuten passiert hatten. »Da ist einer!«

»Wo? Ich sehe niemanden.« Dissertori hielt sich schützend eine Hand vors Gesicht, um vom Sonnenlicht nicht geblendet zu werden, und scannte das Gelände.

»Jetzt ist er weg«, stellte Wieser fest. »Aber gerade eben war er noch da. Ganz bestimmt!«

»Das ist sicherlich Bellini«, flüsterte Lahntaler, dessen Augen Panik verrieten.

Dissertori gab ihm eine schallende Ohrfeige.

»Spinnst du?«, echauffierte sich Lahntaler, traute sich aber nicht zurückzuschlagen.

»Jetzt ist endgültig Feierabend«, zischte Dissertori nur noch mühsam beherrscht. »Und dass du, Andreas, jetzt auch noch damit anfängst, die Nerven zu verlieren, ist mir unbegreiflich. Wir können uns nur selbst gefährlich werden, und deshalb gibt es ab sofort für jeden dämlichen Kommentar eine Ohrfeige. Und jetzt vorwärts. Wir müssen zu den anderen aufschließen.«

»Aber da war ganz bestimmt jemand«, protestierte Wieser kleinlaut und blickte sich noch mehrmals um, bevor er sich schließlich erleichterte.

***

11:55 Uhr

Vincenzo hatte den Wagen um Viertel vor elf am Pass geparkt. Selbst in der großen Höhe war es noch zehn Grad mild. Die Sonne schien, aber es wurde immer diesiger. Laut Alpinwetterbericht sollte es in den Dolomiten zwischen siebzehn und neunzehn Uhr dreißig losgehen. Zeit genug, denn den Rückweg fand er auch bei Nacht und Nebel. Die Seilbahn fuhr zu dieser Jahreszeit nicht. Nur eine Gondel, die allerdings mit spektakulären Tiefblicken, würde sich am nächsten Tag ein Mal in Bewegung setzen, und er hatte so eine Ahnung, dass die Stimmung in dieser Gondel ziemlich mies sein würde. Weil es ganz anders gekommen war, als sie es geplant hatten.

Zunächst lief er auf einer Forststraße nordwärts, doch schon bald ging die Straße in einen Weg über, der sich in steilen Kehren aufwärtsschlängelte. Er wusste, dass er in gut einer Stunde die mächtige Felswand queren musste, was eine gewisse Schwindelfreiheit voraussetzte und bei Schnee und Eis nicht ungefährlich war. Er kalkulierte drei Stunden reine Gehzeit für den Aufstieg ein und rechnete damit, den Gipfel noch deutlich vor Einbruch der Dämmerung zu erreichen. Sollte das Wetter doch extremer werden als angekündigt, was in den Dolomiten keine Seltenheit war, würde er eine Nacht biwakieren. Er hatte alles Nötige dabei.

In der Nacht war er schweißgebadet aufgewacht und hatte geglaubt, ihn im Türrahmen stehen zu sehen. Der Alptraum hatte auch nach dem Aufwachen noch beängstigend real gewirkt. So wie damals, nach Giannas Entführung, als er Traum und Wirklichkeit nicht mehr hatte auseinanderhalten können und in tiefster Nacht mit seiner Waffe im Anschlag panisch seine Wohnung durchsucht hatte. In letzter Zeit hatten ihn diese Träume verschont, und er hatte schon gehofft, sie wären für immer verschwunden. Doch nach Silvia Murs Vergewaltigung waren sie zurückgekommen.

Vincenzo blieb stehen, setzte den Rucksack ab, der stolze fünfundzwanzig Kilogramm wog, nahm einen Schluck aus seiner Wasserflasche und schaute sich um. Der Ausblick auf Tofana, Marmolata und die prominenten Nachbarn war gigantisch. Um deren Gipfel legten sich allmählich die typischen Wolkenfahnen, die einen Wettersturz ankündigten. Der Südwind frischte auf, und ganz im Westen tauchten die ersten dünnen Wolkenschleier auf. Was er heute vorhatte, war der Horror jedes Bergwachtlers. Allein in schwierigem Gelände, im Spätherbst und kurz vor einem Wettersturz unterwegs. Kein Wunder, dass ihm keine Menschenseele begegnete. Wenn er Hans davon erzählte, würde der ihn für verrückt erklären. Aber er hatte keine andere Wahl. Jetzt oder nie. Ab morgen war keine Hochgebirgstour mehr möglich. Bis zu vierzig Zentimeter Neuschnee waren angesagt. Aber er war ja kein Anfänger.

Er setzte den Rucksack wieder auf und marschierte weiter. Seine Gedanken kreisten um Gianna, Silvia Mur, um das Monster, um vier Vergewaltiger und um Vergeltung. Die Wut verlieh ihm neue Kräfte. Früher als erwartet tauchte die Hütte auf fast dreitausend Meter Höhe vor ihm auf. Bald hatte er es geschafft. Er war gespannt, was ihn dort erwartete. Und freute sich darauf.

23

Lagazuoi, 17:40 Uhr

Die Belegschaft hatte sich auf der Panoramaterrasse versammelt. Die Gruppe war um sechzehn Uhr, kurz vor Sonnenuntergang, von der Wanderung zurückgekommen, um genügend Zeit zu haben, sich noch vorher frisch zu machen. Wobei nicht jeder damit zurechtkam, dem Kollegen oder der Kollegin in der Gemeinschaftsdusche zu begegnen, in der das Wasser nicht einmal richtig warm wurde. Für Carmen Ferrari war es schon unangenehm genug, sich ein Zimmer mit Frieda Engl und Hanna Senoner teilen zu müssen, aber auch noch die Dusche? Ein Unding! Während sie sich so kurz wie möglich unter den Wasserstrahl stellte, hatte sie sich ernsthaft gefragt, ob Leitner allmählich abhob. Wie konnte man seinen Mitarbeitern eine solche Intimität zumuten?

Als sie sich abtrocknete, waren ihre Gedanken zu Jan Göritz gewandert. Wie sie gemeinsam unter ihrer Regendusche gestanden hatten. Was sie getan hatten. Wie erwartet hatte sie nie wieder etwas von ihm gehört. Dennoch bereute sie die Stunden mit ihm nicht. Es waren die schönsten ihres Lebens gewesen. Glücklich für einen Tag. Wenn er doch jetzt hier wäre! Wie anders wäre die Feier. Mit seinem Charme und seiner Warmherzigkeit würde er die Atmosphäre auflockern und mit seinem Strahlen den Schatten der Vergewaltigung, der sich schwer wie Blei über die Leitner S.r.l. gelegt hatte, beiseitewischen. Zumindest, wenn nicht vier potenzielle Vergewaltiger anwesend wären.

Jetzt klammerte sich Ferrari an ihr Glas und schaute durchs Fenster. In der Hütte waren die Caterer damit beschäftigt, das Menü vorzubereiten. Um neunzehn Uhr sollte der erste Gang serviert werden: gelbes Paprika-Riesling-Süppchen mit gebratenen Zucchiniwürfeln und Baguette. Das hörte sich verlockend an. Das Essen war so ziemlich das Einzige, worauf sich Ferrari an diesem Wochenende gefreut hatte. Allein diese unsägliche Wanderung. Sie wusste ja, dass Leitner ein kerniger Bergsteiger war, aber musste er deshalb seine Mitarbeiter durchs Gebirge scheuchen? Jetzt hatte sie Blasen an drei Zehen.

Sie nippte an dem Champagner und ließ gedankenverloren den Blick schweifen. Keine Frage, die Aussicht hier oben war gigantisch. Und auch ohne Wanderung zu genießen. Sie kannte keinen der umliegenden Gipfel – mit Ausnahme der Marmolata, und die nur wegen ihres markanten Gletschers. Aber Namen interessierten sie auch nicht, der Anblick genügte ihr. Fasziniert beobachtete sie, wie rasch Wolken aufzogen. Von irgendwo hinter der Marmolata beschienen noch ein paar letzte Sonnenstrahlen das dunkle Gewölk, das knallrot leuchtete, während es sich drohend zu immer größeren Türmen zusammenschob. Oben buntes Feuerwerk. Unten gähnende schwarze Tiefe.

Jetzt, in diesem Moment, mit Jan hier stehen, auf dieser Terrasse. Nur sie beide. Champagner schlürfend. Arm in Arm. Mit der Gewissheit, gleich gemeinsam zu essen. Der prasselnde Kamin daneben. Und dann in einer der kargen, aber urigen Stuben eine heiße Liebesnacht verbringen. Oh ja, dann würde auch sie die Berge lieben!

Doch stattdessen musste sie sich mit den Pappnasen aus ihrer Firma herumplagen. Small Talk ohne Sinn und Verstand. Und bloß kein Wort über die Sache! Sie beobachtete die vier, die zum ersten Mal seit gestern nicht zusammenhockten, sondern sich mit Kollegen unterhielten. Bestimmt nur eine taktische Maßnahme, um Normalität vorzugaukeln und sich vom eigenen schlechten Gewissen abzulenken.

»… wirklich wunderschön, nicht wahr?«

»Hm?« Ferrari hatte nicht mitbekommen, dass sich ihr Leitner genähert hatte. Mit zwei vollen Champagnergläsern, von denen er ihr eins entgegenstreckte. »Verzeihung«, sagte sie, nahm es ihm dankend ab und stellte ihr leeres Glas auf einen der Stehtische, die der Caterer extra für den Champagnerempfang aufgebaut hatte, »ich habe Sie gar nicht bemerkt. Was haben Sie gesagt?«

Leitner lächelte. Ein warmes, zugewandtes Lächeln. »Ich sagte, dass dieses Panorama und die Stimmung wunderschön sind.«

Ferrari nickte. »Damit haben Sie recht. Einzigartig. Ich durfte so etwas bisher noch nie erleben und kann mir gar nicht vorstellen, dass hier, wo wir jetzt noch mit einer leichten Jacke stehen, in ein paar Stunden alles eingeschneit sein soll. Aber Sie kennen so etwas, oder?«

Leitner bestätigte, dass er solche Wetterstürze schon auf vielen seiner Touren erlebt hatte, und erkundigte sich, wie seiner Assistentin der spezielle Weihnachtsausflug bislang gefiel.

»Darf ich ehrlich sein?«

Er prostete ihr zu. »Ich bitte darum.«

Also gab sie zu, die Atmosphäre zum Davonlaufen zu finden und es leid zu sein, dass es anscheinend ein ungeschriebenes Gesetz gab, das ihnen verbot, über die Sache mit Silvia Mur zu sprechen.

Leitner wirkte nachdenklich. »Ein schwieriges Thema. Sie sehen ja selbst, wie sehr sich die Fronten verhärtet haben. Ich weiß auch nicht, was ich glauben soll. Traue ich meinen vier Mitarbeitern so etwas zu? Nein. Aber traue ich Silvia Mur vor, uns eine solche Lügengeschichte aufzutischen? Auch nein. Ich habe keine Ahnung, was sich wirklich abgespielt hat, aber weiß eines: im Zweifel für den Angeklagten. Was bedeutet, dass ich die betroffenen Männer nicht feuern kann, nachdem die Polizei ihre Ermittlungen eingestellt hat. Oder wie sehen Sie das als meine persönliche Assistentin?«

Ferrari fühlte sich unwohl. Was sollte sie erwidern? »Ich glaube, dass es dem Betriebsklima guttun würde, wenn die vier nicht mehr in der Firma wären.«

»Das heißt, Sie hätten diesen vier Männern an meiner Stelle gekündigt?«

Die Gretchenfrage. Eigentlich war für sie die Antwort klar, aber sie führte auch kein großes Südtiroler Unternehmen. »Ich weiß es nicht«, antwortete sie ausweichend.

24

18:10 Uhr

Da standen sie und schütteten Champagner in sich hinein, als gäbe es kein Morgen. Vergnügungssüchtiges, dekadentes Pack! Und Dissertori flirtete mit irgendeinem zarten Püppchen, das ihn auch noch anhimmelte. Selbst Bacher, diese feiste Nuss, amüsierte sich offensichtlich köstlich. *Ja, amüsiert euch noch dieses eine Mal! Lasst es so richtig krachen und euch das vornehme Menü munden. Es ist eure Henkersmahlzeit, aber das wisst ihr natürlich noch nicht.*

Er hatte die Hütte vor gut einer Stunde erreicht. Wie erwartet war ihm niemand begegnet. Heute war sein großer Tag! Endlich würde die Gerechtigkeit den Sieg davontragen. Er würde Richter und Henker in einem sein, denn er stand über den Dingen.

Instinktiv hob er das Gesicht zum Himmel. Und sah trotz der Dämmerung einen majestätischen Steinadler, der gemächlich seine Kreise zog. Auf der Jagd nach Beute. So wie er. Niemand von Leitners Leuten nahm den mächtigen Greifvogel zur Kenntnis, zu sehr waren sie mit sich beschäftigt. Er beobachtete wieder die Terrasse. Doch halt! Eine Frau folgte dem Adler mit ihrem Blick. Carmen Ferrari. Die gute Carmen. Zu gut für diese Welt. Jetzt schaute auch Leitner zum Himmel, drehte sich um und sagte etwas, sodass plötzlich alle ihre Köpfe nach oben wandten und Laute der Verzückung ausstießen. Brav. *Jauchzt der Chef, so jauchzet auch ihr.* Sogar Dissertori, dieser dümmliche, selbstverliebte Macho. Und natürlich das Püppchen, dessen Hand er wie beiläufig nahm. Sie schien es als Aufforderung zu deuten und schmiegte sich an ihn. Widerlich. Wahrscheinlich freute sie sich schon auf eine Nacht mit ihrem Latin Lover. Aber daraus würde nichts werden!

Er tätschelte die Waffe, die in seinem Hosenbund steckte. Zusammen mit dem Handy hatte er sie bei seinem Aufbruch aus dem Handschuhfach genommen. Beides würde heute noch eine bedeutende Rolle spielen. Auch das Wetter war auf seiner Seite. Ein handfester Sturm war genau das, was er sich erhofft hatte. Der Wind würde jammernd durch das Gebälk der Hütte pfeifen, würde es ächzen und knacken lassen und alle anderen Geräusche übertönen. Und der Schnee würde so dicht fallen, dass man die Hand vor Augen nicht mehr sehen konnte. Er konnte die Zeichen des Wetters deuten. Die Wolkenfahnen, die sich schon mittags um die Gipfel gelegt hatten. Der zunehmende Südwind, der in wenigen Stunden auf Nord drehen würde. Und die Wolken, die vom Westen langsam nach Osten zogen. Direkt zum Lagazuoi. Gott selbst schien ihm diesen Sturm geschickt zu haben, anders war sein Glück kaum zu erklären.

Dissertori füllte das Glas seines Püppchens großzügig nach. Nur Champagner oder doch mit etwas anderem verfeinert? Er hatte schließlich Übung darin. Andererseits wirkte das Püppchen jetzt schon ziemlich willig, vermutlich würde der Schampus genügen. Wieser beobachtete das neue Paar argwöhnisch. *Bist du neidisch, du armseliger Wicht? Wärest gern an Dissertoris Stelle, was? Wenn du wüsstest …*

Er hatte sich vorgenommen, nach getaner Arbeit rasch abzusteigen und nach Hause zu fahren, was allerdings nicht sein Zuhause war. Dennoch. Im Kühlschrank stand eine Flasche Champagner. Ein Louis Roederer Cristal, Jahrgang 2007. Eigentlich unbezahlbar, aber nicht für ihn. Denn heute würde er Geschichte schreiben. Von heute an würde man seinen Namen nie mehr vergessen, und das war jeden Champagner wert.

Er würdigte die Gesellschaft eines letzten, abschätzigen Blickes, bevor er sich in sein Versteck zurückzog. Dort würde er ausharren. Bis zum Dessert.

Als er noch einmal gen Himmel schaute, setzte der Adler gerade zum Sturzflug an. Sekunden später war er nicht mehr zu sehen. Er hatte seine Beute gerissen.

***

18:55 Uhr

Leitner hatte seine Rede gut vorbereitet. Er hoffte, dass sich seine Mitarbeiter seine eindringlichen Worte zu Herzen nahmen. Zum ersten Mal ging er auf die Sache ein, die bislang totgeschwiegen worden war, nannte sie beim Namen. Er betonte, dass seine zunächst beschuldigten Mitarbeiter nach dem Gesetz unschuldig seien und niemand befugt sei, sich über das Recht zu erheben. Er forderte sie zu einem offeneren Umgang miteinander auf, weil das Betriebsklima doch sehr unter dem Vorfall leide. Noch nie sei der Krankenstand so hoch gewesen wie seit dieser unsäglichen Geschichte. Würde es so weitergehen, wäre die Wirtschaftlichkeit der Firma in Gefahr, wovon niemand etwas hätte. Zudem äußerte er die Hoffnung, dass sich die gemeinsame Zeit auf dem Lagazuoi im Nachhinein als positiver Wendepunkt herausstellen würde.

Während der Rede war es mucksmäuschenstill. Das einzige Geräusch, das neben Leitners Stimme zu hören war, war der Wind, der scheinbar minütlich an Stärke zunahm und das Gebälk unheimlich knacken ließ. Niemand rührte sein Glas an. Einige Mitarbeiter blickten betreten zu Boden, andere nickten beifällig. Dissertori deutete ein Klatschen an, als Leitner zum Schluss kam.

»Hat denn jemand Kontakt zu Silvia Mur? Wie geht es ihr?«, fügte der Chef eine letzte Frage an.

»Beschissen«, sagte Ferrari düster. »Wir telefonieren manchmal. Zweimal habe ich sie besucht. Sie ist nicht mehr die Alte, hat enorm abgenommen, wirkt fast schon verhärmt. Sie schwört Stein und Bein, sich die Geschichte nicht ausgedacht zu haben. Tut mir leid, dass ich nichts Positiveres berichten kann.« Sie zog die Stirn in Falten und sah Dissertori in die Augen.

In der darauffolgenden Stille presste Bacher die Lippen aufeinander, Wieser runzelte die Stirn.

»Und wir können nichts tun, um ihr zu helfen«, sagte Leitner schließlich und schüttelte den Kopf.

»Natürlich könnt ihr das«, sagte plötzlich eine Frau aus der

Buchhaltung. »Ihr vier«, sie zeigte der Reihe nach auf Dissertori, Wieser, Bacher und Lahntaler, »könnt euch endlich stellen. Steht gerade für das, was ihr getan habt! Damit wäre Silvia am meisten geholfen.«

»Die Ermittlungen wurden eingestellt«, echauffierte sich Wieser. »Warum wohl? Weil wir unschuldig sind!«

Die Frau sah ihn verächtlich an. »Falsch, weil es keine Beweise gibt. Ich weiß, wie K.-o.-Tropfen wirken, und jeder von uns kennt Silvia. Die würde sich so etwas niemals ausdenken. Außerdem wäre sie wohl kaum psychisch am Ende, hätte sie gelogen.« Sie erhob sich. »Diese ganze Weihnachtsfeier ist doch, bitte verzeihen Sie meine Offenheit, Herr Leitner, eine einzige Farce. Champagner und Fünf-Gänge-Menü für uns und in Klobenstein heult sich Silvia Nacht für Nacht in den Schlaf. Findet das irgendjemand der hier Anwesenden gerecht?«

Leitner schwieg. Darauf war er nicht vorbereitet gewesen. Und doch gab er seiner Mitarbeiterin recht. Und wie Lahntaler zu Boden blickte, das sah doch eindeutig nach schlechtem Gewissen aus. So wie der Wutausbruch von Dissertori, der jetzt die Buchhalterin beschimpfte und sich derlei Unterstellungen verbat.

Es kam, wie es kommen musste: Im Nu waren hitzige Wortgefechte im Gang. Zu lange war das Thema unter Verschluss gehalten worden. Dabei zeigte sich, dass selbst einige Männer von der Schuld der vier überzeugt waren. Dissertori drohte einem Kollegen Prügel an, der ihn als hinterhältig und feige bezeichnet hatte, Wieser ließ sich auf eine Diskussion mit der selbstbewussten Buchhalterin ein, Lahntaler und Bacher stand der Schweiß auf der Stirn, beide starrten an die Wand.

Als einer der Caterer an Leitner herantrat und fragte, wann er denn nun den ersten Gang servieren dürfe, bat Leitner ihn um etwas Geduld: »Noch fünf Minuten. Bis sich die Wogen geglättet haben.«

Fassungslos verfolgte er das Geschehen und ergriff dann energisch das Wort. Sofort verstummten die Streithähne. »Wir müssen bis morgen das Beste aus der Situation machen«, appellierte er an die Vernunft seiner Mitarbeiter. »Allerdings kommt das Thema ab sofort nicht mehr auf den Tisch. Die Schuldfrage werden wir hier und heute nicht klären können.« Er nickte den vier Männern zu. »Und nächste Woche setzen wir uns zusammen und reden ein ernstes Wort miteinander. Aber jetzt machen wir genau das, wofür wir hierhergekommen sind: Wir lassen uns vom besten Caterer Südtirols verwöhnen und genießen guten Wein.« Er winkte den Mann zu sich. »Servieren Sie den ersten Gang!«

***

19:40 Uhr

Dicke Regentropfen klatschen auf seine Jacke. Noch. In wenigen Stunden würde hier alles weiß sein. Der Sturm peitschte die Tropfen in sein Gesicht. Da war dieser andere Kerl gewesen, zu weit weg, um ihn erkennen zu können. Vielleicht sogar eine Frau. Wer außer ihm wagte sich in Gottes Namen bei so einem Wetter hier rauf? Das konnte doch nur ein Irrer sein. Weil er niemandem über den Weg laufen wollte, hatte er ernsthaft erwogen, von seinem Vorhaben Abstand zu nehmen. Doch letztlich hatte seine Neugier gesiegt. Er wollte mit eigenen Augen sehen, wie das Pack das vermutlich sündteure Menü in sich reinschaufelte. Also hatte er sich die Waffe in den Hosenbund gesteckt und war im Schutz der Dunkelheit losgegangen. Zuerst hatte er die Lage sondiert und dabei niemanden entdeckt. Wahrscheinlich war der andere nur ein Wanderer gewesen, der keine Angst vor dem Wetter hatte und sich gut in der Gegend auskannte.

Keine zehn Meter von der Hütte entfernt kauerte er sich hinter eine Bank. Von hier aus konnte er das Geschehen im Innern der Hütte verfolgen, aber sie konnten ihn nicht sehen. Er war im Dunkeln, trug schwarze Kleidung. Eben hatte es eine hitzige Diskussion gegeben. Der Grund dafür hätte ihn interessiert, aber er wagte sich nicht noch näher ran. Wenn dann jemand aus der Hütte käme ... Doch auch so war seine Aktion nicht ungefährlich, denn die Raucher würde ihre Sucht über kurz oder lang nach draußen treiben.

Im Moment machten sie sich über den zweiten Gang her. Er hatte Dissertori, der in der Nähe des Fensters saß, gut im Blick. Seine Hand umklammerte die Waffe. Aus dieser Entfernung wäre es eine seiner leichtesten Übungen, das Schwein mit einem gezielten Kopfschuss zu erledigen.

Eine Sturmbö riss an ihm. Um ein Haar hätte er die Balance verloren. Was für ein Unwetter! Jetzt mischten sich auch die ersten dicken Schneeflocken unter den Regen. Der Winter hielt Einzug. Er freute sich jetzt schon auf den Anblick der verschneiten Landschaft bei Sonnenaufgang. Die Temperaturen sollten in dieser Höhe auf unter minus zehn Grad fallen.

Siehe da, Andreas Wieser stand auf! Hoffentlich kam er nicht zum Rauchen raus. Unvorstellbar, dass er der Versuchung widerstehen könnte. Zumal der Sturm das Geräusch des Schusses überlagern würde.

Aber Wieser tauchte nicht auf, wahrscheinlich ging er nur aufs Klo. Zwei Minuten später erschien er wieder im Raum.

Wieser und Dissertori waren seiner Meinung nach die Schlimmsten. Lahntaler und Bacher nur Mitläufer. Sie würde er vielleicht am Leben lassen. Aber nur, wenn sie sich der Polizei stellten. Wieser und Dissertori hatten hingegen den Tod verdient!

***

21:05 Uhr

Vor einer halben Stunde hatte es angefangen zu schneien. Binnen kürzester Zeit war die Landschaft wie verwandelt. Der Wind wehte den Schnee von der Terrasse und türmte ihn meterhoch an der Hüttenwand auf. Er schätzte die Windgeschwindigkeit auf bis zu einhundert Stundenkilometer. Der Sturm veranstaltete einen infernalischen Krach, und der Schnee tat sein

Übriges. Er würde jeden Hinweis bis zum Frühjahr unter sich begraben. Perfekt.

Er verbarg sich hinter der östlichen Hauswand, die ihn auch vor dem eisigen Wind schützte. Die Temperatur war schon deutlich unter null Grad gefallen. Das legten zumindest die Eiszapfen nahe, die sich an der Regenrinne bildeten. Die, die der Wind abbrach, landeten im weichen Schnee, wo sie wie Stalagmiten in die Höhe wuchsen. Die Dinger waren so spitz, dass man mit ihnen problemlos jemanden abstechen könnte. Vielleicht auch keine schlechte Idee. Doch er hatte andere Pläne.

Er zog die Beretta aus dem Hosenbund, entsicherte sie und steckte sie in die rechte Manteltasche. Aus der linken förderte er das aufgeladene Smartphone zutage und prüfte nochmals die Daten. Alles korrekt. Alles lief nach Plan. Auch wenn es einige unbekannte Größen gab, auf die er keinen Einfluss hatte. Er brauchte ein bisschen Glück.

Ein Blick auf seine wasserdichte Uhr: einundzwanzig Uhr zehn. Sie waren gerade beim dritten Gang. Er schätzte, dass sie in einer guten halben Stunde mit dem Essen fertig waren. Dann kam die Zeit des Adlers. Vorsichtig spähte er um die Ecke. Ein ungünstiger Winkel, er konnte kaum ins Innere der Hütte schauen, doch es würde ihm nicht entgehen, wann es so weit war.

Die Vorbereitungen und Planungen hatten Wochen gedauert, aber das Vergnügen würde nur kurz währen. Die Sache sollte in zehn bis zwanzig Minuten erledigt sein. Was bedeutete, dass er sich vermutlich gegen zweiundzwanzig Uhr an den Abstieg machen konnte. Angesichts seiner außergewöhnlichen Fähigkeiten, die ihn auch unter widrigsten Umständen nicht im Stich ließen, wäre er spätestens um Mitternacht am Auto. Und dann bliebe ihm nur noch eines zu tun: in die Wohnung fahren, den Champagner öffnen und feiern!

***

21:40 Uhr

Nervös schaute Simon Bacher immer wieder auf die Uhr. Die Zeit verstrich wie in Zeitlupe. Und seine Nerven waren zum Zerreißen gespannt. Was für eine unsägliche Scheiße. Hätte er sich doch im Sommer nicht hinreißen lassen! Dann wäre jetzt alles gut. Dabei war es ihm gar nicht mal so sehr um seinen Trieb gegangen oder darum, eine Frau zu vögeln, bei der er normalerweise keine Chance hatte. Nein, er hatte sich keine Blöße vor den anderen geben wollen, weil die ihn damit noch Jahre später aufgezogen hätten.

Inzwischen bereute er seinen Fehltritt aus tiefstem Herzen. Und konnte nicht leugnen, dass ihm Silvia Mur sogar leidtat. Gut, sie übertrieb sicherlich etwas. Schließlich hatten sie ihr nichts getan. Von der Rammelei hatte sie doch gar nichts mitbekommen. Und sie war unverletzt geblieben. Wenn er sie wäre, hätte er ihnen ordentlich die Meinung gesagt und sich teuer ins Restaurant einladen lassen, dann wäre die Sache im wahrsten Sinne des Wortes gegessen gewesen. Aber sie hatte ja gleich kündigen und einen auf Psycho machen müssen. Das machte es für ihn wahrlich nicht einfacher. Eigentlich war das Grund genug, stinksauer auf sie zu sein.

Verstohlen musterte Bacher reihum die Kollegen. Die Zeichen von Wut und Anspannung wichen allmählich aus den Gesichtern. Hier und da blitzte ein Lächeln auf, manchmal war sogar ein Lachen zu hören. Die Stimmung der meisten war nach dem Essen besser geworden, seit der Alkohol kontinuierlich floss.

Aber nicht so bei ihm. Er hatte sich jeden einzelnen Gang reinwürgen müssen. Gut, dass es bald vorbei war. Er beschloss, nur so lange zu bleiben, wie die Höflichkeit es erforderte. Er wollte Leitner nicht vor den Kopf stoßen, der Chef war ein feiner Kerl. Aber er musste hier raus, so schnell wie möglich. Hoffentlich ließ der Sturm bald nach. Nicht auszudenken, wenn sie länger auf der Hütte ausharren müssten als geplant! Da nützte auch der heimeligste Kamin nichts, in dem das Feuer knisterte.

Er beobachtete, wie Dissertori den Kellner mit einer arroganten Geste aufforderte, ihm nachzuschenken. Warum behalf er sich nicht selbst? Die Flasche stand doch direkt vor ihm auf dem Tisch. Und wie der soff! Der schüttete sich richtig zu. Genauso wie Wieser. Mittlerweile sah er die beiden mit anderen Augen. Früher hatte er Dissertori wegen seiner coolen Art bewundert. Weil er unterhaltsam war und immer einen lockeren Spruch auf den Lippen hatte. Und eine sonore Stimme, der man stundenlang zuhören konnte. Und weil er so verdammt gut aussah. Gegen ihn hatte er, Bacher, keine Chance. Er war fett und unscheinbar. Da gab es nichts schönzureden.

Trotzdem war er ihm seit der Sache mit Silvia Mur fremd geworden. So wie er sich selbst – leider. Wenn er zu seiner Frau und den Kindern nach Hause kam, fühlte er sich wie im falschen Film. Er, der Vergewaltiger Simon Bacher, spielte heile Familie. Was für eine elende Täuschung.

Er spürte das vertraute Vibrieren in seiner Hosentasche und kramte das Handy hervor. Wer konnte das sein um diese Zeit? Seine Frau? Bacher schaute auf das Display. Eine SMS. Er öffnete sie.

Seine Kehle wurde von einer imaginären Hand zugedrückt. Wie war das möglich? Das war doch ein Trick. Oder doch nicht? Hatten sie einen Fehler begangen? Was sollte er jetzt tun? *Scheiße, Scheiße, Scheiße! Hätte ich doch bloß nicht mitgemacht!* Er las die SMS noch einmal:

Wir haben neue Beweise. Jetzt sind Sie fällig. Ich gebe Ihnen die Chance, als Kronzeuge zu fungieren. Ich bin hier. Kommen Sie sofort raus. Ich gebe Ihnen zwei Minuten, dann bekommt ein anderer die Chance. Und kein Wort zu Ihren Kollegen!

Absender: Vincenzo Bellini. Bacher hatte dessen Handynummer eingespeichert, nachdem der Commissario ihm auf den Kopf zugesagt hatte, dass er ihn für schuldig hielt. Die Nachricht kam also tatsächlich von ihm. Aber warum bestellte er ihn nicht einfach in die Questura?

Weil er etwas herausgefunden hatte, von dem seine Kollegen noch nichts wussten? Wollte er vielleicht die Lorbeeren allein einstreichen? Bacher hatte mal in einer regionalen Zeitung einen Bericht über ihn gelesen, in dem in einem Nebensatz auf seine bergsteigerischen Fähigkeiten eingegangen wurde. Wahrscheinlich war der Aufstieg ein Kinderspiel für ihn gewesen. Was sollte er jetzt nur machen?

»Ist was?«, fragte Leitner, der neben ihm saß. »Schlechte Nachrichten von daheim?«

»Nein«, antwortete Bacher und dachte an den Commissario. »Nur Werbung. Der übliche Mist.«

Sein Chef nickte und wandte sich wieder Ferrari zu. Die zwei Minuten durften gleich rum sein. »Ich muss mal.« Bacher stand auf und ging ins Freie.

Der Wind traf ihn wie eine Urgewalt, die Kälte bahnte sich binnen Sekunden den Weg in jede einzelne seiner Körperzellen. Wie eine Wand fiel der Schnee vom Himmel. Kaum zu glauben, dass er noch vor wenigen Stunden auf dieser Terrasse Champagner geschlürft hatte. Er schlang die Arme um seinen Körper. Blickte sich um. Wo war der Commissario?

Er ging die Stufen zur Terrasse hinunter und schaute in alle Richtungen, die Hand schützend vor das Gesicht gelegt. »Bellini«, rief er in die Dunkelheit, »wo sind Sie?«

»Hier!«

Bacher wirbelte herum. Eine Gestalt trat um die Hausecke und näherte sich ihm langsam. Er begann zu zittern. War das der Commissario? »Was für Beweise sind das?«, rief er gegen den Wind.

Schweigend kam Bellini immer näher. Er trug einen Parka und hatte die Kapuze so tief ins Gesicht gezogen, dass nur seine Nase im Schatten sichtbar war.

»Was wollen Sie von mir?«, fragte Bacher. Sein Herz schlug ihm bis zum Hals.

Doch der Commissario antwortete nicht. Hielt inne und stand vollkommen starr da. Dann schien sich seine rechte Hand langsam zu bewegen.

»Von was für Beweisen sprechen Sie?«, fragte Bacher noch einmal.

Bellini hob den Kopf, aber noch immer war sein Gesicht nicht zu erkennen. Zu dunkel. Zu viel Schnee.

Er ging auf den Commissario zu. In dem Moment, in dem er dessen Gesicht sehen konnte, zuckte er zusammen und begriff, dass er die Hütte niemals hätte verlassen dürfen. Zu spät ...

Bacher spürte einen heftigen Schlag gegen die Brust und taumelte rückwärts. Etwas Warmes lief in seinen Mund, schmeckte metallisch. Die Welt um ihn herum begann sich zu drehen. Er bekam noch mit, wie seine Beine den Dienst verweigerten, aber nicht, wie sein massiger Körper in den Schnee fiel.

***

21:48 Uhr

Wieser traute seinen Augen nicht. Was für eine bescheuerte SMS von Bellini. Wollte der ihn verarschen? Beweise? Chance? Kronzeuge? Und dafür war der mitten in der Nacht in einem Schneesturm, der sich gewaschen hatte, auf den Lagazuoi marschiert? Die Nachricht musste eine Falle sein, ganz klar.

Aber von wem? Und warum? Verstohlen musterte er Dissertori und Lahntaler. Die hatten ihre Handys noch nicht herausgekramt und unterhielten sich scheinbar angeregt mit ihren jeweiligen Nachbarn. Aber wo war Bacher? Auf Toilette?

Er zermarterte sich den Kopf. Was, wenn das keine Falle war und der Commissario wirklich etwas gefunden hatte? Dann drohte ihm jahrelanger Knast! Es sei denn, er sagte als Kronzeuge aus. Das ergab durchaus Sinn.

Sinn ergaben nur nicht die Umstände. Mitten in der Nacht im Schneesturm auf diesem Berg. Das war abstrus. Aber vielleicht wollte Bellini zunächst prüfen, inwieweit sich eine Kronzeugenregelung durchsetzen ließ, ehe er mit seinem Vorgesetzten darüber sprach. Hier oben würde ihn dabei nichts und niemand stören.

Gut, entschied Wieser, er würde sich anhören, was Bellini zu sagen hatte.

Er erhob sich schwerfällig aus seinem Stuhl, schwankte kurz. Der Alkohol machte sich bemerkbar. Frische Luft war da bestimmt nicht das Verkehrteste. Er schlurfte zur Hüttentür und öffnete sie. Was für ein Kälteschock.

Er ging auf die Terrasse und schaute angestrengt durch das Schneetreiben in die Dunkelheit. Wo war Bellini? Mehrmals rief er laut dessen Namen. Lange würde er das hier draußen ohne Jacke nicht aushalten.

»Hier«, ertönte linker Hand eine Stimme aus der Dunkelheit.

Er wirbelte herum. Eine Gestalt näherte sich ihm langsam. War das der Commissario?

»Was für Beweise meinen Sie?«, fragte er.

Bellini kam schweigend immer näher. Die Kapuze seines Parkas hatte er tief ins Gesicht gezogen. Als Wieser sah, wie sich seine rechte Hand hob, erwachte plötzlich einer seiner Urinstinkte: Flucht!

Er drehte sich um, wollte zurück zur schützenden Hütte laufen, spürte aber in diesem Moment einen harten Schlag auf den Rücken und Sekundenbruchteile später auf die Brust. Er taumelte, blickte an sich hinab. Sah, dass etwas aus ihm hinausspritzte und den Schnee rot färbte. Er schmeckte Metall, strauchelte und fiel der Länge nach in den Schnee. Unter Stöhnen drehte er sich auf den Rücken. Über ihm stand breitbeinig die Gestalt im Parka. In ihrer rechten Hand eine Waffe. Sie schlug die Kapuze zurück, sodass er ihr Gesicht sehen konnte. Die Lippen grinsten ihn höhnisch an.

Er hätte in der Hütte bleiben sollen. Eine tödliche Falle. Warum?, war der letzte Gedanke, der Wieser durch den Kopf schoss, ehe er in ewiger Dunkelheit versank.

***

21:55 Uhr

Lahntaler füllte sein Glas von Neuem. Ein Vernatsch, und zwar einer von der edlen Sorte. *Alkohol ist dein Sanitäter in der Not …* Außer Bacher und Wieser hatte den ganzen Abend kaum jemand mit ihm gesprochen.

Wo waren die beiden eigentlich abgeblieben? Er kam sich vor wie ein Aussätziger. Die Nichtbeachtung der Kollegen deutete er als stille Schuldzuweisung. Sie wussten, dass er es getan hatte.

In der letzten halben Stunde hatte er sein bisheriges Leben Revue passieren lassen. Und mit jedem Glas Wein war ihm bewusster geworden, wie beschissen es war. Der falsche Job, die falsche Frau, die falschen Freunde. Alles falsch. Er selbst auch. Sein ganzes Leben, nur Lug und Betrug. Dazu ein Kapitalverbrechen. Einer von vielen Fehlern, die er gemacht hatte. Aber mit Abstand der größte.

Wie konnte Dissertori nur so cool bleiben? Flirtete mit Hanna Senoner, die förmlich an seinen Lippen hing. Hatte er sich nicht eben erst anhören müssen, dass ihn fast jeder der hier Anwesenden für einen Verbrecher hielt? Und doch tat er jetzt so, als wäre nichts geschehen. Bewundernswert.

Wenn er selbst doch nur etwas von dieser Mentalität hätte. Aber er war und blieb ein Weichei. Hätte er nur ein einziges Mal das getan, was er wollte, säße er nicht mit einer unattraktiven und langweiligen Frau in diesem öden Südtirol fest, sondern wäre Kapitän auf einem großen Schiff. Containerschiff, Kreuzfahrtschiff, egal. Aber sein Vater hatte gewollt, dass er BWL studierte. Und weil sein Vater zudem mit dem Vater von Ludwig Leitner befreundet gewesen war, war er direkt nach dem Studium bei der Leitner S.r.l. gelandet. Wo er seine Frau kennenlernte. Jetzt war sie nur noch Ehefrau und Mutter. Eigentlich nur noch Mutter, wenn er es recht bedachte. Insofern war sein Ausrutscher mit Silvia Mur durchaus verständlich.

Verständlich, aber folgenschwer. Denn die Sache war noch nicht vorbei. Commissario Bellini schien das alles persönlich zu nehmen, aus welchen Gründen auch immer.

Sein Leben war im Arsch. Vielleicht sollte er sich besaufen – was er eigentlich schon tat – und sich dann etwas abseits der Hütte in den Schnee legen. Erfrieren sollte doch ein vergleichsweise angenehmer Tod sein.

Sein Handy riss ihn aus seinen düsteren Gedanken. Es vibrierte in seiner Hosentasche. Er zog es heraus. Eine SMS von Bellini. Bellini? Er hielt das Telefon unter den Tisch und las die Nachricht:

Wir haben neue Beweise. Jetzt sind Sie fällig. Ich gebe Ihnen die Chance, als Kronzeuge zu fungieren. Ich bin hier. Kommen Sie sofort raus. Ich gebe Ihnen zwei Minuten, dann bekommt ein anderer die Chance. Und kein Wort zu Ihren Kollegen!

Das konnte doch nur ein schlechter Scherz sein. Wo sollte der Commissario mitten in der Nacht herkommen, noch dazu auf einem Berggipfel? Aber die Nummer war die von Bellini. Lahntaler erkannte sie sofort.

Hatte er vielleicht neue Fingerabdrücke an Silvias Kleidung gefunden? Die Beamten waren schließlich keine Idioten. Er überlegte. Auch eine Aussage als Kronzeuge würde ihn für einige Zeit hinter Gitter bringen, aber danach wäre die Sache ein für alle Mal erledigt. Er könnte wieder ein normales Leben führen, wenngleich sicherlich ohne Frau. Aber diesen Preis war er bereit zu zahlen.

Er stand auf, verließ die Hütte und fand sich in einer Winterlandschaft wieder.

Suchte nach Bellini. Jemand kam um die Hausecke. Gott sei Dank. Nun konnte er sein Gewissen erleichtern und einen Schlussstrich unter das dunkelste Kapitel seines Lebens ziehen. Lahntaler ging dem smarten Commissario entgegen, der seine Parkakapuze angesichts des Sturms tief ins Gesicht gezogen hatte.

»Commissario Bellini«, schrie er gegen den tosenden Sturm an, »ich bin froh, dass Sie gekommen sind! Ich werde Ihnen alles …«

Ihm versagte die Stimme. Auf einmal pochte ein brennender Schmerz in seiner Brust, und er schmeckte Metall. Und warum knickten ihm die Beine weg?

***

21:57 Uhr

Roberto Dissertori blickte sich suchend um. Vor gut zwanzig Minuten hatten die Jungs noch alle brav auf ihren Plätzen gesessen, aber jetzt waren sie verschwunden. Merkwürdig. Die konnten doch nicht alle auf dem Klo sein.

»Hast du eine Ahnung, wo Andreas, Karl und Simon sind?«, fragte er Hanna Senoner, deren Hand ziemlich weit oben auf seinem Oberschenkel ruhte. Es versprach, eine ereignisreiche Nacht zu werden. Doch seine jüngste Eroberung hatte keine Ahnung.

Dass gleich alle drei verschwunden waren, sorgte für ein unangenehmes Bauchgefühl. Heckten die was aus? Wollten die ihm in den Rücken fallen? Ihn ans Messer liefern? Er musste sie suchen.

Er flüsterte Hanna Senoner etwas ins Ohr, sodass sie kicherte, stand auf und ging zu den Toiletten.

Niemand da. Waren sie vielleicht draußen, um eine zu rauchen? Oder in ihrem Zimmer? Da würde er als Nächstes nachsehen.

Er stand im Hüttenflur, als das Display seines Handys aufleuchtete. Eine SMS von Commissario Bellini. Was wollte der denn jetzt von ihm? Neugierig, aber auch verwundert las er die Nachricht.

Neue Beweise? Und deswegen kraxelte ein Staatsdiener mitten in der Nacht in einem Schneesturm auf einen Berg?

Stirnrunzelnd überflog Dissertori die Nachricht erneut. Hatten die anderen sie vielleicht auch erhalten? War das der Grund, warum sie verschwunden waren? Aber wo waren sie dann jetzt? Lockte der Commissario sie der Reihe nach aus der Hütte? Warum? Wenn es wirklich neue Beweise gäbe, müsste Bellini die Ermittlungen doch offiziell wieder aufnehmen.

Hier war was faul! Das roch nach Falle. Und zwar gewaltig!

Dissertori erwog seine Optionen und bereute es, so viel getrunken zu haben. Ein klarer Kopf wäre jetzt von Vorteil. Egal, mit zwanzig Jahren Bodybuilding- und dreißig Jahren Judoerfahrung war er auch angetrunken unbezwingbar.

Rasch rief er sich den Aufbau der Hütte ins Gedächtnis. Es gab nur den Eingang von der Terrasse her. Bellini müsste sich also in dessen Nähe aufhalten, um ihn in Empfang zu nehmen. Aus welchem Grund auch immer. Damit schied für ihn der Eingang aus. Er musste die sportliche Variante wählen.

Dissertori lief in sein Viererzimmer im ersten Stock, wo er erwartungsgemäß niemanden antraf, zog sich seine Winterjacke an, öffnete das Fenster und sprang. Gut vier Meter in die Tiefe. Der weiche Schnee bremste seinen Aufprall, er landete sicher auf den Füßen, rollte ab, presste sich an die Hauswand und sah sich um. Der Sturm peitschte ihm die Eiskristalle wie feine Nadeln ins Gesicht, dennoch konnte er eine Gestalt sehen, die um die Hausecke spähte.

Er hatte sich nicht getäuscht. Bellini hatte ihnen bei den Befragungen offen gedroht; war er jetzt gekommen, um seine Drohung wahr zu machen? Dissertori würde ihn hier und jetzt zur Rede stellen.

Vorsichtig schlich er sich an die Gestalt heran, deren Konzentration viel zu sehr auf die Terrasse gerichtet war, um ihn zu bemerken. Der Vorteil lag klar auf seiner Seite. Die Größe passte. Das musste Bellini sein. Aber wo zum Teufel waren die Jungs?

Als er die Gestalt fast erreicht hatte, wandte sie sich in einer schnellen Bewegung um und hob den rechten Arm. In ihrer Hand blitzte etwas auf. Dissertori warf sich ihr entgegen und schlug den Arm zur Seite, ehe sie abdrücken konnte.

In diesem Augenblick wusste er, dass seine Freunde nicht mehr am Leben waren. Dafür war der Bulle jetzt fällig.

Er riss seinen Gegner zu Boden, dass die Waffe in hohem Bogen im Schnee landete, kniete sich auf seine Arme und holte aus, um ihm ins Gesicht zu schlagen. Doch sein Hieb ging daneben. Bellini hatte es geschafft, sich unter ihm und seinen hundert Kilogramm wegzudrehen.

Dissertori sprang auf, um sich von Neuem auf ihn zu stürzen. Doch der war schneller. Er versetzte ihm einen schmerzhaften Haken, und für einen kurzen Moment war Dissertori wie betäubt. Für einen entscheidenden Moment.

Bellini stürzte sich wie ein Raubtier auf seine Waffe, da sprang Dissertori schon wieder auf. Als der Commissario ihm ausweichen wollte, rutschte ihm seine Kapuze vom Kopf, und Dissertori konnte sein Gesicht erkennen.

Und in diesem Gesicht begegnete ihm das boshafteste, dämonischste Grinsen, das er jemals bei einem Menschen gesehen hatte.

Panik überfiel ihn, und er begriff, dass er niemals allein die Hütte hätte verlassen dürfen. Ein tödlicher Fehler. Er wollte noch einmal zuschlagen, holte aus. Dann hörte er einen Knall, wurde gegen die Hauswand geschleudert und spürte, wie etwas seine Eingeweide zerfetzte. Blut sprenkelte den Schnee rot. Bald schon würde sich frisches Weiß darüberlegen. So als wäre nichts geschehen.

Auch im Mund hatte er Blut, das unangenehm schmeckte. Er spie es aus und spürte, wie das Leben aus ihm wich. Er bekam noch mit, dass die Gestalt ihn mit einer unglaublichen Leichtigkeit schulterte, dann drehte sich die Welt um ihn herum in atemberaubender Geschwindigkeit.

25

Cortina d'Ampezzo, am folgenden Tag, 01:15 Uhr

Der Korken flog im hohen Bogen durch die Küche. Vincenzo lachte und füllte das Champagnerglas bis zum Rand. Eigentlich ein Frevel. Aber nicht nach so einem Tag. Einem der besten Tage des Jahres. Vom Anfang bis zum Ende. Passend dazu hatte in Hans' Kühlschrank der Edel-Champagner gestanden. Er war sicherlich für einen besonderen Anlass gedacht gewesen, aber er würde ihm später einfach einen neuen kaufen. Er hatte sich den Schampus verdient.

Hungrig von den Ereignissen stopfte er sich den letzten Rest Käse in den Mund. Er fühlte, dass dieser Tag eine größere Wirkung haben würde als zehn Sitzungen bei Rosa Peer. Er stellte sie sich in einem schicken Abendkleid vor, geschminkt, mit ihm beim Essen im »Laurin«. Hinter ihrer kühlen Fassade loderte Temperament, das sagte ihm seine Menschenkenntnis. Es reizte ihn, es zu erforschen. In dem Maße, in dem seine Gefühle für Gianna es zuließen.

Er füllte das Glas erneut und öffnete vorsorglich bereits einen Weißwein. Ein Pinot Grigio vom Unterebnerhof. Ihm war nach Alkohol zumute. Auf Schlaf konnte er in dieser Nacht verzichten. Morgen würde es regnen und in den Höhen schneien. Er würde einen Ruhetag einlegen, sich erholen und lesen. Und stolz darauf sein, was er schier Übermenschliches geleistet hatte. Wahrscheinlich hatten sein Frust und seine Wut ihm diese Kräfte verliehen. Leider war sein Parka durch einen Blutfleck in Mitleidenschaft gezogen worden. Seine erste Handlung, als er in die Wohnung zurückgekommen war, hatte darin bestanden, ihn in kaltem Wasser einzuweichen. Er ärgerte sich über sich selbst. Wie hatte er nur so unachtsam sein können?

Schon war der Champagner leer. Herrlich prickelnd war er gewesen. Draußen tobte noch immer der Sturm. Dicke Regentropfen klatschten gegen die Scheibe. Wer hatte nur dieses Drehbuch geschrieben?

Vincenzo füllte das Weinglas, schnüffelte. Phantastische Noten von Honig, Vanille und tropischen Früchten. Hans hatte wirklich einen erlesenen Geschmack.

Auch Rosa Peer duftete dezent nach Honig. Er musste unbedingt herausfinden, ob das ihr Parfüm oder ihr Eigengeruch war. Vielleicht, wenn sie die Therapie früher beenden könnten als geplant. Und vielleicht würde er dann auch endlich Gianna vergessen.

Gianna und Silvia Mur. Der Unterschied zwischen ihnen bestand darin, dass die eine weitergemacht hatte, während die andere zusammengebrochen war. Eine starke und eine schwache Frau. Zu welcher Kategorie zählte wohl Rosa Peer?

26

Lagazuoi, 08:00 Uhr

»Karl? Roberto? Simon? Andreas?«

In der vergangenen Nacht, als sich die schlussendlich doch noch überraschend harmonische und ausgelassene Runde aufgelöst hatte, hatten sie bemerkt, dass vier von ihnen fehlten. Und zwar ausgerechnet die vier! Sie waren nirgendwo zu finden gewesen. Weder in noch vor der Hütte im infernalischen Schneesturm. Aber warum hätten sie sich dem auch aussetzen sollen?

Leitner war der Meinung gewesen, dass sie erwachsene Menschen waren, die wussten, was sie taten. Vielleicht hatten sie beschlossen, eine kleine Nachtwanderung zu machen. Sollten sie am nächsten Morgen nicht zurück sein, würden sie noch vor dem Frühstück die nähere Umgebung absuchen und dann zur Not die Bergrettung verständigen.

Und sie waren nicht zurückgekommen. Ihre Betten waren vorhin unbenutzt gewesen, ihre Wanderschuhe hatten in ihren Spinden gestanden.

In Zweiergruppen suchten sie jetzt das Gelände ab. Was sich als schwierig erwies, denn dichter Nebel hatte die Hütte verschluckt. Man konnte keine fünfzig Meter weit sehen. Der Wind hatte zwar nachgelassen, die Seilbahn würde also problemlos fahren können, aber es war eisig kalt, und unaufhörlich rieselten feine Eiskristalle vom Himmel. Über Nacht waren schon vierzig Zentimeter Schnee gefallen. Sollte es irgendwelche Spuren der Vermissten gegeben haben, waren sie längst unter der weißen Decke vergraben.

»Was glauben Sie, was passiert ist?«, fragte Leitner Carmen Ferrari, die mit dicken Handschuhen, Mütze und Schal neben ihm durch den Schnee stapfte.

»Keine Ahnung«, entgegnete sie. »Aber es ist merkwürdig, dass ausgerechnet diese vier verschwunden sind.«

Das waren auch seine Gedanken. Das konnte kein Zufall sein.

Nach einer Stunde kehrten die Teams erfolglos zur Hütte zurück und setzten sich an den großen Tisch, an dem sie noch vor wenigen Stunden ihr feudales Menü genossen hatten und der von den Caterern schon wieder für das Frühstück eingedeckt worden war. Die Vermissten waren wie vom Erdboden verschluckt.

»Ich rufe jetzt die Carabinieri an«, verkündete Leitner, zückte sein Handy und telefonierte. »Sie kommen sofort«, sagte er nach dem Gespräch, »und informieren auch den Seilbahnbetreiber und die Bergrettung. Wir sollen hier warten und nichts anfassen.«

»Ich habe ein beschissenes Gefühl«, bemerkte Ferrari, die ihre Kaffeetasse mit beiden Händen umschlossen hielt.

»Das hat bestimmt etwas mit der Vergewaltigung zu tun«, mutmaßte Hanna Senoner.

Leitner rieb sich nachdenklich das Kinn. »Ich weiß nicht recht. Ich glaube eher, dass Commissario Bellini dahintersteckt.«

***

10:35 Uhr

Er rannte durch den tiefen Schnee, ohne die feinen Eiskristalle auf seinem Gesicht zu spüren und ohne sich um den Steilhang neben sich zu kümmern. Weil er gar nichts mehr bemerkte. Weil das die abgefahrenste Scheiße war, die er je erlebt hatte. Er hatte schon an vielen Einsätzen teilgenommen und war auch in manche Handgreiflichkeiten und Schusswechsel verwickelt gewesen, aber einen Menschen hatte er noch nie getötet.

Wie oft hatte er sich in seiner Phantasie ausgemalt, wie er Dissertori und die anderen erledigte. Und ja, er war kurz davor gewesen, es zu tun. Aber im letzten Moment hatte sich doch sein Gewissen gemeldet. Er war nicht befugt, den Henker zu spielen, Selbstjustiz zu üben.

Also hatte er sich damit begnügt, die Bagage zu observieren und sich seinen Rachegedanken hinzugeben. In einer traumhaften Landschaft, während eines Schneesturms. Er liebte Wetterextreme!

Hatte er den Berg bestiegen, weil er vier Morde begehen wollte? Damit er bis zum Ende seines Lebens in einer Zelle dahinvegetierte und seine Kinder ohne Vater aufwuchsen? Und Silvia endgültig zusammenbrach?

Nein, natürlich nicht! Also war er nur in Gedanken der Rächer ohne Gnade gewesen.

Der Tunnel tauchte vor ihm auf. Endlich! Bald musste er den Pass erreichen. Dann sofort ins Auto und nichts wie weg von hier. Er blickte sich immer wieder um. Nicht, dass der Kerl ihm auf den Fersen war. Ohne die Stirnlampe aus dem Rucksack zu holen, rannte er in den nachtdunklen Tunnel, in dem er diverse Leitern hinabklettern musste. Noch bevor er die erste erreicht hatte, stieß er sich so heftig den Kopf, dass er aufschrie. Blut sickerte aus einer Stirnwunde, lief ihm über die Nase und tropfte auf seine Lippen, aber er eilte in geduckter Haltung weiter.

Er hatte mehrere Stunden hinter der Bank ausgeharrt und jedes Mal, wenn Wieser, der einzige Raucher, aus der Hütte kam, seine Waffe gezogen, in seine Richtung gezielt und sich vorgestellt, wie er ihm erst in beide Knie und dann final in den Kopf schoss. Aber irgendwann war es ihm trotz seiner inneren Erregung zu kalt geworden, und er hatte beschlossen, in sein Biwakzelt zurückzukriechen.

Doch gerade, als er seine Deckung verlassen wollte, sah er es. Ein merkwürdiges Leuchten an einer Ecke der Hütte. Surreal in dem dichten Schneetreiben. Einen Moment später begriff er, dass es sich um ein Handy handeln musste, und war wie elektrisiert. Wer außer ihm, den Caterern und der Leitner-Belegschaft war noch auf dem Lagazuoi? Er hatte es für besser gehalten, in seinem Versteck zu bleiben, bis der Fremde wieder verschwunden war oder in die Hütte ging.

Endlich! Er erreichte das Ende des Tunnels. Jetzt war es bald geschafft.

Aber der Typ war nicht in die Hütte gegangen. Stattdessen war Bacher rausgekommen und hatte gegen den Sturm geschrien: »Bellini, wo sind Sie?« Nur wenige Sekunden später zerriss das Mündungsfeuer die Dunkelheit. Der Schuss war angesichts des Sturms kaum zu hören. Ganz sicher nicht in der Hütte. Bellini wusste genau, was er tat. Bacher stürzte wie ein Stein nach hinten in den Schnee, und Bellini hob ihn, der bestimmt über hundert Kilo wog, auf, schulterte ihn und trug ihn hinter die Hütte. Direkt an seinem Versteck vorbei. Der Commissario verschwand im Schnee, kam nach höchstens einer Minute ohne sein Opfer zurück und nahm seinen Platz an der Hüttenecke wieder ein. Augenblicke später leuchtete sein Handy erneut auf.

In diesem Moment begriff er, was Bellini tat: Er lockte Silvias Peiniger der Reihe nach aus der Hütte, richtete sie hin und ließ sie verschwinden. Nur Dissertori war anfangs schlauer. Er sprang aus einem Fenster und attackierte Bellini von hinten. Mur sah die beiden kämpfen. Doch nach Sekunden, die ihm vorkamen wie eine Ewigkeit, blitzte auch das vierte Mündungsfeuer hinter der Hauswand auf, und Dissertori wurde ebenfalls verschleppt.

Minuten später war der Commissario in Richtung Seilbahnstation verschwunden. Mur vermutete, dass er auf demselben Weg abgestiegen war wie jetzt er selbst.

Lange noch war er in seinem Versteck hinter der Bank geblieben, zu keiner Bewegung fähig. Nach und nach wurde ihm die ganze Tragweite des Geschehens bewusst, und er erinnerte sich daran, dass Bellini mehrfach gesagt hatte, er könne sich vorstellen, die Täter über den Haufen zu schießen. Alexander Mur hatte ihn damals nicht ernst genommen. Doch jetzt hatte der Commissario ihn eines Besseren belehrt.

Irgendwann war er zu seinem Biwak gegangen. Schlaf fand er nicht mehr. In der Morgendämmerung hatte er aufbrechen wollen, musste jedoch noch eine Weile warten, weil die Leitner-Belegschaft anscheinend endlich bemerkt hatte, dass jemand fehlte, und die Vermissten in Zweiergruppen suchte.

Endlich! Der Pass! Noch immer schneite es. Sein Wagen stand allein auf dem Parkplatz, und die Straße war noch nicht geräumt. Nirgendwo waren Reifenspuren zu sehen. Wenn Bellini auch hier geparkt hatte, musste er lange vor ihm gefahren sein. Zum Glück hatte er einen Geländewagen und schon Winterreifen drauf. Im Laufen kramte er den Autoschlüssel aus der Jacke, betätigte die Funkfernbedienung, riss den Kofferraum auf, warf den Rucksack achtlos hinein, setzte sich ans Steuer und gab Gas.

Während der Rückfahrt durch die menschenleere weiße Landschaft überlegte er, was er tun sollte. Er musste zur Polizei gehen, schließlich war er Zeuge eines Mehrfachmordes geworden. Es war seine Bürgerpflicht, die Beamten darüber zu informieren. Käme er dieser Pflicht nicht nach, drohte ihm selbst eine Strafe.

Aber den Mann anzeigen, der das vollbracht hatte, was er selbst sich nicht getraut hatte? Natürlich hatte Bellini kein Recht gehabt, die Männer umzubringen. Aber die vier waren Abschaum gewesen. Kein Verlust für die Menschheit. Ganz im Gegenteil, ein Segen, sie tot zu wissen.

Alexander Mur beschloss, das Erlebte fest in seiner Erinnerung zu verschließen und auf sich beruhen zu lassen. Bellini war ein gerechter Mann. Für ihn und mit Sicherheit auch für Silvia sogar ein Held.

***

11:30 Uhr

Ein dunkler Schatten glitt lautlos in den Nebel hinein. Chaotische Wirbel stoben auseinander. Augenblicke später durchbrach er die finstere Wolkenwand, aus der es unaufhörlich schneite, und näherte sich nahezu geräuschlos der Menschentraube, die sich am Ausstieg der Bahn versammelt hatte und auf die Neuankömmlinge wartete. Niemand hatte es länger in der Hütte ausgehalten. Auch dem Letzten war bewusst geworden, dass die vermissten Kollegen nicht lebend zurückkommen würden.

Anfangs hatten die Leute noch wild spekuliert. Hatten sie sich verirrt, waren sie abgestürzt oder wahlweise auch erfroren? Oder hatten sie kollektiven Selbstmord wegen ihres schlechten Gewissens begangen oder waren von einem geheimnisvollen Rächer getötet worden? Vielleicht von Silvia Murs Mann? Oder von diesem Commissario? Oder von jemandem, der sich vorgenommen hatte, Gewalttäter in Freiheit zu exekutieren, sodass Südtirol nun den Anfang einer geheimnisvollen Mordserie machte? Aber je mehr Zeit verstrichen war, desto stiller waren Leitners Mitarbeiter geworden. Auf ihnen lag eine tonnenschwere Stille, die der Chef zu durchdringen gehofft hatte, indem er vorschlug, zur Seilbahnstation zu gehen und dort auf die Carabinieri zu warten.

Endlich öffnete die Gondel ihre Türen, und mehrere Personen traten ins Freie. Vorneweg ein finster dreinblickender, großer Mann mit Dreitagebart sowie drei Sternen und einer Krone auf seiner Litze. Sein Atem verwandelte sich in der eisigen Frostluft zu kleinen Wölkchen. Er schaute in die Runde und erkundigte sich nach einem Ansprechpartner.

Leitner ging ihm entgegen und stellte sich vor.

Der Mann nickte und zückte seinen Dienstausweis. »Colonnello Bortolo Moroder. Ich bin der Landeskommandant der Carabinieri von Belluno«, sagte er. »Eigentlich wäre Maggiore Quintarelli zuständig, der Kommandant der Kompanie von Cortina, aber bei gleich vier möglichen Gewaltopfern schalte ich mich lieber sofort persönlich ein. Was genau ist geschehen?«

Leitner berichtete von der Weihnachtsfeier am Vorabend und den vier Mitarbeitern, sie seit dem Morgen vermisst wurden.

»Wieso erst seit heute Morgen?«

Leitner sah den Colonnello irritiert an. »Ich verstehe nicht?«

»Warum ist ihr Verschwinden nicht schon während der Feier aufgefallen?«

Leitner zuckte mit den Achseln. »Aufgefallen ist es uns

schon, aber wir haben uns nichts dabei gedacht. Sie hätten ja auch zu Bett gegangen sein können.«

»So früh? Sie waren doch gerade erst mit dem Essen fertig.«

Leitner erzählte, dass die Stimmung wegen der Sache mit der Vergewaltigung lange Zeit auf dem Nullpunkt gewesen sei und die Vermissten zum Teil ziemlich angefeindet worden seien.

Moroders Oberkörper straffte sich. Er war eine imposante Erscheinung Anfang vierzig. »Was für eine Vergewaltigung?«, fragte er mit zusammengekniffenen Augen.

»Natürlich, Sie kommen ja nicht aus Bozen, woher sollen Sie das auch wissen?« Leitner informierte den Colonnello über den Fall Silvia Mur.

Moroder nickte bedächtig. »Dann ist das gleichzeitige Verschwinden genau dieser vier Personen allerdings ein bemerkenswerter Zufall. Wann haben Sie nach den Männern gesucht und wo genau?«

Leitner erzählte, dass sie in Zweiergruppen nur das Gebiet nahe der Hütte abgesucht hätten. »Wir haben wegen des schlechten Wetters kaum etwas gesehen, und ich wollte meine Mitarbeiter nicht in Gefahr bringen.«

Moroder nickte. »Verständlich. Sie haben richtig gehandelt. Für alles Weitere sind wir jetzt da.« Er wandte sich an seine Leute, die aufgereiht hinter ihm standen und auf seine Anweisungen warteten, und sprach mit einem von ihnen, der daraufhin ebenfalls Zweiergruppen zusammenstellte, welche die Bergstation verließen und zielstrebig in alle Richtungen ausschwärmten. Einige Männer und Frauen der Bergrettung sowie ein Arzt begleiteten sie. Alle waren berg- und wintertauglich ausgerüstet, die Bergretter hatten diverse Seile und Karabiner dabei.

Wirkt professionell, dachte Leitner.

»Ich möchte jetzt mit Ihren Mitarbeitern und den Dienstleistern sprechen. Begleiten Sie mich und Appuntato Esposito bitte zur Hütte«, sagte der Colonnello wieder zu Leitner.

Kurz darauf saßen sie am offenen, knisternden Kamin, der behagliche Wärme verströmte. Die beiden Carabinieri befragten der Reihe nach alle Anwesenden, genau genommen fragte Moroder, und Esposito machte sich Notizen. Der Colonnello erkundigte sich nach dem Verhältnis zu den Vermissten und nach besonderen Vorkommnissen in der jüngsten Vergangenheit – abgesehen von der möglichen Vergewaltigung – und wollte wissen, ob jemand beim Rauchen eine unbekannte Person in der Nähe der Hütte bemerkt oder jemand Drohungen gegen die Männer ausgesprochen hatte.

Während die Mitarbeiter der Eventagentur und des Caterers überhaupt nichts sagen konnten, ließen die meisten Angestellten der Leitner S.r.l. auf die Frage nach Drohungen den Namen Bellini fallen.

»Commissario Vincenzo Bellini«, murmelte Moroder. »Kenne ich. Guter Mann. Seit der Sache mit seiner ehemaligen Verlobten vielleicht ein bisschen angespannt. Kann mir trotzdem nicht vorstellen, dass er …« Weiter kam er nicht, denn das Funkgerät, das er vor sich auf den Tisch gelegt hatte, meldete sich. Der Colonnello drückte eine Taste. »Ich höre.«

Leitner sah, wie Moroder mehrfach nickte, »verstehe« und »übel« sagte und dabei keine Miene verzog. Ein Alphatier wie aus dem Bilderbuch, dachte der Firmeninhaber und fand den Mann sympathisch und sehr vertrauenswürdig.

Wieder drückte Moroder eine Taste seines Funkgerätes, das daraufhin verstummte. »Ich denke, wir haben die Vermissten gefunden«, sagte er und erhob sich.

Leitner wollte es ihm gleichtun, doch der Colonnello legte ihm sanft eine seiner Pranken auf die Schulter. »Sie alle warten bitte hier. Appuntato Esposito wird Ihnen Gesellschaft leisten. Ich komme wieder, sobald ich Näheres weiß.«

***

12:20 Uhr

Als Colonnello Moroder wieder ins Freie trat, löste sich durch den schneidenden Wind eine Schneelawine vom Dachfirst und landete genau auf seinem Kopf. Fluchend vergewisserte er sich, dass niemand den feigen Angriff der Elemente auf seine Person mitbekommen hatte. Er konnte es auf den Tod nicht ausstehen, wenn seine Untergebenen über ihn lachten. Aber weit und breit war niemand zu sehen. Sie waren alle bei den Vermissten. Er schüttelte den Schnee ab und stapfte über die Terrasse und um die Hütte herum.

Es schneite wieder heftiger. Die Sicht betrug höchstens fünfzig Meter. Hinter der Hütte blies dem Colonnello der Wind unangenehm von vorn entgegen. Schützend hob er eine Hand vor das Gesicht.

Er folgte den Spuren im Schnee. Nach ein paar Metern endeten sie an einem eisernen Geländer, an dem bizarre Eiszapfen hingen. Davor starrten vier seiner Leute und zwei Bergwachtler angestrengt in die Tiefe. Die Bergretter hatten bereits einen Standplatz eingerichtet und sicherten professionell das Seil. Moroder gesellte sich zu ihnen und blickte ebenfalls in den Abgrund. Er sah nichts anderes als dichtes Schneetreiben. »Was ist da unten?«

Der Capitano wirbelte herum. »Sie haben mich vielleicht erschreckt, Colonnello! Da unten liegen die Vermissten. Übel zugerichtet, wie es ausschaut.«

»Abgestürzt?«, fragte Moroder, ohne auf die Schreckhaftigkeit seines Untergebenen einzugehen.

»Kann ich noch nicht sagen, der Doc ist dabei, sie zu untersuchen. Wäre aber ziemlich dämlich gewesen, nachts angetrunken in einem Schneesturm an einem Abgrund rumzuturnen.«

»Stimmt. Weshalb ich das auch nicht glaube.« Moroder ging das umliegende Gelände ab, den Blick starr auf den Boden gerichtet, auf der Suche nach Spuren, die dem Schnee möglicherweise getrotzt hatten. »Wie haben Sie sie gefunden?«, fragte er, nachdem er nichts entdeckt hatte.

Der Capitano erklärte, einer der Bergretter könne einem Adler gleich scharf sehen, sodass er trotz des Schneetreibens am Fuße des Abgrunds dunkle Flecken entdeckt hatte, die durchaus menschlicher Natur sein konnten. Und genau so war es auch gewesen. Alle vier Vermissten lagen dort unten, ordentlich aufeinander und mausetot. So jedenfalls hatte es ein Maresciallo beschrieben, der sich bei den Opfern befand.

»Übereinanderliegend. Als wären sie der Reihe nach gesprungen und an genau derselben Stelle gelandet. Mysteriöse Sache«, murmelte Moroder gedankenverloren.

In dem Moment funkte der Maresciallo den Capitano an und kündigte an, jetzt mit dem Arzt wieder nach oben zu kommen.

Nach wenigen Minuten flankte er lässig über das Geländer, gesichert durch den Standplatz der Bergwacht. Ihm folgte der Arzt, ein Mann kurz vor der Pensionierung, den Moroder seit vielen Jahren kannte. Er war nicht sonderlich sportlich und schnaufte wie ein Walross.

»Und das in meinem Alter«, fluchte er, nachdem er, immer wieder ängstlich in die Tiefe blickend, auf Knien unter dem Geländer hindurchgekrochen war.

»Was haben Sie da unten gefunden, Dottore?«

»Vier Tote, vermutlich die Vermissten. Sie weisen zahlreiche Verletzungen auf, die wahrscheinlich vom Sturz stammen. Die scheinen der Reihe nach gefallen oder gesprungen und dabei zigfach gegen die Felsen geprallt zu sein. Bis sie am Grund der Schlucht, die eng ist wie ein Nadelöhr, aufschlugen. Ich tippe allerdings eher darauf, dass sie geworfen wurden. In ihnen kann man kaum noch den Menschen erkennen.«

»Ist eine Identifizierung noch möglich?«, fragte Moroder.

Der Arzt nickte und zog die Kapuze seiner Jacke mit grimmigem Blick noch etwas tiefer ins Gesicht. »Ich kann Schnee und Kälte nicht ausstehen.«

»Dann hätten Sie lieber in Süditalien praktizieren sollen«, spottete der Capitano.

»Irgendetwas Auffälliges?«, hakte der Colonnello nach.

»Allerdings«, sagte der Arzt. »Jeder von ihnen hat ein Einschussloch in der Brust. Mitten ins Herz. Ich denke, der Rechtsmediziner wird zu keinem anderen Ergebnis kommen, als dass selbiges die Todesursache ist. Bei allen vieren. Außerdem haben die Sturzverletzungen kaum noch geblutet. Auch das ist ein Zeichen dafür, dass sie schon tot waren, als sie in den Abgrund, nun ja, geworfen wurden.«

Moroder und der Capitano nickten.

»Da ist aber noch etwas anderes«, warf der Maresciallo ein und erklärte, dass sie bei jedem Opfer ein Handy gefunden hätten. Zwei davon seien zumindest noch so gut in Schuss, dass die Nachrichten zu lesen waren. »Was wir gefunden haben, ist ein echter Hammer!«

Moroder verdrehte genervt die Augen. »Was?«

»Die letzten, wortgleichen SMS, die beide Opfer bekommen haben, gestern um einundzwanzig Uhr achtundvierzig und um einundzwanzig Uhr fünfundfünfzig, stammen von Commissario Vincenzo Bellini.« Er hielt Moroder eines der Telefone in einer Beweismitteltüte vor das Gesicht. »Aber lesen Sie selbst.«

Der Colonnello entriss dem Maresciallo die Tüte und las kopfschüttelnd die Nachricht:

Wir haben neue Beweise. Jetzt sind Sie fällig. Ich gebe Ihnen die Chance, als Kronzeuge zu fungieren. Ich bin hier. Kommen Sie sofort raus. Ich gebe Ihnen zwei Minuten, dann bekommt ein anderer die Chance. Und kein Wort zu Ihren Kollegen!

»Das ist in der Tat ein Hammer«, gab Moroder zu. »Bellini ist in Südtirol so etwas wie eine Institution. Und ausgerechnet der soll kaltblütig vier Menschen erschossen haben?«

Der Colonnello verteilte die vordringlichsten Aufgaben. Drei seiner Leute und einer der Bergretter sollten bei den Leichen ausharren, bis die Spurensicherung eintraf. Selbige sei umgehend zu informieren. Das Gelände müsse weiträumig abgesperrt werden, und niemand dürfe bis auf Weiteres die Hütte verlassen. Außerdem werde er selbst bei Vice Questore Dottore Alessandro Baroncini in Bozen anrufen.

»Bellini ist sein Commissario«, erklärte er seinen Männern. »Ich halte es für besser, wenn er ein paar seiner Leute schickt. Und weil ich ein Freund des kleinen Dienstwegs bin, sollen die auch gleich ihre Rechtsmedizinerin mitbringen. Die ist hervorragend. Und hat die rötesten Haare, die ich je gesehen habe.«

***

15:55 Uhr

Die Stimmung in der Hütte hatte den Nullpunkt erreicht. Seit fast zwei Stunden saßen sie schweigend in der Stube. Verdammt zur Tatenlosigkeit. Anfangs, nachdem der Colonnello zurückgekehrt war, hatte er noch viele Fragen gestellt, sich aber standhaft geweigert, Leitner und seinen Mitarbeitern zu sagen, was genau mit den vermissten Kollegen geschehen war. Bald jedoch widmete er sich nur noch seinem Funkgerät und seinem Smartphone, das er immer wieder mit heftigen Flüchen bedachte. Vermutlich wegen des schlechten Empfangs. Niemand durfte aufstehen. Musste jemand auf die Toilette, wurde er oder sie von Appuntato Esposito begleitet.

»Routine«, lautete Moroders schmallippige Antwort auf die Frage nach dem Grund der Kasernierung. Doch das machte die Belegschaft nur noch nervöser. Selbst Leitner, normalerweise der Inbegriff von Ruhe und Souveränität, wurde ungehalten und verlangte, Moroders Vorgesetzten zu sprechen.

Moroder reagierte darauf nur mit einem vielsagenden Lächeln und etwas verspätet mit dem Hinweis, dass er keinen direkten Vorgesetzten habe. Das erklärte so einiges.

Aber nicht, warum er eine ganze Firma stundenlang in einer Hütte gefangen hielt. Leitner wollte sich erneut an Moroder wenden, doch der winkte brüsk ab und deutete auf sein Funkgerät, das sich bemerkbar machte.

Drei Neuankömmlinge aus Bozen waren an der Talstation der Seilbahn eingetroffen und wurden nun zur Hütte begleitet. »Sehr gut«, befand Moroder und bat den Caterer um Kaffee. Das aufdringliche Kreischen der Kaffeemaschine durchbrach die angespannte Stille.

Noch ehe der Colonnello seinen Kaffee ausgetrunken hatte, flog die Hüttentür auf, und drei Personen in Zivil kamen herein: eine junge, sehr schlanke Frau, eine große, ebenfalls schlanke Frau mit herben Gesichtszügen und einer gewaltigen roten Löwenmähne und ein mittelgroßer, ziemlich korpulenter Mann mit geröteten Wangen, dessen Nase lief. Er ging zielstrebig auf Colonnello Moroder zu.

»Ich bin Ispettore Giuseppe Marzoli.« Er wies zu den beiden anderen. »Meine Kollegin, Ispettrice Sabine Mauracher, und unsere Rechtsmedizinerin, Dottoressa Claudia Paci. Der Vice Questore hat mich vom Frühstück mit meiner Familie abkommandiert. Haben Sie Familie, Colonnello? Was zur Hölle ist hier los?«

»Ich habe eine Frau und vier Kinder«, erklärte Moroder, »und hatte meinem Jüngsten versprochen, beim ersten Schnee mit ihm auf den Passo Tre Croci zu fahren und einen Schneemann zu bauen. Sie sehen also, Ispettore, nicht nur Ihre Wochenendpläne wurden durchkreuzt.«

Dann informierte er die Bozener über die Geschehnisse auf dem Lagazuoi und erkundigte sich, ob Commissario Bellini jemals Drohungen gegenüber den angeblichen Vergewaltigern von Silvia Mur aus Klobenstein ausgesprochen hatte.

Marzoli hob abwehrend die Hände. »Was heißt Drohungen? Er hat sich aufgeregt, ja. Aber wir auch. Silvia Mur ist ein einziges seelisches Wrack, es ist unwahrscheinlich, dass sie sich eine solche Geschichte ausgedacht hat.«

»Hat er oder hat er nicht?«, beharrte Moroder.

»Das hat doch keinen Zweck. Früher oder später kommt es raus«, schaltete sich Mauracher ein und gab zu, dass Bellini mehrfach ausfallend geworden war und wüste Beschimpfungen und Drohungen von sich gegeben hatte. »Aber wer vier eiskalte Morde plant, ist doch wohl kaum so blöd, sie vorher vor seinen Kollegen und in einem gut besuchten Restaurant lauthals anzukündigen, oder?«

»Das werden wir sehen«, meinte Moroder und zeigte den Bozenern die SMS. »Erkennen Sie seine Nummer?«, fragte er.

Marzoli und Mauracher starrten auf Karl Lahntalers Handy.
»Das gibt es doch nicht«, stammelte der Ispettore.
»Anscheinend doch«, bemerkte Moroder trocken.
»Aber das heißt doch gar nichts«, protestierte Marzoli.
»Das sehe ich anders«, entgegnete der Colonnello mit gespitzten Lippen. »Das heißt, dass mit dem Handy von Commissario Bellini diese beiden gleichlautenden SMS verschickt wurden, welche die Techniker sicherlich auch auf den beiden beschädigten Geräten finden werden. Zur mutmaßlichen Tatzeit, wohlgemerkt. Die Opfer wurden nach zweiundzwanzig Uhr nicht mehr gesehen. Ist Ihnen etwas über diese angeblichen neuen Beweise bekannt?«
Marzoli schüttelte den Kopf. Er starrte auf das Handy und las die SMS wieder und wieder. »Das hat nie und nimmer Bellini geschrieben. Das ist nicht sein Stil«, beteuerte er schließlich. Paci stimmte ihm zu, während Mauracher schwieg.
»Vincenzo Bellini ist nicht bei sich zu Hause«, stellte Moroder fest. »Wissen Sie, wo er sich gerade aufhält?«
Als die Bozener einen Blick wechselten, wusste Moroder ihn zu deuten und wies sie darauf hin, dass sie keine relevanten Informationen zurückhalten durften.
»Scheiße«, entfuhr es Marzoli.
»Und was für eine«, meinte auch Paci.
Mauracher wandte sich an den Colonnello. »Bellini ist meines Wissens in Cortina d'Ampezzo, in der Wohnung eines Freundes. Von Hans Valentin, er ist Bergführer.«
»Gut.« Moroder bedeutete dem Caterer, ihm und den Bozenern noch einen Kaffee zu bereiten. »Dann rufe ich jetzt den zuständigen Staatsanwalt, Dottore Varga, an, damit er die *nulla osta* für die Bergung der Leichen erteilt. Außerdem sage ich den Kollegen in Cortina Bescheid. Sie sollen Bellini verhaften und die Wohnung und seinen Wagen durchsuchen. Wollen Sie nach Cortina fahren, um an der Befragung Ihres Kollegen teilzunehmen? Hier sind Sie abkömmlich. Sie allerdings, Dottoressa, möchte ich bitten, vorher noch die Diagnose unseres Arztes zu bestätigen, damit wir die Leichen raufholen können.«

Er wandte sich an Leitner. »Die Sie dann bitte identifizieren müssten.«

Schweigend tranken sie ihren Kaffee. Nur Marzoli schüttelte immer wieder den Kopf und murmelte leise vor sich hin: »Das glaube ich einfach nicht.«

Dann verließen Mauracher und er die Hütte, und Moroder, seine Leute und Paci folgten ihnen. Die einen wandten sich nach links zur Bergstation, die anderen nach rechts, wo in einem Abgrund vier entstellte Leichen auf sie warteten.

27

Cortina d'Ampezzo, 17:05 Uhr

Vincenzo stand in der Küche und starrte in die Dämmerung. Was für ein Wetter! Schon am Morgen hatte es wie aus Eimern geschüttet, und seit zwei Stunden schneite es. Riesige nasse Flocken überzogen den Ort mit einem grauweißen Schimmer. Nirgendwo auf der Straße war ein Mensch zu sehen. Und kaum ein Auto. Cortina schien in den Winterschlaf gefallen zu sein. Keine Chance, draußen wenigstens ein paar Kilometer zu laufen. Dafür hätte er eine Schwimmweste gebraucht. Und dabei sehnte er sich nach Bewegung. Der gestrige Tag war wahnsinnig euphorisierend gewesen. Lange hatte er sich nicht mehr dermaßen gut gefühlt. Und befreit. Aber wie so oft nach solchen Erlebnissen war er heute, am darauffolgenden Morgen nach dem Aufwachen, psychisch abgestürzt. Die Erinnerung an das Hier und Jetzt hatte eingesetzt. An die fürchterlichen Ereignisse und an sein Leben, das ihm aus dem Ruder lief.

Nicht einmal einen nennenswerten Fall hatte er, in den er sich vertiefen hätte können, und war ans Haus gefesselt. Denn auch für morgen waren Dauerniederschläge vorhergesagt. Schneefallgrenze bei tausend Metern. Das bedeutete für Cortina Temperaturen um die null Grad und massenhaft feuchten Pappschnee, unter dessen Last Bäume umkippen würden. Der Wetterdienst hatte eine entsprechende Unwetterwarnung herausgegeben.

Mehrmals hatte er versucht, sich in sein Buch zu vertiefen. Ein spannender Endzeitthriller, in dem es um apokalyptische Terroranschläge ging, um Atomsprengköpfe und ein Virus. Sehr realistisch. Und zu seiner Stimmung passend. Trotzdem war es ihm nicht gelungen, sich auf die Handlung zu konzentrieren. Und das Fernsehprogramm langweilte ihn sowieso schon seit Langem. Davon abgesehen, dass er tagsüber niemals fernsah.

Also hatte er dem Regen getrotzt und war wenigstens zu dem kleinen Laden an der Hauptstraße gegangen, um sich ein paar Illustrierte zu kaufen. Das einzige Geschäft, das an diesem tristen Sonntag geöffnet hatte. Der Verkäufer war mürrisch gewesen, hatte nicht einmal gegrüßt. Aber Vincenzo konnte sich auch vorstellen, wie er selbst gewirkt hatte. Wahrscheinlich war dem armen Kerl bei seinem Anblick jede Lust auf Freundlichkeit vergangen.

Als er nach nur zehn Minuten zurückgekommen war, war er bis auf die Knochen durchnässt gewesen. Er hatte sich eine halbe Stunde unter die heiße Dusche gestellt und sich dann mit einem heißen Kakao und den Zeitschriften auf Valentins gemütliches Sofa gekuschelt. Doch auch die Berichte über die schönsten Bergtouren der Alpen konnten ihn nicht auf andere Gedanken bringen. Die Stille hatte ihn förmlich angeschrien. Am liebsten hätte er seine Sachen gepackt und wäre nach Hause gefahren. Doch was erwartete ihn dort? Genau dasselbe!

Jetzt stand er also am Fenster und war fast so weit, Gianna anzurufen. Einzig die Tatsache, dass er das dämliche Handy noch immer nicht gefunden hatte, hielt ihn davon ab. Er konnte sich nicht erinnern, wo er das Ding hingetan hatte. Aber im Grunde war er dankbar für sein Verschwinden. Denn ein Anruf bei Gianna war so ziemlich die dümmste Idee, die es gab. Wahrscheinlich lag sie mit Lorenzo di Angelo, ihrem väterlichen Anwaltskollegen, den sie demnächst zu ehelichen gedachte, im Bett. Gianna war im September vierzig geworden, di Angelo war fünfundfünfzig! Was wollte sie von so einem altersschwachen Greis? Klar, er besaß die Aura des Erfolgs. Das Charisma eines Mannes von Welt. Attribute, die er nicht vorweisen konnte. Und dennoch hegte Bellini keinen Zweifel, dass ihr Entführer sie erst in di Angelos Arme getrieben hatte. Wahrscheinlich hatte sie instinktiv nach dem Gefühl von Sicherheit gesucht, das der souveräne und väterliche Anwalt mit der tiefen Stimme ihr vermitteln konnte.

Bei der Erinnerung daran, wie zärtlich Gianna ihn immer »mein schöner Kommissar« genannt hatte, überkam ihn ein

Anflug von Trauer. Er sehnte sich nach ihr. Ganz bestimmt hätte er sich irgendwann für sie nach Mailand versetzen lassen. Vielleicht hätte er sogar seinen Beruf an den Nagel gehängt, Kinder mit ihr bekommen und sich um den Nachwuchs und den Haushalt gekümmert, während sie Karriere als Anwältin machte. Warum auch nicht? Wer sagte denn, dass immer der Mann der Verdiener sein musste? Eine Anwältin, zumal mit eigener Kanzlei, brachte mehr Geld nach Hause als ein Commissario. Er schalt sich für seine Gedanken. Es würde für ihn nie ein Leben mit Gianna geben. Der Zug war abgefahren. Für alle Zeiten. Es konnte nur einen Blick geben: nach vorn.

Vincenzo beobachtete kopfschüttelnd, wie sein Alfa, der am Straßenrand unter einer Laterne stand, unter einer dicken Schneedecke verschwand. Das waren mindestens schon zehn Zentimeter. Und trotzdem zeigte das Thermometer ein Grad plus. Wenn das so weiterging, war das Ende der großen Linde im Garten des Nachbarn, die ihre Äste schon jetzt verdächtig hängen ließ, so gut wie besiegelt.

Plötzlich näherten sich von der Hauptstraße her Scheinwerfer. Also war doch noch jemand trotz des Wetters unterwegs. Sicherlich ein Anwohner, denn Hans' Wohnung befand sich in einer steilen Sackgasse. Die Scheinwerfer blendeten ihn, der Fahrer war viel zu schnell für die Straßenverhältnisse. Ihm folgte ein zweiter Wagen, und beide blieben auf Höhe seines Alfa stehen.

Instinktiv wich Vincenzo ein Stück hinter den rostfarbenen Fenstervorhang zurück. Die Türen beider Wagen öffneten sich zeitgleich, und aus jedem sprangen drei Uniformierte. Carabinieri. Die Besatzung des einen Wagens lief die Straße weiter hinauf. Wollten die etwa zu ihm? Die anderen Beamten machten sich an seinem Alfa zu schaffen. Perplex musste er mitansehen, wie sie versuchten, Türen und Kofferraum zu öffnen.

Vincenzo rannte in den Flur und riss seine Jacke vom Haken. Es bestand dringender Klärungsbedarf! Es konnte sich nur um einen Irrtum handeln. Er hatte die Klinke schon in der Hand, als es klingelte. Umso besser. Dann konnte er das

Missverständnis gleich hier aus der Welt schaffen. Im Warmen und Trockenen. Er drückte den Türöffner, und Schritte kamen die Treppe zu ihm in den zweiten Stock hinauf.

Der erste Beamte richtete seine Dienstwaffe auf Vincenzo, als er ihn erblickte, blieb stehen und brüllte: »Langsam aus der Wohnung treten! Umdrehen, Gesicht zur Wand! Hände hinter dem Kopf verschränken und Beine auseinander! Andere Bewegungen will ich nicht sehen, *capito*?«

Missverständnis hin oder her, so redete kein Kollege mit ihm! Das würde ein Nachspiel haben. Dennoch folgte Vincenzo den Anweisungen des Polizisten. Denn er wusste, was geschehen würde, täte er es nicht.

Nur Augenblicke später sah er aus dem Augenwinkel, wie zwei Beamte in Hans Valentins Wohnung stürmten, während der dritte, offensichtlich der Anführer der Truppe, ihn von oben bis unten abtastete. »Keine Bewegung, Freundchen«, zischte er.

»Was soll das?«, protestierte Vincenzo, doch der Mann befahl ihm, den Mund zu halten.

Erst nachdem er sich vergewissert hatte, dass Vincenzo nicht bewaffnet war, trat er zurück und bedeutete ihm, sich nicht zu rühren.

»Clean«, meldete einer der beiden Polizisten, die die Wohnung gestürmt hatten.

Der Anführer packte Vincenzo unsanft am Arm, legte ihm Handschellen an und schob ihn vor sich her in den Flur. Vincenzo wusste nicht, wie ihm geschah. Ein unbestimmtes Gefühl, dass das kein Missverständnis war, wurde immer lauter. Holte ihn jetzt seine Vergangenheit ein?

Der Carabiniere, ein Maggiore, führte ihn ins Wohnzimmer und wies ihn an, sich in den Sessel zwischen Glastisch und Wand zu setzen, sodass er keine Fluchtmöglichkeit hatte.

»Ich wiederhole meine Frage: Was soll das?«, blaffte Vincenzo, der zunehmend wütender wurde. Diese Behandlung war durch nichts zu rechtfertigen. »Außerdem fände ich es angemessen, sich zumindest vorzustellen. Oder lernt man so etwas in Cortina d'Ampezzo nicht?«

»Wo sind Ihr Handy und Ihre Dienstwaffe?«

Daher wehte also der Wind. »Warum wollen Sie das wissen?«

»Haben Sie immer noch nicht begriffen, dass ich hier die Fragen stelle? Also?«

»Keine Ahnung. Im Wagen vielleicht?«, riet Vincenzo.

»Was, bitte schön, macht Ihre Waffe in Ihrem Auto?«

»Vielleicht habe ich sie vergessen.«

»Vergessen? Einfach so?«

»Ein Fehler, ich weiß. Kommt nicht wieder vor. Wenn sie überhaupt dort ist!«

»Wagenschlüssel?«

»In der Jacke im Gang.«

Der Maggiore lief in den Flur, fand den Schlüssel, gab ihn einem seiner Kollegen und befahl ihm, Vincenzos Aussage zu überprüfen. Es dauerte keine zehn Minuten, bis die Carabinieri Hans Valentins Wohnung wieder betraten und, jeweils in einer Beweismitteltüte, Vincenzos Handy und Dienstwaffe auf den Glastisch legten.

»Und?«, fragte der Maggiore.

»Mit der Waffe wurde geschossen. Und wir haben die gesendeten Textnachrichten auf dem Handy gecheckt. Derselbe Wortlaut, den Moroder uns genannt hat. An alle vier. Und ein Chat eines Messenger-Anbieters mit einem gewissen Guido.«

»Dachte ich's mir doch«, bemerkte der Maggiore. »Gibt es mehr zu diesem Guido?«

Der Polizist, ein Maresciallo, öffnete die App. »Vor drei Tagen, um zehn Uhr dreizehn, schrieb Guido: ›Was war am 15. Januar?‹ Darauf Bellini: ›Mein Geburtstag, warum?‹ Dann wieder Guido: ›Da bist du vierzig geworden, du Affe.‹ Darauf Bellini: ›Das weiß ich selbst! Was soll das?‹ Guido: ›Und? Habe ich dir gratuliert?‹ Bellini: ›Natürlich. Scheiße!‹ Guido: ›Penner!‹ Und dann noch einmal Bellini: ›Holen wir nach, okay?‹ Und zuletzt noch einmal Guido: ›Wird aber teuer. Sehr teuer!‹«

Vincenzo erklärte den Beamten, dass es sich bei Guido um einen alten Schulfreund handele, der jetzt mit seiner Frau in Süddeutschland lebe. Er sei dort Professor an einer Uni, und er, Vincenzo, habe seinen Geburtstag zum wiederholten Mal vergessen.

»Und die anderen SMS?« Der Maggiore kratzte sich am Kopf.

»Würden Sie mich wohl endlich aufklären, wovon Sie sprechen?« Vincenzos Stimme bebte vor Wut und Verunsicherung.

Der Anführer wandte sich an den Maresciallo, ohne auf Bellinis Frage einzugehen. »Sonst noch was?«

»Auf den ersten Blick nicht. Aber auf den Wagen setzen wir noch heute die Spusi an. Dann wissen wir mehr.«

»Okay, fahren wir. Ihr drei«, er wies auf die Besatzung des anderen Streifenwagens, »bleibt hier und wartet, bis die Kollegen von der Spurensicherung eintreffen. Die sind schon unterwegs.« Dann bedeutete er Vincenzo aufzustehen, klärte ihn über seine Rechte auf und machte ihm klar, dass er des vierfachen Mordes verdächtigt werde und deshalb jetzt mit aufs Revier kommen müsse. Er habe das Recht auf einen Anwalt.

Vincenzo starrte ihn an. »Vierfacher Mord? Ich? Sind Sie irrsinnig, Mann? Wissen Sie eigentlich, mit wem Sie es zu tun haben? Und wen soll ich überhaupt umgebracht haben?«

»Das klären wir alles auf dem Revier. Dort können Sie auch Ihren Anwalt anrufen. Und jetzt kommen Sie.« Er packte Vincenzo und führte ihn aus der Wohnung.

Wegen der Handschellen konnte der Commissario nicht einmal seine Jacke anziehen. Er wurde über die Straße bugsiert und in einen der Streifenwagen verfrachtet und hoffte, dass niemand der Anwohner etwas davon mitbekam. Was für eine Schande. Er in Handschellen! Was war nur schiefgelaufen?

***

Comando Compagnia Carabinieri, Cortina d'Ampezzo, 18:20 Uhr

Seit fast einer Stunde saß Vincenzo in dem kargen Verhörraum an einem hässlichen Tisch aus Kunststoff auf einem ebenso hässlichen, dazu auch noch reichlich unbequemen Kunststoffstuhl und wartete darauf, dass es weiterging. Immerhin hatte man ihm Wasser gebracht. In einem Plastikbecher. Maggiore Mauro Quintarelli, der sich inzwischen wenigstens vorgestellt hatte, hatte ihn geradewegs in diesen Raum führen lassen und angekündigt, dass ihn demnächst jemand befragen werde. Er könne jetzt seinen Anwalt anrufen.

Darauf hätte Vincenzo gern verzichtet. Warum ein Anwalt? Aber er kannte die Regeln. Ohne Anwalt keine Befragung. Nur für einen flüchtigen Augenblick hatte er Gianna in Erwägung gezogen, sich dann aber sofort eines Besseren besonnen und sich einen Pflichtverteidiger zuweisen lassen, der nun schweigend neben ihm saß.

Endlich vernahm er Stimmen auf dem Flur. Eher ein Stimmengewirr. Dann ging die Tür auf, und vier Personen betraten den Raum. Der Maggiore, ein Maresciallo und Marzoli und Mauracher! Vincenzo sprang auf. Er hatte das Bedürfnis, seine Kollegen, mit denen er nicht gerechnet hatte, zu umarmen. »Ich bin ja so froh –«

»Sofort wieder setzen!«, befahl Quintarelli streng.

Vincenzo fühlte sich von dessen Ton zunehmend provoziert. So ein arroganter Affe! Es bereitete ihm wohl Spaß, einen hochdekorierten Commissario durch die Mangel drehen zu können. Er blickte zu seinen Bozener Kollegen, die schwiegen und betreten zu Boden blickten. Vincenzos Gefühl, dass sich etwas gegen ihn zusammenbraute, wurde stärker.

Er saß an einer der Längsseiten des Tisches. Der Maggiore und der Maresciallo nahmen ihm gegenüber Platz, Mauracher und Marzoli jeweils an einer der Querseiten. Der Maggiore erklärte den Ablauf des Verhörs, der Maresciallo hielt einen Füllfederhalter in der Hand, der über einem Notizblock schwebte. Quintarelli startete das Tonbandgerät, das er mitgebracht hatte, und nannte die Anwesenden mit Namen und Dienstgrad, bevor er seine erste Frage stellte: »Commissario Bellini, wo waren Sie gestern Abend zwischen zwanzig Uhr und Mitternacht?«

»Um zwanzig Uhr war ich noch unterwegs. Ich habe eine anspruchsvolle Bergtour auf den Monte Cristallo gemacht. Gegen zweiundzwanzig Uhr war ich wieder am Auto, das hatte ich auf dem Passo Tre Croci abgestellt. Von da aus bin ich nach Cortina gefahren. Es hat extrem geschneit, ich war froh, überhaupt noch wegzukommen.«

»Allein?«

»Sie meinen, ob ich die Tour allein gegangen bin?«

»Ja.«

»Ja.«

Quintarelli erkundigte sich mit einem spöttischen Grinsen, ob er denn gern allein gefährliche Bergtouren in der Dunkelheit und bei einem Schneesturm unternehme, und Vincenzo erwiderte, dass er solche extremen Erfahrungen manchmal brauche, wenn er psychisch down war.

Der Maggiore zog eine Augenbraue in die Höhe. »Sie waren *psychisch down*? Warum?«

Vincenzo winkte ab. »Aus verschiedenen Gründen.«

»War einer davon vielleicht die Tatsache, dass vier Männer, die nach Ihrer Überzeugung eine Frau vergewaltigt haben, aus Mangel an Beweisen nicht angeklagt wurden?«

Vincenzo wollte zu einer Antwort ansetzen, nahm aber aus dem Augenwinkel das angedeutete Kopfschütteln seines Anwalts wahr. »Nein«, log er.

Quintarelli schnaubte verächtlich durch die Nase. »Kann jemand Ihre einsame Tour bezeugen?«

Der Commissario musste die Frage verneinen, verwies aber auf die extremen Wetterbedingungen.

Der Maggiore konfrontierte Vincenzo nun mit dem Vorwurf des vierfachen Mordes. An Roberto Dissertori, Karl Lahntaler, Andreas Wieser und Simon Bacher. Auf dem Lagazuoi erschossen mit Bellinis Dienstwaffe und anschließend nacheinander in einen Abgrund geworfen. »Wie Müll«, ergänzte Quintarelli mit finsterer Miene.

Vincenzo hatte mit offenem Mund zugehört. Als der Maggiore ihn aufforderte, zu den Vorwürfen Stellung zu nehmen, blickte er hilfesuchend zu Marzoli und Mauracher, die seinem Blick jedoch noch immer auswichen. Sein Anwalt setzte an, sich zu äußern, doch nun schüttelte Bellini den Kopf. Nicht jetzt. Schließlich beteuerte er, nicht das Geringste mit diesen Morden zu tun zu haben, und verlangte konkrete Beweise.

Sein Anwalt nickte zustimmend.

»Ist das Ihr Handy?«, fragte Quintarelli und legte ihm die entsprechende Beweismitteltüte vor.

Vincenzo blickte nur kurz darauf. »Das wissen Sie doch«, entgegnete er mürrisch.

Der Maggiore rief durch den Plastikschutz den SMS-Ausgang auf und schob das Telefon wieder ihm entgegen. »Kommt Ihnen die bekannt vor?«

Diesmal blickte Vincenzo länger auf das Display und las stirnrunzelnd die Nachricht:

Wir haben neue Beweise. Jetzt sind Sie fällig. Ich gebe Ihnen die Chance, als Kronzeuge zu fungieren. Ich bin hier. Kommen Sie sofort raus. Ich gebe Ihnen zwei Minuten, dann bekommt ein anderer die Chance. Und kein Wort zu Ihren Kollegen!

»Das habe ich nicht geschrieben.« Vincenzo stieß sein Handy energisch zu Quintarelli zurück. Der Anwalt nickte wieder.

»Und wahrscheinlich haben Sie auch nicht mit dieser Waffe geschossen, oder?«, fragte der Maggiore und konfrontierte Vincenzo mit der nächsten Beweismitteltüte. »Oder hat die Beretta, die wir in Ihrem Auto sichergestellt haben, Ihnen etwa jemand untergeschoben?«

Vincenzos Anwalt wollte das Wort ergreifen, doch der Commissario kam ihm zuvor. »Nein, das ist meine Waffe. Aber ich weiß nicht, wann ich das letzte Mal mit ihr geschossen habe. Wahrscheinlich im Sommer. Auf dem Schießstand beim Training.«

Der Maggiore setzte ihn darüber in Kenntnis, dass aus ebenjener Waffe vor Kurzem vier Schüsse abgegeben worden waren und jedes der vier Opfer durch einen gezielten Herzschuss getötet worden war, nachdem alle Männer unmittelbar vor ihrem

Tod dieselbe SMS von Bellini bekommen hatten. »Vorbehaltlich der Ergebnisse der Spurensicherung und der Rechtsmedizinerin wirkt das wie der Rachefeldzug eines frustrierten Polizisten«, resümierte der Maggiore. »Und nachdem Ihre Kollegen so ehrlich waren zuzugeben, dass Sie mehrfach damit gedroht haben, diese vier Opfer aus dem Weg zu räumen, würde ich sagen, dass es nicht gut für Sie aussieht. Es sei denn, Zeugen können bestätigen, dass Sie gestern Abend nicht auf dem Lagazuoi waren.«

Vincenzos Anwalt hatte aufgegeben und starrte an die Decke.

»Das ist eine einzige Farce.« Der Commissario schüttelte den Kopf. »Sie glauben mir nicht, dass ich auf dem Monte Cristallo gewesen bin, aber dass ich auf dem Lagazuoi war, ebenfalls ein Dreitausender, das halten Sie für möglich?«

Quintarelli ermahnte Vincenzo zur Besonnenheit. »Den Lagazuoi mache auch ich locker bei Schnee und Sturm«, gab er eine Einschätzung seiner bergsteigerischen Fähigkeiten zum Besten. »Aber auf den Monte Cristallo wage ich mich nur bei absolut sicheren Wetterbedingungen und bei Tageslicht – und auf keinen Fall allein!«

»Hah!«, stieß Vincenzo so laut hervor, dass Quintarelli und der Anwalt erschrocken auf ihren Stühlen zurückwichen.

»Was ist?«, fragte der Maggiore.

»Das ist doch eine glasklare Angelegenheit«, antwortete Vincenzo triumphierend. »Das Monster von Bozen! Das ist exakt sein Stil.«

»Wie bitte?« Quintarellis selbstbewusste Fassade zeigte erste Risse, während Vincenzos Anwalt resigniert die Schultern sinken ließ.

Schließlich schaltete sich Marzoli ein und erklärte an Vincenzos statt, wer das Monster von Bozen sei und warum der Commissario glaube, dass es sich an ihm rächen wolle.

Als sein Kollege ihm einen beschwörenden Blick zuwarf, verstand Vincenzo die Geste, erwähnte aber dennoch die beiden – seiner Meinung nach – Einbrüche in seine Wohnung.

Ein Fehler, denn Quintarellis Mund verzog sich zu einem hämischen Grinsen. »Ich kenne die Berichte über den Psychopathen. Aber dass er bei Ihnen eingebrochen ist, um Ihren Kühlschrank aufzufüllen, halte ich, gelinde gesagt, für totalen Schwachsinn.«

»Aber das Rasierwasser im Bad und –«

»Stopp«, befahl der Maggiore mit erhobener Hand. »Das reicht. Ich denke, Sie wissen nur zu gut, was es heißt, wenn jemand mit einer Waffe erschossen wird, die ein angesehener Commissario in seinem Wagen *vergessen* hat?«

Vincenzo sackte auf seinem Stuhl zusammen.

Quintarelli fuhr fort, dass Dottore Varga die Ermittlungen vorerst bei den Carabinieri der Compagnia di Cortina d'Ampezzo belassen, aber die Polizia di Stato in Bozen um Unterstützung bitten werde. »Unser Colonnello hat ein gutes Arbeitsverhältnis zu Ihrem Vice Questore, Commissario. Mit etwas Glück werden Sie schon bald nach Bozen verlegt. Besser als nichts.«

Er trug dem Maresciallo auf, Vincenzo in eine Zelle zu bringen, als die Tür aufsprang und einer der Polizisten, die in Hans Valentins Wohnung geblieben waren, in den Raum stürmte und seinem Vorgesetzten etwas ins Ohr flüsterte.

»Die Luft wird immer dünner für Sie, Bellini«, wandte sich Quintarelli anschließend an den Commissario. »Meine Leute haben auf Ihrer Jacke Blut gefunden. Können Sie mir erklären, woher das stammt?«

»Ich habe mir im Dunkeln an einem Felsüberhang die Schulter gestoßen.«

»Würde es Ihnen etwas ausmachen, uns Ihre Schulter zu zeigen?«

»Nicht im Geringsten.« Vincenzo stand auf und streifte sich seinen Pullover über den Kopf.

Mauracher musterte ihn neugierig und sah wie der Maggiore und der frustrierte Anwalt ein großes Pflaster auf Vincenzos Schulter, das dieser an einer Seite abzog. Darunter kam eine frische Wunde zum Vorschein.

»Reicht das?«, fragte er.
»Wir werden sehen«, antwortete Quintarelli kryptisch.

***

»Halten Sie ihn allen Ernstes für einen Mörder?«, wollte Marzoli wissen.

Nach Vincenzos erster Befragung hatte Maggiore Quintarelli Mauracher und Marzoli in sein Büro gebeten. Für ein informelles *Gespräch* unter sechs Augen. Doch an einem Sonntag war die Station generell nur dünn besetzt.

»Es geht nicht um meine persönliche Meinung«, beteuerte der Maggiore, »wir müssen einen vierfachen Mord aufklären. Ich kann die Frage also nur an Sie zurückgeben: Trauen Sie Ihrem Commissario das zu?«

Das Schweigen, das folgte, war beredt genug, um dem Maggiore als Antwort zu dienen. »Sehen Sie«, sagte er, »sogar Sie als seine engsten Kollegen sind von seiner Unschuld nicht überzeugt. Weil Sie als Polizisten erkennen, dass nichts für Bellini spricht.«

Mauracher schluckte. Sie hatte Vincenzos dunkle Seite nach Giannas Entführung selbst kennengelernt. Seinen brachialen Zerstörungswillen. Und die Bereitschaft, bis zum Äußersten zu gehen. Für Gianna hätte er den Tod in Kauf genommen. Wie weit würde er also gehen, um eine Frau zu rächen, deren Schicksal er, Sinnhaftigkeit hin oder her, mit dem von Gianna verknüpfte? Sie hatte ihm schon als Polizeianwärterin so ziemlich alles zugetraut. Sofern er hinreichend gereizt wurde. Und nun saß sie hier, in dem Touristenort, wovon bei dem Sturm nichts zu spüren war, und musste sich zu der Frage äußern, ob sie ihm einen vierfachen Mord zutraute. Was für eine Scheiße! Ja, sie traute ihn ihm zu.

»Im Unterschied zu Ihnen kennen wir Vincenzo Bellini wirklich«, sagte sie zu Quintarelli. »Vielleicht haben Sie recht, und er wäre zu so einer Tat fähig. Aber – und das ist der springende Punkt – er würde sie niemals begehen. Soll ich Ihnen auch sagen, warum nicht?«

Der Maggiore nickte.

»Weil er die Konsequenzen kennt. Nie würde er für solche Typen in den Knast gehen. Ich werde Ihnen jetzt eine viel näherliegende Frage stellen: Glauben Sie, Bellini wäre so dämlich, vier Menschen von seinem Handy Nachrichten zu schicken und sie mit seiner Dienstwaffe zu erschießen, nur um dann beides in seinem Auto zu vergessen?«

»Meine Kollegin hat recht«, sagte Marzoli. »Der Commissario ist kein Mörder, und wir sollten alles tun, um Beweise für seine Tour auf den Monte Cristallo zu finden. Bellini ist ein Draufgänger und ein erfahrener Bergsteiger, es ist möglich, dass er die Wahrheit sagt.«

Quintarelli stützte das Kinn in seine Hände. »Sicherlich werden wir alles tun, um Bellini zu entlasten, falls er, entgegen der eindeutigen Beweislage, unschuldig ist. Allerdings könnte er auch absichtlich sein Handy und seine Waffe benutzt und dann im Wagen liegen gelassen haben. Weil er darauf vertraut, dass wir glauben, er wäre niemals so dämlich.«

28

Bozen, 2. Dezember

Giuseppe Marzoli stand am Fenster seines Büros und starrte auf die regennasse Largo Giovanni Palatucci. Sie war wie leer gefegt. Aber bei dem Wetter scheuchte man noch nicht einmal seinen Hund auf die Straße. Als sie gestern nach Vincenzos Befragung über den Passo di Falzarego gefahren waren, wären sie um ein Haar im Schnee stecken geblieben. Inzwischen war der Pass geschlossen. Wenn der Wetterbericht recht behielt, würde das bis Mittwoch so weitergehen. Nicht, dass Marzoli sich für gewöhnlich über das Wetter aufregte, in Südtirol konnte man sich wahrlich nicht über zu wenig Sonne beklagen, aber jetzt drückte dieses fiese nasse Grau seine bereits gedämpfte Stimmung noch zusätzlich. Und dann hatte er soeben auch noch die Ergebnisse der Spurensicherung erhalten.

Es gab genau einen Punkt, der Vincenzo entlastete: das Blut auf seinem Mantel. Denn das stammte von ihm. Aber das war es auch schon. Der Rest: eine einzige Katastrophe. Die Opfer waren mit seiner Waffe erschossen worden, in deren Magazin vier Patronen fehlten. Und sowohl auf der Beretta als auch auf Vincenzos Handy hatten sich ausschließlich seine Fingerabdrücke befunden. Außerdem gab es keinen einzigen Zeugen für seine Tour auf den Monte Cristallo. Dabei hatte Quintarelli sogar eine ganze Armada an Polizisten durch die Nachbarschaft von Hans Valentins Wohnung geschickt, und auch auf dem Passo Tre Croci hatten die Beamten nach Spuren gesucht. Nach irgendetwas, das Vincenzo verloren hatte und sich ihm eindeutig zuordnen ließ. Aber nichts. Absolut nichts. Das sah schlecht aus für ihn.

Die aktuelle Ausgabe der Zeitung hatte ihr Übriges zur Stimmung beigetragen. Fabiano Fasciani, der kettenrauchende Reporter, hatte einen ausführlichen Artikel über den vierfachen Mord auf dem Lagazuoi verfasst, betitelt mit der reißerischen

Schlagzeile: »Tod auf dem Lagazuoi!« Ebenso reißerisch war der Text, der sich las wie eine Wildwest-Geschichte. Dessen Hauptfigur Vincenzo war. Fasciani hatte kein Detail ausgelassen. Nicht die SMS, nicht die Schüsse aus der Dienstwaffe, nicht die grausam entstellten Opfer. Und hatte Vincenzo zudem als eiskalten Mörder bezeichnet. Mit einem Fragezeichen dahinter, aber das machte die Sache nicht wirklich besser.

Marzoli überlegte. Konnte die Questura dagegen vorgehen? Aber würde das etwas nützen? Gelesen war gelesen. Ihn interessierte viel mehr, woher Fasciani die Informationen hatte. Denn sowohl Baroncini als auch die Carabinieri in Cortina d'Ampezzo waren sich einig gewesen, die Presse vorläufig aus der Sache herauszuhalten. Hatte jemand von Leitner vielleicht bei der Zeitung angerufen?

Die Tür schwang auf, und eine sichtbar schlecht gelaunte Sabine Mauracher kam herein und fläzte sich auf den Besucherstuhl. »Ich habe mir gerade den Bericht aus Cortina durchgelesen. So eine gottverdammte Scheiße!«

Typisch Sabine. Sie brachte es stets auf den Punkt. Er lächelte traurig. »Und wir können nichts machen. Im Gegenteil, wir werden gegen Vincenzo ermitteln müssen.«

Sie nickte. »Leider. Aber eine gute Nachricht gibt es trotzdem.« Sie erzählte, dass ihr der Vice Questore über den Weg gelaufen sei, der zu berichten gewusst habe, dass Bellini schon bald nach Bozen verlegt werde. »Quintarelli hat den Staatsanwalt darum gebeten. Wie es aussieht, ist der Maggiore Vincenzo wohlgesonnen. Baroncini hat angedeutet, dass er zunächst in Untersuchungshaft kommt, aber wahrscheinlich schon am Wochenende unter Hausarrest gestellt wird.«

Marzoli presste die Lippen aufeinander. Was sagte es über Vincenzos Situation aus, dass ein Hausarrest eine gute Nachricht war? Außerdem ließ ihn ein niederschmetternder Gedanke einfach nicht mehr los. »Du hältst ihn doch für unschuldig, Sabine, oder?«

Sie zuckte mit den Achseln. »Ehrlich? Ich weiß es nicht. Wenn er es nicht war, muss der wahre Täter ein Genie sein.«

Sie hatte recht. Das war der springende Punkt.

»Wir wissen, dass unser Monster ein Genie ist. Aber selbst ein Genie stößt irgendwann an seine Grenzen. Wie soll jemand Waffe und Handy gestohlen, beides mit auf den Lagazuoi genommen und hinterher wieder in Vincenzos Auto gelegt haben? Und das, ohne von irgendwem gesehen worden zu sein?«

Mauracher stimmte ihrem Kollegen zähneknirschend zu. Vielleicht hatte Vincenzo zu spät mit der Therapie begonnen. Als der Wahnsinn seine Seele bereits in Beschlag genommen hatte. Auch unvorstellbar, aber die einzig logische Erklärung. Sie würden gegen Vincenzo Bellini ermitteln müssen. Ihn verhören, seine Wohnung auf den Kopf stellen, Beweise suchen müssen. Nicht um seine Unschuld, sondern um seine Schuld zu beweisen. »Das ist meine schwärzeste Stunde bei der Polizia di Stato«, sagte sie und wischte sich verstohlen eine Träne von der Wange.

***

Klobenstein

Seine Frau war erst mittags aufgestanden. Wieder war sie von Alpträumen heimgesucht worden, die sie um ihren Schlaf gebracht hatten. Also hatte er sich um die Kinder gekümmert. Er hatte lange überlegt, ob er ihr die Zeitung geben oder ihr mit eigenen Worten schildern sollte, was geschehen war. Und was er mit eigenen Augen noch vor wenigen Stunden gesehen hatte. Nie und nimmer hätte er gedacht, dass Bellini so dumm gewesen war, die Taten mit seiner Waffe zu begehen und vorher auch noch sein Handy zu benutzen. Um beides dann auch noch in seinem Wagen zu vergessen. Das passte nicht zu seinem präzisen und bestens geplanten Vorgehen auf dem Lagazuoi. Alexander Mur hatte sich gewünscht, dass Bellini niemals auffliegen würde. Der Mann war für ihn ein Held. Sollte er für seine Tat tatsächlich ins Gefängnis müssen, würde er ihn regelmäßig besuchen und ihm Trost spenden.

In diesem Augenblick griff Silvia nach der Zeitung, die er nach langem Überlegen auf den kleinen Tisch neben dem Sofa gelegt hatte. Sie schlug sie auf, und plötzlich versteifte sich ihr Oberkörper. Zum ersten Mal seit der Tat, nach der sie nur noch mit hängenden Schultern durchs Leben ging. Sie betrachtete das große Bild vom Lagazuoi mit der Schlagzeile darüber, dann hob sie den Kopf. Fassungslosigkeit in ihrem Blick. Sie blätterte weiter und vertiefte sich in den ausführlichen Bericht des Journalisten Fabiano Fasciani. Er beobachtete sie. Und wartete.

Schließlich ließ sie die Zeitung sinken und sah ihm in die Augen. Zuletzt war sie seinem Blick nur noch ausgewichen, doch diesmal nicht. »Das ist unmöglich«, stammelte sie.

»Und ob das möglich ist. Erinnerst du dich nicht, wie sich Bellini aufgeregt hat, als klar war, dass er dir nicht helfen kann? Wie geht es dir damit?«

Sie sah zwischen der Zeitung und ihm hin und her. »Ich weiß es nicht«, sagte sie endlich.

Er hatte eine solche Reaktion erwartet. Die Neuigkeit musste sie erst einmal verdauen. Aber er war sich sicher, gleich würde sie die Erkenntnis treffen, dass ihre Peiniger nicht mehr unter den Lebenden weilten.

»Ich kann mich nicht darüber freuen, dass Menschen gestorben sind«, flüsterte sie.

»Natürlich darf man sich über ihren Tod nicht freuen«, gab er zu, »aber empfindest du keine Genugtuung?«

Sie schwieg. Ihre Kiefer mahlten. Sie schien angestrengt nachzudenken, bevor sie gestand, auch keine Genugtuung zu spüren. »Mir würde es besser gehen, wären sie in den Knast gewandert. Ich wollte nicht, dass jemand sie umbringt. Aber vielleicht ist das auch ein Irrtum. Nicht, dass sie tot sind, sondern dass Bellini es getan hat. Ich traue ihm so etwas nicht zu.«

»Ich schon.« Alexander Mur hatte seine Stimme erhoben. »Es ist ganz gewiss kein Irrtum!«

»Was macht dich so sicher?«, fragte sie verblüfft.

Ich Idiot, dachte er. Jetzt hatte er sich verplappert. Niemals sollte sie erfahren, dass ihr Mann ohne ihr Wissen auf dem Lagazuoi gewesen war, um die Hütte zu observieren. Mit seiner Waffe! Natürlich konnte er auch schweigen, aber besser war es wahrscheinlich, die Wahrheit zu sagen, diese aber an der einen oder anderen Stelle ein wenig zu ändern. Also erzählte er ihr, dass auch er auf dem Lagazuoi gewesen und Augenzeuge der Taten geworden sei. Er gab auch zu, die Hütte beobachtet zu haben, verschwieg aber seine Waffe. Und auch seine Mordgelüste.

Aber selbst diese Teil-Wahrheit genügte, um seine Frau zu schockieren. Sie starrte ihn an. »Du hast was?«, war alles, was sie herausbrachte.

Er wiederholte seinen Bericht und betonte, Bellini gesehen zu haben, sodass es an seiner Täterschaft keinen Zweifel gebe. »Du hättest mal sehen sollen, wie er die vier Männer geschultert und fortgetragen hat! Und den Dissertori hat er Mann gegen Mann besiegt. Der Commissario ist eine Killermaschine, aber so hatte ich ihn schon vorher eingeschätzt.«

»Ich nicht«, widersprach sie. »Ich halte ihn immer noch für sensibel, sentimental und ein wenig melancholisch. Er ist aufbrausend, temperamentvoll, ja. Aber garantiert keine Killermaschine.«

»Und trotzdem scheint er die Tat eiskalt geplant und ausgeführt zu haben.«

»Mit seinem Handy und seiner Waffe«, wiederholte sie kopfschüttelnd.

»Vielleicht wollte er geschnappt werden«, mutmaßte Alexander Mur. »Weil er wusste, dass das, was er tat, nicht rechtens ist.«

»Möglich. Jedenfalls musst du zur Polizei gehen!«

»Wie bitte?«

»Du bist ein Zeuge und weißt besser als ich, dass es auch eine Straftat ist, wenn du dein Wissen verschweigst.«

»Bellini hat das für dich getan! Ich kann ihn dafür doch nicht in die Pfanne hauen«, protestierte er, doch seine Frau gab ihm unmissverständlich zu verstehen, was sie von ihm erwartete.

»Gleich morgen fährst du zur Questura.«

»Aber ich habe einen Job in Brixen und muss früh aus dem Haus.«

»Keine Widerrede! Die Questura ist rund um die Uhr besetzt.«

Spätestens jetzt bereute es Alexander Mur, seiner Frau von seinem Ausflug erzählt zu haben.

29

Bozen, 3. Dezember

Giuseppe Marzolis Gesicht war wie versteinert. Er konnte kaum glauben, was er soeben gehört hatte. Wenn das stimmte, war Vincenzo endgültig geliefert. Wenn!

»Und Sie sind sich absolut sicher?«, fragte er nachdrücklich und in der Hoffnung, dass Alexander Mur seine Aussage revidieren würde.

Was er nicht tat. »Absolut. Ich habe alles mit meinen eigenen Augen gesehen und war nur wenige Meter vom Geschehen entfernt.«

»Und es war wirklich Bellini?«

Mur zuckte mit den Schultern. »Wer soll es sonst gewesen sein?«

Sofort horchte Marzoli auf. »Heißt das, dass Sie das Gesicht des Täters nicht gesehen haben?«

»Es war dunkel, und der Schneesturm tobte. Zudem hatte er eine Kapuze auf. Aber alles andere passte: die Größe, die Statur, selbst die Art, sich zu bewegen. Ich bin Personenschützer, wie Sie wissen, und als solcher darin geschult, Menschen zu identifizieren. Ich verstehe, dass Sie Ihren Kollegen schützen wollen, der meiner persönlichen Meinung nach eine Heldentat vollbracht hat. Aber selbst Helden stehen nicht über dem Gesetz. Deshalb bin ich zu Ihnen gekommen.«

Marzoli nickte gedankenverloren. Vor Gericht wäre die Aussage eines Personenschützers, der eine bessere Beobachtungsgabe als normale Menschen besaß, viel wert. Sie allein würde zwar nicht ausreichen, um Vincenzo hinter Gitter zu bringen, aber wäre als weiteres Teil in dem Beweispuzzle gegen ihn als überaus gefährlich einzustufen. Allein die Tatsache, dass es mit Mur überhaupt einen glaubwürdigen Augenzeugen gab.

Aber war er wirklich glaubwürdig? Oder zog er nur eine Show ab? Weil er vielleicht selbst geschossen hatte? Marzolis Tonfall veränderte sich. Er wurde härter. »Wieso waren Sie überhaupt am Tattag auf dem Lagazuoi?«

Mur schüttelte den Kopf. »Verdächtigen Sie jetzt etwa mich?« Er erzählte, er habe persönlich sehen wollen, wie die Vergewaltiger seiner Frau in aller Seelenruhe feierten, als wäre nichts geschehen.

»Klingt ein bisschen masochistisch, finden Sie nicht?« In Marzoli regte sich Misstrauen. Weil er Vincenzo trauen wollte.

»Was soll das heißen?«, fragte Mur erbost.

»Dass Sie bitte einen Moment hier sitzen bleiben. Ich bin gleich zurück.«

Ehe Mur etwas entgegnen konnte, war Marzoli auch schon aufgesprungen und auf den Flur gelaufen. Fünf Minuten später kam er mit zwei weiteren Beamten zurück: mit Commissario Benvenuto di Cesare und einem Protokollanten.

»Auch Sie haben ein handfestes Motiv«, führte Marzoli als Begründung an, warum er die Kollegen dazugeholt hatte. »Und jetzt wiederholen Sie bitte, was Sie mir eben erzählt haben.«

Mur starrte entgeistert von einem zum anderen. »Wollen Sie mich verarschen?«

»Keineswegs«, sagte Marzoli ruhig. »Besitzen Sie eine Dienstwaffe?«

Mur wollte zu einer Schimpftirade ansetzen, besann sich aber eines Besseren, um sich nicht noch verdächtiger zu machen. Er gab zu, eine Beretta 92 zu besitzen.

»Dasselbe Modell, das wir auch benutzen«, stellte Marzoli überrascht fest.

»Was Sie nicht sagen«, erwiderte Mur mürrisch.

»Und mit dem die vier Opfer auf dem Lagazuoi erschossen wurden. Ich muss Sie bitten, die Waffe in die Questura zu bringen. Außerdem werden Ihnen Fingerabdrücke abgenommen, ehe Sie gehen.«

Mur starrte Marzoli an, als hätte der den Verstand verloren. »Ich hätte niemals zu Ihnen kommen dürfen«, zischte er.

»Machen Sie sich keine Sorgen«, sagte di Cesare ruhig, »wenn Sie nichts mit der Sache zu tun haben, finden wir das schnell heraus. Zum Beispiel durch die Analyse der Waffe. Sie wird Aufschluss darüber liefern, ob mit ihr in jüngster Zeit geschossen wurde.«

Mur nickte. »Darüber mache ich mir auch keine Gedanken. Ich finde es nur unverschämt, mich auch nur ansatzweise zu verdächtigen. Die Beweislast gegen Ihren Kollegen ist erdrückend. Aber weil Sie das nicht wahrhaben wollen, greifen Sie nach jedem Strohhalm, der sich Ihnen bietet.«

»Ich drucke Ihre Aussage jetzt aus«, sagte Marzoli geistesabwesend. »Sie müssen sie dann noch unterschreiben. Wenn Sie unschuldig sind, ist es nicht unwahrscheinlich, dass Sie sie bei einem Prozess gegen Bellini wiederholen müssen.«

Mur nickte. »Ich kenne das Prozedere.«

Marzoli bedeutete dem Protokollführer, mit dem Zeugen in die Kriminaltechnik zu gehen, um dessen Fingerabdrücke zu nehmen, und verabschiedete sich von Mur.

Als sie allein waren, fragte di Cesare, ob Marzoli Mur ernsthaft verdächtige.

»Wir müssen jedem Hinweis nachgehen«, erwiderte Marzoli. »Mur hatte ein Motiv, die Mittel, vornehmlich seine Beretta, und die Gelegenheit. Er war zur Tatzeit auf dem Lagazuoi.«

Di Cesare nickte. »Würde mich aber wundern, weil schon feststeht, dass mit Bellinis Waffe geschossen wurde. Wir sehen uns dann später in der JVA.« Der Commissario stand auf und verließ das Büro.

Zurück blieb ein nachdenklicher Giuseppe Marzoli. War Alexander Mur wirklich verdächtig? War es richtig, ihn zu überprüfen, obwohl alle Indizien klar gegen Vincenzo sprachen?

Marzoli kannte die Antwort und hoffte, dass vielleicht auch mit Murs Waffe geschossen worden war. Am besten genau vier Mal. Noch immer hatte er keine Ahnung, wie er Vincenzo gegenübertreten sollte, wenn der im Laufe des Tages von Cortina d'Ampezzo in die JVA Bozen verlegt wurde. Doch eines war gewiss: Er würde Murs Besuch in der Questura erst erwähnen, wenn die Analyse seiner Fingerabdrücke und der Waffe abgeschlossen waren.

Marzoli war froh, dass der Vice Questore Benvenuto di Cesare und sein Team gebeten hatte, die Questura zu verstärken. Di Cesare, mit dem sie schon bei jenem unsäglichen Goldrausch-Fall in Bozen zusammengearbeitet hatten, war ein Elitesoldat und stets Herr der Lage. Ihn bei Vincenzos Befragung dabeizuhaben war ein Segen. Auch wenn Marzoli lange gebraucht hatte, um mit dem Muskelpaket warm zu werden.

***

JVA Bozen

Ispettore Marzoli trommelte mit den Fingern auf die Akte »Lagazuoi«. »Damit haben wir nun die gesamte Vorgeschichte aufgerollt. Von der Betriebsfeier in Kaltern im Sommer bis heute. Alles spricht gegen dich. Leider. Erzähl uns also noch einmal haargenau, was du am Samstag gemacht hast und wo du zur Tatzeit warst. Also zwischen einundzwanzig Uhr dreißig und zweiundzwanzig Uhr.«

Vincenzo verdrehte die Augen, wiederholte aber, was er bereits am Vortag bei den Carabinieri in Cortina d'Ampezzo ausgesagt hatte.

Ja, er habe seine Dienstwaffe mitgenommen. Nicht auf den Monte Cristallo, aber nach Cortina. Warum, könne er nicht sagen. Vielleicht eine Art Reflex. Weil er jederzeit befürchte, dass er plötzlich auf der Bildfläche erscheinen könnte. »Und wie ihr wisst, habe ich schon am Tag vor der Tat meine Waffe und mein Handy vermisst.«

»Geh bitte noch etwas genauer auf deine Route ein«, forderte ihn di Cesare auf. »Ich kenne die Tour zum Cristallo auch, und wenn du sie detailliert schildern kannst, ist das zumindest ein kleiner Beweis dafür, dass du sie erst kürzlich gegangen bist.«

»Meinetwegen. Gegen elf Uhr bin ich auf den Passo Tre Croci gefahren. Von Hans' Wohnung sind das sieben Kilometer. Im Sommer ist da die Hölle los, aber vorgestern vor dem Wettersturz war es dort gespenstisch ruhig. Mit ist keine Menschenseele begegnet. Zuerst bin ich das kurze Stück über die Forststraße nach Norden gegangen. Das ist der 203er-Weg. Dann nach rechts auf den 221er. An einem Schild vorbei, auf dem ›Col da Varda‹ steht. Über einige Serpentinen kommt man auf eine Wiese, hinter der sich der Monte Cristallo und der Piz Popena erheben. Ein imposanter Anblick. Ich bin dann durch das Kar, das hinter der Wiese beginnt, bis zur Cristallo-Scharte aufgestiegen. In der Scharte habe ich mich links gehalten, bis ich zum Einstieg in die Südostwand kam. Die habe ich gequert. Sehr anspruchsvoll. Kamine und Kletterstellen im zweiten Schwierigkeitsgrad. Nach einem guten Marsch habe ich den Südgrat erreicht, über den es zum Gipfel geht. Das ist durchgängige Kletterei. Zwei bis zwei plus. Die ›Böse Platte‹ würde ich als drei minus, vielleicht sogar als drei einstufen. Beim Abstieg wurde es dunkel, und der Schneesturm setzte ein. Ich musste mich ein paarmal anseilen. Nicht nur bei der ›Bösen Platte‹, sondern an allen ausgesetzten Kletterstellen. Hat mich viel Zeit gekostet, aber ich war ja nicht in Eile.«

»Hast du dich im Gipfelbuch eingetragen?«, fragte di Cesare.

»Nein, aber das hätte ich wohl besser machen sollen.«

»Stimmt. So reicht das leider nicht.«

»Was soll das heißen?«, fragte Vincenzo aufgebracht. »Willst du mir etwa auch einen vierfachen Mord unterjubeln?«

Doch di Cesare blieb gelassen.

»Vincenzo«, sagte Marzoli leise, »wenn wir dir helfen sollen, musst du uns schon ein bisschen mehr geben. Versetz dich mal in unsere Lage. Was tätest du an unserer Stelle?«

Der Commissario schüttelte den Kopf. »Was soll ich euch denn noch geben? Ich habe euch gesagt, wie ich den Samstag verbracht habe und warum meine Waffe und mein Handy in meinem Wagen lagen. Es gibt keine Zeugen, aber dafür kann ich nichts. Das ist dem Wetter geschuldet. Überhaupt: Versetzt ihr euch lieber in meine Lage. Versucht, euch vorzustellen, ihr hättet nichts Unrechtes getan, würdet aber wegen Verdachts auf vierfachen Mord verhaftet. Und wüsstet, wem ihr das zu verdanken habt. Doch niemand glaubt euch, und ihr könnt nichts zu eurer Entlastung beitragen. Was tätet ihr?«

In der abstoßenden kleinen Zelle machte sich unangenehmes Schweigen breit. Marzoli bemerkte selbst bei dem sonst so unbeugsamen Benvenuto di Cesare eine gewisse Verunsicherung. Der hatte in seiner Dienstzeit schon viel erlebt, aber so etwas mit Sicherheit noch nicht. Und wenn Marzoli ehrlich zu sich selbst war, musste er zugeben, dass seine Hoffnung, Vincenzo möge unschuldig sein, vor allem aus seinem Harmoniebedürfnis resultierte. Er wollte nicht wahrhaben, dass sein Kollege, mit dem er schon so viele Jahre zusammenarbeitete, der stets großzügig mit seinen Cantuccini war und mit dem ihn inzwischen so etwas wie Freundschaft verband, eine solch tiefschwarze Seite besaß, dass jede Erinnerung an den lebensfrohen, temperamentvollen, zuverlässigen und zugewandten Commissario augenblicklich verblasste. Wenn ihn seine Menschenkenntnis nicht täuschte, empfand selbst der Krieger di Cesare ähnlich. Und Sabine sowieso. Wahrscheinlich bedeutete der Lagazuoi das Ende einer Legende.

»Ich würde mich an die Fakten halten«, beantwortete di Cesare Vincenzos Frage. »Weil nichts anderes zählt. Was wir denken, ist nicht von Belang. Wichtig ist nur, was der Staatsanwalt in dem Prozess gegen dich vorbringen wird. Und wenn du schon in dieser vertrauten Runde nicht mehr sagen kannst oder willst, ist für mich klar, dass wir dir nur helfen können, wenn wir unseren Job machen. So als wärest du ein Wildfremder.«

»Aber ihr wisst doch, wer mir das antut«, entgegnete Vincenzo beschwörend. »Und über welche außergewöhnlichen Fähigkeiten er verfügt.«

»Das ist unbedeutend«, sagte di Cesare, »bedeutend sind

nur die Beweise zu deinen Gunsten oder Ungunsten. Und im Moment sind Letztere in der Überzahl. Deshalb werde ich mich ab jetzt um diesen Fall kümmern wie um jeden anderen auch. Es tut mir leid, Vincenzo, aber nach allem, was ich von dir weiß, würdest du an unserer Stelle dasselbe tun.«

Marzoli hatte di Cesare mit offenem Mund zugehört. Der Mann war zweifelsohne die Personifikation des perfekten Ermittlers. Aber Marzoli wusste auch um die inzwischen tiefe Freundschaft zwischen ihm und Vincenzo.

»Wir müssen los«, sagte di Cesare und klopfte Vincenzo auf die Schulter. »Wir fahren jetzt nach Sarnthein. Viele Kollegen aus der Questura und die Carabinieri sind weiterhin in Cortina d'Ampezzo unterwegs und versuchen, dort Zeugen zu deiner Entlastung zu finden. Ich werde dich von nun an nur noch besuchen, wenn ich konkrete Fragen an dich habe. Wie ihr das handhabt«, er nickte Marzoli und Mauracher zu, »ist eure Sache. Aber meine Meinung ist: Nur Professionalität bringt uns weiter.« Sprach's, stand auf und klopfte an die Zellentür.

Marzoli und Mauracher sahen sich frustriert an, erhoben sich schwerfällig von der steinharten Pritsche, verabschiedeten sich ebenfalls mit einem Schulterklopfen vom Commissario und folgten di Cesare wortlos.

Resigniert ließ Vincenzo die Schultern sinken. Als seine Kollegen schon an der Tür waren, hob er noch einmal den Kopf und winkte Marzoli zu sich. »Du findest den Schlüssel für meinen Schreibtisch in der Ablage für die Kugelschreiber«, erklärte er matt. »Nimm ihn und öffne die beiden unteren Schubladen auf der linken Seite. In ihnen sollten mindestens sechs Tüten Cantuccini liegen. Teil sie dir brüderlich mit Sabine. Wir wollen doch nicht, dass die schlecht werden, oder?« Ihm gelang sogar ein Lächeln.

Marzoli wurde von seinen Gefühlen übermannt. Er umarmte seinen Kollegen und Freund, eine einsame Träne kullerte über sein Gesicht und tropfte auf Vincenzos hässliches Gefängnishemd.

Auch der Commissario musste gegen seine Emotionen ankämpfen. Mauracher rannte aus der Zelle, bevor sie noch ebenfalls emotional wurde, und selbst di Cesare presste die Lippen aufeinander, verzog aber keine Miene.

***

Sarnthein

Anton Reiterer, der Leiter der Spurensicherung, traf mit seinem Team um fünfzehn Uhr in Vincenzos Wohnung ein. Marzoli, Mauracher und Benvenuto di Cesare erwarteten ihn bereits. Reiterer ging systematisch vor. Er erteilte seinen Leuten Befehle, inspizierte jeden Raum zunächst selbst und bat dann die Kollegen des Commissario zu sich.

»Was, meinen Sie, sollen wir hier finden?«, zischte er in einem für ihn ungewöhnlich scharfen Ton.

Reiterer war für drei Dinge bekannt: seinen Crosstrainer, auf dem er jeden Tag mindestens eine Stunde verbrachte, seinen Scharfsinn und sein ebenso freundschaftliches wie konkurrierendes Verhältnis zu Vincenzo Bellini. Wobei beides offenkundig friedlich koexistierte. Diese Situation, eine Ermittlung gegen seinen Lieblingscommissario, überforderte ihn.

»Beweise«, murmelte di Cesare, der den Leiter der Spurensicherung kaum wahrnahm, gedankenverloren. »Für oder gegen den Verdächtigen, wie bei jedem anderen Fall auch.«

Vincenzos Wohnung war voller behandschuhter Polizisten. Vor dem Haus parkten mehrere Streifenwagen, und das Grundstück war durch Absperrbänder abgeriegelt. Dennoch trotzten die neugierigen Nachbarn dem miesen Wetter und hatten sich auf dem Gehsteig versammelt, wo sie sofort von zwei Polizisten befragt und um ihre Ausweise gebeten wurden.

Doch davon bekam Anton Reiterer nichts mit. »Das ist für Sie also ein normaler Fall?« Er bedachte di Cesare mit einem spöttischen Blick. »Ein Fall, bei dem es um die Zukunft eines Ihrer engsten Kollegen und Ihres Freundes geht?«

Di Cesare wiederholte achselzuckend, was er schon Mauracher und Marzoli gesagt hatte, ließ Reiterer stehen und ging in Vincenzos Arbeitszimmer. Er stellte sich in die Mitte des Raumes, drehte sich einmal um die eigene Achse und nahm jedes Detail wahr. Den hellen Schreibtisch, der unter dem Fenster stand, durch das man in Richtung Auener Joch blickte. Einen abgewetzten Drehstuhl. Links davon eine Schrankwand, rechts ein Sideboard. Dazwischen einen kleinen Beistelltisch mit Drucker. Alles aus demselben Holz wie der Schreibtisch mit Vincenzos Laptop und einem altmodischen Terminkalender. Neben dem Sideboard stand ein Sofa, das man zu einem Bett ausziehen konnte. Wahrscheinlich für Gäste. An der Wand hingen Bergbilder. Auf einigen war der Commissario mit seiner ehemaligen Verlobten zu sehen. Auf dem Schreibtisch stand noch ein Bild von ihr, das di Cesare aus der Nähe betrachtete.

Eine bildschöne Frau, dachte er nicht zum ersten Mal. Er konnte Bellinis Trauer und Frust wegen der Trennung nachvollziehen, hätte an seiner statt die Bilder aber schon längst entfernt. Di Cesare fuhr den Laptop hoch. Während der Rechner arbeitete, öffnete er beide Flügeltüren der Schrankwand. Links hingen Anzüge, Jacken und Mäntel. Und ein Regenschirm. Der rechte Teil war voller Ordner. Alle von derselben Marke und in drei unterschiedlichen Farben: Rot, Blau und Grün. Jede Farbe war einem Thema zugeordnet, wie di Cesare rasch begriff. Alle Ordner waren beschriftet. Bis auf drei. Ein grüner im untersten Fach und zwei leere Ordner, die im oberen Fach standen.

Di Cesare zog den grünen Ordner mit nur zwei Fingern hervor, ging mit ihm zum Schreibtisch, setzte sich und schlug ihn vorsichtig auf. Vielleicht waren auf oder in ihm wertvolle Spuren wie Fingerabdrücke. Er starrte auf den ersten Ausdruck und ließ für einen Moment den Kopf sinken. Dann durchforstete er Blatt für Blatt mit dem Zwei-Finger-System. Als er fertig war, schob er den Ordner beiseite und nahm sich die auf dem Laptop angelegten Ordner vor. Viele Fotostrecken von Bergtouren. Diverse Rezepte. Vincenzo kochte wohl gern. Und ein erst vor Kurzem erstellter Ordner, quasi das Gegenstück zu dem grünen Ordner im Schrank. Das sah nicht gut aus.

Zuletzt warf er einen Blick in den Terminkalender, schlug ihn aber wenige Minuten später schon wieder zu, nachdem er einige Seiten mit Büroklammern markiert hatte. Nein, das sah wirklich nicht gut aus für Vincenzo.

Als di Cesare das Zimmer verließ, traf er in der Diele auf Reiterer. »Können Sie feststellen, ob bestimmte Ausdrucke von Bellinis Drucker stammen?«

»Das ist kein Problem. Aber warum fragen Sie?«

»Später«, sagte di Cesare knapp und rief nach Marzoli und Mauracher.

Die Beamten kamen aus zwei Räumen gelaufen. Mauracher bei Weitem behänder als Marzoli.

»Was gibt's?«, fragte sie.

»Kommt mit. Ich muss euch etwas zeigen.« Wieder verschwand er in Vincenzos Arbeitszimmer, diesmal mit seinen Kollegen im Schlepptau. Er bedeutete ihnen, sich auf das Sofa zu setzen, zog den Drehstuhl heran und gab ihnen den grünen Ordner. »Seht euch das in Ruhe an, aber seid vorsichtig wegen der Fingerabdrücke.«

Mauracher hatte sich den Ordner auf ihre Knie gelegt und schlug ihn auf, Marzoli rückte etwas näher an sie heran. »Ach du Scheiße«, entfuhr es ihr. Mit vor Entsetzen geweiteten Augen gingen sie und Marzoli den Inhalt des Ordners durch und begleiteten ihre Lektüre mit Kommentaren wie »das kann doch nicht wahr sein«, »verdammter Mist«, »ein Alptraum« und »das ist das Ende«. Als sie fertig waren, starrten sie di Cesare sprachlos an.

»Es ist mir genauso ergangen wie euch«, gab di Cesare zu. »Das ist eine Katastrophe. Jetzt wird es für Vincenzo zappenduster. Und das ist noch nicht alles: Seht euch auch die Seiten in seinem Terminkalender an, die ich mit Büroklammern markiert habe. Und den einen Ordner auf dem Laptop.«

Als sie auch damit fertig waren, drehte sich Marzoli um. Er war blass geworden. »Was machen wir jetzt?«

»Gute Frage«, fand di Cesare. »Als Erstes müssen wir feststellen, ob die Ausdrucke von diesem Drucker stammen.« Er zeigte auf den kleinen Beistelltisch. »Woran ich allerdings keinen Zweifel habe. Wenn Reiterer dann noch ausschließlich Vincenzos Fingerabdrücke auf dem Ordner und dem Terminkalender findet, können wir ihm wirklich nicht mehr helfen.«

Überraschend rannte Mauracher zur Tür und schloss sie. Dann ging sie zu den Männern zurück und sagte leise und vor allem an di Cesare gewandt, der mehr als einen Kopf größer war als sie: »Ordner und Terminkalender lassen wir verschwinden. Und den Ordner auf dem Laptop löschen wir einfach.«

»Gute Idee.« Marzoli war begeistert.

»Schlechte Idee«, hielt di Cesare dagegen.

»Aber wenn wir das dem Staatsanwalt zeigen, ist Vincenzo geliefert«, protestierte Mauracher. »Und wir können ihn nicht hängen lassen! Die Beweise müssen verschwinden.«

»Das sehe ich genauso«, stimmte ihr Marzoli zu.

»Seid ihr irre?« Di Cesare wurde eine Spur lauter. »Unterschlagung von Beweismitteln, habt ihr sie noch alle? Es geht um Mord. Was wir hier gefunden haben, kommt zum Staatsanwalt, nachdem Reiterer es auf Spuren untersucht hat. Und in der Zwischenzeit werden wir Vincenzo damit konfrontieren.«

»Arschloch«, entfuhr es Mauracher.

»Und was für eins«, setzte Marzoli noch einen drauf. Seine Schockblässe hatte sich erstaunlich schnell in Zornesröte verwandelt.

Doch di Cesare erklärte ungerührt, er persönlich könne sich zwar auch mit Bellinis »Monsterthese« anfreunden, selbige werde aber weder den Staatsanwalt noch den Richter überzeugen. »Es geht um Beweise und Indizien. Und wenn es tatsächlich ein Monster war, das diese schöne Wohnung entweiht und vier Morde begangen hat, dann müssen wir das *beweisen*.«

30

JVA Bozen, 4. Dezember

Sowohl die Carabinieri in Cortina d'Ampezzo als auch die Beamten der Polizia di Stato in Bozen legten ein atemberaubendes Tempo vor. Jeder machte Überstunden, arbeitete bis tief in die Nacht, weil es um einen Kollegen ging. Und dazu auch noch um einen so prominenten. Jeder wollte Vincenzo unterstützen. Doch was auch immer gefunden wurde, es half dem Commissario nicht, sondern war ein weiterer Spatenstich beim Ausheben seines Grabes.

Das galt auch für die Ergebnisse der Spurenanalyse an Vincenzos Waffe und Handy. Mit ihnen sowie mit dem Laptop, dem grünen Ordner und dem Terminkalender saßen sie jetzt wieder in Vincenzos Zelle: Marzoli, der heute als Erstes die Cantuccini an sich genommen und fair aufgeteilt hatte, Mauracher und di Cesare. Immer noch klatschte der Regen gegen das vergitterte Fenster. In den Bergen fiel meterweise Neuschnee. Erst in der kommenden Nacht sollten die Rekordniederschläge aufhören.

»Auf deiner Waffe und deinem Handy haben sie nur deine Fingerabdrücke gefunden«, begann di Cesare.

»Überrascht euch das?«, fragte Vincenzo.

»Nein«, sagte Marzoli. »Wenn er wirklich deine Waffe und dein Handy gestohlen hat, hat er auch darauf geachtet, keine Spuren zu hinterlassen.«

»Eben«, sagte Vincenzo und fragte, warum sie den grünen Ordner, seinen Laptop und den Terminkalender mitgebracht hatten.

Di Cesare schob den Ordner wortlos zu Vincenzo hinüber, der froh war, dass ihm seine Kollegen wirklich guten Kaffee mitgebracht hatten. Der Kaffee in der JVA war eine Zumutung, die an Körperverletzung grenzte. Wahrscheinlich war das Bestandteil der Strafe.

Er trank einen Schluck, schlug den Ordner auf und erstarrte. Seine Hände begannen zu zittern. Er blätterte durch die Papiere. »Woher habt ihr das?«, flüsterte er.

»Meinst du das ernst?« Di Cesare beobachtete ihn genau.

»Was soll das heißen?«, entgegnete Vincenzo erbost.

Marzoli erklärte ihm, dass der Ordner aus seinem Arbeitszimmer stamme.

Der Commissario starrte die Wand hinter di Cesare an. »*Er* war also schon wieder in meiner Wohnung. Jetzt kann mir nur noch ein Wunder helfen.«

»So ist es«, gab di Cesare zu.

»Oder glaubt ihr, ich hätte diesen Ordner angelegt?«

Mauracher schüttelte den Kopf.

Es wurde still in der Zelle. Nur das Prasseln des Regens war zu hören.

Dann räusperte sich di Cesare. »Wenn du diese Männer getötet hast, Vincenzo, dann hilft dir nur noch ein Geständnis. Wenn du deine Motive erklärst, wirst du mildernde Umstände bekommen. Die Wahrscheinlichkeit, dass die Toten die Vergewaltiger von Silvia Mur waren, ist hoch. Das wird auch der Richter so sehen, und du wirst in einem Alter, in dem dir die Welt noch offensteht, wieder aus dem Knast raus sein. Ich frage dich das nur dieses eine Mal: Hast du diese vier Männer erschossen?«

Vincenzo antwortete erst Abertausende von Regentropfen später, den Blick wütend auf di Cesare geheftet. »Nein.« Er beharrte darauf, dass das Monster von Bozen seine Drohung, ihn zu vernichten, nunmehr zum zweiten Mal versuche, wahr zu machen. »Und egal, wie abstrus das alles auch erscheinen mag, er hat es geschafft, trotz Sicherheitsschlössern in meine Wohnung einzudringen. Es ist ihm gelungen, mir unbemerkt Handy und Waffe zu entwenden und nach der Tat ebenso unbemerkt zurückzubringen. Und er hat dieses Beweismaterial gegen mich zusammengetragen. Ich weiß, dass ich keine Chance habe. Seine Rache ist perfider als jede Pistolenkugel. Ich muss zugeben, dass er das intelligenteste Wesen ist, das mir je begegnet ist.

Ich flehe euch an: Heftet euch an seine Fersen! Setzt ihn unter Druck! Zwingt ihn zu Fehlern! Nur dann habe ich vielleicht eine minimale Chance.«

***

Questura

Konsterniert starrte der Vice Questore den Ordner auf seinem Schreibtisch an.

Es war, als würde er aus einem Traum erwachen. Einem Traum, in dem sein Commissario trotz aller Indizien unschuldig war. Weil es nicht anders sein konnte! Weil es Commissario Vincenzo Bellini war! Und weil er Dottore Alessandro Baroncini war, der Vice Questore von Bozen und Bellinis Vorgesetzter und Förderer. Ein Mörder in seiner Questura? Ausgeschlossen!

Doch dieser Ordner, auf dem sich ausschließlich Bellinis Fingerabdrücke befanden, hatte seinen Traum wie eine Seifenblase platzen lassen. Allein das erste Blatt: Fotos von Silvia Mur und ihren möglichen Vergewaltigern, über deren Köpfen Kreuze und ein Datum prangten: »30.11.2013«.

Auf den folgenden Seiten fanden sich Bewegungsmuster der vier Toten vom Lagazuoi – Bellini hatte sie also wochenlang beschattet –, Berichte aus den Medien über die angebliche Vergewaltigung, die Imagebroschüre der Leitner S.r.l. und der Artikel einer Tageszeitung von Anfang November, in dem über deren Weihnachtsfeier berichtet wurde, weil Leitner die Sanierung der Lagazuoi-Hütte mitfinanziert hatte. Außerdem Ausdrucke über die Hütte und den Kaiserjägersteig, der vom Passo di Falzarego auf den Lagazuoi führte.

In Bellinis Terminkalender war der Tag der Vergewaltigung ebenso mit einem Rotstift markiert worden wie die Seite für den 30. November, auf der, wie auf den Fotos, vier Kreuze gezeichnet worden waren. Die zu den Ausdrucken passenden Links und Dateien fanden sich auf dem Laptop.

Baroncini schloss den grünen Ordner mit einem finsteren Gesichtsausdruck. »Was hat der Commissario dazu gesagt?«

Marzoli berichtete, dass Bellini vorgab, den Ordner noch nie gesehen zu haben. Auch die Einträge im Terminkalender und in seinem Laptop würden nicht von ihm stammen. Er beharrte darauf, dass das Monster von Bozen zurückgekehrt sei, um Rache an ihm zu nehmen.

Der Vice Questore schüttelte den Kopf. »Die Story mit dem Monster wird ihm ohne einen Beweis niemand abkaufen. Was glauben Sie?«

Marzoli senkte schweigend den Blick, Mauracher machte den Eindruck, jede Sekunde in Ohnmacht fallen zu können. Nur di Cesare hatte seine Sprache nicht verloren.

»Ich glaube auch, dass das Monster von Bozen dahintersteckt. Nicht, dass ich Bellini eine solche Tat nicht zutrauen würde. Aber wenn, dann im Affekt. Doch im Prozess werden solcherlei Gedanken keine Rolle spielen.«

Baroncini nickte. Er selbst hatte am Vortag die These, dass jemand Bellini eine Falle gestellt hatte, mit Dottore Varga besprochen. Der war jedoch nicht darauf eingegangen, sondern hatte nur gemutmaßt, dass die Bozener den von den Medien zu einem Monster hochstilisierten Verbrecher zu einer Art Volksheld erkoren hatten.

Marzoli schien Baroncinis Gedanken gelesen zu haben, denn er wies darauf hin, dass nur das damalige Team, das Jagd auf das Monster von Bozen gemacht habe, wisse, über welche außergewöhnlichen, nahezu übermenschlichen Fähigkeiten der Mann verfüge. »Aber machen Sie das mal einem Staatsanwalt klar. Oder einem überarbeiteten Richter.«

Der Vice Questore erzählte von seinem Mittagessen mit Bellini in der Trattoria von dessen Eltern. Und von dem Gast am Nachbartisch, der schon mittags eine Flasche Rotwein geleert und Bellini bei dessen lautstarkem Ausbruch merkwürdig angesehen hatte. »Der Commissario hat sogar seine Eltern schockiert. Was der da von sich gegeben hat, war eine waschechte Morddrohung!«

Marzoli rieb sich nachdenklich das Kinn. »Wie hat dieser Gast vom Nachbartisch denn ausgesehen?«

»Warum fragen Sie das?«

»Das weiß ich noch nicht.«

Baroncini beschrieb den Mann so, wie er ihn in Erinnerung hatte.

»Was meinst du?«, fragte Marzoli Mauracher.

Sie nickte. »Wäre sein Stil, oder?«

»Wovon sprechen Sie?«, fragte Baroncini irritiert.

Di Cesare verdrehte die Augen. »Davon, dass sie glauben, dass dieser Gast das ominöse Monster gewesen sein könnte.«

»Ach geh«, stieß Baroncini hervor. »Das ist jetzt aber wirklich weit hergeholt. Wilde Spekulationen bringen weder uns noch Bellini etwas. Wir brauchen Fakten, Fakten, Fakten.«

Di Cesare nickte. Marzoli wollte etwas erwidern, doch Mauracher stieß ihn mit dem Fuß an, schüttelte kaum merklich den Kopf und fragte Baroncini, wie sie nun weiterverfahren würden. Der Vice Questore erwiderte, dass sie sich darauf fokussieren mussten, die Anklage gegen Bellini mit den vorhandenen Fakten vorzubereiten. Die Beweislage sei schließlich eindeutig.

»Und was passiert mit dem Commissario?«, fragte di Cesare leise. »Wollen Sie ihn bis zum Prozess in seiner Zelle schmoren lassen?«

Baroncini stöhnte auf. »Ein Commissario in der JVA. In Gesellschaft all der schweren Jungs, die er hinter Gitter gebracht hat. Gott sei Dank hat Dottore Varga dem Hausarrest zugestimmt. Bellini sollte ab übermorgen wieder in seiner Wohnung sein.«

***

»Warum hast du mich eben getreten?«, fragte Marzoli, während er eine der Cantuccini-Tüten, die er aus Vincenzos Schreibtisch geholt hatte, aufriss und ihren Inhalt großzügig auf dessen Etagere verteilte, die er zusammen mit den Keksen in sein Büro mitgenommen hatte.

Mauracher sah ihrem Kollegen wehmütig zu. »Ist dir eigentlich klar, dass wir es vielleicht nie wieder erleben werden, dass Vincenzo für uns eine Tüte seiner göttlichen Cantuccini auf seiner Etagere verteilt?«

Marzoli hielt in seiner Bewegung inne. »So etwas darfst du nicht sagen, Sabine«, mahnte er. »Also, warum wolltest du eben nicht, dass ich etwas zu Baroncinis Fakten sage?«

Mauracher erklärte, dass alle Instanzen Vincenzos Schuld längst als Faktum anerkannt hätten. Selbst Baroncini. Weil sie treu dem Gesetz folgten. »Das heißt für uns, dass wir von nun an auch in unserer Freizeit ermitteln. Wir müssen jeden Tag Leute in Cortina anquatschen. Und auf den Bergpässen! So lange, bis wir jemanden finden, der bezeugen kann, dass er Vincenzo gesehen hat, sodass feststeht, dass er die vier Morde auf dem Lagazuoi nicht begangen haben kann. Natürlich ist das nicht unbedingt legal, aber wenn wir auf diese Weise etwas finden, das ihn entlastet, wird uns Baroncini dankbar sein und im Nachhinein den Rücken stärken. Dessen bin ich mir sicher.«

Marzoli schob sich einen Keks in den Mund und nickte. »Ist aber ein großer Aufwand. Wir sollten Benvenuto bitten, uns mit seinen Jungs zu unterstützen.«

Mauracher hob erschrocken die Hände. Schließlich hatte jener Benvenuto das Verschwinden der Beweise verhindert, die Vincenzo erst den Todesstoß versetzt hatten.

»Das sehe ich jetzt anders«, entgegnete Marzoli. »Benvenuto hat richtig gehandelt. Es wäre ein Fehler gewesen, sie aus Vincenzos Wohnung zu entfernen. Denn wenn es uns gelingt, das Monster in eine Falle zu locken, werden genau jene Beweise, die Vincenzo jetzt schaden, ihn entlasten. Ich werde wohl niemals wirklich warm mit Benvenuto werden, aber ich habe einen Heidenrespekt vor ihm. Und grenzenloses Vertrauen in ihn.«

Mauracher wiegte den Kopf hin und her. »Ja, ich auch. Außerdem verbindet ihn mit Vincenzo echte Freundschaft.«

»Also gut.« Marzoli schob die Etagere zu Mauracher, nachdem er sich einen ordentlichen Vorrat genommen hatte. »Dann lass uns sofort mit ihm sprechen.«

***

»Was wird denn jetzt mit meinem Jungen?«, fragte Antonia, als sie den Lagrein und das Wasser an den Tisch brachte. Die Kollegen ihres Sohnes hatten sich in der Trattoria getroffen, um darüber zu sprechen, wie sie ihm helfen konnten, das hatten sie schon bei der Bestellung der Getränke beteuert.

»Das können wir noch nicht sagen«, antwortete Marzoli und schenkte sich und Mauracher vom Lagrein ein. Benvenuto di Cesare begnügte sich mit Wasser.

»Wisst ihr schon, was ihr essen wollt?«

Mauracher und Marzoli schlugen voll zu. Vorspeise, Hauptspeise, Dessert. Ausgerechnet di Cesare, der so wirkte, als könnte er wie Obelix nacheinander drei Wildschweine verdrücken, bestellte die Pute mit Salat und Rosmarinkartoffeln. Und bat darum, die Kartoffeln durch mehr Salat zu ersetzen.

Mauracher schnalzte angesichts des Weins, von dem sie einen ersten Schluck genommen hatte, mit der Zunge. »Mein lieber Scholli. Ich habe ja eigentlich keine Ahnung von dem Zeug, aber das ist einfach nur geil. So was gab es in Berlin nicht.«

Marzoli schwenkte den Wein in seinem Glas. »Bestimmt gab es das«, mutmaßte er, »in so einer großen Stadt gibt es doch alles. Aber bei einem Überangebot ist es umso schwieriger, einen edlen Tropfen überhaupt zu finden.«

Mauracher nickte. »Mag sein. Und du, Benvenuto? Nicht ein Gläschen für Vincenzo?«

»Hört mir auf mit diesem Teufelszeug«, sagte er angewidert. »Ich wäre nicht da, wo ich heute bin, würde ich mich freiwillig mit Suchtmitteln vergiften.«

»Nun ja«, entgegnete Mauracher, »immerhin kann ich am Berg mit dir mithalten, obwohl ich mich hin und wieder verführen lasse.«

»Ach, Herzchen«, entgegnete di Cesare und lachte, »du bist noch so jung.«

»Machosprüche«, stellte sie fest.

»Könnten wir allmählich mal zum Thema kommen?«, warf Marzoli genervt ein.

Di Cesare nippte an seinem Wasser. »Ich habe mit den Jungs meiner Sondereinheit gesprochen. Die meisten sind dabei. Strumpflohner und Burchiellaro lasse ich außen vor. Die haben Kinder. Selbst schuld. Dennoch werde ich sie nicht um ihre Wochenenden und Feierabende mit ihren Liebsten bringen.«

»Du bist ja so ein guter Mensch«, spottete Mauracher.

»Damit sind wir immerhin schon zu acht«, stellte Marzoli fest.

»Ich habe auch mit Colonnello Moroder telefoniert«, fuhr di Cesare fort. »Fähiger Mann. Wir kennen uns von der Nahkampfausbildung. Seine Carabinieri werden uns nach wie vor bei der Befragung der Nachbarn in Cortina unterstützen. Alles inoffiziell, aber nicht illegal.« Er zog eine Augenbraue in die Höhe, als Antonia die Vorspeise für seine Kollegen brachte: überbackenen Ziegenkäse.

»Köstlich«, befand Marzoli begeistert, leerte sein Weinglas, stellte fest, dass die Flasche leer war, und orderte Nachschub.

Di Cesare nutzte die Zeit, in der sich seine Kollegen vollfraßen, um der Wirtin ein paar Fragen zu stellen. »Erinnern Sie sich noch an den Tag, an dem Ihr Sohn mit dem Vice Questore zum Mittagessen hier war, Antonia?«

»Natürlich, das war das erste Mal in meinem Leben, dass ich mich für meinen Jungen geschämt habe.«

»Weil er ausfallend geworden ist?«

Sie nickte peinlich berührt. »Jeder hat seinen Wutanfall mitbekommen. So etwas können wir uns nicht leisten. Wenn sich das rumspricht, bleiben schnell die Gäste weg. So wie der nette Herr vom Nachbartisch an diesem Tag. Vor Vincenzos Ausraster hat er mir Komplimente für das Essen gemacht und versprochen, ab sofort jede Woche zu kommen. Aber er ist nie wieder aufgetaucht.«

Di Cesare nahm nicht wahr, dass sich Mauracher und Marzoli einen wahren Wettstreit in der Geschwindigkeit des Verzehrens ihrer Vorspeisen lieferten. »War das der Mann, der eine ganze Flasche Rotwein getrunken hat?«

Antonia lächelte versonnen. »Das war nicht irgendein Wein, sondern ein Tenuta Pian delle Vigne, Jahrgang 2010. Dass jemand zum Mittagessen hundert Euro für eine Flasche Wein ausgibt, ist doch sehr ungewöhnlich. So etwas bleibt im Gedächtnis. Warum fragen Sie?«

»Nur so«, antwortete di Cesare, in dessen Kopf eine Theorie Gestalt annahm. »Ist Ihnen an diesem Gast sonst noch etwas aufgefallen? War er vorher schon einmal bei Ihnen? Hat er nicht nur Ihr Essen gelobt, sondern Ihnen noch etwas erzählt oder Sie etwas gefragt?«

Antonia verneinte, bedeutete ihrem Mann, der Gläser spülte, an den Tisch zu kommen, und wiederholte, was di Cesare wissen wollte. Piero musste nicht lange nachdenken. Zwei Dinge waren ihm an diesem Tag aufgefallen: negativ die Entgleisung seines Sohnes. Und positiv der ausgezeichnete Weingeschmack des unbekannten Gastes.

Di Cesare lächelte. »Ich verstehe, aber ist Ihnen *an* ihm irgendwas aufgefallen? Hat er mit Ihnen gesprochen?«

Der Koch steckte seinen Kopf aus der Küche und gab ein Zeichen. Die Hauptspeisen waren servierbereit. Antonia entfernte sich rasch, aber bevor auch Piero gehen konnte, packte di Cesare ihn am Arm. »Und? Es geht um Ihren Sohn!«

Vincenzos Vater schüttelte den Kopf. »Da war nichts Auffälliges. Wirklich nicht.«

Di Cesare sah zu, wie das Ehepaar hektisch in der Küche verschwand. Die Trattoria war ihr Lebenswerk, dafür hatte er vollstes Verständnis. Er wünschte sich, dass er seinerzeit, als Vincenzo mit dem Vice Questore zum Mittagessen hier gewesen war, dabei gewesen wäre. Um sich seinen eigenen Eindruck von jenem ominösen Gast zu machen. Aber so war dieser nur ein weiteres winziges Puzzlestück, das Vincenzo helfen konnte.

Oder schaden …

31

Leitner S.r.l., 5. Dezember

Sie teilten sich auf. Mauracher und di Cesare gingen zum Betrieb von Leitner, um den Mitarbeitern eine bestimmte Frage zu stellen, auf die di Cesare am Vortag in der Trattoria gekommen war. Er hatte sich beim Abschied von Vincenzos Eltern den Gast mit dem hervorragenden Weingeschmack noch einmal genau beschreiben lassen und einen Phantombildzeichner gebeten, sich an die Arbeit zu machen.

Die übrigen sechs Beamten waren, unter Leitung von Koch-Waldner, auf dem Weg nach Cortina d'Ampezzo, um als ergänzende Zweierteams zunächst in Hans Valentins Nachbarschaft von Haustür zu Haustür zu gehen und dann, wenn sie dort keinen Erfolg hatten, den Befragungsradius sukzessive zu erweitern. Eine Mammutaufgabe, die möglicherweise mehrere Tage in Anspruch nehmen würde. Unterstützt wurden sie von Moroders Leuten.

Leitner hatte die Polizisten freundlich empfangen und ihnen Kaffee angeboten. Jetzt saßen sie in seinem Büro und hatten in seinem Beisein schon mit rund der Hälfte der Belegschaft gesprochen. Bislang ohne Erfolg.

Schließlich betrat Carmen Ferrari, Leitners mittlerweile einzige Assistentin, das Büro. Mauracher bedeutete ihr, Platz zu nehmen.

Ferrari setzte sich, musterte di Cesare unverhohlen von oben bis unten und lächelte vielsagend. »Ich wusste gar nicht, dass es bei der Polizia di Stato auch Superhelden gibt«, sagte sie grinsend.

Di Cesare bekam mit, dass es Mauracher große Überwindung kostete, nicht zu lachen, räusperte sich und erklärte, dass sie noch ein paar Fragen an sie hätten.

»Nur zu«, sagte Ferrari aufmunternd. »Ich stehe Ihnen jederzeit zur Verfügung.«

Das kann ich mir vorstellen, dachte di Cesare, behielt diesen Gedanken aber tunlichst für sich. Auch wenn Ferrari zweifelsohne eine attraktive Frau war.

»Haben Sie etwas dagegen, wenn ich mich an dieser Stelle ausklinke?«, fragte Leitner. »Ich habe gleich einen Termin mit einem Schreiner.«

»Gehen Sie nur«, sagte di Cesare, »wir kommen auch ohne Sie zurecht.«

Leitner nickte und verließ sein Büro.

Di Cesare wandte sich an Ferrari und wollte wissen, ob in der Zeit zwischen Vergewaltigung und Weihnachtsfeier auf dem Lagazuoi etwas Ungewöhnliches vorgefallen sei. In der Firma, privat, was auch immer. Alles könne von Bedeutung sein.

Ferrari runzelte die Stirn. »Nicht, dass ich wüsste«, sagte sie nach einer Weile. »Aber das Betriebsklima hatte sich schon seit Leitners Geburtstagsfeier nachhaltig verschlechtert. Und ist jetzt, nach den Morden, am Tiefpunkt angekommen. Nicht jeder mochte die vier, aber jeder kannte sie.«

Di Cesare nickte. »Das habe ich schon gemerkt, als wir Ihre Kollegen befragt haben.«

»Haben Sie vielleicht in letzter Zeit jemanden kennengelernt?«, schaltete sich Mauracher ein. »Einen Mann zum Beispiel?« Sie wechselte einen Blick mit di Cesare. Er wusste, worauf sie hinauswollte.

»Aber ja!«, rief Ferrari aufgeregt. »Jetzt, wo Sie es sagen. Im ›Grifoncino‹ bin ich Jan begegnet.«

Als di Cesare Ferrari fragend ansah, klärte Mauracher ihn schnell darüber auf, dass es sich beim »Grifoncino« um eine angesagte Bar in Bozen handelte.

Di Cesare nickte. »Wann war das? Erzählen Sie uns mehr über diese Bekanntschaft.«

Ferrari berichtete, sie habe Jan Göritz im Oktober kennengelernt und eine kurze Affäre mit ihm gehabt. »Er war Deutscher und hat nur Urlaub bei uns gemacht. Leider.«

»Bitte beschreiben Sie ihn uns so genau wie möglich.«

»Er sah unglaublich gut aus.« Ferraris Gesichtsausdruck verklärte sich. »Er war mindestens eins neunzig groß und wirkte sehr sportlich. Hatte breite Schultern. Nicht so wie Sie, aber dennoch imposant. Dazu schwarze Haare. Die hatten es mir angetan. Aber am auffallendsten waren seine Augen. Eisblau! So etwas hatte ich vorher noch nie gesehen. Wenn er mich nur angeschaut hat, habe ich schon eine Gänsehaut bekommen. Seine Kleidung war geschmackvoll und elegant, und dann waren da noch seine geschmeidigen Bewegungen. Wie eine Raubkatze! Und eine wahnsinnig tiefe und männliche Stimme hatte er auch. Mir läuft jetzt noch ein wohliger Schauer über den Rücken, wenn ich daran denke. Ich weiß noch, dass ich ihn mir als die Idealbesetzung für James Bond vorstellen konnte.«

Di Cesare griff in sein Jackett, holte das Phantombild des Gastes aus der Trattoria hervor und reichte es Ferrari. »Ist das vielleicht Ihr Jan?«

Ferrari schüttelte den Kopf. »Nein, keine Ähnlichkeit. Der hat ja braune Augen und ist schon ergraut. Außerdem trug Jan keine Brille.«

»Und wenn Sie ihn sich mit schwarzen Haaren und blauen Augen vorstellen?«

Ferrari schüttelte erneut den Kopf.

»Würde es Ihnen etwas ausmachen, nach Feierabend in die Questura zu kommen, damit wir ein Phantombild von Jan Göritz erstellen können?«

Ferrari wirkte überrascht. »Kein Problem«, sagte sie dennoch. »Ich kann gegen siebzehn Uhr bei Ihnen sein.«

Mauracher erkundigte sich, ob sie noch Kontakt zu dem Mann habe.

Ferrari verneinte. »Ich hatte die Hoffnung, dass daraus etwas Ernstes werden könnte. Jan war wie ein Sechser im Lotto, so jemanden trifft eine Frau höchstens ein Mal im Leben.«

Mauracher erinnerte sich an den Mann, dem sie vor einigen Jahren im Eis begegnet war. An seine eleganten Bewegungen.

Seine männliche Stimme. Und an die Aura des Wahnsinns, die ihn umgeben hatte. »Was ist geschehen?«

»Er hat versprochen, mich anzurufen, es aber nicht getan. Sie wissen ja, wie das ist.«

Wusste Mauracher nicht, interessierte sie aber auch nicht. Viel mehr interessierte sie die Frage, ob Ferrari ihrerseits versucht hatte, Kontakt zu Jan Göritz aufzunehmen.

Die Miene der Frau veränderte sich. Ihre Augen wurden schmal, ihr Blick war plötzlich wütend. »Verarscht hat er mich. Eine meiner Kolleginnen und ich haben versucht, ihn zu googeln. Jan Göritz, Rechtsanwalt in Köln. Aber Fehlanzeige. Ich habe sogar in der Kanzlei angerufen, in der er angeblich gearbeitet hat, aber die hatten noch nie etwas von ihm gehört.«

Mauracher war wie elektrisiert. »Würden Sie das bitte noch mal wiederholen?«

»Die hatten noch nie –«

»Nein, das meine ich nicht. Woher kam Ihr Jan?«

»Aus Köln.«

Mauracher fiel die Kinnlade herunter.

Di Cesare nickte. »Wenn das mal kein ungewöhnlicher Zufall ist«, murmelte er.

»Erzählen Sie uns, was Sie mit Jan wann und wo unternommen haben. Wie lange waren Sie zusammen? Worüber haben Sie gesprochen? Jedes noch so kleine Detail kann wichtig sein.«

Ferrari berichtete von dem Flirt im »Grifoncino«, von der Nacht und dem Tag in ihrer Wohnung. Sie hatten sie nur ein Mal verlassen, um mittags essen zu gehen. Unterhalten hätten sie sich über alles Mögliche. Jan habe sehr viel gewusst und sei sehr intelligent gewesen.

»War Silvia Mur auch ein Thema?«, warf Mauracher ein.

»Ja, richtig! Das war noch in der Bar. Ich weiß gar nicht mehr, wie wir darauf gekommen sind, aber er wollte alles über die Vergewaltigung erfahren und hat sich nach Roberto und den anderen erkundigt. Er hatte mir erzählt, er sei auf Strafrecht mit Schwerpunkt Vergewaltigung spezialisiert.«

Di Cesare schüttelte den Kopf. »Unfassbar.«

»Was?«, fragte Ferrari.

Di Cesare winkte ab. »Nicht so wichtig. Ich habe noch zwei Fragen an Sie. Die erste: Haben Sie die Handynummern der vier ermordeten Kollegen in Ihrem Smartphone eingespeichert?«

Ferrari nickte. »Ich habe die Nummern aller Kollegen gespeichert.«

»Das dachte ich mir bei Ihrer beruflichen Position. Und jetzt konzentrieren Sie sich bitte: Waren Sie wirklich ununterbrochen mit Göritz zusammen? War er zu keinem Zeitpunkt allein, sodass er unbemerkt an ihr Handy hätte kommen können?«

Ferrari zog eine Augenbraue in die Höhe. »Sie stellen wirklich merkwürdige Fragen. Aber doch, jetzt, wo Sie es so formulieren: Ich schlug Jan vor, mit mir zu duschen, aber er hatte keine Lust. Also ging ich allein ins Bad. Allerdings kam er nach zehn Minuten nach.«

»Wo befand sich zu diesem Zeitpunkt Ihr Handy?«

»Ich glaube, ich habe es neben oder unter das Bett gelegt.«

Wieder wechselten Mauracher und di Cesare einen Blick. Dann erinnerten sie Ferrari daran, am Nachmittag unbedingt in die Questura zu kommen, und verabschiedeten sich. Weitere Befragungen in der Firma Leitner S.r.l. waren nicht nötig.

Auf dem kurzen Fußweg zur Questura und bei endlich wieder strahlendem Sonnenschein wollten sie das Gespräch mit Ferrari Revue passieren lassen. Doch in der Bindergasse war es viel zu voll und zu laut für ein ernsthaftes Gespräch. Eine alte Tradition füllte die Straßen der Altstadt: Der Nikolaus war unterwegs und verteilte Geschenke an die Kleinen.

»Wolltest du eigentlich nie Kinder haben?«, schrie Mauracher gegen den Lärm der Menschenmassen an.

Di Cesare schüttelte energisch den Kopf. »Um Gottes willen! Dann müsste ich jedes Jahr dem Nikolaus gegenüberstehen. Alles gut, wie es ist. Und du? Du bist schließlich noch jung.«

Mauracher beobachtete, wie der Nikolaus einem Mädchen, fünf oder sechs Jahre alt, eine Puppe schenkte. Ein süßes Kind. Es freute sich wie ein Schneekönig und zeigte sein Geschenk stolz seinen Eltern und einem anderen Mädchen. Vielleicht die ältere Schwester. »Ich weiß es noch nicht«, entgegnete sie. »Wenn ich so etwas sehe, sehne ich mich schon ein bisschen danach. Und guck dir nur mal Giuseppe an, der geht total in seiner Familie auf. Du hättest ihn mal erleben sollen, als das Monster damals, als Gianna im Eis verschwunden war, eines seiner Kinder entführt hatte. Der arme Kerl war komplett durch den Wind. Wer weiß, vielleicht, wenn ich irgendwann den Richtigen treffe.«

»Eben«, bemerkte di Cesare trocken und wich einem Jungen aus, der beinahe mit ihm kollidiert wäre.

Mauracher sah ihn an. »Was meinst du damit?«

»Du hast recht, Giuseppe geht in dieser Liebe für seine Familie auf. Nämlich wie ein Hefekuchen! Was schätzt du, was der für einen BMI hat?«

»Das war fies«, sagte Mauracher lachend. »Aber woher kommt eigentlich dein plötzlicher Sinneswandel?«

»Wieso Sinneswandel?«

»Bisher hast du immer nur von Fakten, Fakten, Fakten gesprochen, aber jetzt hast du ein Phantombild von dem unbekannten Gast in der Trattoria anfertigen lassen.«

»Das hat mit Sinneswandel nichts zu tun, Sabine«, korrigierte sie di Cesare ernst. »Wir werden und müssen uns auch weiterhin an den Fakten orientieren. Aber es ist selbstverständlich, auch in andere Richtungen zu ermitteln, wenn es dafür einen Anhaltspunkt gibt. Und genau das tun wir.«

»Weil wir das Vincenzo schuldig sind«, befand Mauracher triumphierend.

Di Cesare schüttelte den Kopf. »Nein, weil wir jedem Verdächtigen das schuldig sind.«

Eine Weile gingen sie schweigend nebeneinanderher. Als die Questura vor ihnen auftauchte, fragte di Cesare grinsend: »Du glaubst also auch, dass Ferrari das Monster von Bozen gevögelt hat?«

Mauracher lachte. »Da gehe ich jede Wette ein. Ein lebensgefährliches Vergnügen. Aber das behalten wir besser für uns.

Wenn die wüsste, dass ihr Liebhaber tatsächlich aus Köln kommt. Diesbezüglich hat er zumindest nicht gelogen. Wobei ich mich frage, warum. Damit hat er uns doch einen Hinweis geliefert.«

»Vielleicht gehört das zu seiner Taktik. Er liebt das Risiko und will mit uns spielen. Also wirft er uns mit Köln, woher er kommt und wo ihr schon gegen ihn ermittelt habt, ein Bröckchen hin. Ein Leckerli, das wir aber erst mal finden mussten. Ziemlich gerissen und irgendwie auch verspielt.«

»Das würde zu ihm passen. Und deshalb gehen wir jetzt zum Vice Questore.«

***

Questura

»Genau so hat der Mann ausgesehen«, sagte der Vice Questore und gab di Cesare das Bild zurück. »Sie glauben also wirklich, dass er es war?«

»Wenn wir nicht davon ausgehen, dass Bellini ein Mörder ist, gibt es keine andere Erklärung.«

Baroncini nickte. »Ich kann mir Bellini als eiskalten Killer nicht vorstellen, tue mich aber mit Ihrer Monsterthese nicht weniger schwer. Das sind mir zu viele Wenns und Abers. Allein die vielen Zufälle und das Glück, mit dem er an Bellinis Waffe und Handy gekommen sein soll. Außerdem passt der Mann, den ich in der Trattoria gesehen habe, nicht zu dem Beau, den Ihnen Carmen Ferrari beschrieben hat.«

Wieder einmal wies di Cesare auf die Wandlungsfähigkeit des Monsters hin, das laut Bellini in jede beliebige Rolle schlüpfen konnte. Eine Fähigkeit, mit der der Psychopath die Südtiroler Polizei nach Belieben an der Nase herumgeführt hatte. Alles, was ihm Vincenzo über den Serientäter erzählt hatte, war dazu angetan, di Cesares Ehrgeiz anzustacheln, diesen einem Phantom gleichen Mann höchstpersönlich zur Strecke zu bringen. Ein interessanter Gegner. Wahrscheinlich der beste, den er jemals hatte.

»Wir müssen uns dennoch weiterhin strikt an Fakten und Beweisen orientieren. Bellinis Fingerabdrücke auf Waffe und Handy. Das Fehlen eines Alibis. Die nicht bestätigte Behauptung seiner Bergtour. Alexander Murs Aussage. Und schließlich noch Ihre Funde in Bellinis Wohnung. Das Netz um unseren Commissario zieht sich immer enger zusammen.«

»Aber wir gehen den neuen Hinweisen doch nach, oder etwa nicht?« Mauracher spürte, wie ihr heiß wurde. Hoffentlich untersagte der Vice Questore ihnen das nicht.

Baroncini, der seit einigen Wochen zum ersten Mal wieder bartlos war und dadurch erheblich jünger wirkte, nickte. »Aber üben Sie sich in Zurückhaltung. Und unterlassen Sie den Medien gegenüber jedweden Hinweis auf eine andere Spur. Ermitteln Sie dezent. Was haben Sie denn als Nächstes vor?«

Mauracher informierte den Vice Questore darüber, dass sich derzeit mehrere Teams in Cortina d'Ampezzo aufhielten, um die gesamte Nachbarschaft zu befragen. Und voraussichtlich in wenigen Minuten würde Carmen Ferrari vorbeikommen, um ein Phantombild von Jan Göritz zu erstellen, den es allem Anschein nach nicht gab.

»Bitten Sie den Phantomzeichner direkt im Anschluss darum, Haare und Augen des Mannes aus der Trattoria so zu verändern, dass sie Ferraris Beschreibungen entsprechen«, wies Baroncini sie an. »Mal sehen, was sie dann sagt.«

»Gute Idee«, stimmte di Cesare zu. »Und dann statten wir den Optikern in der Umgebung einen Besuch ab und fragen, ob sie in den letzten Monaten farbige Kontaktlinsen verkauft haben.«

»Und machen Sie sich Gedanken, wie es dem Mann gelungen sein könnte, in Bellinis Wohnung einzudringen, ohne Spuren zu hinterlassen.«

»Apropos Bellini, gibt es Neuigkeiten?«

»Es bleibt dabei: Er wird unter verschärften Hausarrest gestellt.«

»In seiner Wohnung?«

Der Vice Questore nickte. »Ja, aber er darf sie nicht verlassen und kein Handy, kein Telefon und natürlich auch kein Internet benutzen. Besser als U-Haft, wenn auch nicht viel. Er wird regelmäßig Besuch von den Carabinieri bekommen, auch und vor allem unangemeldet.«

»Und wie soll er sich dann mit Lebensmitteln versorgen?«, fragte Mauracher.

»Darum können Sie sich kümmern, wenn Sie wollen.«

Di Cesare lächelte. »Gern. Wir werden ihn auch über den Fortgang der Ermittlungen auf dem Laufenden halten, wenn das okay ist. Wann kann er denn nach Hause? Und wie lange bleibt er unter Hausarrest?«

»Am Freitag. Und bis zur Hauptverhandlung. Es sei denn, Sie finden in der Zwischenzeit einen anderen Täter. Was ist eigentlich mit Alexander Mur?«

»Was soll mit dem sein?«, fragte Mauracher irritiert.

»Ist der über jeden Verdacht erhaben? Eigentlich hat niemand ein besseres Motiv als er, und die Gelegenheit hatte er auch.« Baroncini seufzte. »Er war an diesem Wochenende auf dem Lagazuoi. Und Zeugen hat er genauso wenig wie Bellini.«

»Wir verfolgen natürlich auch diese Spur weiter«, versprach di Cesare. »Aber ich glaube nicht, dass es eine heiße ist.«

***

»Nein, das Kinn war anders. Viel markanter, kein Doppelkinn.«

Der Phantombildzeichner musste schmunzeln, Carmen Ferrari war voll in ihrem Element. Mit flinken Fingern ließ er das Programm das Doppelkinn durch verschiedene markantere Kinnpartien ersetzen.

»Stopp«, rief die Zeugin beim sechsten Kinn, »das ist es. Und jetzt die Stirn. Die war irgendwie … anders.«

»Inwiefern?«, hakte der Zeichner nach.

»Ich weiß auch nicht«, murmelte Ferrari. »Irgendwie … Irgendwie … intelligenter! Das ist es, intelligenter!«

Der Zeichner schmunzelte. Eine nicht unbedingt konkrete Beschreibung, aber er konnte etwas mit ihr anfangen. Schon nachdem er das erste Mal die Stirnpartie ausgetauscht hatte, klatschte Ferrari vor Begeisterung in die Hände.

»Volltreffer!«

Mauracher sah stirnrunzelnd zu, wie sich das Gesicht des Mannes auf dem Monitor nach und nach veränderte, und verglich es mit dem Bild auf ihren Knien, das den Mann aus der Trattoria zeigte.

»Was ist mit den Augen?«, erkundigte sich der Zeichner. »Sie sagten doch, die seien besonders auffällig gewesen.«

Ferrari betrachtete lange schweigend das Gesicht auf dem Bildschirm. »Ich weiß nicht«, sagte sie endlich. »Die Farbe passt, aber ihr Ausdruck war irgendwie kälter. Dabei hatte Jan keine kalte Ausstrahlung. Ganz im Gegenteil. Der strotzte nur so vor Empathie und Temperament. Dennoch hatten seine Augen etwas von … Eis!«

Zielstrebig wählte der Zeichner ein anderes Augenpaar aus dem Programm aus. Ein Tastendruck, und schon erinnerten die blauen Augen an pures Gletschereis.

»Wahnsinn!«

Mauracher zuckte zusammen, sodass ihr das Bild von den Knien rutschte und zu Boden fiel. Aber anstatt sich zu bücken, um es wieder aufzuheben, starrte sie in das Gesicht von Jan Göritz. Es schien sie zu hypnotisieren.

»Damals kamen mir seine Augen beinahe unmenschlich vor«, sagte Ferrari.

»Das sind sie auch«, erklärte der Zeichner grinsend.

»Wie bitte?«, fragten die Frauen wie aus einem Mund.

»Das sind die Augen eines Hundes.«

»Eines Huskys, oder?«, mutmaßte Mauracher.

»In der Tat«, bestätigte der Zeichner. »Mit meinem Programm habe ich die vielfältigsten Möglichkeiten. Die Beschreibung hat mich sofort darauf gebracht. Das ist das Augenpaar eines Alaskan Huskys.«

Allein das Phantombild ließ Mauracher das Blut in den Adern gefrieren. Hatte der Maskierte, der ihr im Eis begegnet war und der sie in abgrundtiefe Todesangst versetzt hatte, so ausgesehen? Bei der Vorstellung lief es ihr kalt den Rücken hinunter. Leider stimmte das Bild vom Mann aus der Trattoria damit nicht überein. Noch nicht.

»Entspricht das jetzt Ihrer Erinnerung?«, fragte der Zeichner Ferrari.

Sie ließ ihn noch ein paar kleinere Korrekturen an den Haaren, den Wangen und den Lippen vornehmen, dann war sie zufrieden: Das war Jan Göritz.

Nachdem sie das Ergebnis eine Weile betrachtet hatte, bat Mauracher Ferrari, sie kurz auf den Flur hinauszubegleiten.

Wenige Minuten später wurden die Frauen von dem Zeichner wieder in sein Büro gerufen.

Nachdem sich beide wieder vor die Monitore gesetzt hatten, erklärte er Ferrari, was er in der Zwischenzeit gemacht hatte, und bat sie, zuerst auf den linken Monitor zu schauen, wo sogleich Jan Göritz erscheinen würde, und dann auf den rechten.

Ein Tastendruck und das Gesicht mit den Huskyaugen starrte sie an. Ferrari nickte kurz und blickte dann wie Mauracher auf den rechten Bildschirm. Wieder ein Tastendruck und das Bild des Gastes aus der Trattoria erschien, allerdings nun mit einigen sichtbaren Merkmalen von Jan Göritz.

»Das gibt es doch nicht!« Ferraris Stimme überschlug sich.

»Unfassbar«, murmelte Mauracher. »Aber genau so habe ich mir das vorgestellt. Wie hoch ist die Übereinstimmung?«

Der Zeichner wiegte den Kopf hin und her. »Schwer zu sagen. Beide Bilder basieren auf einer einzigen Personenbeschreibung. Aber ich würde sagen, zu achtzig Prozent ist das derselbe Mann.«

32

Bozen, 6. Dezember

Sie schlenderten gemächlich über den Waltherplatz. An ein schnelles Vorankommen war nicht zu denken, es war noch mehr los als am Vortag. Vielleicht, weil es sonnig wie gestern und noch etwas wärmer war. Der Nikolaus verteilte diesmal hier und in der Mustergasse Geschenke an Klein *und* Groß.

»Vielleicht hätten wir doch lieber bis Montag warten sollen«, meinte Mauracher.

»Papperlapapp«, entgegnete di Cesare unwirsch. »Von dem bisschen Rummel lassen wir uns doch nicht aufhalten. Außerdem ist es dann in den Geschäften nicht so voll.«

Sie wollten die Optiker in Bozen und Umgebung abklappern. Allzu viele waren das nicht. Dennoch waren ihnen zwei Dinge bewusst. Erstens: Es gab auch in anderen Orten Optiker und natürlich erst recht außerhalb Südtirols. Der Mann konnte die Kontaktlinsen auch in Österreich, Deutschland oder im Internet gekauft haben. Und zweitens: Selbst wenn sie einen Optiker fanden, der in letzter Zeit auffallend blaue Kontaktlinsen verkauft hatte, bewies das noch gar nichts. Denn weder war es verboten, solche Kontaktlinsen zu tragen, noch, eine Frau zu verführen, noch, selbige anzuschwindeln.

»Wenn Vincenzo wirklich ins Gefängnis muss, geht der vor die Hunde«, war sich Mauracher sicher, als der Nikolaus sie plötzlich aufhielt und bat, sich ein Geschenk aus seinem Sack zu ziehen. Sie machte ihm und sich die Freude, förderte eine kleine Pralinenschachtel zutage und bedankte sich artig. Sogleich öffnete sie die Schachtel und hielt sie di Cesare hin. »Bedien dich. Eine nette Alternative zu den Cantuccini, die es demnächst vielleicht nicht mehr geben wird.«

Grummelnd griff di Cesare in die Schachtel und biss in eine Praline. Er hatte eine mit Nougatfüllung erwischt. »Eigentlich esse ich so was ja überhaupt nicht. Nur, um dir eine Freude zu machen.«

»Warum auch sonst?«, entgegnete Mauracher grinsend.

»Hast du eine Ahnung, wieso der Kerl dir was geschenkt hat, mir aber nicht?«

»Guck mal in den Spiegel.«

Di Cesare blieb abrupt stehen. »Bitte?«

Mauracher musste laut lachen. »Scherz!«

»Ach so«, murmelte der Muskelmann. »Aber ich stimme dir zu, was Vincenzo angeht. Wir müssen unbedingt verhindern, dass er in den Bau geht. Denk nur an all die Verbrecher, mit denen er dann Tür an Tür leben würde. Trotz aller Schutzmaßnahmen wäre das äußerst gefährlich.«

Der erste Optiker kam rechter Hand vor ihnen in Sicht. Wie erhofft waren in dem Geschäft nur zwei Kunden. Di Cesare murmelte etwas vor sich hin, das Mauracher nicht verstand, öffnete die Tür und hielt sie der Ispettrice grinsend auf.

Mauracher nickte kokett. Sie fing an, Benvenuto di Cesare ins Herz zu schließen. Raue Schale, weicher Kern, das Sprichwort traf bei ihm zwar nicht zu, aber vielleicht: raue Schale, ehrlicher Kern? Wie auch immer, gemeinsam betraten sie das Geschäft und schauten sich neugierig um. Sie fielen nicht auf, denn sie waren in Zivil. Mauracher entdeckte eine große Tafel, auf der für farbige Kontaktlinsen ohne Stärke geworben wurde. Was für ein Zufall.

Eine junge Frau kam auf sie zu und erkundigte sich, ob sie helfen könne. Mauracher zückte ihren Dienstausweis und bat darum, mit dem Geschäftsinhaber zu sprechen.

»Das ist mein Vater. Ich hole ihn. Bitte nehmen Sie doch dort vorn Platz.« Sie deutete auf einen der Tische, die für die Beratung gedacht waren. Vorausschauenderweise wählte sie den, der etwas abseits stand.

Mauracher und di Cesare setzten sich und mussten keine zwei Minuten warten. Der Inhaber, ein grauhaariger, schlanker Mittsechziger mit Nickelbrille und freundlichem Gesichtsausdruck, setzte sich zu ihnen und stellte sich als Simon Ebner vor. Mauracher erkundigte sich, ob es in den letzten Monaten ungewöhnliche Geschäftsvorfälle gegeben habe, bei denen Kontaktlinsen eine Rolle gespielt hätten.

Ebner musste nicht lange nachdenken. Ein distinguierter älterer Herr, der auf das auch in der Auslage präsentierte Werbeplakat aufmerksam geworden war und nach besonders auffälligen Kontaktlinsen gefragt hatte, war ihm in Erinnerung geblieben.

»Sie müssen wissen«, erklärte Ebner grinsend, »dass vor allem Kunden jüngeren oder mittleren Alters danach fragen. Aber dieser Mann war an die siebzig.«

Der Optiker bot seinen Besuchern Kaffee an, und beide nahmen dankend an. Mauracher widerstand dem Impuls, nach Cantuccini zu fragen.

Ebner trug seiner Tochter auf, drei Tassen Kaffee zu bringen, und während sie warteten, bat di Cesare ihn, mehr von dem Kunden zu erzählen.

Der Geschäftsinhaber schloss für einen Moment die Augen, als würde er sich die damalige Situation wieder ins Gedächtnis rufen. Als seine Tochter den Kaffee mit einer wunderbaren Crema, wie di Cesare mit Kennerblick bemerkte, brachte, erklärte Ebner, was ihn an dem Mann so beeindruckt hatte. Zum einen habe er ausgesehen wie siebzig, sich aber wie ein Fünfzigjähriger bewegt. Zum anderen sei der Grund seiner Anfrage ungewöhnlich gewesen: Seine Enkelin habe zu ihrem zwölften Geburtstag eine Feier mit Vampir-Motto veranstaltet, zu der sie auch ihren Opa eingeladen habe. Der jedoch keine Ahnung von einer angemessenen Verkleidung gehabt habe. Doch dann habe er im Fernsehen eine Doku über Huskys gesehen, und deren Augen hätten ihn auf eine Idee gebracht. Und als er das Werbeschild gesehen habe, sei er gleich in den Laden gegangen. Natürlich habe er die »Husky-Kontaktlinsen« gekauft.

Mauracher und di Cesare hatten Phantombilder von Jan Göritz und dem Mann aus der Trattoria sowie ein Foto des Monsters im Original und eines mit einigen Attributen von Jan

Göritz dabei, die sie Ebner zeigten. Aber in keinem erkannte der Optiker seinen Kunden wieder.

»Das überrascht mich nicht im Geringsten«, sagte Mauracher, als sie mit di Cesare über den inzwischen weniger frequentierten Waltherplatz ging, »bei seiner Fähigkeit, sich zu tarnen. Nur die Sache mit der altersgerechten Körperspannung bekommt er nicht hin. Dafür ist er schlichtweg zu durchtrainiert.«

»Blödsinn«, echauffierte sich di Cesare und mutmaßte, dass es eher seine Eitelkeit war, die ihm verbot, sich unter Wert zu präsentieren.

»Bist du vielleicht eifersüchtig?«

Doch Maurachers Kollege verzichtete auf eine Antwort und wies lieber darauf hin, wie bemerkenswert es sei, dass bereits ihr erster Versuch von Erfolg gekrönt worden war.

»Was im Umkehrschluss bedeutet, dass wir zwar eine konkrete Spur von ihm gefunden haben, uns die aber nicht weiterhilft. Wir befinden uns immer noch auf der Ebene der Spekulation.«

»Wie man's nimmt«, bemerkte Mauracher. »Ich frage mich, warum er die Kontaktlinsen mitten in Bozen gekauft hat. Das war doch ziemlich dumm, oder? Ich meine, oberflächlich betrachtet.«

»Es ist so wie damals, bevor ihr mich und mein Team ins Boot geholt habt: Er scheint der Täter zu sein, aber ihr findet nur die Hinweise auf ihn, die er euch finden lässt.«

»Und was heißt das deiner Meinung nach konkret für uns?« Mauracher war leicht genervt.

»Dass wir Vincenzo eigentlich nicht helfen können. Dass auch alle weiteren Hinweise nichts anderes sein werden als eine von ihm geplante Schnitzeljagd. Er scheint uns stets einen Schritt voraus zu sein. Irgendeine Vermutung, warum das so ist, Sabine?«

»Weil er uns abhört?«, wagte Mauracher einen Schuss ins Blaue.

Doch di Cesare war zu einer auf jahrzehntelanger Erfahrung basierenden Schlussfolgerung gekommen, die sich nicht mit der der unerfahrenen Ispettrice deckte. Nämlich dass Commissario Vincenzo Bellini doch schuldig und die kleinen Hinweise, die sie fanden, nichts als Zufälle sein könnten. »Was bedeutet es, dass Carmen Ferrari sich auf einen Mann eingelassen hat, der vielleicht Kontaktlinsenträger war? Dass sie tatsächlich mit einem Monster geschlafen hat, das vier Morde begangen hat, um sie Vincenzo in die Schuhe zu schieben? Ich weiß wirklich nicht mehr, was ich glauben soll.«

Mauracher gestand, dass es ihr genauso ging. Nach dem kleinen Erfolg mit dem Optiker war für einen Augenblick so etwas wie Hoffnung aufgekeimt, nur um erneutem Frust zu weichen.

In der Questura wartete Marzoli mit drei Neuigkeiten auf sie. »Zwei gute und eine schlechte. Welche wollt ihr zuerst hören?«

»Die guten«, erwiderte di Cesare.

Also verkündete Marzoli, dass Vincenzo noch heute nach Hause verlegt werde. »Aber unter den strengen Auflagen, von denen Baroncini gesprochen hat. Das Internet wird abgestellt und das Telefon einkassiert. Er darf seine Wohnung nicht verlassen und keinen Besuch empfangen. Außer von uns und den Carabinieri.«

»Selten so eine verdammt gute Nachricht gehört«, spöttelte di Cesare. »Hoffentlich kriege ich keinen Schock vor Freude, wenn du uns die zweite mitteilst.«

Marzoli zuckte mit den Achseln. Die zweite gute Nachricht kam aus Cortina d'Ampezzo. Quintarelli und ein paar seiner Leute hatten Hans Valentins Wohnung auf den Kopf gestellt und dabei mehrere Wanderkarten vom Monte Cristallo gefunden, dem Gipfel von Bellinis Tour.

Di Cesare und Mauracher wechselten einen Blick. Das war noch weniger wert als ihre Kontaktlinsen.

Marzoli starrte verstohlen auf Benvenutos Oberarmmuskeln, die sich wie ein gewaltiges Gebirge unter seinem Pullover wölbten, als er die Arme verschränkte. Marzoli konnte sich nicht vorstellen, dass so etwas noch gesund war.

»Ich bin sprachlos vor Begeisterung«, ätzte di Cesare.

»Besser als nichts«, hielt Marzoli dagegen.

»Aber Hans Valentin ist Bergführer, es ist ganz normal, dass er Wanderkarten in seiner Wohnung hortet.«

»Eben«, sagte di Cesare beifällig. »Und jetzt die schlechte Nachricht.«

»Die ist echt übel«, sagte Marzoli mit Grabesstimme.

»Raus mit der Sprache.«

Marzoli berichtete von einem anonymen Anruf in der Questura. Ein Zeuge, der am 30. November, also am Tattag, eine Wanderung unternommen habe. Auf den Lagazuoi! Anders als wahrscheinlich Vincenzo sei er von Norden kommend aufgestiegen. Unterhalb der Hütte habe er jemanden gesehen, vermutlich Alexander Mur, mutmaßte Marzoli. Als er sich der Hütte näherte, sei es noch hell gewesen und er habe eine weitere Person bemerkt, die ziemlich auffällig um die Hütte herumgeschlichen sei. Als der Zeuge etwas näher heranging, habe er in dieser Person Vincenzo Bellini erkannt, der ihm aus den Medien vertraut gewesen sei. Er selbst habe sich schnell hinter einen Felsen verborgen, weil ihm die ganze Situation seltsam vorgekommen sei. Entsetzt habe er mitansehen müssen, wie der Commissario mit einer Waffe herumfuchtelte, und habe, als der aus seinem Blickwinkel verschwunden gewesen sei, die Flucht ergriffen. Im Lauftempo sei er wieder nach Norden geflohen, von wo aus er gekommen sei.

»Na prima«, stellte di Cesare resigniert fest. »Mir wären zwei schlechte, aber bedeutungslose, und eine gute, aber bedeutende Nachricht lieber gewesen. Wann kommt der Zeuge in die Questura, um seine Aussage zu Protokoll zu geben? Ich hätte noch ein paar zusätzliche Fragen an ihn.«

»Das ist das Komische daran. Er hat sich geweigert, hierherzukommen, und wollte uns auch nicht seinen Namen verraten. Der Anruf kam aus einer Bar, wo sich natürlich niemand an den Anrufer erinnern kann, weil da ständig jemand telefoniert. Der

Zeuge hat wohl Angst vor dem ›durchgeknallten Bullen‹, wie er sich ausgedrückt hat, und fürchtet dessen Rache. Man habe ja gesehen, wozu der fähig sei. Er hat beteuert, zuvor ein Fan vom Commissario gewesen zu sein, doch nun sei er froh, dass dieses Pulverfass hinter Schloss und Riegel gebracht wird.«

Di Cesare klatschte in die Hände. »Und damit ist die Aussage nichts wert.« Er fragte nach, ob dieser ominöse Zeuge noch mehr gesagt habe.

Marzoli dachte angestrengt nach und erinnerte sich, dass er bei der Verabschiedung noch bemerkt habe, dass er sich jetzt, da der Mörder gefasst sei, endlich wieder in die Berge traue. Im Nebensatz habe er angekündigt, gleich am Sonntag wieder auf den Lagazuoi zu gehen, um sich den Ort des Geschehens noch einmal anzusehen. Es sei bestes Wetter vorhergesagt.

»Welch interessante und weltbewegende Information«, zischte di Cesare, über dessen Nasenwurzel sich tiefe Falten bildeten. »Was gehen uns die Freizeitpläne von so einem Idioten an, der Vincenzo belastet, aber zu feige ist, in die Questura zu kommen? Wobei dessen Aussage leider den endgültigen Beweis für Vincenzos Schuld liefert!«

Mauracher starrte durch di Cesare hindurch. Ihr Mund stand offen.

»Was ist denn mit dir los?«, fragte di Cesare. »Ist dir ein Geist begegnet, oder ist mein Anblick so furchteinflößend?«

Sie schüttelte den Kopf. »Weder noch. Aber was, wenn dieser Zeuge gar kein Zeuge war?«

»Ich habe keine Ahnung, wovon du sprichst«, sagte di Cesare und wirkte genervt.

»Ich schon«, hielt Marzoli aufgeregt dagegen.

»Also?«

Mauracher erklärte ihren Gedankengang. »Der Anruf könnte ein Zeichen für uns gewesen sein. Passt doch hundertprozentig zu diesem Irren.« Sie hielt es für möglich, dass er höchstpersönlich angerufen habe, um sein dämliches Spiel voranzutreiben. Und um zu testen, ob die Polizia di Stato intelligent genug sei, seinen Hinweis zu verstehen.

»Du denkst also, er lädt uns zu einem Stelldichein auf dem Lagazuoi ein?«, fragte di Cesare ungläubig.

»Spricht etwas dagegen?«

»Hast du seine Stimme erkannt?«, fragte er an Marzoli gerichtet.

»Nein, aber wir wissen doch, wie gut er sich verstellen kann.«

»Wie hat er geklungen? Selbstbewusst? Cool? Oder nervös?«

Marzoli rief sich das Telefonat in Erinnerung. »Ich würde sagen, nervös, angespannt. Seine Bemerkung, auf den Lagazuoi gehen zu wollen, fand ich irgendwie deplatziert, zu persönlich. Und seine Stimme war für das Monster auf jeden Fall ziemlich hoch.«

»Na bitte«, sagte di Cesare und hob seine Hände, »ein echter Zeuge. Das wäre allerdings eine Katastrophe!«

Doch Mauracher beharrte darauf, keine Möglichkeit außer Acht zu lassen, diesem ominösen Anrufer auf die Spur zu kommen. Schließlich habe der sich zumindest merkwürdig verhalten.

»Und jetzt sollen wir am Sonntag den Lagazuoi besteigen?«

Genau das meinte Mauracher. Und freute sich, dass di Cesare versprach, sie mit ein paar weiteren Beamten bei diesem Ausflug zu begleiten.

Di Cesare schlug sogar vor, schon in der Nacht zu Sonntag aufzusteigen und sich dann im Gipfelbereich zu verteilen, damit ihnen bei der Überwachung nichts entging. »Aber wir bleiben höchstens bis zum frühen Nachmittag dort. Wenn bis dahin niemand Verdächtiges oder nur ein echter nervöser Zeuge auftaucht, brechen wir wieder auf.«

Gerade als Marzoli einwenden wollte, dass Letzterer Vincenzos sicheren Untergang bedeuten würde, klopfte es an der Tür und Anton Reiterer, der Leiter der Spurensicherung, trat ein. »Habt ihr es schon gehört?«

»Was?«

»Bellini kommt noch heute nach Hause.« Dann verkündete

er voller Stolz, dass er eine sehr kollegiale Idee habe, die aber die Beteiligung möglichst vieler Kollegen erfordere.

Marzoli bot Reiterer Kaffee an, den er annahm, aber wieder mal mit der Bemerkung quittierte, dass dieses Gebräu nicht mit dem aus seiner Hightech-Kaffeemaschine mithalten könne. Dann pflanzte sich der Spurensicherer in einen der Besucherstühle, erläuterte seinen Plan und endete mit dem Hinweis, dass sich auch alle Kollegen aus der Rechtsmedizin einschließlich Signora Paci beteiligen würden. Sogar der Vice Questore sei dabei!

»Ich auch«, sagte Marzoli.

Di Cesare nickte.

Mauracher verwies auf ihre Gehaltsklasse, doch Reiterer beruhigte sie. Es ginge nicht um einen bestimmten Betrag, sondern um die Symbolik.

»Okay, dann mache ich auch mit«, sagte Mauracher und griff sich vor Marzoli die beiden letzten Cantuccini von Bellinis Etagere, womit nun auch der Vorrat aus dessen Schreibtisch aufgebraucht war. Marzolis Entsetzen ob des dreisten Diebstahls war grenzenlos.

Reiterer dankte ihnen und kündigte an, sich sogleich um die Lieferung zu kümmern. »Dafür bräuchte ich aber ein paar Leute. Wer von Ihnen kommt später mit?«

»Ich!«, riefen alle drei wie aus einem Mund.

»Prima«, freute sich Reiterer, »dann ziehe ich jetzt mal los und besorge alles. Wir treffen uns um neunzehn Uhr wieder hier in der Questura und nehmen meinen Kombi, der sollte groß genug sein. Einverstanden?«

***

Sarnthein

Vincenzo fläzte sich mit seinem Thriller auf das Sofa, konnte sich aber nicht darauf konzentrieren. Er war wie paralysiert. Vor einer Stunde hatten ihn ein paar Carabinieri in seine Wohnung begleitet und Fernseher, Laptop, Handy, Telefon und Autoschlüssel mitgenommen. Damit hatte er keinerlei Möglichkeit, Kontakt zur Außenwelt aufzunehmen.

Ein Brigadiere hatte ihm erklärt, dass zweimal in der Woche jemand vorbeikäme, um seine Lebensmitteleinkäufe zu erledigen. Die Wohnung dürfe er nicht verlassen. Täte er es doch, ginge es für ihn sofort zurück in die JVA.

Vincenzo konnte nicht einmal sagen, welches Gefühl für ihn am schlimmsten war. Das des Eingesperrtseins? Oder das, für einige ein vierfacher Mörder zu sein? Oder das Gefühl von Erniedrigung, das er gefühlt hatte, als die Carabinieri ihn von der Außenwelt abgeschnitten hatten? Die Ohnmacht darüber, ein Spielball des Schicksals zu sein? Ihm blieb nichts übrig, als sich zu langweilen, irgendwann durchzudrehen und zu hoffen, dass die Kollegen, von denen er nicht wusste, ob und wann sie ihn besuchen würden, etwas fanden, das ihn entlastete.

Und während er in seiner eigenen Wohnung ausharren musste, war das Monster da draußen, beobachtete ihn vermutlich und lachte sich hämisch ins Fäustchen! Der Mann war Vincenzos Schatten, und Schatten konnte man nicht fangen.

Plötzlich klingelte es an der Tür. Hatten die Carabinieri etwas vergessen? Er drückte den Öffner und hörte, wie die Haustür aufgestoßen und mit dem Türhaken fixiert wurde. Die Stimmen, die ertönten, erkannte er sofort. Sein Herz schlug höher. Welch Freude!

»Scheiße, ist das schwer«, stöhnte Marzoli, der eine große Kiste schleppte und mit einem Tourenrucksack beladen war, so laut, dass sich die Tür von Bellinis Nachbarn öffnete.

Mauracher, die hinter ihrem Kollegen die Treppe hinaufstieg, beruhigte den Mann sofort.

»Finde ich gar nicht«, entgegnete di Cesare und schoss auf Vincenzo zu, in der Hand ebenfalls eine riesige Kiste und auf dem Rücken einen Rucksack, der noch eine Nummer größer war als der von Marzoli. »Ciao, alter Junge«, begrüßte er Vincenzo. »Geh mal zur Seite. Da kommen nämlich noch mehr Kisten.« Sprach's, schob sich pfeifend an dem verdattert dreinblickenden Vincenzo vorbei und trug sein Gepäck ins Wohnzimmer. »Oder sollen wir alles lieber ins Arbeitszimmer stellen?«

»Ich habe ja nicht einmal eine Ahnung, was das ist.« Vincenzo musste einen Ausfallschritt machen, um nicht mit dem Karton zu kollidieren, den Reiterer, der ebenfalls mittlerweile stöhnend neben ihm stand, im Flur abgestellt hatte.

»Wohin?«, keuchte der Leiter der Spurensicherung.

»Ins Wohnzimmer«, erwiderte di Cesare. »Da ist am meisten Platz.«

Mauracher betrat als Letzte die Wohnung. Sogar noch hinter Marzoli, dem der Schweiß in Strömen über das Gesicht lief. »Wir haben gut erzogene Kollegen«, grinste sie, die Hände lässig in den Taschen vergraben. »Ich musste nichts tragen, weil ich eine schwache Frau bin. Aber lass die Tür offen, Vincenzo. Die Jungs müssen noch ein paarmal zum Auto.«

»Macht mal Platz.« Di Cesare tänzelte aus der Wohnung und verschwand wieder im Treppenhaus, gefolgt von Marzoli und Reiterer.

»Und, wie geht's?«, erkundigte sich Mauracher, als sie und Vincenzo allein waren. »Ist doch tausendmal besser als die Scheiß-JVA, oder?«

»Würdest du mir bitte sagen, was ihr da alles in meine Wohnung tragt?«

»Warte ab.« Mauracher musste den Impuls unterdrücken, Vincenzos Hand zu nehmen, dessen Ungläubigkeit sie an ein staunendes Kind erinnerte. Nein, das war nie und nimmer ein Mörder.

»... auf einmal nehmen?«, ertönte es aus dem Treppenhaus, und di Cesare kam locker um die Ecke, drei Kartons aufeinander balancierend.

Hinter ihm erschienen mit verzerrtem Gesicht Reiterer und Marzoli mit nur je einem Karton.

»Tretet beiseite«, befahl di Cesare. »Jetzt haben wir alles.«

»Aber nur deshalb, weil der verrückte Kerl sich gleich drei von den Dingern geschnappt hat. Jeder Karton wiegt zwanzig

Kilo«, raunte Reiterer Vincenzo zu. In seinem Tonfall lag Bewunderung.

Vincenzo folgte den Kollegen, während Mauracher die Wohnungstür zuzog. »Würdet ihr mich jetzt bitte endlich aufklären? Was soll das?« Eine Antwort erhielt er nicht. Stattdessen schlossen di Cesare und Reiterer die Wohnzimmertür vor seiner Nase.

»Und du machst es dir jetzt auf dem Sofa gemütlich.« Mauracher bugsierte ihn sanft ins Arbeitszimmer. »Wenn wir fertig sind, geben wir dir Bescheid. Ist ein bisschen wie Weihnachten, oder?«

»Aber …?«, rief Vincenzo hinter Mauracher her, als auch seine Kollegin im Wohnzimmer verschwand. Mit verschränkten Armen ließ er sich auf sein Sofa fallen. Je mehr Zeit verstrich, umso lautere Geräusche und teils wütende Kommentare drangen zu ihm. Verstehen konnte er nichts.

***

»So ein verdammtes Scheißding«, pöbelte Reiterer. »Als die von der Firma das aufgebaut haben, sah das ganz einfach aus. Reich mir doch mal einer die Schrauben mit der Bezeichnung ›Eins-a-Strich-sieben-vier‹ rüber. Wo ist denn nun schon wieder die vermaledeite Anleitung?«

»Ich habe hier ›Eins-a-Strich-sieben-fünf‹. Gehen die auch?«

»Natürlich nicht!«, fauchte Reiterer sichtlich genervt.

»Ich habe ›Sieben-vier‹!«, sagte Marzoli und drückte Reiterer eine Tüte in die Hand.

»Woher hast du die?«, fragte Mauracher verblüfft. »Ich habe doch die Tüte mit allen Schrauben!«

»Anscheinend nicht. Denn die ›Sieben-vier‹ stammen aus dieser Pappschachtel mit der Aufschrift ›Kleinmengen‹.«

»Das ist eine absolute Frechheit«, beschwerte sich der Chef der Spurensicherung. »Eine vorsätzliche, boshafte und hinterhältige Verarschung des Kunden!«

»Was ist denn mit Ihnen los?« Mauracher zog die Stirn in Falten.

Reiterer erklärte, dass auch die »Sieben-vier« nicht passten, obwohl laut Aufbauanleitung genau die gebraucht wurden.

»Darf ich vielleicht mal?«, bot sich di Cesare an und beugte sich lächelnd zu Reiterer hinab, der mit hochrotem Kopf auf dem Teppich kniete und kurz davor war, die Aufbauanleitung in Fetzen zu reißen.

»Bitte sehr«, blaffte Reiterer, drückte di Cesare das Faltblatt mit den Miniaturzeichnungen und der Drei-Punkt-Schrift in die Hand, stand auf und ließ sich schmollend in den Sessel fallen.

Di Cesare betrachtete es stirnrunzelnd. »Ist doch gar nicht so schwer«, befand er schließlich und bat Mauracher um den Beutel mit den »Sieben-drei«-Schrauben. Dann griff er sich den Vierkantschlüssel und nahm Reiterers halb fertiges Werk wieder auseinander.

»Was machen Sie da?«, rief Reiterer, sprang auf und baute sich vor dem ihn um Haupteslänge überragenden Commissario auf.

»Ich befolge die Anweisungen der Aufbauanleitung«, erklärte di Cesare lapidar. »Und jetzt setzen Sie sich wieder und lassen Sie mich machen.«

Reiterer gab auf und nahm seufzend neben den anderen auf dem Sofa Platz.

»Ich finde, er macht seine Sache ganz gut«, befand Marzoli nach einer Weile.

»Das werden wir schon noch sehen«, zischte Reiterer.

»Dauert das noch lange?«, ertönte es plötzlich aus dem Arbeitszimmer.

»Nein, höchstens noch drei Stunden!«, rief Marzoli zurück.

Doch di Cesare benötigte keine drei Stunden. »War gar nicht so schwer«, stellte er nach nicht einmal dreißig Minuten fest und betrachtete zufrieden das Gerät. Lächelnd wandte er sich an Reiterer und sagte: »Ihnen gebührt die Ehre des Praxistests.«

Der Spurensicherer erhob sich und begab sich zur Meisterleistung von di Cesare, der sich auf Reiterers Platz sinken ließ.

Reiterer unterzog das Geschenk der Questura einer vollumfänglichen Prüfung, die kaum weniger Zeit beanspruchte als di Cesares Aufbauaktion. Schließlich befand er, dass der Kollege das für einen einfachen Polizisten gar nicht mal so schlecht gemacht habe, ging zur Zimmertür und rief in den Flur: »Sie können jetzt kommen, Bellini!«

»Endlich«, kam es zurück, und Sekunden später stand Vincenzo im Türrahmen und starrte auf di Cesares Großtat. »Nein!«, entfuhr es ihm.

»Doch«, entgegnete Reiterer.

»Ihr habt doch nicht wirklich …?«

»Doch.«

Langsam ging Vincenzo zu dem Gerät, das genau vor seinem Panoramafenster mit Blick Richtung Auener Joch thronte. Er betrachtete es voller Ehrfurcht, ging darum herum, berührte es und blickte schließlich zu seinen Kollegen, die wie Hühner auf einer Stange auf seinem Sofa hockten und ihm zusahen. »Ist … ist das … das wirklich für mich?«, stotterte er.

»Wohnt hier sonst noch jemand?«, fragte Reiterer grinsend.

»Aber das muss doch ein Vermögen gekostet haben.«

»Alles eine Frage der Gehaltsklasse, Bellini.«

»Ich weiß gar nicht, was ich sagen soll.« Mit ausgebreiteten Armen ging er zu seinen Kollegen. »Und erst recht nicht, wie ich euch danken soll. Darauf kann ich mich während des Arrests jeden Tag auspowern.«

»Am besten auch danach«, empfahl Reiterer.

»Ist das der gleiche Crosstrainer, den Sie haben?«

Reiterer verzog den Mund zu einem schmalen Lächeln. Sein eigenes Gerät gehöre zwar zu derselben Serie, verfüge aber selbstredend über bedeutend mehr Extras. »Ich dachte mir, ein einfaches wäre für einen einfachen Mann wie Sie besser geeignet«, erklärte er lächelnd und forderte den Commissario auf, den Crosstrainer zu testen.

Vincenzo grinste breit, stellte sich lässig auf die zwei Pedale und versuchte loszulaufen. Doch es tat sich: nichts.

Kopfschüttelnd gab ihm Reiterer eine Einweisung.

Nachdem Vincenzo das Prinzip kybernetischer Energie begriffen hatte und warum jenes sündhaft teure Gerät nicht einmal über einen Stecker verfügte, wagte er einen neuen Versuch. Und hatte Erfolg.

Nach fünf Minuten sprang er von den Pedalen. »Und wie viel hat dieses Wunderwerk der Technik euch nun gekostet?«, fragte er.

»Nicht der Rede wert«, bemerkte Reiterer beiläufig. »Außerdem hat sich fast die gesamte Questura beteiligt. Sogar der Vice Questore.«

»Baroncini?«, fragte Vincenzo ungläubig.

»Ja, dem verdanken wir es auch, dass wir jetzt bei dir sind«, erklärte Marzoli. »Er hat einen Deal mit Colonnello Moroder ausgehandelt, den er schon lange kennt. Die beiden haben die Zuständigkeiten in diesem Fall untereinander geklärt, und zwar so, dass jetzt wir anstelle der Carabinieri für dein leibliches Wohl sorgen können. Sprich, du darfst zwei bis drei Mal pro Woche mit uns rechnen.«

»Ich kann immer noch nicht glauben, dass ihr so viel Geld für mich ausgegeben habt.«

»Das ist doch alles relativ«, bemerkte Reiterer und schaffte es nicht, so cool zu wirken wie beabsichtigt.

Vincenzo dankte es ihm mit einem herzlichen Lächeln.

»Wie es scheint, sind Sie gut trainiert«, gab Reiterer widerwillig zu. »Ich rate Ihnen also, demnächst ruhig mal die zweite Schwierigkeitsstufe für zehn oder fünfzehn Minuten auszuprobieren. Allerdings kann ich Ihnen versprechen, dass Sie danach tagelang Muskelkater haben werden.«

»Sie sind zu gütig«, spottete Vincenzo.

Marzoli griff indes neben sich und zog sich seinen Rucksack, der neben dem Sofa gestanden hatte, auf den Schoß. »Apropos Wohlbefinden«, sagte er und griff hinein. »Sabine und ich waren vorhin bei deinen Eltern in der Trattoria und haben ihnen erzählt, was Sache ist. Deine Mutter war starr vor Entsetzen, weil du unter Arrest stehst. Dein Vater, weil du ohne eine angemessene Weinauswahl unter Arrest stehst. Also hat er uns, unter den kritischen Blicken deiner Mutter, das hier für dich mitgegeben.«

Er zauberte eine Auswahl von zehn unterschiedlichen Rotweinen aus dem Rucksack. Vincenzos Vater, so Marzoli, habe für seinen Sohn nur das Beste vom Besten aus dem Keller geholt.

Vincenzo nahm die Weine in Augenschein und schüttelte den Kopf. »Das sind die Highlights aus Pieros Weinkeller. Die kosten ein Vermögen.«

Der Ispettore nickte. »Dein Vater fügte übrigens noch hinzu, es sei ihm scheißegal, was das Finanzamt oder die Carabinieri dazu sagen, auch wenn du bei längerem Arrest den ganzen Weinkeller leer trinken würdest. Sprich, genau jener ist für dich von nun an ein nie versiegender Quell kulinarischer Freuden.«

Nun zog auch di Cesare räuspernd seinen Rucksack auf seinen Schoß, allerdings ohne wie Marzoli dabei zu keuchen. Er löste die Schnallen und förderte eine Flasche Forst nach der anderen zutage. »Ich schätze, nach zwölf Stunden auf dem Crosstrainer wird dir zunächst eher hiernach sein. Ist meine private Spende, zusätzlich zu diesem Foltergerät. Ich stelle gleich ein paar davon in den Kühlschrank.«

Vincenzo war überwältigt von der Großzügigkeit und Warmherzigkeit seiner Kollegen. Kollegen und Freunde! Jetzt, da er wusste, dass sie auf seiner Seite waren und ihm glaubten, fühlte sich der Hausarrest gar nicht mehr so schlimm an wie noch vor einigen Stunden. Er ging zu seiner Vitrine und nahm Weingläser und einen Korkenzieher heraus. »Lasst uns zusammen ein Gläschen trinken. Wir beginnen mit dem Primitivo. Obwohl, ich würde zuerst ein Forst nehmen. Wer noch?«

Doch niemand stand der Sinn nach lauwarmem Bier, nachdem Bellini offenbart hatte, dass schon der Einkaufspreis jenes Primitivo bei vierzig Euro lag. Alle wollten ihn probieren – außer di Cesare, der lieber der gesundheitsförderlichen Wirkung von reinem Leitungswasser vertraute.

Wenige Minuten später schwenkte Reiterer den Rotwein in seinem Glas, während er di Cesare fragte: »Trauen Sie sich zu, einen 5er-BMW mit verdammt vielen PS zu fahren?«

Die Antwort bestand in einer hochgezogenen Augenbraue.

»Gut.« Reiterer nahm einen ordentlichen Schluck. »Dann fahren Sie uns später nach Hause und dürfen meinen Wagen über das Wochenende behalten. Was halten Sie davon?« Er bedeutete Vincenzo, sein Glas wieder zu füllen.

Di Cesare lachte. »Kein Problem. Ich würde Sie aber auch in einem Mini fahren. Mir sind Autos so was von egal.«

Als Reiterer di Cesare seinen Kombi auch noch für den geplanten Ausflug zum Lagazuoi anbot, schlug die fast heitere Stimmung augenblicklich um.

Lagazuoi. Ein Ort ohne Wiederkehr für vier Menschen. Und der Beginn von Bellinis Alptraum.

Sofort fragte der Commissario, warum di Cesare auf den Lagazuoi wollte.

Marzoli räusperte sich, brachte ihn auf den neuesten Stand der Dinge und verschwieg dabei weder Alexander Murs Aussage noch den anonymen Anrufer, welcher der Grund für die Besteigung des Lagazuois war. »Aber wir ermitteln auch gegen Alexander Mur«, versuchte er, seinem Kollegen Hoffnung zu machen.

Vincenzo winkte müde ab. »Ihr wisst, wem wir das alles zu verdanken haben. »Das Monster von Bozen ist zurück. Es ist das eingetreten, was wir schon lange erwartet haben. Alexander Mur ist nur ein Zufallszeuge, der sicherlich nichts mit den Morden zu tun hat, aber ihm nützlich ist, indem er gegen mich ausgesagt hat.«

Reiterer wandte ein, dass die Analyse von Murs Waffe und der Abgleich der Fingerabdrücke noch ausstünden.

Vincenzo schüttelte den Kopf. Er war sich sicher: Alexander Mur hatte mit der Sache nichts zu tun. »Die Schüsse wurden aus meiner Waffe abgegeben. Das ist ein Faktum. Und den Opfern wurden von meinem Handy aus SMS geschickt. Auch ein Faktum. Das war nie und nimmer Mur.«

»Sehe ich auch so«, schloss sich di Cesare seiner Meinung an.

Ohne selbst so recht überzeugt zu wirken, entgegnete Marzoli, es sei doch ein merkwürdiger Zufall, dass er und Mur anscheinend zur selben Zeit am Tatort gewesen seien.

Vincenzo hielt dagegen. Schließlich sei es beiden um die Weihnachtsfeier gegangen. Allerdings hätten sie unterschiedliche Motive gehabt. Im Übrigen sei immer noch die Frage ungeklärt, wie er überhaupt in seine Wohnung gekommen war. »Okay, die Jacke mit dem Schlüssel im Auto ist noch eine Möglichkeit. Vielleicht hat er ja einen 3D-Drucker benutzt. Ich glaube, damit kann man sogar einen Sicherheitsschlüssel kopieren, oder irre ich mich?«

Die Frage war an den Techniker unter ihnen gerichtet, an Anton Reiterer. Der Spurensicherer bestätigte Vincenzos Vermutung, zerstreute aber seine Hoffnung, auf diesem Weg vielleicht einen Hinweis zu finden.

»Selbst wenn wir den Drucker finden würden, mit dem der Schlüssel kopiert wurde, gehört dieser doch vermutlich nicht Ihrem Monster. Das würde uns auch nicht weiterbringen.«

»Wir kommen einfach nicht aus der Nummer raus, dass alle Beweise gegen dich sprechen«, sagte Marzoli frustriert.

Di Cesare nahm aus dem Augenwinkel wahr, dass Reiterer die dritte Flasche Rotwein entkorkte und anerkennend nickte, als er das Etikett las. Er selbst beteuerte kopfschüttelnd, er halte Bellini endgültig für unschuldig und das oberste Gebot bestehe nun darin, den wahren Täter zu einem Fehler zu zwingen. »Der nächste Schritt kann nur darin bestehen, morgen auf den Lagazuoi zu gehen.«

33

Klobenstein, 7. Dezember

»Wo bist du gestern eigentlich gewesen?«, erkundigte sich Alexander Mur. Seit ihre Peiniger das Zeitliche gesegnet hatten, ging es seiner Frau mit jedem Tag besser. Die Erleichterung darüber, dass diese Männer ihr nie wieder etwas antun konnten, überwog zunehmend ihr schlechtes Gewissen wegen ihres Todes.

Sie lächelte geheimnisvoll. »Ich habe mich mit Ludwig Leitner getroffen.«

Das überraschte ihn, bis jetzt war allein das Wort »Leitner« tabu gewesen. »Wieso denn das?«

Sie gab offen zu, dass es ihr seit den Ereignissen auf dem Lagazuoi immer besser ginge. Und da sie Dissertori und den anderen bei Leitner nicht mehr begegnen würde, sehe sie keinen Grund mehr, nicht in ihren alten Job zurückzukehren.

»Das ist ja großartig!« Er nahm sie in den Arm. »Ab wann denn?«

»Erst ab Januar.« Sie lächelte verlegen. »Aber es ist trotzdem ein komisches Gefühl. Vier Menschen sind gestorben.«

»Keine Menschen, sondern Abfall«, beharrte er. »Sie haben nur bekommen, was sie verdient haben. Du musst kein schlechtes Gewissen haben, weil du dich besser fühlst. Das ist menschlich. Es ist phantastisch, dass du langsam wieder die Alte wirst. Das ist den Kindern auch schon aufgefallen.«

Silvia Mur legte die Stirn in Falten. »Die Alte werde ich wohl nie wieder sein. Der Stachel sitzt tief. Ich gehe jetzt mit einem anderen Gefühl durch die Straßen, sehe in jedem Mann einen potenziellen Vergewaltiger. Und kann mir im Moment nicht vorstellen, jemals wieder in der Öffentlichkeit etwas zu trinken. Es sei denn in deiner Gesellschaft.«

Alexander Mur füllte die Kaffeetassen wieder. »Trotzdem ist eine Besserung spürbar, und ich bin Bellini dankbar für das, was er getan hat. Der gehört nicht ins Gefängnis, der hat einen Orden verdient! Allerdings hätte ich nie zur Polizei gehen sollen.«

»Hast du eigentlich schon die Ergebnisse der Spurensicherung?«, wechselte sie das Thema.

Er schüttelte den Kopf. »Das kann noch ein paar Tage dauern.«

»Und du bist dir wirklich sicher, dass du nichts mit den Morden zu tun hast?«

Er sah sie entgeistert an. »Bist du verrückt?«

»Du hast ihnen wie Bellini den Tod gewünscht. Und du hast eine Waffe. Und bist kampferprobt. Und ich bin deine Frau.«

»Würdest du mir das denn zutrauen?«, fragte er ernst.

Sie betrachtete ihn eine Weile. Und sagte dann, ebenso ernst: »Ehrlich gesagt, ja.«

***

Lagazuoi

Nach dem Wintereinbruch herrschte tiefe Stille auf dem majestätischen Gipfel. Bei nicht mehr fahrender Seilbahn und geschlossener Hütte verirrte sich niemand in diese lebensfeindliche Höhe. Es war zu spät im Jahr für Bergtouren, aber an Wintersport war noch nicht zu denken.

Niemals war es in den Dolomiten so ruhig und einsam wie in jener Zeit zwischen dem Ende der Herbst- und dem Beginn der Winterferien. Die Natur konnte durchatmen. Befreit vom Menschen und seiner unstillbaren Gier nach Vergnügung und Ablenkung. Sie zog sich in sich selbst zurück. Nur derjenige, der die Einsamkeit ertrug, war hier oben noch willkommen.

Die Hütte war tief verschneit. Jungfräulich frischer Pulverschnee bedeckte die Terrasse, die Berge und den Pass. Lange Eiszapfen hingen vom Dach und den Geländern herab. Frost und Eis sperrten das Leben aus. Nichts erinnerte mehr an das Drama, das sich noch vor wenigen Tagen hier oben abgespielt hatte. Der Schnee hatte alles unter sich begraben: Spuren, Dreck, Gedanken, Erinnerungen und Schuld.

Die kalte Wintersonne ging allmählich unter und übergoss die verschneiten Dolomiten mit einem mystischen rotgoldenen Licht. Ein Licht, das bis in die Tiefen der Seele vordringen konnte. Das Trost spendete und heilte. Ein Licht, das das Herz erhellte. Aber auch ein Licht, das jeden, der nicht in sich selbst ruhte, an den Rand des Wahnsinns trieb. Ein weiterer Grund, warum in dieser Zeit kaum jemand den Weg in die Berge fand.

Hoch oben über der Hütte kreiste ein Steinadler. Seine Schwingen maßen mehr als zwei Meter, sein Kreischen durchbrach in weiter Ferne die Stille der Schöpfung. Ein Zustand vollkommener Harmonie. Doch den Adler, den König der Lüfte, interessierten weder Stille noch Harmonie. Die Nacht brach herein, und er hatte noch keine Beute gefunden. Bald begann die Balz, für die er Kraft benötigte, aber die häufigen Wetterwechsel innerhalb kürzester Zeit erschwerten seine Jagdbedingungen. Doch jetzt sah er seine Beute. Folgte ihr. Hinter Felsen, dicht über dem Boden. Lautlos und unbesiegbar. Hatte er sie erst einmal im Blick, gab es für sie kein Entrinnen mehr. Er kreischte vor Aufregung.

Augenblicke später, die Sonne tauchte nur noch die höchsten Gipfel in purpurfarbenes Licht, verstummte der Adler und verschwand im Sturzflug hinter der Hütte. Dort, wo der Abgrund begann, in dem vier Vergewaltiger gelegen hatten. Vielleicht hatte er ein Murmeltier entdeckt.

Den Lagazuoi umfing wieder tiefste Stille. Mit dem Adler war das letzte Leben aus diesem Ort gewichen. Alles schien in einen Zustand des Todes zu versinken, als die Sonne hinter dem Ortler unterging und die Dolomiten ihrer Farbenpracht beraubte. Die ersten Sterne flackerten am schwarzen Firmament auf, und eisige Kälte umfing den Lagazuoi.

Um nichts in der Welt möchte ich diesen Augenblick missen, dachte er und lächelte zufrieden in sich hinein.

34

Lagazuoi, 8. Dezember

»Was für eine Scheißkälte«, befand Abfalterer und verzog sich in die Hütte. Nicht, dass es dort heimelig warm war, aber immerhin wärmer als draußen, und es gab weder Schnee noch Eis. Was für ein lebensfeindliches Szenario! Er konnte sich nicht vorstellen, dass jemand freiwillig hier hinaufkäme. Aber der Boss wusste immer, was er tat. Und wenn er meinte, es sei sinnvoll, mitten in der Nacht bei minus acht Grad auf einen beschissenen Gipfel zu steigen, dann hatte das seine Richtigkeit. Abfalterers Meinung, dass das der größte Mist war, den er je unter di Cesare hatte machen müssen, war dann nicht von Belang.

Dabei konnte er noch froh sein, zusammen mit Koch-Waldner *in* der Hütte Position beziehen zu dürfen. Mooswalder und Burchiellaro, der sich doch noch freiwillig gemeldet hatte, mussten sich draußen verstecken. Hinter der Hütte auf der eisigen Nordseite, wohin sich selbst im Sommer kaum ein Sonnenstrahl verirrte. Vor allem für Burchiellaro, der aus dem warmen Kampanien stammte, eine Zumutung sondergleichen. Was sich der Boss nur dabei dachte? Was ging das Kommando »Alpha one« das Schicksal von irgendeinem Commissario an? Aber vielleicht wurde der Boss auch nur allmählich alt. Andere schoben in seinem Alter längst Innendienst.

Zipperle und Strumpflohner hatten es kaum besser getroffen. Sie mussten am Fundort der Leichen ausharren. Auch ein Scheißjob. Das Gleiche galt für Taumann, der die Bergstation der Seilbahn observierte. Als Einziger im Team ohne Partner. Was so zu interpretieren war, dass der Boss dort kaum mit Aktivitäten rechnete.

Was indes für den Chef sprach, war die Tatsache, dass er selbst zusammen mit der blutjungen Polizistin, die seinerzeit die Freundin von Bellini gerettet hatte, abseits der Hütte biwakierte. Wenn einem von ihnen der Verstand wegfrieren würde, dann ihm. Di Cesare war ein lebendes Vorbild für ihn. Aber war sein Boss wirklich schon sechzig? Di Cesare alterte zeitlos. Als er noch keine vierzig gewesen war, Abfalterer war gerade dessen Kommando unterstellt worden, hatte er irgendwie ziemlich alt gewirkt. Aber jetzt, wo er alt war, wirkte er wiederum ziemlich jung. Und es gab keinen Neuen, dem di Cesare mit seinen Fähigkeiten nicht das Wasser reichen konnte. Abfalterer schätzte sich glücklich, unter seinem Kommando dienen zu dürfen.

Das Einzige, was ihn ärgerte, war die Anwesenheit von Colonnello Moroder und seines Teams. »Abfalterer«, hatte di Cesare ihm vor ihrem Aufbruch erklärt, »das ist eine inoffizielle Mission. Das Mindeste, was wir tun müssen, ist, diejenigen ins Boot zu holen, die eigentlich dafür zuständig wären.«

Das mochte zutreffen, aber mit den Carabinieri, diesen militärischen Ultras ohne Deutschkenntnisse, war er noch nie warm geworden. Umso mehr störte es ihn, dass ausgerechnet sein Boss auch noch mit diesem Colonnello befreundet zu sein schien.

Koch-Waldner gesellte sich zu ihm, um sich darüber zu beschweren, dass sie weder den Kamin einheizen noch die Kaffeemaschine oder das Licht einschalten durften.

Abfalterer ermahnte ihn, sich das Privileg vor Augen zu führen, bei dieser Aktion überhaupt ein Dach über dem Kopf zu haben, wirkte aber selbst nicht so recht überzeugt. Als ob ein Zeuge, der anonym bleiben wollte, den Berg besteigen würde, nachdem er es selbst angekündigt hatte. Als ob überhaupt irgendjemand sich freiwillig an diesem unwirtlichen Ort aufhalten würde.

***

Sie hatten ihr provisorisches Lager rund hundert Höhenmeter unterhalb der Hütte errichtet. Da es wichtig war, nicht aufzufallen, hatte di Cesare eine Art Iglu gebaut, das erst als solches zu erkennen war, wenn man direkt vor ihm stand. Es schützte sie auch vor dem eisigen Nordwind.

»Wusstest du eigentlich schon immer, dass du ein Superheld werden willst? Ohne Frau und Kinder? Immer auf dem Sprung zum nächsten Einsatz?«

Lächelnd reichte di Cesare Mauracher eine Tasse mit heißem Tee und erzählte, er habe schon als Kind gewusst, dass er einst auf der richtigen Seite des Rechts tätig sein werde. Er sei in einer intakten Familie aufgewachsen. Als Einzelkind. Habe seine Eltern geliebt. Seine Mutter sei früh an Leberkrebs gestorben, sodass er fortan bei seinem Vater lebte, dessen Beruf als Polizist allerdings mit sich brachte, dass Benvenuto manchmal ganze Nächte allein gewesen sei. »Das ist kein besonders erschütterndes Schicksal«, bekannte di Cesare, »viele Menschen haben weitaus Schlimmeres erlebt. Und dennoch hat es mich geprägt. Der frühe Tod meiner Mutter mit gerade mal vierzig hat mir vor Augen geführt, wie fragil unsere heile Welt ist. Weil ich an dem Leben hing und immer noch hänge, wollte ich alles tun, um nicht das Schicksal meiner Mutter zu erleiden. Das hat mich zu einem asketischen und disziplinierten Sportler gemacht. Und ich fühle mich sauwohl damit.«

Mauracher nickte. »Und warum setzt du alle Hebel in Bewegung, um Vincenzo zu helfen?«

»Das ist eine Selbstverständlichkeit. Jeder Polizist würde das für einen Kollegen tun. Auch Vincenzo für mich. Sicherlich, ich hatte anfangs meine Zweifel, aber inzwischen bin ich überzeugt, dass er kein vierfacher Mörder ist.«

»Ich auch. Lebt dein Vater denn noch?«

Di Cesare erzählte, dass sein Vater längst in einem Pflegeheim untergebracht sei. Er habe Demenz. »Wahrscheinlich erblich bedingt«, erklärte er. »Es gibt also viele Gründe für meinen Lebenswandel. Aber jetzt bist du dran. Du hast mir noch nie erzählt, warum du als Berlinerin Ispettrice in Südtirol geworden bist.«

Doch Mauracher winkte ab. Ihr Leben war bisher eher unspektakulär verlaufen. Mit zwei Ausnahmen. Eine davon war ihre frühe Begeisterung für Extremsport. Schon als Jugendliche hatte sie Bungeespringen eher als lockere Aufwärmübung begriffen. Sehr zum Ärger ihrer Eltern, die ihre Tochter schon mit siebzehn Jahren in eine Berliner WG ziehen ließen, nur um nicht mitansehen zu müssen, was für einen Irrsinn sie sich als Nächstes ausdachte.

Der Einzige, der sie in ihrer Familie verstanden hatte, war Winnie gewesen, ihr Opa väterlicherseits. Mit ihm, einem Polizisten, war sie in den Ferien als Kind oft in den Bergen gewesen. Winnie, der seine Frau früh durch einen Bergunfall verloren hatte, war zeit seines Lebens Extremsportler gewesen. Ihn hatte Mauracher stets bewundert. Nicht ihren Vater, den dicklichen Steuerberater in der Hauptstadt. Oder ihre italienische Mutter, die aus Turin stammte und der Liebe wegen in Berlin gestrandet war. Oder wegen des Geldes ihres zukünftigen Mannes.

Nicht ihre Eltern, sondern ihr Opa war bis heute ihr Vorbild. Mit ihm hing auch das zweite spektakuläre, aber unsäglich grausame Erlebnis ihres Lebens zusammen. Denn Winnie war einem niemals aufgeklärten Raubüberfall zum Opfer gefallen. Sie war fünfzehn gewesen, und noch heute spürte sie einen Kloß im Hals, wenn sie an den Tag zurückdachte. Doch in ihren Erinnerungen war ihr Großvater noch immer lebendig.

»Mein Opa hat schon frühzeitig versucht, die Weichen in meinem Leben richtig zu stellen. Nirgendwo war ich mit ihm häufiger als hier, deshalb bin ich hier gelandet.«

»Alpha one, bitte kommen«, wurde Mauracher von di Cesares Funkgerät unterbrochen.

»Was gibt's, Taumann?«, fragte di Cesare, während er sanft den Arm der Kollegin tätschelte.

Taumann berichtete, dass sich über den Kaiserjägersteig eine einzelne Person dem Lagazuoi nähere. Sie sei noch zu weit entfernt, um zu erkennen, ob es sich um einen Mann oder eine Frau handele, und er fragte nach dem weiteren Vorgehen.

Di Cesare wies ihn an, in Deckung zu bleiben und die Situation weiterhin zu beobachten. »Falls es das Monster ist, ist davon auszugehen, dass der Mann bewaffnet ist. Seid also auf der Hut. Wir kommen hoch.« Er verabschiedete sich und nickte Mauracher zu. *»Showtime.«*

Trotz des Schnees benötigten sie keine zehn Minuten bis zur Hütte. Als sie sie erreichten, war zumindest zu erahnen, dass die Person männlich war.

Di Cesare beobachtete den Mann so lange durch sein Fernglas, bis er sein Gesicht erkennen konnte. Der Wanderer war unscheinbar, zwischen vierzig und fünfzig und nicht sonderlich groß. Blonde Locken quollen unter der Mütze hervor. Er erweckte nicht den Eindruck, trainiert zu sein, quälte sich den Berg hinauf. »Kenne ich nicht.« Er gab das Fernglas an Taumann weiter, der den Wanderer auch nicht einordnen konnte.

Jedenfalls schien es sich nicht um das Monster von Bozen zu handeln. Das mochte ein begnadeter Verwandlungskünstler sein, konnte sich aber nicht zwanzig Zentimeter kleiner und zwanzig Kilo schmächtiger machen.

»Alle in die Hütte und abschließen«, befahl di Cesare.

Auch Colonnello Moroder und seine beiden Marescialli gehorchten, und alle Beamten verteilten sich hinter den Fenstern.

Nach einigen Minuten erschien der Mann auf der Terrasse, setzte erschöpft den Rucksack ab, lehnte sich schnaufend an die Hauswand und hielt das Gesicht in die Sonne. Ein freundliches Gesicht.

»Sollen wir rausgehen?«, fragte Koch-Waldner.

»Noch nicht«, entschied di Cesare.

Der Mann öffnete den Rucksack, nahm ein Sitzkissen heraus, das sich in Sekundenschnelle selbst aufblies, und setzte sich auf eine Holzbank. Dann kramte er eine Thermosflasche, eine Frischhaltedose, einen Apfel und Brot hervor.

»Der macht einfach nur Picknick«, stellte Moroder fest.

»Und ist gut ausgestattet«, ergänzte di Cesare.

»Dann sollten wir dem Herrn jetzt mal ein paar Fragen stellen«, schlug Moroder vor. »Ich denke, es reicht, wenn ich mit dir und der Signora rausgehe. Wir wollen dem Armen schließlich keine Angst einjagen.«

Der Mann wirbelte erschrocken herum. »Wo kommen Sie denn so plötzlich her?«

Die Polizisten stellten sich vor und wiesen sich mit ihren Dienstmarken aus.

»Darf ich fragen, was Sie hier machen, Herr …?«, erkundigte sich di Cesare.

»Gufler, Anton Gufler. Aus Bozen. Ich mache eine Bergtour und wollte hier Pause einlegen und die großartige Aussicht genießen.«

Di Cesare kam ohne Umschweife zur Sache. »Herr Gufler, haben Sie vorgestern, also am Freitag, anonym und mit unterdrückter Rufnummer in der Questura Bozen angerufen und behauptet, Commissario Vincenzo Bellini am Samstag, dem 30. November, hier oben mit einer Waffe gesehen zu haben?«

Gufler druckste verlegen herum, gab aber schließlich zu, der namenlose Anrufer gewesen zu sein. »Und nur deshalb sind Sie hier heraufgekommen?«

»Nur?«, sagte di Cesare streng. »Sie haben Bellini mit Ihrer Aussage schwer belastet. Wieso kennen Sie sich überhaupt so gut in der Gegend aus?«

Gufler erklärte, dass er seit seiner Kindheit in die Berge ging. Man sehe es ihm zwar nicht an, aber er sei in der Tat ein sicherer Wanderer und klettere auch manchmal. Am 30. November sei er von Norden her zum Lagazuoi aufgebrochen, wo er eigentlich das Notbiwak nutzen wollte, um den Schneesturm mitzuerleben. »Aber das habe ich Ihnen ja alles schon am Telefon gesagt.«

»Und Sie haben Bellini wirklich hier gesehen?«

Gufler zeigte zu einer Stelle wenige Meter entfernt. »Da stand er, hinter einem Felsen, und hat die Hütte beobachtet. Ich hatte eigentlich vor, ihn anzusprechen, weil ich ihn aus dem Fernsehen und der Zeitung kenne, aber dann hat er eine Waffe gezogen, mich hat Panik erfasst, und ich wollte nur noch weg.«

»Und Sie sind sich sicher, dass diese Person Bellini war?«

»Absolut.«

Di Cesare nickte bedächtig. »Und wann genau war das?«

Gufler musste nicht lange nachdenken. »Um fünfzehn Uhr einundzwanzig. Ich hatte auf die Uhr gesehen, kurz bevor ich den Commissario entdeckte.«

»Ist Ihnen sonst noch jemand aufgefallen?«, fragte Moroder. »Vielleicht in der Hütte oder auf dem Rückweg?«

Nachdem Gufler alle Fragen verneint hatte, ließ di Cesare sich dessen Carta d'identità zeigen. Der Mann wohnte tatsächlich in Bozen, war achtundvierzig Jahre alt und geboren in Sterzing.

»Herr Gufler, Sie schauen dann morgen bei uns in der Questura vorbei und geben Ihre Aussage zu Protokoll. Außerdem werden Sie als Zeuge vor Gericht geladen. Kommen Sie dieser Aufforderung nicht nach, machen Sie sich strafbar.«

Gufler versprach, nach Feierabend da zu sein.

Zurück in der Hütte befahl di Cesare seinen Männern mit einem Handzeichen, sich zum Abmarsch bereit zu machen.

»Mein Gott«, sagte Gufler verblüfft, als der Letzte die Hüttentür abschloss, »Sie sind ja mit einer ganzen Armee angerückt. Warum?«

»Wir hatten unsere Gründe. Dann bis morgen Nachmittag. Fragen Sie nach Sabine Mauracher.«

Während Gufler in seinen Apfel biss, setzte sich der Trupp schweigend mit di Cesare, Moroder und Mauracher an der Spitze in Bewegung.

»So eine gottverdammte Scheiße«, fluchte di Cesare, als sie außer Hörweite waren.

»Du sagst es«, pflichtete ihm Moroder bei.

»Aber was bedeutet das?«, fragte Mauracher.

»Ich habe keine Ahnung, was ich noch glauben soll«, zischte di Cesare. »Aber Gufler ist das berühmte i-Tüpfelchen. Selbst der beste Anwalt kann Vincenzo jetzt nicht mehr helfen.«

»Hältst du den Zeugen für glaubwürdig?«, fragte Moroder.

»Welchen Grund sollte der haben zu lügen? Dass Vincenzo den mal wegen irgendwas drangekriegt hat und er sich vielleicht auf diese Weise rächen will, halte ich für unwahrscheinlich, werde es aber morgen trotzdem als Erstes überprüfen.«

»Und wer bringt Vincenzo jetzt bei, dass die Aktion nach hinten losgegangen ist?«, warf Mauracher ein.

Di Cesare blickte finster drein. Dann entspannten sich seine Gesichtszüge. »Reiterer!«

35

Bozen, 9. Dezember

Marzoli war fix und fertig. Die Neuigkeiten vom Lagazuoi hatten ihn in eine Sinnkrise gestürzt. Vincenzo Bellini, sein Freund und Vorbild, war allem Anschein nach ein Mörder. Als Marzoli Polizist geworden war, hatte man ihm schnell beigebracht, dass man Mördern nicht an der Nasenspitze ansehen konnte, was sie getan hatten. Viele von ihnen waren unauffällige Menschen, bei Nachbarn und Kollegen beliebt, freundlich und zuvorkommend. Das war bisher die Theorie gewesen.

Aber jetzt ging es um Vincenzo! Und die Indizienlage und der neue Zeuge sprachen für das Unvorstellbare. Anton Gufler hatte sich als völlig unbescholten herausgestellt. Er hatte noch nie mit der Justiz oder gar mit Vincenzo zu tun gehabt und war noch nicht einmal durch zu schnelles Fahren aufgefallen.

Gufler war Lagerist, verheiratet mit Julia, geborene Mayr, hatte keine Kinder und war nirgendwo im Internet zu finden. Er war die personifizierte Unscheinbarkeit. Dass so ein Mann grundlos log, war nicht anzunehmen.

Auch der Vice Questore war außer sich gewesen. Er hatte darauf bestanden, bei Guflers Befragung zugegen zu sein und anschließend persönlich mit seinem Commissario zu sprechen, dem eine Aufhebung des Hausarrests drohte. Was bedeutete, dass er wieder in U-Haft kommen würde. Zudem hatte sich herausgestellt, dass mit Alexander Murs Waffe nicht geschossen worden war. Der Mann war also aus dem Rennen. Und das Monster von Bozen mit Guflers Aussage auch.

Marzoli dachte an Freitagabend zurück. An den Besuch bei Vincenzo. Dessen fast kindliche Freude über den Crosstrainer. Die weinselige Stimmung. Den Optimismus. Und jetzt das.

Sein Weltbild geriet ins Wanken. Wenn schon ein Mensch wie der Commissario ein Mörder war, dann konnte es im Menschen nichts Gutes mehr geben.

***

Sarnthein

Vincenzo schrie Baroncini an, der mit Mauracher, Marzoli und di Cesare in seinem Wohnzimmer stand und ihn mit Guflers Aussage konfrontiert hatte. Anton Gufler hatte in der Questura seine Aussage wiederholt, das Protokoll unterschrieben und darum gebeten, die Sache im Rahmen des Möglichen diskret zu behandeln. Er habe eine Frau, die er liebe, und wolle nicht, dass ihr oder ihm etwas zustoße.

»Dieser Zeuge lügt entweder oder verwechselt mich, genauso wie Alexander Mur!« Vincenzo wurde so laut, dass er vermutlich noch auf der Straße zu hören war. Mit rotem Gesicht lief er wie ein nervöses Raubtier auf und ab.

Baroncini hingegen war die Ruhe selbst. Er sprach leise und beherrscht. »Commissario Bellini, setzen Sie sich. Mit Ihrem Verhalten machen Sie alles nur noch schlimmer. Der Zeuge ist glaubwürdig, auch wenn ich mir persönlich etwas anderes gewünscht hätte. Es wird sehr zeitnah zum Gerichtsprozess erscheinen. Aber bis es so weit ist, werden wir weiterermitteln. Es gibt kein perfektes Verbrechen. Wenn Sie es nicht waren, werden wir etwas finden! Aber wenn Sie es doch waren, hilft Ihnen ein Geständnis mehr als alles andere, das wissen Sie selbst am besten.«

Vincenzo ließ sich in sein Sofa sinken und vergrub sein Gesicht in den Händen. »Ich habe nicht das Geringste mit diesen Morden zu tun«, sagte er langsam und gefasst. »Und ich habe euch in jedem Punkt die Wahrheit gesagt. Anton Guflers Aussage ist falsch. Am wahrscheinlichsten ist, dass er mich verwechselt hat, weil das Monster von Bozen mich perfekt imitiert hat. Ich bin enttäuscht von Ihnen, Vice Questore, dass Sie die

Möglichkeit, dass ich ein Mörder sein könnte, überhaupt in Erwägung ziehen.«

»Was täten Sie denn an meiner Stelle?«, konterte Baroncini. »Würden Sie die Beweise und Zeugenaussagen ignorieren und mich laufen lassen? Und mich am besten gleich wieder zum Dienst bitten? Sie pochen doch immer darauf, ehrlich zu sein, dann seien Sie es jetzt auch!«

Di Cesare und Mauracher wechselten einen Blick. Mauracher hätte schwören können, dass Vincenzo, der sein Gesicht wieder in seinen Händen verbarg, weinte.

Nach einer Weile hob er den Kopf. Die Augen waren überraschend klar, sein Körper straffte sich. »Sie haben recht«, flüsterte er in Richtung Baroncini. »Ich würde genauso handeln wie Sie. Aber als euer Freund erwarte ich von euch, dass ihr alles Mögliche und Unmögliche tut, um meine Unschuld zu beweisen. Ich vertraue euch. Bitte erweist euch dieses Vertrauens würdig.«

Baroncini presste die Lippen zusammen. Zwei Herzen schlugen in seiner Brust. Das des Ermittlers glaubte den Indizien, das andere war davon überzeugt, dass sein Commissario kein Mörder sein konnte und die ganze Sache gehörig zum Himmel stank.

»Sie bleiben hier«, begann er, »das werde ich dem Staatsanwalt schon verklickern. Und Ihre Kollegen werden sich weiterhin um Sie kümmern. Meinetwegen können die Besuche ein paar Stunden dauern. Ich bin auch nur ein Mensch, verdammt noch mal! Zum Glück sind die Carabinieri sehr kooperativ, sprich, niemand wird uns in die Suppe spucken. Aber wir benötigen viel privates Engagement. Ich kann nicht sachlich begründen, warum ich zig Polizisten in einem Fall ermitteln lasse, der eigentlich schon lange abgeschlossen ist. Wir müssen herausfinden, was Gufler zu seiner Aussage bewogen hat, und brauchen Zeugen, die Sie, Bellini, zur ungefähren Tatzeit weit entfernt vom Lagazuoi gesehen haben. Ihre Kollegen werden Nacht- und Wochenendschichten einlegen müssen. Und zwar ohne Aussicht auf Überstundenausgleich. Und ohne Garantie auf Erfolg.« Er wandte sich an seine Untergebenen: »Sind Sie dazu bereit?«

Marzoli nickte.

»Selbstverständlich«, sagte Mauracher.

»Hatte schon anstrengendere Jobs«, sagte di Cesare.

36

Bozen, 13. Dezember

Dottore Varga, der Staatsanwalt von Belluno, erklärte die Ermittlungen gegen Commissario Bellini für abgeschlossen und stimmte der Verlängerung des Hausarrests zu. Auch weil der Vice Questore von Bozen, den er schon seit vielen Jahren kannte, ihm und seiner Frau bei der letzten Essenseinladung eine Kiste Morellino di Scansano mitgebracht hatte.

Damit hatte Baroncini schon viel erreicht, ging aber noch einen Schritt weiter, was einen Mann seines Schlages, dessen Markenzeichen Korrektheit und Ehrlichkeit waren, schier übermenschliche Überwindung kostete.

Zwar hatten sich unzählige Kollegen in der Questura und einige Carabinieri aus Moroders Kommando bereit erklärt, außerhalb der Dienstzeiten halb offiziell weiterzuermitteln, doch Baroncini wusste, dass dies nicht ausreichen würde. Also hatte er jedem Polizisten, der keinem wichtigen Fall nachging, offiziell die Arbeit an mehreren kleineren Fällen zugeordnet, was auch in den jeweiligen Akten vermerkt wurde. In Wahrheit ermittelten alle unauffällig in der Sache Bellini. So wie auch Moroders Leute. Zusammen waren es ein paar Dutzend Polizeibeamte.

Mehrere Teams klingelten nahe Hans Valentins Wohnung an Türen, die sich zuvor nicht geöffnet hatten. Andere hielten sich auf dem Passo Tre Croci auf und gingen von dort aus auf der Suche nach jeder noch so kleinen Spur und nach Wanderern, die Bellini vielleicht begegnet waren, seine angebliche Tour nach. Marzoli und Mauracher hatten bereits das gesamte Vorleben von Anton Gufler durchleuchtet und festgestellt, dass er bei einer betrieblichen Theateraufführung ohne seine Frau erschienen war, die mit Grippe im Bett gelegen hatte.

Baroncini nahm das Detail in seine Akte auf. Er hatte das

seltsame Gefühl, dass es eine Bedeutung haben könnte, die er jetzt noch nicht einzuschätzen vermochte.

Am Abend des 13. Dezember zog vom Golf von Genua ein Mittelmeertief nach Südtirol, das massenhaft Niederschlag versprach. Das berüchtigte Fünf-b-Tief, das schon zu der großen Elbeflut in Deutschland im Sommer am Anfang des Jahrtausends geführt hatte. Seinerzeit waren in einigen Gebieten innerhalb von vierundzwanzig Stunden mehr als dreihundert Millimeter Regen gefallen. Und ein solches, allerdings bei Weitem weniger dramatisches, Fünf-b-Tief sorgte nun dafür, dass es in den Tieflagen mal wieder schüttete wie aus Eimern. Und in den Bergen meterweise Neuschnee fiel.

***

Mauracher schaute fassungslos aus dem Fenster ihrer Wohnung. Was für Fluten! Im Laternenlicht wirkte der Regen wie ein Vorhang. Tagsüber war, abgesehen vom auffrischenden Wind, noch nichts von dem Unwetter zu spüren gewesen, doch jetzt schien die Welt unterzugehen. Die Sintflut war gekommen. Ob es bei Vincenzo in Sarnthein wohl schneite? Wahrscheinlich.

Sie ließ die vergangenen Tage Revue passieren. Es hatte Momente gegeben, in denen sie sicher war, den Fall bald lösen zu können, und Momente, in denen sie zu wissen meinte, dass das kein gutes Ende nehmen würde. Weil Vincenzo ein Mörder war. Weil es keinen Zweifel an der Aussage von Anton Gufler gab. Ihr Gefühlszustand änderte sich stündlich. Pendelte zwischen Hoffen und Bangen. Klarheit und Zweifel.

Erst heute hatte sie sich überlegt, was wohl ihr Opa Winnie zu dieser unsäglichen Situation gesagt hätte. Vermutlich wäre er, trotz aller eindeutigen Indizien, von Vincenzos Unschuld überzeugt gewesen.

Mauracher ließ ihren Blick über die überflutete Straße schweifen. Auf der Nässe brach sich das Licht der Straßenbeleuchtung. Wie funkelnde Diamanten. Sie betrachtete die Bäume. Inzwischen war es nahezu windstill. Und der Regen rauschte ohne Pause. Laut, eindringlich, betäubend. Als würde er alles Schlechte in der Welt wegschwemmen wollen. Was für eine Stimmung!

Sie hörte die Stimme ihres Opas.

Kindchen, Vincenzo war es nicht.

Was für eine Scheiße. Wie es sich in der Questura wohl ohne Vincenzo anfühlen würde? Ohne seinen Witz, seinen Charme, seine Menschlichkeit? Ohne seine Cantuccini, Ausdruck eben jener Menschlichkeit? Sie bekam allmählich einen Eindruck davon. Würde ihr der Beruf überhaupt noch Freude machen? Vincenzo war ein Stimmungsmacher in der Questura. Jeder wusste das. Auch Baroncini. Und er war der beste Freund von di Cesare, der sonst eher ein Einzelgänger war. Warum wohl? Weil Benvenuto di Cesare Mörder mochte?

Kindchen, er war es nicht.

Mauracher wurde traurig. Fünftausend Euro hatten sie unter Reiterers Leitung für den Crosstrainer von Vincenzo gesammelt. Wenn dieser ganze Mist irgendetwas Gutes hatte, dann, dass der Zusammenhalt der Kollegen sichtbar wurde. Die Menschlichkeit rührte sie. Allen voran die von Reiterer, den sie zwar von Anfang an gemocht hatte, dem sie aber niemals ein so großes Herz zugetraut hätte.

Eine Bewegung holte sie aus ihren Gedanken. Hinter der Laterne, wo der Park begann, da stand doch jemand! Sie war froh, das Licht beim Eintreten in ihre Wohnung nicht angeschaltet zu haben, sodass sie von draußen nicht zu sehen war. Dennoch ging sie in die Hocke, um über die Fensterbank zu spähen. Da war wirklich jemand hinter der Laterne. Er trug eine Jacke mit Kapuze, blickte nach oben. Zu ihr?

Maurachers Herz setzte einen Schlag lang aus. Aber was war daran so angsteinflößend, dass jemand um einundzwanzig Uhr auf der Straße stand? Die überdimensionale Kapuze, die die Person tief ins Gesicht gezogen hatte? So wie Vincenzo auf dem Lagazuoi, wenn man Murs Aussage Glauben schenken wollte. Doch unter dieser Kapuze verbarg sich garantiert nicht Vincenzos Gesicht.

Mauracher rannte in den Flur, zog ihren Parka an, schnallte sich das Holster um die Schulter und rammte das Magazin in die Waffe. Dann lief sie in den Keller, wo sich ihr Mountainbike und ihre Waschmaschine befanden, und durch den Hintereingang ins Freie. Der Regen prasselte ihr wie eine Urgewalt ins Gesicht. Was im Trockenen für Gemütlichkeit sorgte, war hier draußen einfach nur ätzend. Sie wischte sich die Tropfen aus den Augen und rannte um das Haus herum. Vorsichtig lugte sie um die Ecke. Die Gestalt stand immer noch hinter der Laterne. Schaute aber nicht mehr zu ihrer Wohnung hinauf, sondern in ihre Richtung.

Das war unmöglich! Woher hätte er oder sie vom Kellerausgang wissen können? Wer in aller Herrgottsnamen stand dort? Sie musste es herausfinden.

Sie trug dunkle Kleidung, war damit in der Nacht unauffällig. Sie ließ sich auf den Bauch in die feuchte Wiese fallen, ihre Waffe in der rechten Hand, und begann, langsam vorwärtszurobben. Der Gestalt bei der Laterne entgegen. Weg von anderen Lichtquellen, die sie verraten könnten. Wasser lief in ihren Parka, und bald spürte sie die Nässe auf ihrer Haut. Eine eisige, klamme Nässe. Widerlich. Lähmend. Als sie die Linde nur wenige Meter neben der Laterne erreichte, fror sie wie ein Schneider.

Die Gestalt stand immer noch wie angewurzelt an derselben Stelle. Wie eine unheimliche Statue. Das schwarze Loch in der Kapuze wies nun zu ihr. Dieser Mensch, oder was immer dort stehen mochte, sah sie direkt an!

Mauracher wich hinter den Stamm der Linde zurück, das Loch in der Kapuze folgte ihren Bewegungen wie ein Magnet. Sie hätte sich nicht allein hinauswagen dürfen, sondern hätte die Kollegen verständigen müssen.

Denk nach, Sabine, mahnte sie sich zur Ruhe. Wer kann das sein? Das Monster von Bozen? Oder redete sie sich das alles nur ein, und die Kapuzengestalt hatte nichts mit ihr oder Vincenzo zu tun? Ein Anwohner, der auf jemanden wartete. Sich vielleicht gerade fragte, warum sich Mauracher so seltsam verhielt. Aber warum hatte sie dann gerade dasselbe beklemmende Gefühl wie damals im Eis? Es gab nur eine Möglichkeit, das herauszufinden.

Sie zückte wieder ihre Waffe, entsicherte sie und ging für einen Augenblick hinter der Linde in Deckung, um sich zu sammeln. Der Regen rauschte gleichmäßig und ohne Unterbrechung im Geäst des Baumes, Wasserfluten ergossen sich auf ihr Gesicht. Tagsüber und bei gutem Wetter wimmelte es hier von Joggern, Spaziergängern, Liebespärchen und Hundebesitzern. Manche picknickten auf der Wiese oder grillten. Aber hier und jetzt gab es nur sie und diese Kapuze.

Sie atmete tief ein und aus. Zweimal, dreimal. Die Waffe im Anschlag. Dann schnellte sie um den Baum herum, rannte auf die Straßenlaterne zu und schrie gegen den Lärm des Regens an: »Polizei! Stehen bleiben, Hände hinter den Kopf, keine falsche Bewegung!«

Sie war keine drei Meter mehr von der Laterne entfernt, doch die Kapuzengestalt war verschwunden. Wie vom Erdboden verschluckt.

»Das gibt es doch nicht«, murmelte Mauracher und nahm den Regen nicht mehr wahr. Wenn jemand noch vor Sekunden hier gestanden hatte, boten sich ihm nur wenige Möglichkeiten, unentdeckt zu entkommen. Eigentlich nur eine. Mitten durch den Park in der Hoffnung, nicht gesehen zu werden, um dann in dem angrenzenden Waldstreifen zu verschwinden. Jeder andere Fluchtweg hätte die Kapuzengestalt mitten durch das Wohngebiet geführt. Wo Mauracher sie jetzt sehen würde.

Wieder rannte sie los, hinein in den Park, die Waffe nach vorn gestreckt. Alles um sie herum war schwarz und nass. Doch obwohl der Park vor allem aus weitläufigen Wiesenflächen bestand, konnte sie nirgendwo ein menschliches Wesen ausmachen. Sie erschauerte. Wenn die Kapuze kein Produkt ihrer Phantasie gewesen war, wenn sie wirklich unter der Laterne gestanden hatte und tatsächlich in den Park gelaufen war, dann ließ das nur einen Schluss zu: Sie musste hinter einem der wenigen großen Bäume lauern. Den Wald konnte sie in den paar Sekunden unmöglich erreicht haben.

Gänsehaut, die nichts mit der klammen Kälte zu tun hatte, kroch ihr den Rücken hinauf. Ihr Blick flog von Baum zu Baum. Nichts. Nur Natur. Doch hinter einem davon musste das Grauen auf sie warten. Nein, er! Der gerissenste und gefährlichste Verbrecher des 21. Jahrhunderts. Langsam wich sie rückwärts zurück.

Endlich erreichte sie die kleine Zufahrtsstraße, die zu ihrer Wohnanlage führte. Sie überquerte sie, weiterhin rückwärtsgehend. Der vordere Hauseingang war nur noch zehn Meter entfernt. Gleich hatte sie es geschafft. Den Blick immer noch starr auf den kaum noch zu erkennenden Park gerichtet, griff sie in die Tasche ihres Parkas und tastete nach dem Schlüsselbund.

Plötzlich ertönte hinter ihr eine Stimme. Eine Männerstimme. »Echt beschissen, bei so einem Wetter den Müll rausbringen zu müssen.«

Sie wirbelte herum, zielte mit ihrer Waffe auf die Quelle der Stimme und erblickte den Nachbarn, der in der Wohnung unter ihr wohnte. Sie starrten einander an. In seinen Augen lag Entsetzen. In ihren Verlegenheit.

»Entschuldigung«, hauchte sie und steckte die Beretta in das Holster. »Ich bin im Einsatz. Nichts für ungut. Und noch einen schönen Abend.«

Ihr Nachbar schüttelte verständnislos den Kopf und verschwand wortlos im Haus.

Die Begegnung war Mauracher peinlich, hatte aber eine befreiende Wirkung auf sie. Der Spießer von unten. Ein langweiliger Normalo. Alles im Lot, alles ganz normal.

Niemand in diesem ehrenwerten Wohnhaus ahnte auch nur, wer noch vor wenigen Augenblicken auf dem Grünstreifen gegenüber gestanden hatte. Auch sie selbst war sich alles andere als sicher, wusste aber, dass ihr Gefühl sie schon damals auf dem Gletscher nicht getrogen hatte. Ihr war dort das personifizierte Grauen begegnet. Und heute meinte sie, beim Anblick der Kapuzengestalt eben jenes Grauen wieder gespürt zu haben.

Ein letztes Mal sah sie sich um. Kein Mensch weit und breit.

Sie ging ins Haus, schloss die Eingangstür ab, was sie sonst nicht tat, versperrte ebenso sorgfältig ihre Wohnungstür und legte die Kette vor. Ohne Licht zu machen, stellte sie sich wieder an ihr Wohnzimmerfenster, um die Laternen nahe dem Park im Blick zu haben. Nichts. Auch nicht eine Stunde später. Nur die Tristesse einer Regennacht.

Erst gegen Mitternacht ging Mauracher erschöpft ins Bad und dann zu Bett, nachdem sie noch einmal sämtliche Schlösser und Jalousien geprüft hatte. Keine Schwachstelle. Aber falls er dort draußen gestanden hatte, musste es Schwachstellen geben, die nur er kannte. Sie lag hellwach unter ihrer Decke und ertappte sich bei dem Gedanken, eilig die nötigsten Sachen zusammenzuraffen und die Nacht in einem Hotel zu verbringen.

Ruhig bleiben, sprach sie sich Mut zu. Das ist genau das, was er will: Er will dich in den Wahnsinn treiben!

37

Bozen, 16. Dezember

In zwei Tagen begann das Verfahren gegen Commissario Bellini. Der zuständige Richter hatte dem frühen Termin aufgrund der Brisanz der Angelegenheit für Südtirol zugestimmt, zunächst drei Verhandlungstage angesetzt und sogar eine Unterbrechung der Justizferien in Aussicht gestellt.

Am ersten Tag sollten die Zeugen gehört werden: die Polizisten und der Arzt, die nach den Morden auf dem Lagazuoi gewesen waren, Maggiore Mauro Quintarelli, Ludwig Leitner, Alexander Mur und Anton Gufler. Vincenzos Anwalt hatte mit Marzoli und Mauracher besprochen, dass er versuchen werde, das Verfahren hinauszuzögern oder in die Länge zu ziehen, damit der Polizei ein paar weitere Tage blieben, um doch noch einen Entlastungszeugen zu finden. Die Möglichkeit bestand, denn noch hatten die Kollegen in Cortina d'Ampezzo nicht alle Hausbewohner angetroffen, die Vincenzo zur Tatzeit gesehen haben könnten.

Vincenzo selbst hatte indes wieder und wieder seine Unschuld beteuert. Marzoli, Mauracher und di Cesare besuchten ihn fast täglich, um ihn abzulenken. Doch mit dem Näherrücken des Prozesstermins ging es dem Commissario immer schlechter. Er hatte nicht den geringsten Zweifel, dass sich in jener Regennacht das Monster von Bozen vor Maurachers Wohnung unter einer Laterne gezeigt hatte. Der Mann war sich seiner Sache so sicher, dass er sich jederzeit aus seinem Versteck traute, um seine Gegner zu provozieren, nervös zu machen oder gar in Panik zu versetzen. Vincenzo mutmaßte sogar, dass er getarnt an dem Prozess gegen ihn teilnehmen könnte. Um seinen Triumph über ihn in vollen Zügen zu genießen.

Dem Vice Questore war dazu ein Gedanke gekommen, der keinesfalls abwegig erschien. Baroncini hatte vorsichtig die

These in den Raum gestellt, dass das Monster zwar wieder auf der Bildfläche erschienen sei, Vincenzo die Männer auf dem Lagazuoi aber trotzdem getötet habe. Warum solle das eine nicht neben dem anderen stehen können? Warum mussten die Ereignisse zwingend zusammenhängen? Insbesondere di Cesare befürchtete, dass der Richter, der sich bei Prozessen gegen Gewalttäter den Ruf als Hardliner erarbeitet hatte, das genauso beurteilen würde. Vincenzo erfuhr von all dem natürlich nichts.

Der Verhandlungsbeginn war am Mittwoch auf neun Uhr dreißig terminiert. Ihnen blieben also noch achtundvierzig Stunden, um für Bellini einen Trumpf zu finden, der stechen würde.

***

Ein Wald oberhalb von Bozen

Wäre nicht schwaches Tageslicht durch die geschlossenen Fensterläden gefallen, sie hätte längst jegliches Zeitgefühl verloren. Wenn sie richtig mitgezählt hatte, war sie seit elf Tagen und Nächten hier. In einer Wohnung, die aus drei winzigen Räumen bestand. Dem Wohnraum, in dem sich, neben einem Tisch mit zwei Stühlen aus Plastik, als einzige weitere Sitzgelegenheit ein Miniatursofa befand, das man ausziehen konnte. Ein Liegeplatz für Kinder, ungeeignet für eine erwachsene Frau, selbst wenn sie nur eins zweiundsechzig maß und mit achtundvierzig Kilogramm sehr schlank war. Sie schlief beschissen und hatte jeden Morgen Rückenschmerzen, die sie mit ausgiebiger Gymnastik bekämpfte.

Denn Zeit hatte sie mehr als genug. Das Einzige, was außerdem zu ihrer Zerstreuung beitrug, war ein volles Bücherregal, das das kleine Zimmer dominierte.

Neben dem Wohn- und Schlafraum gab es eine Miniküche mit Kühlschrank und einem Herd mit zwei Heizplatten sowie ein Bad mit einer Dusche, in der sie kaum aufrecht stehen konnte, weil sie in die Schräge hineingebaut worden war. Undenkbar, dass ein ausgewachsener Mann hier duschen könnte. Aus der Schräge folgerte sie, dass sie sich im Dachgeschoss des Gebäudes befand.

In der Küche gab es einen Hängeschrank und einen Unterschrank unter der kaum einen halben Meter breiten Arbeitsplatte. Auf den linken Regalflächen des Hängeschranks stapelte sich Geschirr für zwei Personen, auf den rechten standen Lebensmittel. Wer immer sie gekauft hatte, hatte keinen erlesenen Geschmack, denn neben Brot, zwei Gläsern Marmelade und ekelhaftem Instantkaffee gab es nur zwei Konservensorten: Bohneneintopf und Erbsensuppe. Im Kühlschrank fanden sich Milch, Butter, Käse und Aufschnitt.

Als sie vor elf Tagen aus ihrer Ohnmacht erwacht war und sich in dieser Kaschemme wiedergefunden hatte, war sie in Panik ausgebrochen. Es hatte eine Weile gedauert, bis sie eine Vorstellung davon hatte, was geschehen war und wo man sie hingebracht hatte. Sie war durch die Räume gelaufen und hatte versucht, die Tür oder eines der Fenster zu öffnen, von denen es nur zwei gab: im Wohnzimmer und in der Küche. Aber die Tür und die Fenster waren fest verschlossen gewesen. So wie vermutlich auch die Fensterläden, die für die ständige Dunkelheit verantwortlich waren.

Das Handy war ihr abgenommen worden, ein Telefon oder ein Tablet mit Internetzugang existierte nicht. Genauso wenig wie ein Fernseher oder ein Radio.

Natürlich hatte sie auch das Naheliegendste versucht, sich an die Wohnungstür gestellt und geschrien. Dann hatte sie gelauscht, ob sich draußen irgendetwas tat. Aber nichts. Es war totenstill geblieben. Überhaupt schien es hier außer dem Rauschen des Regens und dem Wind in den Bäumen keine Geräusche zu geben. Sie musste sich also außerhalb der Stadt befinden.

Irgendwann hatte sie ihr Schicksal akzeptiert und versucht, sich zu erinnern, was geschehen war. Vor elf Tagen war sie gelaufen. Das machte sie zweimal in der Woche. Einmal die kleine Runde, nur fünf Kilometer, aber mit einem Anstieg von dreihundert Höhenmetern, und einmal die große, zehn Kilometer, dafür relativ flach durch den Park und die Talferwiesen. An jenem Tag war sie auf der kleinen Runde unterwegs gewesen. Anfangs führte sie der Weg einige Zeit durch Wiesen und Felder, dann durch einen einsamen Bergwald steil bergauf. Den Anstieg schaffte sie nur, wenn sie sehr langsam lief. An seinem Ende musste sie eine Schotterstraße überqueren, bevor es, zunächst noch durch Wald, dann wieder über offeneres Gelände, wieder abwärts ging.

Als sie über die Straße gelaufen war, war es geschehen. Linker Hand hatte sie ein dunkles Auto gesehen. Ungefähr in zwanzig Meter Entfernung. Einen kleinen schwarzen oder dunkelblauen Wagen. Sie hatte sich noch gewundert, weil sie auf der Privatstraße normalerweise höchstens Wanderern begegnete. Plötzlich hatte sie jemand von hinten gepackt und ihr etwas ins Gesicht gedrückt. Er musste sich hinter einem Baum versteckt und auf sie gewartet haben. Inzwischen wusste sie, dass es ein Tuch mit einem Betäubungsmittel gewesen war, er hatte es ihr selbst erzählt, als er vor fünf Tagen den Proviant aufgefüllt hatte. Sogar zwei Flaschen Wein waren dabei gewesen. Überhaupt war er auffallend höflich. Außerdem rhetorisch begabt mit einem beeindruckenden Wortschatz. Das war ihr selbst bei seinem kurzen Besuch von nicht einmal zehn Minuten aufgefallen. Er war sehr groß, hatte breite Schultern und eine markante, tiefe Stimme. Sein Gesicht hatte er unter einer Mütze mit Sehschlitzen verborgen.

Wie erwartet, hatte er keine ihrer Fragen beantwortet. Mit einer Ausnahme. Die nach ihrem Schicksal. Darauf hatte er erwidert, solange sie kooperiere, werde ihr nichts geschehen. Ihre Haft sei von überschaubarer Dauer, wie er es formuliert hatte. Wenn sie seine Erklärungen richtig gedeutet hatte, würde er sie in fünf Tagen freilassen.

Und dann hatte er noch etwas gesagt. In so einem melodischen, fast beruhigenden, aber der Situation nicht angemessenen Singsang, dass ihr ganz schlecht geworden war. Er hatte ihr angedroht, sie zu töten, sollte sie nach ihrer Freilassung zur Polizei gehen oder sich sonst jemandem anvertrauen. Es werde kein schneller Tod sein, hatte er emotionslos wie ein Nachrichtensprecher gesagt. Sie hatte keinen Zweifel, dass er das ernst gemeint hatte, und nicht die Absicht, ihm nicht zu gehorchen.

Zwei Wochen auf engstem Raum gefangen, mit Essen, Wasser, Büchern und mit zwei Flaschen Wein. Immerhin konnte sie jeden Tag duschen, und die Heizung funktionierte auch einwandfrei. Sogar ein paar Kleidungsstücke hatte sie gefunden, die ihr mehr schlecht als recht passten. Aber besser als nichts.

Es galt also, die Zeit zu überstehen. Danach würde das Leben seinen gewohnten Gang weitergehen. Wobei die Tage mit sich allein bei ihr eine merkwürdige Wirkung entfalteten. Ihr Leben davor kam ihr immer mehr wie ein einziger Irrtum vor. Sie konnte sich genau vorstellen, wie es sein würde, wieder zu Hause zu sein. Der Job, ihr Mann, der Sport. Und das war es auch schon. War sie glücklich damit? Sie zögerte noch, sich die Frage ehrlich zu beantworten.

Noch fünf Tage, dann war sie vorbei. Ihre Geiselhaft. Aber vielleicht auch ihr bisheriges Leben.

***

Sarnthein

Volle zwei Stunden hatte sich Vincenzo auf seinem neuen Crosstrainer ausgepowert. Danach fühlte er sich zugegebenermaßen besser als erwartet. Jedenfalls würde er nach seiner Freilassung den Crosstrainer weiterhin benutzen, aber natürlich auch wieder Bergläufe machen.

Nach dem Training hatte er ausgiebig geduscht, gegessen und sich ein Bier aufgemacht. Später, beim Lesen, waren ihm schon nach wenigen Seiten fast die Augen zugefallen.

Jetzt ging er ins Bad, wusch sich, putzte seine Zähne und legte sich ins Bett. Genoss die Stille im Sarntal. Und die würzige, kalte Luft, die durch das gekippte Fenster ins Zimmer strömte. Er würde schlafen wie ein Murmeltier. Und in der Tat, Sekunden später atmete er ruhig und gleichmäßig. Ein tiefer, traumloser Schlaf, aus dem er plötzlich hochschreckte.

War da ein Geräusch? Er lauschte in die stockfinstere Stille. Ein kalter Schauer lief ihm den Rücken hinab. Doch, da war etwas!

Instinktiv griff er nach seiner Waffe, doch seine Hand fand nichts außer der kalten Oberfläche des Nachttisches. Natürlich, seine Waffe war beschlagnahmt. Beweisstück Nummer 1a) gegen Commissario Vincenzo Bellini, angeklagt wegen vierfachen Mordes. Und da war das Geräusch schon wieder. Schritte. Zwei oder drei, dann war es wieder still.

War er gekommen? Aber warum? Seine Rache bestand doch gerade darin, nicht selbst in Erscheinung zu treten. Es gab nur eine Möglichkeit, das herauszufinden.

Vincenzo ließ sich aus dem Bett gleiten, tauschte den Schlafanzug gegen Jeans und T-Shirt und nahm eine Taschenlampe, die sich auch als Schlagwerkzeug eignete, aus der Schlafzimmerkommode. Er wollte in den Flur schleichen, als er mit dem nackten Zeh gegen den Metallfuß des Bettes stieß. Vincenzo hatte Mühe, einen Schrei zu unterdrücken. Innerlich fluchend humpelte er zur Tür, öffnete sie und lugte um die Ecke.

Seine Wohnung bestand aus vier Räumen, einem Bad und der Küche. Alle Zimmer gingen vom Flur ab und hatten Tageslicht. Am Ende der Diele lag linker Hand die Küche und rechts das Wohnzimmer, mit dreißig Quadratmetern der größte Raum. Auch das Bad war mit fast fünfzehn Quadratmetern ungewöhnlich großzügig. Er liebte es, sich nicht beengt zu fühlen. Und auch Gianna hatte es gefallen.

Nachdem sich seine Augen an die Dunkelheit gewöhnt hatten, konnte er in dem schwachen, fahlen Licht der Straßenlaternen, das durch das Flurfenster drang, erkennen, dass die Türen zu den Zimmern geschlossen waren. Ein Spleen von ihm. Wenn er zu Bett ging, zog er alle zu.

Er blickte noch einmal hin: Die Tür zu seinem Arbeitszimmer war geöffnet. Nur einen Spaltbreit. Aber weit genug, dass durch ihn ebenfalls das Licht einer Straßenlaterne in den Flur fiel. Hatte er die Tür zuvor geschlossen oder nicht? Er wusste es nicht mehr.

Er schlich zu seinem Arbeitszimmer und versuchte, durch den Spalt zu spähen. Er sah nur einen kleinen Ausschnitt der Wand rechts vom Schreibtisch. Mit der Taschenlampe leuchtete er hinein und trat schließlich vorsichtig über die Schwelle. Der Lichtkegel erfasste das Sofa. Nichts Ungewöhnliches. Den Drehstuhl. Auch nichts. Bellini ging in das Zimmer, tastete sich bis zu seinem Schreibtisch vor.

Und wirbelte erschrocken herum, als plötzlich das Licht anging. Am Lichtschalter neben der Tür stand eine Gestalt. Groß und dunkel. Er blinzelte noch gegen das grelle Licht an, als die Person schon einen Schritt auf ihn zumachte. Instinktiv griff Vincenzo unter seine linke Achsel, wo er sein Halfter vermutete. Und musste wieder realisieren, dass er keine Waffe mehr besaß.

»Ich wusste gar nicht, dass du so schreckhaft bist«, sagte die Gestalt leise und gedehnt.

Allmählich konnte er ihn erkennen. So wie er ihn in Erinnerung hatte, ohne Kontaktlinsen, gefärbte Haare oder künstlichen Bauch. Groß, breitschultrig, maskulin und gut aussehend: das Monster von Bozen. Schon die markante Stimme war eindeutig gewesen. Tief, ruhig, melodisch. Nicht zum ersten Mal kam Vincenzo der Gedanke, dass so einem Typen eigentlich die Frauenherzen zufliegen müssten. Wenn er nicht ein Psychopath wäre, dessen Gefährlichkeit keine Worte angemessen beschreiben konnten.

Er hatte sich kein bisschen verändert. Kein graues Haar. Wenig Falten, nur ein paar Lachfältchen. Und das als Serienmörder. War dieser Mann tatsächlich schon über fünfzig? Immer noch dieselbe Körpersprache, dieselbe Power. Es war fast schon unheimlich.

»Ich habe gesehen, dass du dir einen Crosstrainer angeschafft hast«, sagte er mit spöttischem Unterton in der Stimme. »Willst du etwa trainieren, um mit mir mithalten zu können?«

Vier Meter lagen zwischen ihnen. Mit einem Hechtsprung hätte er eine kleine Chance. Auf keinen Fall durfte er ihn entkommen lassen. Er musste ihn außer Gefecht setzen und dann seine Kollegen verständigen. Vielleicht wäre es das Beste, das ganze Haus zusammenzuschreien.

Aber der andere konnte Vincenzos Gedanken lesen. Er war einfach immer einen Schritt voraus. Er zog eine Waffe und zielte mit ihr auf Vincenzo. »Denk noch nicht einmal daran. Das würde für uns beide nur unerfreulich enden. Und jetzt setz dich bitte auf den Drehstuhl. Ich bin gekommen, um mit dir über alte Zeiten zu plaudern. Freust du dich denn gar nicht, mich zu sehen?« Indem er lässig mit der Automatikwaffe wedelte, bedeutete er Vincenzo, seiner Anweisung zu folgen.

Vincenzo gehorchte. Weil er wusste, dass er keine Wahl hatte. Nein, er hatte sich in den vier Jahren nicht verändert. Er sah genauso aus wie damals, als Vincenzo ihn verhaftet hatte und er auf der Krankenstation lag, weil er sich auf seiner Flucht eine Kugel eingefangen hatte. Als er Vincenzo am Arm gepackt und gesagt hatte: »Ich werde wiederkommen! Wir beide sind noch nicht fertig miteinander.«

Die Worte hatten sich in Vincenzos Hirn eingebrannt und seine Seele verseucht. Und noch viel schlimmer war es geworden, nachdem er seine Drohung zum ersten Mal wahr gemacht hatte. Damals, vor mehr als zwei Jahren. Im ewigen Eis der Gletscher. Vincenzo würde erst damit abschließen können, wenn es vorbei war. Endgültig!

Er taxierte seinen Gegner. Der trug Handschuhe, hatte sich Alufolie um die Schuhsohlen gewickelt und eine Plastiktüte an seinem Hintern befestigt, um nirgendwo Spuren zu hinterlassen. Vincenzo kam der Gedanke, dass der Irre, stünde er auf der richtigen Seite, vermutlich ein Ermittler der Weltklasse wäre.

»Erzähl mir, wie du meine Waffe und mein Handy aus meinem Auto gestohlen hast«, forderte er ihn auf. »Wie bist du in meine Wohnung gekommen? Und warum bist du das Risiko eingegangen, diese vier Männer, die für dich nicht mehr waren als Spielfiguren, auf dem Lagazuoi zu töten?«

»Fragen über Fragen.«

»Beantwortest du sie mir?«

»Aber sicher. Deshalb bin ich gekommen. In der Haft wirst du genügend Zeit haben, über das, was ich dir jetzt sage, nachzudenken. Also, zur Waffe und deinem Handy: natürlich mit deinem Autoschlüssel. Ihr wart ja so nachlässig! Warum haben deine Kollegen nicht geprüft, ob der Ersatzschlüssel deines Alfa noch in der Besteckschublade deines Küchenschranks liegt? Und wie ich in deine Wohnung gekommen bin? Ach, Vincenzo, du warst schon früher so phantasielos. Rate!« Er grinste wie ein Kind über das ganze Gesicht und kratzte sich provokant mit der Waffe an der Nase.

Bitte, Herr, lass sich einen Schuss lösen!

Doch Vincenzos Wunsch wurde nicht erhört.

»Komm schon, sei kein Spielverderber! Also noch mal: Wie bin ich in deine Wohnung gekommen?«

Vincenzo wusste, dass er dieses abstruse Spiel mitspielen musste. Es war alles beim Alten. Das Monster genoss seine totale Überlegenheit und das Gefühl von Macht. Sich ihm jetzt zu widersetzen, brächte das Risiko mit sich, dass er vielleicht abdrücken würde. »Auf jeden Fall mit einem Schlüssel«, mutmaßte er, »sonst hätten wir Einbruchsspuren gefunden.«

Ohne die Waffe beiseitezulegen, deutete der andere ein Klatschen an. »Bravo! Aber wie bin ich in den Besitz dieses Schlüssels gekommen? War es vielleicht ein Ersatzschlüssel?«

Bellini schüttelte den Kopf. »Nein, daran haben sogar wir dummen Bullen gedacht. Alle Schlüssel waren da, wo sie sein sollten.«

Das Monster nickte anerkennend. »Gute Arbeit! Nun hast du ja ein Sicherheitsschloss, sodass ich mit meinem Problem nicht zu irgendeinem beliebigen Schlüsseldienst gehen konnte. Ich bin dir übrigens sehr dankbar für diese kleine Hürde. So hat mich die Aufgabe doch noch gefordert. Also?«

Bellini sah sich schon aufspringen wie ein Tiger und diese

Ausgeburt der Hölle mit bloßen Fingern zerfleischen, hielt aber an sich. Nicht jetzt und hier. »Das Einzige, was mir dazu einfällt, ist ein 3D-Drucker. Aber auch dafür hättest du meinen Schlüssel haben müssen.

»Wahnsinn!«, rief der andere begeistert. »Du bist gut! Kannst du dich noch an unser schönes Spiel erinnern? Damals, als Gianna Urlaub im Eis gemacht hat?«

Er provozierte ihn mit allen ihm zur Verfügung stehenden Mitteln, zielte auf die Schwachstellen seines Gegners, weil er hoffte, dieser würde irgendwann durchdrehen.

»Natürlich kann ich mich erinnern. Es war sehr unterhaltsam, dein *Spiel*«, antwortete Bellini beherrscht. Eines war wenigstens anders als früher: Er hatte keine Angst mehr vor ihm. Nicht jetzt, da er ihm gegenübersaß. In ihm war nur noch Platz für ein Gefühl: blanker Hass.

»Ausgezeichnet! Ich habe dir ja schon früher versucht klarzumachen, dass wir aus ein und demselben Holz geschnitzt sind. Du musst dich nur endlich von deinen inneren Fesseln befreien.«

Immer dieselbe Leier.

»Willst du uns unterstellen, dass wir zu blöd waren, alle 3D-Drucker in Südtirol zu überprüfen?«

Das Monster von Bozen wiegte den Kopf hin und her. »Täte ich das, hättet ihr eine neue Spur, deshalb lassen wir das lieber. Aber einen Hinweis will ich dir trotzdem geben. Weil du klug bist und ich dich so gern habe. Die Welt ist groß.«

Das reisefreudige Monster. Auch das hatte sich nicht geändert. Vincenzo kam eine Idee. »Wenn wir schon in so vertrauter Runde zusammensitzen, wie wäre es mit einem Bier? Wo du doch so großzügig warst, meinen Kühlschrank zu füllen. Ich jedenfalls habe einen tierischen Brand.«

Er lachte. »Keine schlechte Idee, gern! Aber du gehst vor. Und versuch es lieber nicht. Wäre schade, denn vor uns liegt noch ein langer und aufregender Weg. *Come on.*«

Innerlich grinsend stand Vincenzo auf. Er war ganz ruhig, hatte nicht die Absicht, es auf einen Kampf ankommen zu lassen. In dieser Situation war er gegen den Psychopathen chancenlos, aber es würde sich schon noch zeigen, wer der Klügere von ihnen war.

In der Küche nahm er zwei Flaschen Forst aus dem Kühlschrank, öffnete sie, stellte eine auf den Tisch und trat ein paar Schritte zurück. »Bedien dich. Oder möchtest du ein Glas?«

Sein Gast lachte laut auf. »Sind wir echte Kerle, oder was?« Er nahm die Flasche vom Tisch und trieb Vincenzo mit der Waffe in der anderen Hand zurück ins Arbeitszimmer.

Als sie wieder auf ihren Plätzen saßen, prostete der Commissario ihm zu. *»Cin cin!«*

»*Cin cin*, Vincenzo. Schön, dass wir so friedlich ein Bier zusammen trinken können. So etwas machen nur gute Freunde.«

Vincenzo lächelte gequält und nahm einen Schluck. Der ungebetene Besuch trug Handschuhe. Natürlich. Aber dass sie seine DNA zum Abgleich mit den schon vorhandenen Daten hatten, sobald er auch nur einen Schluck aus der Flasche nahm, war ihm anscheinend nicht bewusst. Das Monster lächelte und führte die Flasche zum Mund.

Gleich hab ich dich!

Er hob die Flasche. Legte den Kopf in den Nacken, stoppte fünf Zentimeter vor seinen Lippen und ließ das Bier in seinen Rachen laufen. Nach ein paar Sekunden hatte er die Flasche geleert, stellte sie auf den Boden, wischte sich den Mund ab und sagte: »Das tat gut, aber ein Bier genügt. Ich brauche einen klaren Kopf.«

Vincenzo starrte ihn an. Damit hatte er nicht gerechnet.

Sein Gast grinste breit. »Dachtest du etwa, ich würde euch meine DNA frei Haus liefern? Damit hast du meine Intelligenz beleidigt, aber das Bier war trotzdem lecker.« Er blickte auf seine Uhr. »Oh, schon so spät. Oder eher früh. Bald wird es hell. Wie die Zeit doch vergeht, wenn man Bier mit einem guten Freund trinkt. Ich befürchte, ich muss wieder los. Wenn ich dir einen Rat geben darf: Erzähl niemandem von unserem Treffen. Sie würden dir nicht glauben. Und da sie dich ohnehin schon für völlig durchgeknallt halten …«

»Du hast bis hierhin unverschämtes Glück gehabt«, versuchte nun Vincenzo, ihn zu provozieren. »Die Waffe und das Handy im Wagen, der Schneesturm zur Tatzeit, der Zeugen verhindert hat.« Was so nicht stimmte, aber das verschwieg er.

Der Besucher zuckte mit den Achseln. »Glück und Genialität gehen gern Hand in Hand. Mein Handeln war das Resultat einer gründlichen Überwachung.« Er habe gewusst, dass Vincenzo seine Sachen gern mal in seinem Wagen vergesse, erklärte er. Aber der Schneesturm sei tatsächlich ein erfreulicher Zufall gewesen. Jedenfalls sei ein Genie wie er jederzeit in der Lage, seine Pläne an die entsprechenden Umstände anzupassen, da er die hohe Kunst der Improvisation beherrsche.

Vincenzo grinste. »Du weißt es tatsächlich noch nicht, oder?«

Zum ersten Mal wirkte der andere ehrlich überrascht.

»Es gibt einen Zeugen. Er hat die Morde auf dem Lagazuoi beobachtet und kann den Täter beschreiben.«

Sein Gast lachte. »Ein Augenzeuge auf dem Lagazuoi? Unmöglich.«

»Er war auf der Terrasse. Keine fünf Meter von dir entfernt.«

Endlich entgleisten dem anderen seine Gesichtszüge.

Bellini lächelte. Allein der Anblick war schon eine Genugtuung. *Miese Ratte!*

Das Monster richtete wieder die Waffe auf ihn. »Hör auf, Quatsch zu erzählen. Du weißt, dass ich es auf den Tod nicht ausstehen kann, wenn jemand versucht, mich zu verarschen.«

»Niemand verarscht dich.« Vincenzo berichtete von dem Zeugen hinter der umgekippten Holzbank, unterschlug aber das Detail, dass jener Zeuge meinte, ihn, Vincenzo, dort gesehen zu haben. Stattdessen behauptete er, der Mann habe angesichts der Kapuze, die sich der Täter über den Kopf gezogen hatte, zwar nicht jedes Detail erkennen können, aber seine Beschreibung reiche aus, um ihn, seinen *Gast*, als Täter zu identifizieren.

Die Kiefer des anderen mahlten, aber dann grinste er, und

seine Gesichtszüge entspannten sich wieder. »Wenn dem so wäre, stündest du nicht in deiner Wohnung unter Hausarrest!«

»Wer sagt denn, dass ich das tue?«

Das Monster sprang auf und baute sich drohend vor Vincenzo auf, die Waffe auf seinen Kopf gerichtet. »Spiel kein Spiel mit mir.«

Vincenzo blieb ruhig. Der würde nicht abdrücken, ein viel zu profaner Tod. Also provozierte er ihn weiter. »Wieso nicht? Du liebst doch Spiele.«

Er starrte Vincenzo an. Fing plötzlich an zu lachen, schüttelte den Kopf und setzte sich wieder auf das Sofa. »Netter Versuch, aber ich weiß, dass du unter Hausarrest stehst. Und soll ich dir noch etwas sagen? Ich weiß auch, wer dieser ominöse Zeuge ist!«

Jetzt war Vincenzo perplex.

»Es ist Alexander Mur«, sagte der andere gelangweilt, stand auf und riet Vincenzo, noch eine Minute auf seinem Drehstuhl sitzen zu bleiben, um sich Unannehmlichkeiten zu ersparen. Auf der Türschwelle drehte er sich noch einmal um. »Und vielen Dank für das Bier.

Vincenzos Herz schlug schneller, seine Hände wurden feucht. Woher wusste der von Alexander Mur? Oder hatte er sich das nur zusammengereimt? Jedenfalls hatte er, Vincenzo, einen schwerwiegenden Fehler begangen. Mur stand jetzt auf der Abschussliste! Er musste das Monster aufhalten. »Darf ich dir noch eine letzte Frage stellen?«

»Gern, aber nur noch die eine.«

»Warst du es, der Gianna in einem Gletscher im Trentino gefangen gehalten hat?«

Der andere lächelte. »Wenn ich dir diese Frage beantworte, ist die ganze Spannung weg«, sagte er sanft. »Willst du das?«

»Ich will wissen, ob du Giannas und mein Leben zerstört hast.«

»So würde ich das nicht sagen. Leben zerstört. Außerdem habt ihr überhaupt nicht zusammengepasst. Du mit so einer karrieregeilen Anwältin, noch dazu aus Mailand. Das musst du dir mal auf der Zunge zergehen lassen, Vincenzo! Sie ist jetzt immer in der Metropole unterwegs. Geht in Ausstellungen. Ins Theater. Zu Empfängen der Kanzlei. Könntest du dich mit ihr vorstellen? Im maßgeschneiderten Anzug? Großstadtflair und Hektik statt Gipfelglück und Stille. Glaub mir, du wärst nicht mehr du selbst. Wer immer Gianna eine Auszeit im Eis gegönnt hat, hat dir einen großen Gefallen getan, Vincenzo. Wenn du aus dem Knast kommst, such dir ein nettes Mädel von der Alm, heirate es und setz Kinder in die Welt. Werde glücklich damit! So lange, wie ich es zulasse.«

»Warst du es, oder warst du es nicht?« Bellini spürte wieder diesen Zorn in sich aufsteigen.

Anstatt zu antworten, wechselte der andere das Thema. »Apropos, hast du eigentlich jemals darüber nachgedacht, dass du ohne mich nichts wärest?«

»Nein, ich denke eher darüber nach, dass ich ohne dich ein glückliches Leben führen könnte.«

Das Monster von Bozen lachte laut auf. »Du? Glücklich, weil du Handtaschendiebstähle aufklärst und vor dich hin vegetierst? All deine Prominenz durch das Interesse der Medien und deine Beliebtheit über die Grenzen Südtirols hinweg verdankst du allein mir. Nur weil ich dir gestattet habe, zu meinem Jäger zu werden. Ich bin der Gejagte, dein Antagonist. Ohne mich wärst du nur eine kleine Nummer.«

Jetzt war es an Vincenzo zu lachen. Allerdings bitter. »Damit hast du in gewisser Weise sogar recht. Aber dafür hast du kaltblütig Menschen ermordet. Damals wie heute! Ein zu hoher Einsatz.«

Der Besucher zuckte mit den Achseln. »Du siehst das viel zu eng. Du solltest das ganze Leben als ein einziges Spiel betrachten. Von der Geburt bis zum Tod. Es gibt Jäger und Gejagte. Adler und Schafe. Und diesem Spiel sind vier Vergewaltiger zum Opfer gefallen. *So what?* Für sie sind irgendwo vier barmherzige Samariter zur Welt gekommen. Die nichts von mir zu befürchten haben. Also ist die Welt durch unser Spiel sogar ein bisschen besser geworden.« Er grinste über das ganze Gesicht.

»Ich wiederhole ein letztes Mal meine Frage: Hast du Gianna in einen Gletscher verschleppt und versucht, meine Kollegin umzubringen?«

Sein Gast schüttelte den Kopf. »Vincenzo, Vincenzo, was soll ich nur mit dir machen? Du regst dich viel zu schnell auf! Irgendwann bekommst du noch einen Herzinfarkt. Und das wäre schade, wo ich doch noch so viel mit dir vorhabe.«

»Warst du es? Hast du auch deinen Psychiater umgebracht?«

»Vincenzo«, sagte er gedehnt, »du bist viel zu neugierig. Ich will es mal so formulieren: Nur weil ich in der Lage wäre, so etwas zu tun, heißt das noch lange nicht, dass ich es auch getan habe. Zufrieden?«

»Ja oder nein?«

Sein Blick verfinsterte sich. Er sah Vincenzo direkt in die Augen. »Vielleicht.«

Vincenzo lief ein eiskalter Schauer über den Rücken. Jetzt wusste er, dass der Alptraum noch lange nicht vorbei war. Ganz gleich, ob er im Knast landete oder nicht.

»Ciao, Vincenzo. Tut mir leid, aber ich muss jetzt wirklich los. Wir sehen uns wieder. Das verspreche ich dir.«

Sekunden später fiel die Tür ins Schloss.

Vincenzo sprang auf und rannte in den Hausflur. Welchen Nachbarn sollte er aus dem Schlaf reißen? Den von oben. Alleinstehend, Mitte vierzig, Buchhalter. Ein ausgeglichener Typ. Manchmal tranken sie sogar ein Bier zusammen. Vincenzo stürmte nach oben und presste seine Handfläche auf die Klingel.

Es dauerte eine Weile, bis sich die Tür öffnete und ein vom Schlaf verquollenes Gesicht auftauchte. »Vincenzo?«

»Sorry, ich habe keine Zeit für lange Erklärungen, aber ich muss dringend telefonieren. Bei mir geht das gerade nicht.«

»Kein Problem. Komm rein. Du weißt ja, wo das Telefon steht.«

Zuerst wollte er Marzoli anrufen, besann sich aber noch darauf, dass der Frau und Kinder hatte. Auch Mauracher kontaktierte er nicht, ihre Position in der Questura erlaubte ihr noch keine eigenmächtigen Entscheidungen. Also klingelte er di Cesare aus dem Bett. Beim ersten und zweiten Versuch sprang der Anrufbeantworter an, aber beim dritten Mal meldete sich eine müde Stimme. »Wer wagt es um diese Uhrzeit?«

Vincenzo hielt sich nicht mit langen Vorreden auf. Dafür war er viel zu aufgeregt. Er erzählte, was soeben in seiner Wohnung geschehen war.

Di Cesare war sofort hellwach. »Was für eine unglaubliche Dreistigkeit!«

»Das sage ich doch schon die ganze Zeit!« Vincenzos Stimme war schrill vor Erregung.

Di Cesare versprach, Mauracher zu wecken und die Carabinieri zu verständigen. »Du bleibst am besten bei deinem Nachbarn, bis wir da sind. Du darfst in deiner Wohnung nichts mehr anrühren!«

Der Nachbar hatte das Gespräch mitverfolgt. »Willst du einen Kaffee?«, fragte er, nachdem Vincenzo aufgelegt hatte. »Was genau ist denn passiert?«

Vincenzo folgte ihm in die Küche. Warum sollte er eigentlich schweigen? War es nicht von Vorteil, wenn möglichst viele wussten, was geschehen war? Während der Nachbar den Espressokocher auf den Herd stellte, weihte er ihn in die Geschichte ein, die der andere zu großen Teilen aus den Medien kannte. Von der Entführung bis zu seinem nächtlichen Ehrengast, der eben erst seine Wohnung verlassen hatte.

»Das klingt übel«, stellte der Nachbar fest und füllte die kleinen Tassen.

Vincenzo nickte. Der heiße Espresso tat gut, und die Nacht war ohnehin vorbei. Draußen begann es zu dämmern. »Hast du eben irgendetwas bemerkt? Jemanden im Treppenhaus oder draußen einen Wagen?«, fragte Vincenzo, als sie am Küchentisch saßen.

Doch dem Nachbarn war nichts aufgefallen. Genauso wie bei dem Vorfall vor wenigen Wochen. Das Monster war ein Phantom, für alle außer ihn unsichtbar. Vincenzo überkam eine Gänsehaut.

Nach einer halben Stunde trafen di Cesare und Mauracher ein. Vincenzo bedankte sich bei seinem Nachbarn, der versprach, ab sofort Augen und Ohren offen zu halten, für dessen Hilfe und betrat mit den beiden Kollegen seine Wohnung.

»Wir warten am besten auf die Carabinieri«, schlug di Cesare vor, »um ihnen nicht ins Handwerk zu pfuschen. Bislang sind die ziemlich kooperativ, und das soll auch so bleiben. Aber erzähl uns schon mal, was genau passiert ist.«

Vincenzo wiederholte seine Geschichte bereitwillig. Er war froh, die beiden vertrauten Gesichter zu sehen. Von zwei Menschen, die ihm glaubten.

»Das ist ein Hammer«, stellte Mauracher fassungslos fest. »Das nimmt mir auch die letzten Zweifel, wer am Freitag vor meiner Wohnung gestanden hat. Der spielt sein beschissenes Spiel mit uns!«

Endlich wurde es im Treppenhaus laut. Die Carabinieri rückten gleich mit fünf Mann an und veranstalteten einen solchen Krach, dass sich sämtliche Türen im Haus öffneten und überraschte Gesichter in den Türrahmen erschienen. Die Nachbarn im Erdgeschoss setzten zu einer Schimpftirade an, verstummten aber, als sie sahen, wer ihre morgendliche Ruhe störte. Kein Geringerer als Colonnello Bortolo Moroder persönlich führte die Einheit an, unter der sich auch zwei Leute der Spurensicherung befanden.

Di Cesare starrte den Kollegen entgeistert an. »Wie bist du so schnell von Cortina hierhergekommen? Und woher hast du die Jungs von der Spusi?«

Moroder schob sich an ihm vorbei in die Wohnung. Obwohl er ein großer und muskulöser Kerl war, wirkte er neben di Cesare wie ein Zwerg. »Ich bin während der laufenden Ermittlungen bei einem Kollegen aus Bozen untergekommen. Und die Spurensicherung ist jederzeit abrufbereit«, sagte er. »Wir müssen tun, was wir können.«

»Und was sagt deine Familie dazu?«, wollte di Cesare wissen.

»Da müssen sie durch«, entgegnete der Colonnello. »Also, was ist passiert?«

Vincenzo erzählte seine Geschichte gern zum dritten Mal, er war erleichtert, dass Moroder zu ihm zu stehen schien.

Die Männer von der Spurensicherung gesellten sich mit überschaubarer Beute zu ihnen: mit den beiden Bierflaschen, Faserspuren von Bellinis Sofa und Schuhabdrücken aus Flur und Arbeitszimmer. Es lag nahe, dass Letztere nicht dem Monster von Bozen zuzuordnen sein würden.

Die Carabinieri und die Spurensicherung zogen ab. Moroder kündigte an, sofort einen Bericht zu schreiben, und folgte ihnen. Der erneute Lärm im Treppenhaus störte keinen der Bewohner mehr, die ersten verließen das Haus schon auf dem Weg zur Arbeit.

»Wirst du langsam alt?«, versuchte Vincenzo einen Scherz, als di Cesare sich die Augen rieb und gähnte.

Der Kollege schüttelte den Kopf. »Mitnichten. Ich bin nur verzweifelt, weil dir selbst der erneute Besuch von ihm nichts nützen wird. Weder der Staatsanwalt noch der Richter werden ihm eine Bedeutung beimessen, weil er wieder einmal keine Spuren hinterlassen hat. Stattdessen reitet er dich mit allem, was er tut, immer tiefer in die Scheiße. Nur wir und der Vice Questore glauben dir noch. Allerdings bröckelt Baroncinis Zustimmung nach der Aussage von Anton Gufler auch. Und übermorgen beginnt schon die Verhandlung.«

»Aber dieser Gufler lügt doch wie gedruckt«, protestierte Vincenzo.

»Das sagst du. Und das sehen wir auch so. Aber warum sollte der Richter ihm nicht glauben? Gufler hat keinen Grund, dich mit einer Falschaussage zu belasten.«

»Aber er muss einen haben«, beharrte Vincenzo. »Und ihr müsst am besten gestern noch rausfinden, welchen.«

Mauracher schlug vor, nochmals dezent bei Guflers Nachbarn und Arbeitskollegen nachzuhaken, ob ihnen an ihm in letzter Zeit irgendetwas aufgefallen sei.

»Das ist aber auch das Einzige, was wir tun können, ohne uns in Schwierigkeiten zu bringen«, sagte di Cesare. »Die Glaubwürdigkeit eines Zeugen zu überprüfen ist legitim. Du übernimmst das. Du bist eine junge, nette Frau, dir wird niemand misstrauen. Nimm Zipperle mit. Der wirkt am harmlosesten. Am besten fangt ihr sofort damit an.«

38

Im Wald oberhalb der Stadt, 17. Dezember

Es ist ein gutes Gefühl, wenn die Dinge reibungslos laufen. Wenn sich mithin zeigt, dass ein Plan reiner Intelligenz entsprungen ist. Denn nur dann ist er unfehlbar. Eines fügt sich wie ein Puzzleteil ins andere, bis sich zu einem beabsichtigten Zeitpunkt das Gesamtbild ergibt. In dessen Zentrum sich das Ziel, ein alter Freund, befindet. Viele kleine und einige große Ereignisse haben den Freund in jenes Zentrum geführt, aus dem es kein Entrinnen gibt. Er ist wie ein Käfer, gefangen in einem Spinnennetz.

Hier, in diesem kleinen, aber einsamen Wald weit oberhalb der Stadt hat der Adler seinen Horst errichtet. Die blökenden Schafe wissen nicht, wie nah er ihnen ist. Zunächst kreiste er in großen Höhen über seiner Beute, um ihre Gewohnheiten zu studieren. Doch als er erkannte, wie verletzlich seine Beute ist, viel verletzlicher, als der König der Lüfte es für möglich gehalten hat, war es ein Leichtes, sie von der Herde zu trennen.

Nun sitzt der Adler in seinem Horst im Wald, seiner Beute so nah. Ihm bleibt nur noch eines zu tun: warten. Warten und hier und da das eine oder andere kleine Puzzleteil einsetzen. So wie jenes unbedeutende Teilchen, das wie das Junge des Adlers nach Nahrung ruft. Und das anfangs auch so kreischte.

Wie viele Jahre sind ins Land gegangen, in denen der Jäger nur den Platz des Beobachters innehatte? Doch wie viel konnte er in dieser Zeit über die Gewohnheiten und Schwächen seiner Beute herausfinden? Fast kommt es ihm so vor, als hätte das Schicksal höchstselbst für ihn jenen Moment bestimmt, um in die Geschichte einzugehen.

***

Er schwenkte den Château La Fleur Milon in seinem Glas. Eine Erinnerung an unbeschwerte Zeiten in Saint-Tropez. Das, was sich Gewöhnliche in ungewöhnlichen Momenten leisten konnten, hatte er sich von jeher auch in den gewöhnlichen Momenten geleistet. Doch nur einem außergewöhnlichen Charakter wie ihm war bewusst, dass es im Leben keine gewöhnlichen Momente gab. Jeder war seines eigenen Glückes Schmied. Jeder konnte jede Sekunde seines Lebens zu etwas Ungewöhnlichem machen. Solange er ihm nicht in die Quere kam.

Morgen war es so weit: *The final countdown* hatte begonnen. Endlich würde das Ziel im Zentrum des Puzzles begreifen, dass es von Anfang an genau das gewesen war: das Ziel! Und realisieren, dass es für immer im Netz der Spinne gefangen sein würde. Lebend!

Währenddessen wartete das letzte Puzzleteil darauf, aus einem ungewöhnlichen Moment in seinem Leben befreit zu werden, nur um wieder in ein Leben voll Gewöhnlichkeit zurückzukehren.

Warum nur waren die Menschen so gewöhnlich? Und warum begegnete ihm niemals jemand auf Augenhöhe? Warum ließ sich ein Vincenzo Bellini so leicht in die Falle locken? Warum geriet eine Sabine Mauracher grundlos in Panik? Warum vergewaltigten vier Männer, selbst Familienväter, eine Frau, die sie zuvor betäubt hatten? Wie armselig! Gewöhnliche Puzzleteile, die er hatte entfernen müssen. Freilich nicht, ohne damit dazu beizutragen, das Ziel in der Mitte des Puzzles zu fixieren.

Ein Puzzleteil aber stach aus dem bisherigen Bild hervor, überstrahlte selbst das Ziel im Zentrum. Eine erfreuliche Wendung. Denn das bedeutete den Beginn eines noch spannenderen Spiels.

Doch das waren Gedanken für die Zukunft. Das eigentliche Spiel fand im Hier und Jetzt statt. Sein Ergebnis war nicht offen, denn der Sieger stand fest. Er hatte von Anfang an festgestanden.

Langsam leerte er sein Glas und genoss die Finsternis. Sie war für ihn Sinnbild von Stille, Erhabenheit, innerer Ruhe.

Verbunden mit dem Wissen, sich nicht nur jederzeit ins Licht begeben zu können, sondern selbst das Licht zu werden. Und sei es in einer Bar in Bozen.

Er stellte das Glas in die Spüle, eine Spülmaschine gab es hier ebenso wenig wie einen Internetanschluss, und ging zu Bett. Morgen musste er ausgeruht sein. Auf ihn wartete ein ereignisreicher Tag. Der Tag, an dem sich das Netz aus Puzzleteilen um das Zentrum zusammenziehen und ihm für immer jegliche Fluchtmöglichkeit rauben würde. War dies passiert, war das Puzzle unzerstörbar. Nichts und niemand konnte das Teil in der Mitte dann noch aus seinem Gefängnis befreien.

Im Bett lauschte er wohlig in die Stille. Auch aus dem Dachgeschoss war kein Geräusch zu hören. Er schloss die Augen, blendete seine Gedanken aus und fiel Sekunden später in einen tiefen und erholsamen Schlaf.

39

Bozen, 18. Dezember

Das Verfahren gegen Vincenzo wegen vierfachen Mordes war eröffnet worden. Da die Tat auf dem Lagazuoi begangen worden war, der zur Provinz Belluno gehörte, hätte der Prozess eigentlich in Belluno stattfinden müssen. Aber die Beteiligten hatten sich auf Bozen als Verhandlungsort geeinigt, weil die Mehrheit der Zeugen, der Richter und einige Gutachter wie etwa die Polizeipsychologin Rosa Peer aus der Stadt und ihrer Umgebung stammten.

Dottore Varga aus Belluno begann mit der Befragung des Teams, das die Tatortsicherung auf dem Lagazuoi vorgenommen hatte. Danach waren Maggiore Mauro Quintarelli und dessen Kollegen an der Reihe, die Vincenzo in Cortina d'Ampezzo verhaftet hatten.

Der spektakulärste Prozess in der Geschichte Südtirols mobilisierte die Massen. Der Gerichtssaal war bis auf den letzten Platz gefüllt. Vor dem Gebäude drängten sich Journalisten und Kamerateams. Selbst Vertreter von 3sat und ORF warteten auf Interviewpartner und Bilder. Vincenzos endloser Kampf gegen das Monster von Bozen, dessen spektakuläre Flucht aus dem Hochsicherheitstrakt der Bozener Psychiatrie und die Tatsache, dass der Mann auch Monate später noch nicht gefasst worden war, erzeugten bei vielen Menschen eine Mischung aus Sensationslust, wohligem Nervenkitzel und einer Prise Angst. Und jetzt sollte ausgerechnet jener heldenhafte Commissario, der vor allem für viele junge Menschen zu einer Identifikationsfigur geworden war, vier Männer kaltblütig ermordet haben.

Die Bedeutung der Tat zeigte sich auch in dem ungewöhnlich schnellen Verhandlungsbeginn. Nie zuvor war ein Verfahren wegen einer Straftat keine drei Wochen nach der Tat eröffnet worden. Meistens lagen, bedingt durch die Überlastung der

Gerichte, Wochen oder gar Monate dazwischen. Die eindeutige Beweislage hatte den Termin zusätzlich begünstigt. Der Prozess war nicht mehr als ein formaler Akt der Rechtsprechung. Dass Dutzende Polizisten weiter nach Material suchten, das den Angeklagten entlasten könnte, schien bedeutungslos.

Ispettore Marzoli und Ispettrice Mauracher saßen in der ersten Reihe. Auch sie würden am nächsten Tag als Zeugen befragt werden. Marzoli brach der Schweiß aus, wenn er nur daran dachte, dass er seinen Freund dann zusätzlich belasten musste. Sein Statement, Bellini habe den mutmaßlichen Vergewaltigern mehrfach Gewalt angedroht, war zwar nur ein winziger Nagel von Bellinis Sarg, aber seine Bedeutung war immens. Er musste gegen seinen Partner aussagen.

Immer wieder ließ Marzoli den Blick über das Publikum schweifen. War auch der Mörder unter ihnen? Er entdeckte viele Menschen, die er kannte. Silvia Mur, Kollegen aus der Questura. Reiterer und Paci. Nachbarn und Vertreter der Stadt. Aber fast ebenso viele Menschen hatte er noch nie gesehen. Sie waren aus ganz Südtirol angereist, und vermutlich war auch der eine oder andere Tourist dabei, der die Berichterstattung in den Medien verfolgt hatte und sich so ein Ereignis nicht entgehen lassen wollte.

War einer dieser vermeintlichen Touristen vielleicht gar kein Tourist? War er vor nicht allzu langer Zeit noch Jan Göritz gewesen, der mit einer Frau geschlafen hatte, die Marzoli jetzt ebenfalls im Gerichtssaal entdeckte: mit Carmen Ferrari?

Lange betrachtete er die Gesichter der Männer, die ihm nicht bekannt vorkamen, schätzte ihre Größe und Statur ab, was im Sitzen eher schwierig war, und betrachtete diejenigen eingehender, die zumindest hinsichtlich dieser zwei Attribute zu ihm passen könnten. Doch keiner von ihnen sah so aus, als würde er eine Perücke oder farbige Kontaktlinsen tragen. Einige der Beobachteten quittierten Marzolis Gafferei bereits mit einem bösen Blick, doch der ließ sich davon nicht abschrecken.

In einer der hinteren Reihen sah er eine Frau Mitte fünfzig. Sie war groß, mit einigen Pfunden zu viel auf den Rippen, aber von eleganter, attraktiver Erscheinung. Ihren vollständig ergrauten Haaren nach, die sie hochgesteckt trug, schien sie nicht allzu eitel zu sein. Sie hatte ein noch relativ jugendliches Gesicht mit lebhaften dunklen Augen. Ihr hochwertiges Jersey-Kleid war dunkelblau mit Dreiviertel-Ärmeln und V-Ausschnitt, in dem Marzoli eine Silberkette erkannte. Ihm fielen auch ihre Hände auf, als sie sich damit durchs Haar fuhr. Sie waren für eine Frau auffallend groß, aber sehr gepflegt, die Fingernägel waren dunkel lackiert. Die Frau trug keinen Lippenstift und auch sonst kaum Make-up.

Marzoli war ganz in ihren Anblick versunken gewesen, als sie ihm ein vielsagendes Lächeln zuwarf. Er spürte, wie er rot anlief, und blickte hastig in eine andere Richtung. Wie peinlich. Wie unglaublich peinlich. Hoffentlich hatte sein Verhalten außer ihr niemand mitbekommen.

***

Gries-Quirein

Weil Sabine Mauracher unbedingt dem Prozess beiwohnen wollte, hatte di Cesare an diesem Tag Zipperle und Abfalterer nach Gries-Quirein geschickt, dem Bozener Stadtteil, in dem Anton Gufler mit seiner Frau Julia wohnte und wo sich auch sein Arbeitgeber befand. Die Polizisten aus di Cesares Einheit sollten sich nochmals Guflers privates Umfeld vornehmen. Guflers wohnten in der Via Fago, unweit eines Tennisclubs, dem sie auch angehörten.

Sie beschlossen, sich aufzuteilen: Zipperle nahm sich den Tennisclub vor, in dem praktischerweise gerade ein Hallenturnier stattfand, ohne Anton und Julia Gufler. Abfalterer klingelte derweil bei den unmittelbaren Nachbarn. Am auffälligsten schien zu sein, dass Anton Gufler und seine Frau ausgesprochen unauffällig waren. Jeder kannte sie so, wie man eben die Menschen aus seiner unmittelbaren Nachbarschaft kennt. Diejenigen, die Abfalterer antraf, beschrieben das Paar als höflich, aber distanziert. Sie lebten zurückgezogen, nahmen nicht an gemeinschaftlichen Treffen teil und luden auch keine Nachbarn zu sich ein. Ihr unmittelbarer Nachbar erzählte, er sehe die beiden meistens allein im Garten sitzen, nur selten im Beisein eines anderen Paares oder eines Familienangehörigen. Er habe auch nicht den Eindruck, dass sie oft wegfuhren. Es sei bekannt, dass Gufler Bergsteiger sei und wie seine Frau gern Tennis spiele. Beide seien Mitglieder in dem Tennisclub nebenan. Es war auch jener direkte Nachbar, der einen interessanten Hinweis lieferte, von dem Abfalterer aber nicht wusste, ob er von Bedeutung war. Di Cesare würde das sicherlich besser beurteilen können.

Anschließend ging er in eine Pizzeria, von der aus er den Eingang zum Tennisclub im Blick hatte, bestellte eine Pizza Quattro Stagioni und einen Chianti und wartete auf Zipperle.

Zipperle trat aus dem Gebäude, noch bevor die Pizza auf dem Tisch stand. Abfalterer rief den Kollegen auf dem Handy an und empfahl ihm, sich auf eine Pizza zu ihm zu gesellen.

»Aber sollten wir nicht so schnell wie möglich zurück?«, wandte Zipperle ein, als er vor Abfalterer im Gastraum stand. »Benvenuto hat doch gesagt, dass es sehr eilig ist.«

»Papperlapapp, eilig ist ein relativer Begriff. Eine Pizza sollte wohl noch drin sein. Außerdem musst du eh so lange warten, bis ich aufgegessen habe.«

Zipperle nickte. »Meinetwegen. Ich habe sowieso Hunger.« Er winkte den Kellner zu sich und bestellte eine Pizza Prosciutto und ein Glas Grauburgunder. »Was hast du rausgefunden?«, fragte er, als sie wieder allein waren.

Abfalterer wiederholte, was er von Guflers Nachbarn erfahren hatte. Jenes Detail, das di Cesare vermutlich am meisten interessieren würde, fand auch Zipperle merkwürdig. Und wusste selbst zu berichten, dass die Mitglieder des Tennisclubs, mit denen er hatte sprechen können, Anton und Julia Gufler genauso beschrieben hätten wie ihre Nachbarn. Beide trieben zusätzlich noch einen eigenen Sport. Er ginge in die Berge, sie joggen. Oft allein, selten mit einer Tennispartnerin, die er, Zipperle, auch angetroffen habe. Sie habe ihm gegenüber erwähnt, dass ihr dasselbe aufgefallen sei wie dem Nachbarn.

»Das ist schon ein bisschen seltsam, oder?«, meinte Zipperle und nahm einen ordentlichen Schluck vom Grauburgunder, den der Kellner eben mit den beiden Pizzen gebracht hatte.

»Kann auch Zufall sein«, widersprach Abfalterer, der sich gierig über seine Quattro Stagioni hermachte.

Doch Zipperle beharrte auf seiner Meinung und darauf, di Cesare umgehend darüber informieren zu müssen. Er wollte schon den Kellner zu sich winken, um zu bezahlen, doch Abfalterer hielt ihn zurück.

»Kein Grund, die Pizza stehen zu lassen. Ich rufe Benvenuto an.« Er erhob sich, ging vor die Tür, um das Telefonat zu führen, und kam mit betretener Miene zurück.

»Was ist?«, erkundigte sich Zipperle.

»Benvenuto ist stinksauer, weil wir hier sitzen und Pizza essen. Er hat uns ausdrücklich befohlen, sofort zurückzukommen.«

»Hab ich's doch gesagt!«

»Lass gut sein. So schlimm ist es nun auch wieder nicht.« Abfalterer erklärte, di Cesare werde morgen mit dem gesamten Team anrücken. Außerdem wolle er mit Baroncini sprechen, der ihm noch ein paar Leute zur Seite stellen solle. Je mehr, desto besser. Er lächelte gequält. »Denn wenn Bellini eines nicht hat, dann ist es Zeit.«

40

Bozen, 19. Dezember

Was war das gestern für ein Auflauf nach der Verhandlung gewesen. Dutzende von Reportern und unzählige Kamerateams hatten den Leuten den Weg versperrt und mit ihren Ü-Wagen rücksichtslos die Straße zugestellt. Vincenzo Bellini, der die Hände abwehrend gegen das Blitzlichtgewitter vor das Gesicht gehalten hatte, musste gleich von fünf Sicherheitskräften abgeschirmt werden. Keine Frage, das war der prominenteste Prozess aller Zeiten in Südtirol.

Ähnlich wie gestern war das Publikum auch heute bunt gemischt. Einheimische und Touristen hielten sich die Waage. Und er war mitten unter ihnen. Unerkannt. Unauffällig. Aus der Questura waren dieselben Beamten anwesend wie am Vortag. Nur einer fehlte. Di Cesare, dessen Handy gestern während der Vernehmung des Zeugen Bortolo Moroder geklingelt hatte, woraufhin er stirnrunzelnd den Saal verließ. Nach fünf Minuten war er zurückgekommen, hatte Marzoli etwas ins Ohr geflüstert und war dann wieder verschwunden. Marzoli seinerseits hatte wiederum Mauracher etwas ins Ohr geflüstert, was ihn jedoch nicht daran gehindert hatte, der Frau, die keine war, immer wieder schmachtende Blicke zuzuwerfen.

Marzoli, du geiler Bock, hatte er gedacht und in sich hineingegrinst.

Di Cesares heutige Abwesenheit verunsicherte ihn indes ein wenig. Hatte das etwas für ihn zu bedeuten? Oder gab es einen privaten Grund? Leider hatte er keine Möglichkeit, das herauszufinden. Ab sofort musste er noch stärker auf der Hut sein als zuvor.

Endlich wurde Anton Gufler aufgerufen. Der wichtigste aller Zeugen, der endgültig für Klarheit sorgen würde. Hätten sie ihn gestern befragt, wäre der Prozess schon an seinem ersten

Tag beendet gewesen, und man hätte eine Menge Steuergelder gespart.

Gufler war die Nervosität anzumerken. Flatternder, unruhiger Blick. Hektische Bewegungen, nervöses Fummeln an seinem Hemdkragen. Warum machte er nicht einfach cool seine Aussage? Er verachtete diesen weitverbreiteten Typus Mensch. Wachsweich, keine Courage, feige und leicht zu beeinflussen.

Der Staatsanwalt, Dottore Varga, bat Gufler, nochmals zu erzählen, wann und wo er Bellini gesehen und wie dieser sich verhalten habe. Mit unsicherer Stimme wiederholte er das, was er schon in der Questura zu Protokoll gegeben hatte. Anschließend erkundigte sich der Richter bei Bellinis Verteidiger, ob dieser auch Fragen an den Zeugen habe, was dieser bejahte. Der Verteidiger hatte eine unterkühlte Ausstrahlung, die Gufler noch unsicherer werden ließ. Hoffentlich hielt der gute Anton dem Druck stand.

Haargenau wollte der Verteidiger wissen, wann Gufler wo aufgebrochen sei, welchen Weg er gewählt habe und wann er auf dem Lagazuoi angekommen sei. Clever. Stimmte nur eine Zeitangabe nicht überein, hätte sich der Zeuge in einen Widerspruch verstrickt. Aber er hatte Gufler jedes Detail eingeimpft, ihm alles dreimal vorgekaut. Und Gufler bewies zumindest ein gutes Gedächtnis, denn er gab genau das wieder. Brav.

Jetzt fragte der Anwalt, warum sich Gufler so sicher sei, dass Bellini die Männer erschossen habe. Er habe doch nur den Commissario und dessen Waffe gesehen, nicht die eigentliche Tat. Er atmete tief durch. Der Anwalt hatte den Finger auf die Schwachstelle in der Aussage gelegt. Aber wäre Gufler auch noch Augenzeuge der Tat gewesen, wäre das arg auffällig gewesen. Außerdem, beruhigte er sich, würde auch noch Alexander Mur in den Zeugenstand gerufen werden, und der hatte genau das gesehen, was Gufler nicht mitbekommen haben konnte. Seine Anwesenheit auf dem Lagazuoi war eine Fügung des Schicksals gewesen.

Aber immer wieder drifteten seine Gedanken zu der einen

Frage: Warum nur war Benvenuto di Cesare nicht erschienen?

***

Giuseppe Marzoli stieß Anton Guflers Verhalten merkwürdig auf. Die meisten Menschen wurden vor Gericht nervös, auch wenn sie nichts Verbotenes getan hatten, aber Gufler wirkte nicht nur nervös oder ängstlich angesichts der hohen Instanz, sondern fahrig und unkonzentriert. Hatte seine Verfassung etwas mit dem zu tun, was Zipperle und Abfalterer herausgefunden hatten? In diesem Augenblick sollten sie zusammen mit ihren Kollegen ein Waldgebiet oberhalb von Bozen durchkämmen.

Als Gufler aus dem Zeugenstand entlassen wurde, wurde Alexander Mur aufgerufen. Die kurze Zeit des Zeugenwechsels nutzte Marzoli, um der Frau von gestern wieder einen verstohlenen Blick zuzuwerfen. Sie saß auf demselben Platz und trug dasselbe Kleid und dieselbe Kette. Wahrscheinlich war sie eine Touristin und hatte nur ein einziges Kleid dabei, das dem Anlass gerecht wurde. Aber darin sah sie umwerfend aus. Ausgesprochen sexy. Sie hatte so eine energetische Ausstrahlung und folgte dem Prozess offenbar mit großem Interesse. Manchmal umspielte ein Lächeln ihre sinnlichen Lippen. Marzoli schämte sich, weil die Frau ihn erregte.

Er wandte sich wieder zu Alexander Mur um, der, bei Weitem ruhiger als sein Vorgänger, anfing zu erzählen, wie Vincenzo vor seinen Augen die vier Männer hingerichtet hatte. Er gab zu, das Gesicht vom Commissario nicht genau gesehen zu haben, war sich aber dennoch seiner Identität relativ sicher, weil Größe, Statur und Bewegungen passten. Er hob noch seinen Beruf hervor, um seine Eignung für die Identifizierung von Personen zu betonen, und als er geendet hatte, kaprizierte sich Bellinis Verteidiger darauf, dass Mur nicht eindeutig sagen könne, seinen Mandanten gesehen zu haben, und tat die Aussage deshalb für irrelevant ab. Genauso hatte er bereits Guflers Statement eingeordnet.

Das Fatale für den Commissario, der dem Prozess mit starrem Blick folgte, war auch nicht eine einzelne Aussage. Es war die Summe von Aussagen und Indizien, die sich wie ein Puzzle zusammenfügten. Wäre das Puzzle fertig, sähe man als Bild einen Mörder und vier Opfer auf dem Lagazuoi.

Marzoli hatte ein beschissenes Gefühl. Zumal jetzt auch noch Rosa Peer in den Zeugenstand gerufen wurde, die als Bellinis Therapeutin von ihrer Schweigepflicht entbunden wurde und Rede und Antwort stehen musste, wie sie ihren Patienten und seine Psyche hinsichtlich der Fähigkeit einschätzte, einen Mord zu begehen.

Peer beantwortete sowohl die Fragen des Staatsanwalts als auch die des Verteidigers ruhig und sachlich. Das Bild, das sie dabei von Vincenzo zeichnete, war kein negatives. Es war das eines zugewandten und liebenswürdigen Menschen mit einem klaren Werteschema. Aber auch das eines zu Aggressionen neigenden mit einem übersteigerten Gerechtigkeitsempfinden. Sie ließ offen, ob sie ihm vor diesem Hintergrund eine solche Tat zutraute. Ihre Aussage schadete Vincenzo nicht, ließ sich aber im Kontext des Beweispuzzles zu seinem Nachteil auslegen.

Als Peer den Zeugenstand verließ, war Mauracher an der Reihe. Es blieben ihm also nur noch wenige Minuten. Das war der Moment, vor dem es ihm seit Tagen gegraut hatte. Wie schlecht es auch Sabine in der Situation ging, war an ihrem Gesichtsausdruck abzulesen. Selten hatte er sie so ernst erlebt. Allzu nervös schien sie immerhin nicht zu sein, was Marzoli angesichts ihres Alters, sie wurde in ein paar Tagen erst fünfundzwanzig, bemerkenswert fand.

Mauracher beantwortete alle Fragen wahrheitsgemäß und bat anschließend darum, selbst etwas sagen zu dürfen. Der Richter nickte, und sie berichtete von dem Erlebnis vor ihrer Wohnung. So wie sie es mit Vincenzos Anwalt abgesprochen hatten, ging sie auf die Möglichkeit ein, dass nicht Vincenzo, sondern das Monster von Bozen hinter den Taten steckte, das versuche, die Ermittler mit solchen Auftritten wie dem vor ihrem Wohnhaus einzuschüchtern.

Wie zu erwarten gewesen war, sah der Staatsanwalt keinen Zusammenhang zwischen den Morden auf dem Lagazuoi und einem Fremden hinter einer Straßenlaterne. Er verwies auf Vincenzos Waffe und Handy und auf die Aussagen mehrerer glaubwürdiger Zeugen und beantragte, Maurachers Einwand nicht zu Protokoll zu nehmen. Als der Richter dem Antrag stattgab, war klar, was Marzoli gleich blühte. Sein Name wurde aufgerufen, und der Schweiß perlte von seiner Stirn.

Schwerfällig quälte er sich aus seinem Stuhl und schlich in den Zeugenstand. Während er sich setzte, wanderte sein Blick wie ferngesteuert zu der Dame im blauen Kleid. Doch er sah nur einen leeren Sitz.

***

Oberhalb von Bozen

Hastig riss er sich das Kleid vom Leib und die künstlichen Nägel von den Fingern und schlüpfte wieder in Jeans, Pullover und Sneakers. Unachtsam stopfte er Kleid und Schuhe in den Wäschekorb. Es spielte keine Rolle, wenn sie diese Beweise fanden, die nicht nur ihm, sondern in gewisser Weise auch Giuseppe Marzoli schadeten. Was für ein Spaß es gewesen war, mit ihm zu flirten. Wie der ihn angesehen hatte! Ausgerechnet der nach außen hin so brave Marzoli mit seiner Barbara und den drei Kindern. Wenn der erfuhr, wem er im Gerichtssaal schmachtende Blicke zugeworfen hatte! Ein ebenso unerwartetes wie erfrischendes Detail des Spiels. Des Spiels, das jetzt drohte, anders als von ihm geplant zu enden. Wegen eines muskelbepackten Superhelden, der noch nicht ahnen konnte, welches Schicksal er mit seinem Handeln gewählt hatte.

Während Mauracher ihre Aussage gemacht hatte, war ihm bewusst geworden, was di Cesare vorhatte. Wenn er während einer Verhandlung sein Handy anließ, was strikt untersagt war, und den Gerichtssaal verließ, konnte das nur bedeuten, dass seine Leute in seinem Auftrag unterwegs waren und etwas gefunden hatten, was es wert war, ihn darüber in Kenntnis zu setzen. Ihm fiel nur eines ein, das Sinn ergab.

Er raffte seine Sachen zusammen und stopfte sie in den Rucksack. Nur das Nötigste. Kein überflüssiges Gewicht, das sein Tempo gedrosselt hätte.

Während er in seinem blauen Kleid fröstelnd durch Bozen gehetzt war, die Blicke der Passanten auf sich geheftet, als wäre er ein Alien, hatte er erwogen, zur Strafe seinen Gast zu erledigen. Hätten sie eine blutüberströmte Leiche gefunden, hätten sie begriffen, dass sie einen großen Fehler gemacht hatten und sich niemals mit ihm hätten anlegen dürfen. Denn ganz gleich, wie schlecht es manchmal lief, er gewann immer.

Aber seinen Gast zu töten widersprach seinen Prinzipien und seinem Stil. Das Umbringen wehrloser Frauen passte eher zu dem Charakter eines Roberto Dissertori. Außerdem hatte er Gufler sein Wort gegeben. Seiner Frau würde nichts geschehen, wenn er genau das aussagte, was er ihm eingebläut hatte. Und das hatte er vor Gericht getan. Noch auf dem Weg zu seinem Unterschlupf hatte er schon einen neuen Plan entworfen. Für später. Wahrscheinlich sogar für sehr viel später.

Aber welche Rolle spielte schon Zeit?

Er schaute auf seinen Laptop, den er per Bluetooth mit seinem Smartphone verbunden hatte. Das geöffnete Computerprogramm zeigte einen Berührungskontakt. Im Planquadrat C4. Sie waren schneller als erwartet. Nachdem er in dem abgelegenen Haus Stellung bezogen hatte, hatte er in einer Entfernung von einem Kilometer schwache elektronische Kontakte im Boden ausgelegt, die bei einer stärkeren Berührung, etwa durch eine Schuhsohle, einen Impuls sendeten. C4 befand sich am Rand von Gries-Quirein, also würde ihn sein Weg geradewegs in die Berge führen. Wunderbar, denn genau dort gehörte er hin. Der Adler kehrte in sein Reich zurück.

Genügend Zeit für einen Hochleistungssportler wie ihn, in aller Ruhe seine restlichen Sachen zu packen. Auch eine Flasche Château La Fleur Milon gehörte dazu. Die würde er heute

Abend in aller Ruhe genießen. Keinesfalls durfte ein solches Juwel in die Hände des Gegners fallen.

Er zog seine Jacke an und schlüpfte in die Bergschuhe. Heute Nacht würde er im Freien biwakieren müssen. Gut, dass das Wetter mitspielte. Morgen hatte er einiges zu erledigen, und mit etwas Glück fand er auch eine neue Unterkunft.

Er legte den Schlüssel für die Wohnung im Dachgeschoss auf den Küchentisch und trat vor das Haus. Die Tür schloss er nicht. Warum sollten seine Verfolger sie eintreten müssen? Ein sinnloser Schaden. Die Eigentümer der Bleibe hatten nichts mit der Angelegenheit zu tun.

Er lief los. Querfeldein und bergauf durch den Wald, orientierte sich dann in Richtung Klobenstein. In den steilen Schluchten gab es viele Möglichkeiten, für eine Nacht unterzutauchen. Morgen würde ihn sein Weg zunächst zu einer seiner Wohnungen und dann direkt nach Klobenstein führen, wo er etwas erledigen musste. Schade nur, dass er dem dritten Verhandlungstag nicht beiwohnen konnte, der vielleicht anders enden würde als geplant.

Wie gern hätte er noch ein wenig mit dem naiven Marzoli geflirtet. Er hatte sogar mit dem Gedanken gespielt, ihn in einer Verhandlungspause anzusprechen und ihm Avancen zu machen. Ob ihn die tiefe Reibeisenstimme der Dame im blauen Kleid wohl angemacht hätte? Wie einfach es doch war, die primitiven Gelüste im Menschen zu wecken. Ein ganzer Industriezweig lebte davon. Doch das war weit unter seiner Würde. Sehr weit.

***

Sarnthein

Auch nach dem zweiten Verhandlungstag war Vincenzo wieder in seine Wohnung gebracht worden. Marzoli und Mauracher hatten ihn gefahren und unterwegs angedeutet, es gebe sensationelle Neuigkeiten. Mehr wollten sie nicht sagen, das sei allein Sache von Benvenuto, der die Wende eingeleitet habe.

Und so saßen sie nun in Vincenzos Küche, er ein Bier vor sich, Marzoli ein Glas Rotwein und Mauracher Mineralwasser. Sie rekapitulierten die beiden ersten Prozesstage, stellten einvernehmlich fest, dass sie nicht gut für Vincenzo gelaufen seien, sprachen über das Wetter, als es zum Fall nichts mehr zu sagen gab, und warteten. Bis es endlich klingelte und di Cesare über die Schwelle der Wohnungstür trat.

Er stellte sich zu ihnen an den Küchentisch, trank wie Mauracher nur Wasser und trug angesichts der angekündigten erfreulichen Neuigkeiten einen erstaunlich finsteren Gesichtsausdruck zur Schau.

»Warum guckst du so grimmig?«, wollte Marzoli wissen, der mit di Cesare in permanentem Austausch gestanden hatte und genau wusste, was geschehen war. Eigentlich müsste der Muskelberg doch frohlocken!

Doch dem war nicht so. »Der Zeuge, Anton Gufler, wird seine Aussage morgen widerrufen. Aber das ist auch schon alles.«

»Was soll das heißen, das ist schon alles?«, fragte Marzoli. »Damit wird Vincenzo doch entlastet.«

»Wird er eben nicht«, entgegnete di Cesare aufgebracht.

»Könnte mir vielleicht mal jemand sagen, was los ist?«, fragte Vincenzo ungeduldig.

Di Cesare erzählte seinem Kollegen, was sie herausgefunden hatten. Anton Guflers Frau Julia war am 5. Dezember beim Joggen überfallen und verschleppt worden. Sie war in einem Haus gefangen gehalten worden, das in einem Wald oberhalb von Gries-Quirein lag und einem Ehepaar gehörte, das die Wintermonate auf Mallorca verbrachte. Der Entführer hatte noch am Tag ihres Verschwindens Kontakt zu Anton Gufler aufgenommen und ihn gezwungen, bei der Polizei anzurufen und zu behaupten, Vincenzo am Tattag mit einer Waffe auf dem Lagazuoi gesehen zu haben. Der Mann hatte damit gedroht, Guflers Frau zu töten, sollte er nicht gehorchen oder auf die dumme Idee kommen, die Polizei zu verständigen. Gufler hatte die Anweisungen befolgt. Bis die Polizei seine Frau vor einer knappen Stunde in dem Haus gefunden und befreit hatte. Nach dem gegebenen Versprechen, Personenschutz zu erhalten, hatte Gufler zugesagt, seine Aussage vor Gericht zu widerrufen.

»Wir wissen, wer die Frau entführt hat und warum. Aber das ist noch lange kein Beweis für deine Unschuld, Vincenzo«, konstatierte di Cesare. »Er hat weder Anton noch Julia Gufler gegenüber zugegeben, die Morde auf dem Lagazuoi begangen zu haben, hat sie überhaupt nicht erwähnt. Der Staatsanwalt dürfte das angesichts der eindeutigen Beweise gegen dich eher so auslegen, dass das Monster von Bozen, das sich entgegen jeglicher menschlicher Vernunft zum Tatzeitpunkt immer noch in Südtirol aufhielt, die Gunst der Stunde nutzen wollte, um dich, seinen erklärten Gegner, anzuschwärzen und sicherzustellen, dass du auch wirklich lebenslänglich ins Gefängnis wanderst. Ich hatte ja darauf gehofft, dass er Gufler gegenüber mit den Morden geprahlt hat, doch die Hoffnung hat sich nicht erfüllt.«

Mauracher war nicht einverstanden. »Aber das passt doch alles zu seinen Auftritten bei mir und in Vincenzos Wohnung, mit denen er die Taten doch indirekt gestanden hat!«

Di Cesare winkte ab. »So seht ihr das, nicht der Staatsanwalt und der Richter.«

»Aber allein mit Julia Guflers Entführung und der Erpressung ihres Mannes hat er sich doch strafbar gemacht«, protestierte Mauracher aufs Neue.

»Außerdem haben wir in dem Haus das blaue Kleid gefunden, das eine vermeintliche Frau im Gerichtssaal getragen hat«, ergänzte Marzoli. »Er war also da.« Das Detail, dass er mit jener Frau geflirtet hatte, verschwieg er.

»Und?«, erwiderte di Cesare ungerührt.

Alle starrten ihn ungläubig an.

Di Cesare zuckte mit den Achseln und erklärte, diese Straftaten hätten nichts mit denen auf dem Lagazuoi zu tun. »Aus Richtersicht sind das zwei völlig unterschiedliche Fälle. Und sich zu verkleiden ist nicht strafbar. Jemand will dir schaden, Vincenzo, okay. Aber wenn ich richtig boshaft sein wollte, könnte ich sogar so weit gehen zu sagen, dass das erst recht für deine Schuld spricht.«

Vincenzo sprang wütend auf, doch di Cesare beruhigte ihn sofort. »Ich versuche nur, mich der Realität des Gesetzes zu stellen, verstehst du?«

Eine Weile saßen sie schweigend an Vincenzos Küchentisch. Nur di Cesare stand. Niemand rührte sein Getränk an. Bis Mauracher darauf hinwies, dass das Monster mit Julia Guflers Entführung einen großen Fehler begangen habe.

»Und?«, wiederholte sich di Cesare.

»Das wird ihn ärgern«, meinte Mauracher. »Jemand wie er macht niemals Fehler. Ich denke, jetzt wäre der richtige Zeitpunkt für den ultimativen Schlag gegen ihn.«

»Wovon sprichst du?«

»Von seiner Eitelkeit. Der einzigen Möglichkeit, ihn bei den Hörnern zu packen. Wenn wir es richtig anstellen, könnte er uns geradewegs in die Falle laufen. Aber dafür brauchen wir ein paar Tage Aufschub. Meinst du, wir können den Richter davon überzeugen, die Verhandlung auf nächste Woche zu vertagen? Oder noch besser ins neue Jahr?«, fragte sie di Cesare.

»Das vielleicht nicht, aber möglicherweise den Richterspruch. Ich werde morgen vor Verhandlungsbeginn mit deinem Anwalt reden, Vincenzo. Und mit Baroncini. Aber nun weih uns endlich ein, Sabine: Was hast du vor?«

Mauracher legte ihnen ihren ebenso einfachen wie riskanten Plan vor, der davon lebte, dass der Psychopath von seiner Eitelkeit getrieben wurde. Die Männer hingen an ihren Lippen, bis sie ihre Ausführungen mit der Feststellung schloss, dass sie für die Durchführung ihres Plans die Hilfe eines alten Bekannten benötigten.

»Und du meinst, er lässt sich darauf ein?«, fragte Marzoli zweifelnd.

»Wäre nicht das erste Mal«, warf Vincenzo ein.

»Stimmt«, sagte Marzoli. »Zumal er sich in dieser Sache bis jetzt wahrlich nicht mit Ruhm bekleckert hat. Wer ruft ihn morgen an?« Drei Augenpaare richteten sich auf ihn.

Di Cesare grinste breit.

»Wieso ausgerechnet ich?«, fragte Marzoli mit Unbehagen in der Stimme.

»Weil du damals dabei warst und ihn am besten kennst«, erklärte ihm Vincenzo. »Aber geh lieber direkt bei ihm vorbei.«

»Und der Prozess?«

»Geht auch ohne dich weiter.«

41

Bozen, 20. Dezember

Vincenzos Strafverteidiger bat den Richter vor Beginn der Verhandlung um ein Vier-Augen-Gespräch. Darin erläuterte er, es gebe neue Hinweise, die Vincenzos Unschuld beweisen und den tatsächlichen Täter überführen könnten. Den Täter, der ohne jeden Zweifel auch Julia Gufler entführt habe. Anton Gufler werde gleich zu Beginn der Sitzung seine gestrige Aussage widerrufen und er, Vincenzos Anwalt, ihn und dessen Frau im Zeugenstand befragen. Er weihte den Richter auch in die Pläne der Polizei ein, die vorsahen, den heutigen Prozesstag so ablaufen zu lassen wie geplant. Der Täter solle keinen Verdacht schöpfen.

Der Richter hörte aufmerksam zu und versprach, den Urteilsspruch auf Montag zu verlegen, sollte der Anwalt den entsprechenden Antrag vor Gericht stellen und ihn damit begründen, dass es neue Beweise im Fall Bellini gebe, die noch zu verifizieren seien.

Zufrieden teilte der Anwalt Vincenzo die Zusage des Richters mit.

Der Aufschub war so gut wie gewährt, der Commissario bekam eine letzte Chance. Ließ sich der wahre Täter nicht in die Falle locken, würde der Richter am Montag, dem 23. Dezember, einen Tag vor Heiligabend, den Commissario, der dank eines Monsters zuvor als Held gefeiert worden war, zu einer lebenslangen Haftstrafe verurteilen.

Während der dritte Prozesstag voranschritt, an dem vor allem der Beklagte befragt werden sollte, erhielt auch Marzoli die Zusage, auf die er gehofft hatte. Für Mauracher, di Cesare und dessen Männer bedeutete das eine kurze Nacht und einen brandgefährlichen Sonntag. Oder aber einen todlangweiligen und frustrierenden.

Doch auch an einem anderen Ort verzichteten Polizisten auf Schlaf.

***

Cortina d'Ampezzo

In Begleitung eines Brigadiere betätigte Maggiore Mauro Quintarelli persönlich die Klingel des kleinen Hauses, an dessen Tür sich kein Namensschild, sondern nur die Hausnummer »23« befand. Direkt gegenüber der Wohnung von Hans Valentin. Zigmal hatten seine Leute dort bereits geklingelt, aber nie war ihnen geöffnet worden. Weil niemand dort lebte. Laut Katasteramt handelte es sich bei dem Haus um ein Ferienhaus, dessen Eigentümer ein Deutscher war, der vor allem Landsleute als Gäste hatte und die Vermietung, Abrechnung, Reinigung und Instandhaltung einem ortsansässigen Verwalter anvertraute.

Jener Verwalter hatte nicht mit Sicherheit sagen können, ob das Haus am Wochenende vom 29. November bis zum 1. Dezember belegt gewesen war. Wahrscheinlich aber nicht. Quintarelli hatte sofort begriffen, dass der Mann seinen deutschen Auftraggeber betrog und die eine oder andere Vermietung an ihm vorbei tätigte. Gegen Barzahlung direkt an ihn. Doch das war Quintarelli egal. Ihm ging es nur um Vincenzo Bellini.

Es war exakt zehn Uhr dreiundzwanzig, als eine Frau im Bademantel die Tür öffnete.

Quintarelli war wie elektrisiert. Nicht wegen des Anblicks der Frau, sondern weil er ahnte, dass hier und jetzt, in diesem kleinen Haus in Cortina d'Ampezzo, die Wende eingeleitet werden würde. Er wies sich aus und bat darum, mit seinem Kollegen eintreten zu dürfen, um ein paar Fragen zu stellen.

Die Frau, die sehr verschlafen wirkte, stellte sich als Veronika Wolf vor. Aus Hagen in Westfalen. Sie bat die Polizisten ins Haus und bot ihnen Kaffee an. Quintarelli schätzte sie auf Mitte vierzig. Eine attraktive Erscheinung. Schlank, kurze schwarze Haare, dunkle Augen, angenehme und sympathische Stimme. Sie goss Kaffee aus einer Thermoskanne in Tassen und stellte sie, zusammen mit einem Milchkännchen und einer Zuckerdose, auf den Tisch.

»Bitte entschuldigen Sie mein Äußeres«, sagte sie mit weicher Stimme, »aber im Urlaub erlauben wir uns auszuschlafen. Mein Mann und mein Sohn sind noch im Bett. Ich war gerade dabei, Frühstück zu machen.«

Quintarelli lächelte verständnisvoll. Er fand Veronika Wolf ebenso sympathisch wie anziehend. »Sie waren nicht zufällig auch am Wochenende vom November zum Dezember hier, oder?«

Sie lachte. »Nein, nicht zufällig. Aber absichtlich. Wir verbringen so viel Zeit wie möglich in Cortina. Mein Mann hat eine eigene Firma und kann jederzeit für ein paar Tage verreisen. Auch wenn er hier arbeiten muss. Unser Sohn geht auf eine Privatschule in Dortmund. Hin und wieder nehmen wir ihn für ein paar Tage aus dem Unterricht. Wir lieben die Dolomiten und kennen Hans Valentin, den Abenteurer und Bergsteiger, ganz gut. Aber darf ich fragen, was die Polizei von uns will?«

Adrenalin flutete Quintarellis Adern. Sollte ihn der Teufel holen, wenn er nicht gleich genau die Information bekam, die er, nein, die Vincenzo Bellini so dringend brauchte. Die Klingel, die sie bis heute vergeblich gedrückt hatten, sollte die Rettung sein. Gab es solche Zufälle? Oder war das schon Schicksal?

»Wir ermitteln in einem Mordfall. Nein, keine Sorge«, beschwichtigte er sofort, als sich Veronika Wolf entsetzt eine Hand vor den Mund schlug, »Sie haben nicht das Geringste damit zu tun. Ich benötige nur eine Aussage von Ihnen.«

»Was für ein Mordfall?«

»Dazu kann ich Ihnen leider nichts sagen. Aber ich muss wissen, ob Ihnen an dem Wochenende vom 29. November bis zum 1. Dezember etwas aufgefallen ist. Haben Sie jemanden zu einer ungewöhnlichen Zeit gesehen? Nachts? Im Schneesturm?«

Sie kratzte sich nachdenklich am Kopf. »Das Einzige, woran ich mich erinnere, ist dieser heftige Kälteeinbruch, wegen dem wir kaum noch das Haus verlassen konnten.«

Quintarelli blickte sich in der Küche um. Ein Holzofen, der behagliche Wärme verströmte. Schöne alte Kacheln. Auch das Geschirr war nicht das allerneuste. Das war kein Ferienhaus aus dem Baukasten, hier hatte der Eigentümer seine eigene Geschichte erzählen wollen. Es war keine Strafe, ein paar Tage an dieses Haus gebunden zu sein.

»Und Ihr Mann?«, fragte er, als Veronika Wolf nichts mehr sagte.

In diesem Moment erschien, ebenfalls im Bademantel, ein großer, kräftiger Mann auf dem Treppenabsatz und beäugte die unerwarteten Gäste neugierig. Er maß mindestens eins neunzig, hatte dunkelblondes Haar, blaue Augen und ein freundliches Gesicht. Ein schönes Paar, dachte Quintarelli.

»Habe ich mich also doch nicht getäuscht. Es hat geklingelt.«

»Guten Morgen, Schatz«, sagte Veronika Wolf und wies auf den Maggiore. »Das ist Herr Quintarelli von den Carabinieri. Er will wissen, ob uns bei unserem letzten Aufenthalt hier etwas aufgefallen ist. Möchtest du einen Kaffee?«

Der Mann nickte, kam in die Küche, gab seiner Frau einen Kuss, setzte sich auf den letzten freien Stuhl und stellte sich als Gregor Wolf vor. »Worum geht es denn?«, erkundigte er sich.

Der Maggiore wiederholte seine Frage.

Gregor Wolf kratzte sich nachdenklich am Kopf, und Quintarelli fiel auf, dass er das in derselben Weise tat wie zuvor seine Frau. Ob Paare nach langer Zeit gemeinsame Gesten entwickelten? Auch er selbst und seine Frau? Ohne dass ihnen das bewusst war?

»Nein, ich habe nichts bemerkt«, sagte er schließlich. »Was hätte mir denn auffallen sollen?«

»Weniger was als wer«, erklärte Quintarelli. Es hatte keinen Zweck. Die Leute mussten wissen, weshalb die Polizei hier war. Nachdem Veronika Wolf auch ihrem Mann einen Kaffee gebracht hatte, weihte er sie in die Geschehnisse ein.

Als er mit seinen Ausführungen am Ende war, sahen ihn beide Wolfs mit großen Augen an.

»Was ist los?«, fragte Quintarelli.

»Sie sprechen von Commissario Vincenzo Bellini?«, fragte Veronika Wolf.

»Von *dem* Commissario Vincenzo Bellini?«, ergänzte ihr Mann.

Quintarelli räusperte sich. »Kennen Sie ihn?«

Das Ehepaar sah sich an und lachte. »Ob wir ihn kennen?«, fragte Gregor Wolf ungläubig. »Bellini ist bei euch in Südtirol doch so etwas wie ein lebender Held, der das Monster von Bozen zur Strecke gebracht hat. Damals haben wir auch hier Urlaub gemacht. Mein Gott, was war das für eine aufregende Zeit!«

»Und wie gut der aussieht«, schwärmte Veronika Wolf und handelte sich dafür einen vorwurfsvollen Blick ihres Mannes ein.

Quintarellis Adrenalinspiegel hielt sich auf hohem Niveau. »Ist Ihnen Bellini in der besagten Zeit begegnet?«

»Nein«, sagten Gregor und Veronika Wolf wie aus einem Mund.

Der Maggiore spürte, wie alle Energie aus ihm wich. Kein Schicksal. Keine höhere Macht. Alle Mühen für die Katz.

»Aber Dominik«, sagte Veronika Wolf plötzlich aufgeregt.

»Wer?«, fragte Quintarelli.

Sie erklärte, dass Dominik ihr Sohn sei, der größte Bellini-Fan in der Familie. Er habe den Commissario in der fraglichen Zeit gesehen.

Quintarellis Adrenalinspiegel schnellte wieder in ungeahnte Höhen, und auch der Brigadiere lächelte zufrieden.

»Ich muss sofort mit Ihrem Sohn sprechen«, sagte Quintarelli.

»Dominik!«, rief Gregor Wolf laut in Richtung Treppe. »Leg dein Buch weg und komm runter. Du hast Besuch.«

Sekunden später ertönte von oben die Stimme eines Jungen. »Besuch?«

»Wie alt ist Dominik denn?«, erkundigte sich Quintarelli.

»Zwölf.«

Dominik kam in einem Schlafanzug die Treppe hinunter und blieb auf dem Treppenabsatz stehen, als er die Polizisten in Uniform erblickte. »Echte Polizisten! Wahnsinn!«

»Setz dich zu uns«, sagte Gregor Wolf lächelnd. »Mama macht dir einen heißen Kakao. Die Polizisten haben ein paar Fragen an dich.«

Dominik rannte in die Küche, blieb direkt vor Quintarelli stehen und bestaunte dessen Uniform. »Was für einen Rang hast du?«, fragte er.

Quintarelli grinste. »Ich bin ein Maggiore«, erklärte er.

»Boah!«, rief Dominik. »Dann bist du ja ein richtig hohes Tier.«

Quintarelli musste lachen. Was für ein aufgeweckter Junge. Er hatte blondes Haar, eindeutig vom Vater, eine sehr freundliche Ausstrahlung und trug eine Zahnspange. Er mochte ihn auf Anhieb. »Es gibt noch höhere Tiere«, erklärte er.

»Aber du bist auf jeden Fall ein höheres als Vincenzo«, stellte Dominik fachmännisch fest. »Der ist ja nur Commissario.«

Veronika Wolf brachte den Kakao und gesellte sich wieder zu ihnen. Dominik musste sich auf ihren Schoß setzen, weil nicht genügend Stühle vorhanden waren. Bevor Quintarelli seine Frage loswerden konnte, sprudelte es nur so aus Dominik heraus. Er outete sich als Commissario Bellinis größter Fan auf Erden. Jeden seiner Fälle verfolge er akribisch. Auch von zu Hause aus, da er sich mit seiner E-Mail-Adresse in den Verteiler der großen Südtiroler Medien eingetragen habe. Bellini sei sein Vorbild. Später wolle er auf jeden Fall auch Polizist werden. Am liebsten in Südtirol. Und, sollte Bellini dann noch bei der Polizei sein, bei ihm lernen.

Quintarelli befand sich im Zustand höchster Anspannung, als er endlich seine Frage stellte.

»Na klar!«, rief Dominik nun noch aufgeregter. »Ich habe ihn sogar zweimal beobachtet!«

Für einen Moment schloss Quintarelli die Augen. »Dominik«, sagte er dann beschwörend, »denk bitte ganz genau nach: Wann und wo hast du Bellini bei eurem letzten Aufenthalt gesehen?«

»Das steht alles in meinem Tagebuch«, erklärte Dominik voller Stolz.

Es stellte sich heraus, dass der Junge Tagebuch führte, seit er das erste von seinen Eltern zum achten Geburtstag geschenkt bekommen hatte. Darin verewigte er alles, was ihn besonders bewegte – auch jede für jeden anderen unbedeutende Information über sein Idol.

»Wo ist dein Tagebuch?«, erkundigte sich Quintarelli.

»In meinem Zimmer.«

»Würdet du es holen?«

»Na klar.« Dominik schoss die Treppe hinauf.

»Ein netter Junge«, sagte Quintarelli.

»Wir sind auch sehr stolz auf ihn«, bekannte Veronika Wolf.

In diesem Augenblick kam Dominik auch schon wieder zu ihnen gerannt und drückte Quintarelli außer Atem sein Tagebuch in die Hand.

Der Maggiore bedankte sich und blätterte durch die Seiten, bis er die Einträge zu dem fraglichen Wochenende fand. In einer kindlichen, aber gut leserlichen Schrift und ohne jegliche Rechtschreib- und Grammatikfehler stand dort, dass Dominik »den großen Commissario Bellini« am Samstag, dem 30. November, gesehen habe. Und zwar zweimal. Beim ersten Mal, um zehn Uhr fünfundzwanzig vormittags, sei Bellini mit einem Rucksack auf dem Rücken aus dem Haus gekommen und zu seinem Wagen gegangen. Dominik hatte sogar treffsicher vermerkt, dass es sich um einen Alfa handelte. Bellini habe den Rucksack im Kofferraum verstaut und sei dann davongefahren.

Dieser Eintrag würde dem Commissario nicht weiterhelfen. Aber der nächste. Denn Dominik hatte ihn zum zweiten Mal um zweiundzwanzig Uhr vierundzwanzig gesehen. Da sei Bellini mit seinem Wagen zurückgekommen, habe ihn etwas unterhalb der Wohnung am Straßenrand abgestellt, sei ausgestiegen, habe den Rucksack aus dem Kofferraum genommen und sei in das Haus gegangen. Dominik hatte auch notiert, dass das Licht in Hans Valentins Wohnung an- und erst um zwei Uhr fünfzehn in der Nacht wieder ausgegangen sei.

»Zwei Uhr fünfzehn?«, fragte Quintarelli erstaunt.

»Wenn es um sein Idol geht, vergisst Dominik alles«, entgegnete Gregor Wolf grinsend. »Sogar zu schlafen.«

Quintarelli war beeindruckt. Der Bursche war möglicherweise Bellinis Rettung. Zweiundzwanzig Uhr vierundzwanzig. Kurz nach der Tat. Unmöglich, in der Zwischenzeit vom Lagazuoi abzusteigen und nach Cortina d'Ampezzo zu fahren. Damit wäre der Commissario aus dem Rennen.

Quintarelli erklärte, dass dieses Tagebuch und Dominiks Aussage maßgeblich zu Bellinis Entlastung beitragen könnten, und fragte, ob der Junge bereit sei, sofort mit ihm und seinen Eltern nach Bozen zu fahren und vor Gericht eine Aussage zu machen.

Dominik strahlte über das ganze Gesicht. »Heißt das, dass ich Vincenzo Bellini damit helfen kann?«

»Und wie«, entgegnete Quintarelli gerührt.

Dominik blickte bittend zu seinem Vater und dann zu seiner Mutter.

»Geben Sie uns eine Viertelstunde, um uns fertig zu machen?«, fragte Veronika Wolf.

Quintarelli lächelte, auch wenn er es kaum erwarten konnte, in Begleitung der Familie im Gerichtssaal zu erscheinen. Wie hieß es doch so treffend? Beharrlichkeit führt zum Ziel. »Natürlich«, sagte er. »Und du, mein Junge, bist fast schon so ein Held wie Bellini.«

***

Bozen

Dominik war aufgeregt. Er war noch nie in einem Gerichtssaal gewesen, hatte noch nie einen Richter in natura gesehen, und die Aussicht, gleich seinem Idol zu begegnen, ließ ihn in anderen Sphären schweben. Veronika und Gregor Wolf mussten ihn immer wieder zur Ruhe ermahnen, und als ein Gerichtsdiener ihm einen strengen Blick zuwarf, erstarrte der Junge vor Ehrfurcht und wich nicht mehr von der Seite seiner Eltern.

Quintarelli bat die Wolfs, im Besucherbereich auf ihn zu warten. Ein Maresciallo blieb bei ihnen und versorgte die Eltern mit Kaffee und Dominik mit einer Cola. Der Maggiore ging währenddessen in die Verhandlung und ersuchte den Richter, den Prozess zu unterbrechen, es gebe neue, ermittlungstechnisch relevante Erkenntnisse. Der Richter ordnete daraufhin eine Unterbrechung von zwanzig Minuten an. Quintarelli bedankte sich, wandte sich an Bellinis Anwalt und setzte ihn über die neue Situation in Kenntnis.

Der ballte seine rechte Hand zur Faust. »Ausgezeichnet. Ich hatte, ehrlich gesagt, nur noch wenig Hoffnung für meinen Klienten, aber damit sieht die Sache anders aus. Auch wenn ein zwölfjähriger Junge nur bedingt als glaubwürdiger Zeuge gelten wird. Ich spreche sofort mit dem Richter.«

Während der Anwalt dem Richter die neue Sachlage erklärte und ihn bat, Dominik Wolf mit seinen Eltern als Zeugen zu laden, überbrachte Quintarelli dem Commissario die gute Nachricht. Dessen Freude war unübersehbar, und er bat ihn, sofort mit Marzoli, di Cesare und Mauracher zu sprechen, weil die etwas ausgeheckt hätten, um dem wahren Täter eine Falle zu stellen. Auch dabei könnte die Aussage des Jungen eine Rolle spielen.

Also wandte sich der Maggiore an Bellinis Kollegen, die ihn in ihren waghalsigen Plan einweihten.

Quintarelli hatte mit offenem Mund zugehört, bevor er sagte: »Ihr wisst aber schon, dass das Irrsinn ist? Und nicht legal.«

Di Cesare grinste. »Aber auch nicht illegal. Außerdem ist es nicht gesagt, dass es funktioniert. Wenn der wirklich so unglaublich intelligent ist, wie viele sagen, wird er uns vielleicht gar nicht auf den Leim gehen. Aber dass ihr diesen Jungen gefunden habt, ist eine Sensation. Giuseppe, ich denke, du solltest unseren Helfer sofort anrufen, damit er die Neuigkeit noch rechtzeitig verarbeiten kann.«

Marzoli nickte und verließ mit gezücktem Handy den Gerichtssaal.

»Wie viele seid ihr insgesamt?«, wollte Quintarelli wissen.

Di Cesare rechnete mit vier Beamten: Neben ihm würden Mauracher, Rohregger und Taumann mit von der Partie sein. »Vier gegen einen. Sollte kein Problem sein.«

»Habt ihr was dagegen, wenn Moroder und ich euch begleiten? Erstens fällt euer Vorgehen eigentlich in unseren Zuständigkeitsbereich, und zweitens sind bei diesem Verbrecher sechs gegen einen vielleicht nicht verkehrt.«

Di Cesare lachte, fand den Gedanken aber gut, die beiden mitzunehmen. Sie verabredeten sich für den nächsten Tag um zehn Uhr auf dem Passo di Falzarego.

Als der Richter die Verhandlung wieder eröffnete, gingen alle zurück zu ihren Plätzen, und Marzoli kam mit hochgerecktem Daumen herein. Alles klar!

Der Gerichtsdiener führte die Wolfs in den Saal, und der Junge wurde sogleich in den Zeugenstand gerufen. Ein zweiter Stuhl wurde organisiert, sodass sein Vater sich neben ihn setzen konnte. Dominik rutschte nervös auf seinem Platz hin und her, und Gregor Wolf nahm seine Hand. Der Richter, der selbst drei Kinder hatte, erklärte Dominik mit einem Lächeln, dass die Leute bei Gericht alle sehr nett seien und er nichts anderes tun müsse, als gleich das zu wiederholen, was er dem Maggiore bereits erzählt habe.

Dann wurde es still im Gerichtssaal, und die Augen aller Anwesenden richteten sich auf Dominik. Nur nicht Marzolis, die immer wieder zu dem Stuhl flogen, auf dem am Tag zuvor noch das Monster in einem blauen Kleid gesessen hatte. Jetzt hatte ein Mann in einem schwarzen Anzug dort Platz genommen. Bestimmt zwanzig Zentimeter kleiner als das Monster. Kopfschüttelnd drehte sich Marzoli um. *Der Schein trügt oft und gern.* Wie wahr. Und wie überaus peinlich.

Zunächst befragte Dottore Varga, dem anzumerken war, dass er über die neue Entwicklung nicht traurig war, den Jungen. Er ließ ihn einfach erzählen, und mit jedem Wort wurde Dominik ein bisschen ruhiger. Als er seinen Bericht beendet hatte, sah er zum ersten Mal zu seinem Idol, das ihn anlächelte. Er winkte dem Commissario zu, und hier und da im Publikum ertönte verhaltenes Lachen. Selbst der Staatsanwalt und der Richter grinsten, und Letzterer verzichtete auf eine Ermahnung wegen Ruhestörung.

Schließlich hielt Dottore Varga das Tagebuch des Jungen hoch. »Und hierin hast du das alles vermerkt?«, fragte er.

Dominik nickte.

»Möchtest du uns die beiden Einträge vom 30. November selbst vorlesen?«

Wieder nickte der Junge, woraufhin Dottore Varga ihm sein Tagebuch reichte. Dominik blätterte bis zum fraglichen Datum vor, und als er mit unüberhörbarem Stolz in der Stimme vorlas, dass der heldenhafte Commissario Bellini, der sich selbst vor Monstern nicht fürchtete, um zweiundzwanzig Uhr vierundzwanzig seinen Sportwagen in der Straße geparkt hatte, wurde wieder gelacht. Bellini sei ausgestiegen, habe einen riesigen Rucksack aus dem Kofferraum geholt, fast so groß wie Dominik selbst, den er getragen habe, als sei er eine Feder. Weil er unglaublich stark sei. Dann sei er ins Haus gegangen, und in der Wohnung im zweiten Stock sei das Licht angegangen.

Nachdem Dominik zu Ende gelesen hatte, wandte sich der Richter an den Anwalt des Commissario. »Haben Sie Fragen an den Zeugen?«

»Nein, keine weiteren Fragen.«

»Angesichts dieser Aussage und der überraschenden Wendungen in diesem Fall sind weitere Verhandlungstage notwendig«, kündigte der Richter an. »Wir vertagen uns auf den 27. und 30. Dezember. Ich hoffe, wir werden dann zu einem Urteil kommen. Der Angeklagte verbleibt bis dahin im Hausarrest, wobei ich eine Lockerung der Auflagen für angemessen halte.

Es ist schließlich Weihnachten.« Er wandte sich an Dominik. »Und du kannst jetzt mit deinem Vater wieder zu deiner Mutter gehen. Das hast du sehr gut gemacht.«

Als Dominik an der Hand von Gregor Wolf zu den Zuschauerbänken zurückkehrte, sah er wieder zu Bellini hinüber. Der Commissario lächelte und deutete ein Klatschen an. Dominik wuchs sofort einige Zentimeter.

42

Nahe Klobenstein, 21. Dezember, 14:25 Uhr

Sein unauffälliger dunkelblauer VW Polo, den er schon damals, als er noch Besitztümer in Saint-Tropez hatte, als Notgefährt in einer unscheinbaren Remise untergestellt hatte, zugelassen auf eine Scheinfirma in der Schweiz, quälte sich die steile Straße nach Klobenstein hinauf. Er musste dort jemandem einen Besuch abstatten. Denn sie war allein. Allein in dem großen Haus. Perfekt.

Der Spinner hinter ihm in einem Opel Astra hing ihm bald auf der Stoßstange. Offensichtlich war er ihm zu langsam, aber er würde sich penibel an die Geschwindigkeitsbegrenzungen halten. Er blinkte rechts und nahm den Fuß vom Gas. Der Spinner nutzte das kurze, gut einsehbare Straßenstück und setzte zum Überholen an. Als er auf seiner Höhe war, senkte er den Kopf, konnte aber sehen, wie der Idiot, irgendein junger Heißsporn, der wahrscheinlich gerade erst den Führerschein gemacht hatte, ihm grinsend den Mittelfinger zeigte.

Eigentlich müsste er diesem ungehobelten Proleten Manieren beibringen, aber aufzufallen war in diesen Zeiten keine gute Idee. Er hatte es wohl doch etwas zu weit getrieben, hätte auf das Puzzleteil Gufler verzichten sollen. Aber die Verlockung war einfach zu groß gewesen. Von Anfang Oktober bis Mitte November, als er mehrmals auf dem Lagazuoi gewesen war, um seine Tat minutiös zu planen, hatte er Anton Gufler fast jedes zweite Mal gesehen. Der Mann schien eine Schwäche für den Berg zu haben. Also war er ihm, einer Eingebung folgend, eines Abends bis nach Gries-Quirein hinterhergefahren. Und hatte sich ein paar Tage Zeit genommen, um ihn und seine Gewohnheiten auszukundschaften.

Nur mit Akribie gelangen die wirklich großen Pläne, und Gufler hatte sich als erstklassiges Opfer erwiesen. Verheiratet, keine Kinder, kaum soziale Kontakte. Das Paar lebte in nahezu symbiotischer Zweisamkeit. Und als er dann auch noch herausgefunden hatte, dass Julia Gufler manchmal allein joggen ging und dabei nah an seiner vorübergehenden Behausung vorbeikam, hatte er nicht widerstehen können.

Er hatte die kleine Wohnung im Dachgeschoss seines Unterschlupfes, die der Eigentümer vermutlich für seine Kinder eingerichtet hatte, wenn sie zu Besuch kamen, präpariert und ihr dann aufgelauert.

Damit Anton Gufler gar nicht erst auf die Idee kam, seine Frau als vermisst zu melden, hatte er sie sofort in ihrer Gefangenschaft fotografiert und dann nach Einbruch der Dämmerung bei ihm geklingelt. Er hatte ihm die Bilder gezeigt, seine Forderungen gestellt und klargemacht, was bei seiner Zuwiderhandlung geschehen würde. Das hatte den Ehemann überzeugt.

Und wenn der Zufall diesen verdammten Muskelbullen nicht auf die richtige Spur geführt hätte, wäre auch dieser Teil seines Plans aufgegangen. Di Cesare war eine Heimsuchung! Eine Seuche sondergleichen!

Jedenfalls konnte er jetzt, da sie wussten, dass er und nicht Vincenzo Bellini auf dem Lagazuoi gewesen war, sie auch besuchen. Danach wollte er eigentlich für eine Weile abtauchen, aber diese Sache mit den übersehenen Spuren irritierte ihn. Der Reporter Fasciani hatte berichtet, dass die Polizia di Stato Julia Gufler befreit und ihr Mann daraufhin seine Aussage widerrufen habe. Und dass ein Junge aus Deutschland den Commissario zur Tatzeit in Cortina d'Ampezzo gesehen habe.

Der gute Vincenzo. Schon zu Lebzeiten eine Legende. Und wem hatte er seinen Ruf zu verdanken? Wem? Und wo blieb seine Dankbarkeit? Ohne ihn, das Genie auf der anderen Seite des Spiegels seiner Seele, wäre der Herr Commissario ein Nichts. Ein Niemand. Ohne junge Bewunderer aus Deutschland. Stattdessen hätte er eine todlangweilige Anwältin geheiratet. Wäre nach Mailand umgezogen. Hätte sich an die herrschaftliche Anwaltsfamilie assimilieren müssen. Einen deprimierenden Job in der Großstadt annehmen. Zu Empfängen, ins Theater, in die Oper gehen müssen, wäre in die erlauchtesten Kreise eingeführt worden. Hätte Designeranzüge statt Trainingsanzug tragen müssen, Lackschuhe statt Bergstiefel. Modeshows besuchen müssen, statt auf dem Klettersteig unterwegs zu sein, Laufband statt Berge. Champagner statt Forst-Bier. Wie konnte jemand nur so undankbar sein? Begriff Vincenzo wirklich nicht, wovor sein Alter Ego ihn bewahrt hatte? Eigentlich hätte er vor ihm aus Dankbarkeit auf die Knie fallen müssen.

Er fuhr aus dem Wald hinaus, in dem er in der vergangenen Nacht noch biwakiert hatte, und erreichte die Hochebene vom Ritten. An den Straßenrändern türmte sich der Schnee. Im Osten tauchte, tief verschneit, der Schlern auf. Das Haus lag etwas oberhalb des Ortes, in einer kleinen Ansammlung von Einfamilienhäusern. Er fuhr im Schritttempo durch die Straßen, scannte die Umgebung. Nur wenige Menschen waren unterwegs, niemand beachtete seine alte Klapperkiste. Unbemerkt bog er in die Sackgasse ab, in der sie wohnte, und ließ den Polo abseits des Hauses ausrollen.

Ein Ehepaar mit Hund kam ihm auf der anderen Straßenseite entgegen. Er drehte den Kopf von ihnen weg, tat so, als beschäftige er sich mit seinem Smartphone, und dachte über den Artikel in der Zeitung nach. In ihm wurde der Vice Questore, Dottore Alessandro Baroncini, zitiert, der die Presse über die neuen Entwicklungen zugunsten von Vincenzo unterrichtet hatte. Und darüber, dass der Täter sich als wenig clever erwiesen habe. Denn der habe auf dem Lagazuoi etwas zurückgelassen, das Sturm und Schnee getrotzt habe, aber schwer zu bergen sei, weil in dem mittlerweile dicken Eis eingeschlossen.

Was sollte das sein? Das roch doch nach einer wenig einfallsreichen Falle. Und wahrscheinlich war es das auch. Ein letzter Versuch, weil sie mit ihrem Latein am Ende waren.

Glaubte man dem Bericht, würden Polizia di Stato und Carabinieri übermorgen, am Montag, mit geeignetem Werkzeug anrücken, um das »Objekt« zu sichern. Der gute alte Fasciani, Sensationsreporter durch und durch.

Clever. Wirklich clever. Vielleicht für ihn ein wenig zu durchsichtig. Etwas weniger durchsichtig war jedoch Baroncinis Behauptung, Vincenzo, dieser Tausendsassa, habe damit gerechnet, Besuch von seinem Lieblingsfeind zu bekommen, und deshalb in jedem Zimmer ein Aufnahmegerät aufgestellt. Gut versteckt. Als der Besuch dann tatsächlich erschienen sei, habe er das Gerät im Arbeitszimmer per Fernbedienung eingeschaltet.

Auch unwahrscheinlich. Vermutlich nur ein weiterer Teil der großen Falle. Aber zuzutrauen wäre es Vincenzo. Der war mit allen Wassern gewaschen.

Doch seine Neugier überwog seine Sorgen. Er musste wissen, was sie sich hatten einfallen lassen. Diesen Spaß würde er sich nicht entgehen lassen. Aufgeflogen war er sowieso. Da kam es darauf auch nicht mehr an.

Als das Paar mit dem Hund um die Ecke verschwunden war, zog er sich die Schirmmütze tief ins Gesicht, stieg aus, öffnete den Kofferraum und holte die Holzkiste heraus. Dann prüfte er seine Waffe, geladen und entsichert, und ging zum Haus.

Er stieg die drei Stufen zur Tür hinauf, zog die Beretta und drückte die Klingel mit der schlichten Aufschrift »Mur«. Drinnen ertönte eine klassische alte Schulglocke. Hübsch nostalgisch.

Er hörte sie kommen, wich einen Schritt zurück und richtete die Waffe auf die Tür. In Silvia Murs Kopfhöhe. Als sie die Tür öffnete und in den Lauf der Waffe blickte, entfuhr ihr ein kurzer Aufschrei. Damit war zu rechnen gewesen, aber kein Nachbar war draußen unterwegs, um es zur Kenntnis zu nehmen.

Er trat auf sie zu und bemühte sich um einen verbindlichen Tonfall. »Würden Sie bitte wieder reingehen, Silvia? Ich folge Ihnen. Seien Sie ruhig und versuchen Sie keine Tricks. Ich möchte mich nur mit Ihnen unterhalten. Vielleicht irgendwo, wo wir gemütlich sitzen und wie alte Freunde plaudern können?«

Zitternd vor Angst tat Silvia Mur wie ihr geheißen. Mit wackeligen Beinen ging sie in die Küche und ließ sich auf einen der Stühle am runden Esstisch fallen. Er stellte die Kiste auf dem Tisch ab und nahm ihr gegenüber Platz. Die Waffe hatte er wieder in den Hosenbund gesteckt. Sie sollte mittlerweile begriffen haben, in was für einer Situation sie sich befand.

»Wissen Sie, wer ich bin?«, fragte er.

Sie schüttelte den Kopf.

Wirklich nicht? Gab es Menschen in Südtirol, die nicht wussten, wer er war? Er musste ihr auf die Sprünge helfen. »Lesen Sie Zeitung?«

Sie nickte.

Offensichtlich hatte es ihr die Sprache verschlagen, aber das würde sich gleich legen. »Glauben Sie, dass Commissario Vincenzo Bellini die Männer getötet hat, die Sie missbraucht haben?«

Silvia Mur hob den Kopf und sah ihm in die Augen. »Wer sind Sie, und was wollen Sie?«

Na also, sie konnte ja doch sprechen. »Ja oder nein?«

»Nein.«

Er lächelte zufrieden. So hatte er sie eingeschätzt. Er fragte, ob sie seinerzeit die Berichte in den Medien über das Monster von Bozen verfolgt habe.

»Sie … Sie … sind … Sie sind das …« Sie konnte nur mehr stottern.

»Oh ja«, sagte er gedehnt, »das bin ich. Was meinen Sie, sehe ich aus wie ein Monster?«

Sie musterte ihn ungläubig von oben bis unten. Schien sich ernsthaft zu fragen, ob so ein Monster aussah. Aber sie schwieg.

Also sagte er etwas. »Ein Kaffee wäre nicht verkehrt.«

»Bitte?«

Er musste lachen. Süß war sie. »Ich sagte, dass ich mich sehr über einen guten Kaffee freuen würde. Schwarz, bitte. Aber nur, wenn es keine allzu großen Umstände macht.«

Ihre Gesichtszüge entspannten sich etwas. Sie stand auf und schaltete die Kaffeemaschine ein. Ein Vollautomat. Mittlere Preislage. Taugte für einen ordentlichen Kaffee. Sie nahm zwei Tassen aus einem Hängeschrank, stellte die erste unter den Auslauf und betätigte die Start-Taste. Dann zog sie eine Schublade auf. Ein Messer? Aber nein, ein Löffel, um die Milch in der zweiten Tasse umzurühren, ehe sie sie unter den Auslauf stellte. Als sie mit beiden Tassen zurück an den Tisch kam, waren ihre Gesichtszüge frei von Angst und Unsicherheit. Gut.

Sie schlug die Beine übereinander, nahm einen Schluck und fragte triumphierend: »Sie haben die vier erschossen, nicht wahr?«

Er lächelte und kostete ebenfalls vom Kaffee. Er war nicht bitter, aber stark, was auf hochwertige Kaffeebohnen hinwies. »Und wenn? Wäre es schlimm?«

Sie sah ihn nachdenklich an. »Ich weiß nicht. Aber Sie wären mir als Mörder lieber als Bellini.«

Damit hatte er nicht gerechnet. »Wie meinen Sie das?«

»Na ja, der Commissario ist ein netter, sympathischer Mensch. Ich habe ihm so eine Tat niemals zugetraut. Ihnen hingegen …«

War das ein Kompliment? »Weil Sie mich und meine Taten aus den Medien kennen? Oder weil Sie mich jetzt, da ich Ihnen gegenübersitze, so einschätzen?«

Sie schüttelte den Kopf. »Das kann ich nicht sagen. Wirklich nicht. Aber warum sind Sie hier, und warum haben Sie die vier erschossen? Sie kennen mich doch gar nicht. Wussten Sie, dass ich allein im Haus bin?«

Er war frei. So unendlich frei. Was für ein herrliches Gefühl. »Natürlich. Ich wollte eine Begegnung mit Ihrem Mann vermeiden. Die hätte kein gutes Ende genommen, und sein Tod wäre doch ein Schock für Ihre Kinder. Außerdem wollte ich mich ausschließlich mit Ihnen unterhalten. Ihre Peiniger habe ich aus zwei Gründen getötet. Erstens, um Bellini in die Falle zu locken. Sie müssen wissen, dass das ein altes Spiel von uns beiden ist. Und zweitens, weil ich derart feige Taten auf den Tod nicht ausstehen kann. Eine Frau zu betäuben und sich dann gemeinschaftlich an ihr zu vergehen ist widerlicher als Mord. Ich konnte mir gut vorstellen, wie es für Sie war, als Sie zu Leitner gegangen sind, um zu kündigen. Hat Dissertori Sie dabei gesehen und provokant angelächelt? Haben Ihre Kollegen getuschelt? Glauben Sie mir, es hat mir Freude bereitet, das Leben dieser Verbrecher auszulöschen. Der Kaffee ist übrigens ausgezeichnet.«

»Möchten Sie noch einen?«

»Gern.«

Während Silvia Mur die nächste Tasse durchlaufen ließ, fragte sie ihn, ob er nicht daran gedacht habe, dass der Tod der vier Männer das Ganze für sie noch unerträglicher machen könnte. Dass Menschen ihretwegen gestorben seien, sei ein belastender Gedanke. Viel lieber hätte sie sie hinter Gittern gesehen.

Er lächelte, als sie ihm den Kaffee reichte. »Danke, aber ich habe Sie beobachtet. Sie und Ihre Familie. Seit die vier tot sind, sind Sie wie ausgewechselt. Vielleicht haben Sie manchmal ein schlechtes Gewissen, aber das müssen Sie nicht. Nicht Sie haben diese Männer getötet, sondern ich. Und zwar in erster Linie für mich selbst. Profitieren Sie einfach davon und blicken Sie entspannt in die Zukunft.«

Sie wirkte nun absolut ruhig. Sie wusste, dass er nicht gekommen war, um ihr etwas anzutun. Warum auch?

Sie gab zu, dass die Polizei bei ihr gewesen sei, um sie vor ihm zu warnen. Sie habe damit zu rechnen, dass er käme, um ihren Mann Alexander auszuschalten. Weil er Zeuge der Morde auf dem Lagazuoi geworden sei.

Er rümpfte die Nase. »Erschütternd, dieses Schubladendenken. Warum sollte ich Ihrem Mann etwas antun? Sie sind so ein schönes Paar. Was glauben Sie denn, warum er auf dem Lagazuoi war? Ich sag es Ihnen: Weil er zu gern das getan hätte, was ich getan habe.«

Sie nickte. »Das stimmt allerdings. Und jetzt? Was wollen Sie von mir?«

»Oh, ich denke, in erster Linie will ich mich verabschieden. Ich habe noch einen weiten Weg vor mir, aber ich wollte Ihnen dieses Abschiedsgeschenk dalassen.« Er schob die Kiste zu ihr hinüber.

»Was ist das?«, fragte sie neugierig.

»Öffnen Sie sie ruhig.«

Er beobachtete sie dabei, wie sie die Box unter höchster Konzentration, die Zungenspitze zwischen die Zähne gepresst, aufklappte. Eine schöne Frau. Eine kluge Frau. Und eine Frau, die wieder eine Zukunft hatte, weil vier Männer keine mehr hatten.

»Aber das ist ja Wein!«, stellte sie erstaunt fest.

»In der Tat. Mein Lieblingswein. Der steht auch in der Trattoria von Bellinis Eltern auf der Karte. Waren Sie mal dort?«

Sie schüttelte den Kopf.

»Dann müssen Sie das unbedingt nachholen. Bellinis Mutter Antonia ist eine erstklassige Köchin. Wird mir fehlen. Kosten Sie dieses wahrhaft edle Tröpfchen mit Ihrem Mann und stoßen Sie auf Ihre Zukunft an, nicht auf mich. Nun muss ich mich aber leider von Ihnen verabschieden.«

Als er aufstand, fragte Silvia Mur, ob er nicht die übliche Drohung aussprechen wolle, die Polizei nicht zu verständigen.

Er lachte laut auf. »Ich habe nichts mehr zu verlieren, meine Liebe. Rufen Sie sie gern sofort an. Für mich bedeutet das nur einen zusätzlichen Nervenkitzel. Und grüßen Sie ganz besonders Benvenuto di Cesare von mir.«

»Eine Frage haben Sie mir immer noch nicht nachvollziehbar beantwortet: Warum sind Sie gekommen?«

Er setzte sich wieder und sah sie ernst an. »Sie sollten den Mann sehen, der Ihnen Ihre Pein genommen hat. Sie sollten sich selbst ein Bild davon machen, ob ich ein Monster bin oder nicht. Denn ich würde niemals das tun, was Dissertori und seine blassen Freunde getan haben. Außerdem wollte ich Ihnen alles Gute wünschen.« Er klopfte grinsend auf die Kiste. »Und Ihnen und Ihrem Mann dieses Geschenk machen. Genießen Sie es.«

»Danke. Aber warum wollen Sie Bellinis Leben zerstören? Roberto Dissertori war ein schlechter Mensch, aber der Commissario ist ein guter. Dass er einen Mörder jagt, ist doch klar. Das ist sein Job.«

Er lächelte kalt. Silvia Mur war mutig. Sehr mutig sogar. »Gut und Böse. Schwarz und Weiß. Die Grenzen sind fließender, als Sie denken. Und was oder wer gut oder böse ist, ist oftmals nur eine Frage der Perspektive. Nun muss ich aber wirklich gehen.«

***

15:05 Uhr

Sie sah zu, wie er in seinen Polo stieg und davonfuhr. Er hatte ihr nicht einmal befohlen, ins Haus zu gehen. Hatte stattdessen nachgerade darauf bestanden, sie solle sich das Nummernschild einprägen und sofort nach seiner Abfahrt die Polizei verständigen. Der Polo werde ohnehin seine letzte Reise antreten.

Das war die merkwürdigste Begegnung ihres Lebens gewesen. Und die irritierendste. Müsste sie für diesen Mörder nicht Hass empfinden? Weil Leichen seinen Weg pflasterten? Wie war es möglich, dass sie sich, nachdem sie den ersten Schock überwunden hatte, in seiner Gesellschaft sogar wohlgefühlt hatte? Und warum ließ ihr Gewissen zu, dass sie das irrationale Gefühl gehabt hatte, ihr könne niemals etwas geschehen, wenn er nur in ihrer Nähe war, um sie zu beschützen? Das war doch krank! Abartig! Pervers! Aber die Wahrheit.

Dieser Mann kam aus einer anderen Welt. Jeder musste gegen seine Erscheinung verblassen. Ihr Alexander war attraktiv, kampferprobt und klug, doch neben diesem Monster hätte selbst er unscheinbar gewirkt. Das musste sie beim nächsten Treffen mit ihrer Therapeutin unbedingt ansprechen. Mit Sicherheit spielten ihr ihre Gefühle einen Streich.

Sie schloss die Tür und ging langsam zurück in die Küche. Starrte auf den Stuhl, auf dem er gesessen hatte. Sie wünschte sich, dass er es tatsächlich noch täte.

Nachdem sie die Tassen in die Spülmaschine gestellt hatte, zog sie eine Flasche aus der Zwölfer-Kiste und betrachtete das Etikett. Ein Rotwein, Château La Fleur Milon, Jahrgang 2001.

Sie nahm sie mit in das Arbeitszimmer ihres Mannes, fuhr dessen Laptop hoch und gab den Namen des Weins in die Suchmaske ein.

Je nach Anbieter kostete eine Flasche bis zu einhundert Euro, der Mörder ihrer Vergewaltiger hatte ihr also ein Geschenk im Wert von gut und gern eintausend Euro gemacht. Und das mit einer Beiläufigkeit, die ihresgleichen suchte.

Zurück in der Küche stellte sie die Flasche wieder in die Kiste und verstaute diese in der Vorratskammer. Sie konnte sich nicht überwinden, die Polizei zu verständigen. Bellini war doch ohnehin gerettet. Stattdessen rief sie ihren Mann auf seinem Handy an, der sofort ranging.

»Er war da«, sagte sie leise. »Und hat uns eine Kiste des besten Rotweins mitgebracht, den wir je im Haus hatten.«

»Wer war da?«, fragte er irritiert.

»Das Monster von Bozen.«

43

Lagazuoi, 15:45 Uhr

Zum verabredeten Zeitpunkt trafen sie sich auf dem Passo di Falzarego. Mauracher, di Cesare, Taumann und Rohregger waren aus westlicher Richtung gekommen, aus Bozen. Moroder und Quintarelli aus östlicher, von Cortina d'Ampezzo. Bei dem schönen Winterwetter war einiges los auf dem Pass, was ihnen in die Hände spielte. So fielen weder sie noch ihre Autos auf. Allerdings waren sie auch in ihren Privatwagen gekommen.

Mauracher kam sich zwischen den Kerlen winzig und verloren vor. Taumann und Rohregger waren zwar bei Weitem nicht so bullig wie deren Chef, aber dennoch ziemlich groß. Und die beiden Carabinieri sahen so aus, als würden sie auch zu einer Eliteeinheit gehören. Als die Männer an den Autos gestanden und schweigend ihre Ausrüstung und ihre Waffen geprüft hatten, fühlte sie sich wie in einem Action- oder Kriegsfilm. Doch die Gesellschaft solcher Typen beruhigte sie, schließlich hatten sie eine Verabredung mit einem Monster.

Um halb elf gingen sie mit Schneeschuhen los. Schon auf dem Pass war die Schneedecke fast anderthalb Meter dick. Auf dem Gipfel mussten es gut und gern zwei Meter sein. Abgesehen von ein paar Schleierwolken im Westen war es sonnig. Der eisige Wind kam aus Osten, die Temperatur betrug auf dem zweitausendeinhundert Meter hohen Pass minus zwölf Grad. Mauracher war froh, an ihr Langarm-Funktionsshirt aus Merinowolle gedacht zu haben. Nichts wärmte besser. Auch noch bei Temperaturen von unter minus dreißig Grad.

Schweigend stapften sie durch den tiefen Schnee den Kaiserjägersteig empor. Di Cesare an der Spitze, sie, Mauracher, am Ende der Gruppe. Im Unterschied zum viel befahrenen Pass begegnete ihnen hier niemand mehr. Doch das würde sich demnächst ändern, wenn nach Weihnachten alle Hütten wieder öffneten und die Skilifte in Betrieb genommen wurden. Die Falle musste also an diesem letzten ruhigen Wochenende zuschnappen.

Das war auch das Einzige gewesen, worüber sie auf der Fahrt zum Pass gesprochen hatten. Nicht über Vincenzo, nicht über den Prozess und nicht über Anton und Julia Gufler. Dazu war alles gesagt. Jetzt ging es nur noch darum, den wahren Schuldigen zur Strecke zu bringen.

Dabei fiel ihr und Taumann der gefährlichste Part zu. Taumann, den der Serienkiller noch nicht kennen dürfte, sollte sich als ihr Freund ausgeben. Ein frisch verliebtes Paar, das eine Tour auf den Lagazuoi machte. Damit ihr Liebster mit eigenen Augen sehen konnte, wo sich ihr zweiter gefährlicher Fall abgespielt hatte. Wenn das Monster auftauchte, sollten sie versuchen, den Mann in ein Gespräch zu verwickeln und zu einem Geständnis zu bewegen. Ihn dazu animieren, mit seinen Taten zu prahlen, was sie mit ihren Mikros aufnehmen würden. Die anderen ihrer Gruppe, die sich teils in der Hütte, teils in der Bergstation aufhielten und jederzeit bereit waren einzugreifen, sollten alles mithören.

Aber »jederzeit bereit« war höchst relativ. Sollte er aus Wut, weil er die Finte durchschaute, eine Waffe ziehen und Taumann und sie abknallen, half ihnen das auch nicht mehr. Und eine kugelsichere Weste brachte auch dann nur etwas, wenn er nicht auf ihren Kopf zielte.

Sie wusste nicht mehr, warum sie das Vorgehen vorgeschlagen hatte. Wahrscheinlich aus Sensationslust und wegen der Aussicht, später diejenige zu sein, die ihn zu einem Geständnis verleitet hatte. Und wegen der Möglichkeit auf eine Beförderung zur Vice Commissaria. Aber vielleicht wollte sie auch nur wissen, wie es sich anfühlte, wenn sie ihm direkt gegenüberstand, Auge in Auge. Denn dieses zweifelhafte Vergnügen war ihr bislang nicht vergönnt gewesen.

»Du kannst es dir immer noch anders überlegen«, sagte di Cesare, als er ihr die kugelsichere Weste anlegte. Er wirkte besorgt. »Und wenn du dich sicherer fühlst, behalt deine Beretta.«

Zum Plan gehörte, dass sie und Taumann die Waffen in der Hütte ließen, schließlich sollte alles so aussehen, als wäre sie privat unterwegs. Sollte das Monster darauf bestehen, sie abzutasten, wäre es lebensgefährlich, bewaffnet zu sein.

»Danke, aber nein«, sagte sie deshalb. »Vielmehr wäre es besser, auch auf die kugelsicheren Westen zu verzichten, um sein Misstrauen nicht zu erregen. Wessen glorreicher Einfall waren die eigentlich?«

»Meiner«, grummelte di Cesare und nahm ihr die Weste wieder ab. »Weil ich Angst habe, dass euch etwas zustößt. Entschuldige, Sabine, aber der ganze Plan ist doch bescheuert. Wir sollten lieber wieder abrücken.«

Selten hatte Mauracher di Cesare so nervös erlebt, aber nur wenn das Monster hier und heute ein Geständnis ablegte, war Vincenzo Weihnachten auf freiem Fuß. »Wir ziehen das genauso durch wie besprochen«, sagte sie überzeugter, als sie war. »Bis auf die Westen.«

Di Cesare nickte ergeben. »Respekt. Von deiner Sorte könnten wir mehr gebrauchen.«

Di Cesares Worte gingen Mauracher runter wie Öl. Er war eine wandelnde Legende. Stand weniger in der Öffentlichkeit als Vincenzo, war aber nicht weniger erfolgreich. Ein Lob aus dem Munde des Chefs einer Eliteeinheit hatte Gewicht.

Nachdem di Cesare die Mikros und Empfangsgeräte geprüft hatte, wies er alle an, ihre Positionen einzunehmen. Er selbst blieb mit Rohregger, Mauracher und Taumann in der Hütte, Moroder und Quintarelli gingen zur Seilbahnstation, denn wer auch immer vom Pass hier hinaufkam, musste an ihr vorbei. Der böige Wind trieb kleine Schneeverwehungen wie flüchtige Geister vor sich her und sorgte dafür, dass ihre Spuren im Schnee fast genauso schnell verschwanden, wie die beiden Carabinieri sie hinterließen. Der Schnee war ihr Feind, doch der Wind ihr stärkerer Verbündeter.

***

Strada Statale 244, 16:10 Uhr

Auf der Straße zum Pass würde es in Kürze von Polizei nur so wimmeln, sofern sich Silvia Mur wie eine brave Bürgerin verhielt. Wobei er jede Wette eingehen würde, dass sie zuerst ihren Mann verständigt hatte. Es erstaunte ihn immer wieder aufs Neue, wie leicht sich Menschen manipulieren ließen. Beim Blick in die Mündung eines Revolvers: Panik. Nach einem Lächeln und der Bitte um einen Kaffee: Entspannung. Nach Zuspruch, Verständnis und einem kostspieligen Geschenk: Vertrauen und sogar ein Hauch Zuneigung.

Sie würde bei der Polizei aussagen, dass sie sich nicht vorstellen könne, dass dieser charmante, gut aussehende Mann mit der tiefen und sanften Stimme und den erstklassigen Umgangsformen ein eiskalter Killer war.

Schein und Wirklichkeit.

Er begriff die gesamte Menschheit als ein einziges interessantes Anschauungs- und Versuchsobjekt. Da er sich aber dennoch nicht darauf verlassen konnte, dass sich Silvia Mur bei der Polizei meldete, würde er nur bis Stern fahren und den Polo dort im Wald verschwinden lassen. Viel Mühe musste er sich dabei nicht geben, es war egal, ob und wann sie die alte Mühle fanden. Von dort aus würde er die letzten sechzehn Kilometer bis zum Pass abseits der Straße gehen. Zum Aufwärmen. Währenddessen konnte er vom Wanderweg aus die Straße gut überblicken und abschätzen, wie viele Beamte vor Ort waren.

Er wusste längst, dass es die schwerwiegenden Beweise, die mit technischer Unterstützung geborgen werden mussten, nicht gab. Als ob er Spuren hinterlassen würde. Aber der Reiz zu erfahren, was sie sich ausgedacht hatten, und ihnen dann eine Lektion zu erteilen, war einfach zu groß.

Immer tiefer stieß er in die sagenumwobene Welt der Dolomiten vor. Der alte Polo drohte auf den steilen Straßen zu verrecken. Und nirgendwo auch nur eine Spur von Polizei. Anscheinend lag er mit seiner Einschätzung richtig, wen Silvia Mur zuerst über seinen Besuch informiert hatte.

Die Tanknadel zitterte sich dem roten Bereich entgegen, doch Stern lag bereits direkt vor ihm. Eingebettet in eine märchenhafte Winterlandschaft.

Und weiterhin nirgendwo Polizei. Er bog rechts ab, versicherte sich im Rückspiegel, dass kein Auto hinter ihm war, und lenkte den Polo links auf einem Forstweg in den Wald. Fuhr so weit, bis die Reifen im Schnee stecken blieben. Nicht lange, und sie würden den Polo finden, aber dieser Vorsprung reichte ihm allemal. Dann wäre er längst auf dem Weg zum Lagazuoi. Aber nicht auf dem Kaiserjägersteig, sondern seiner Spezialroute, die kaum jemand außer ihm kannte.

Auf fast dreitausend Meter Höhe, dort, wo der Adler seinen Horst hatte, würde sich schon bald zeigen, wessen Plan der bessere war.

Er stieg aus, öffnete den Kofferraum, zog sich um, schlüpfte in die Bindung der Schneeschuhe, prüfte Waffe und Ausrüstung, verstaute alles Nötige in seinem Rucksack und ging los. Querfeldein, steil bergauf, durch achtzig Zentimeter tiefen Schnee. Und dennoch schien er durch den Wald zu schweben.

44

Cortina d'Ampezzo, 16:20 Uhr

Dominik konnte es kaum fassen. Nicht nur, dass er seinem großen Vorbild persönlich begegnet war und ihm mit seiner Aussage hatte helfen können, jetzt war auch noch dieser dicke, aber nette Kollege gekommen und hatte ihm einen unglaublichen Vorschlag gemacht. Dessen Annahme setzte allerdings voraus, dass seine Eltern zusagten, bis mindestens Neujahr hierzubleiben. Eigentlich war geplant gewesen, direkt nach Weihnachten nach Hagen zurückzufahren, weil sein Vater in der Firma nach dem Rechten sehen musste.

»Bitte, Papa«, flehte Dominik seinen Vater an.

»Ich habe dir doch erklärt, dass ich nicht so lange wegbleiben kann.«

»Ich weiß ja nicht, in welcher Branche Sie tätig sind, Herr Wolf«, sagte Marzoli, »aber das ist eine einmalige Gelegenheit für Ihren Sohn. Dass sowohl der Richter als auch unser Vice Questore dem zugestimmt haben, ist eigentlich eine Sensation.«

»Papa!«

Veronika Wolf legte ihrem Mann ihre Hand auf den Arm. »Was gibt es denn so Wichtiges in der Firma, das nicht auch ohne dich läuft?«

Lächelnd erklärte Gregor Wolf, dass seine Firma Pyrotechnik verkaufe und Silvester Hochsaison sei. Alle Mitarbeiter machten Überstunden, und da müsse er mit gutem Beispiel vorangehen. »Andererseits gibt es uns schon viele Jahre, es ist also nicht unser erstes Silvester. Und meine Stellvertreterin ist einsame Spitze. Ich werde sicherlich viel telefonieren müssen, aber dennoch: Ich bin einverstanden. Wir bleiben!«

Dominik sprang von seinem Stuhl auf und warf sich seinem Vater in die Arme. »Danke, Papa! Danke, danke, danke!«

Marzoli grinste. »Dann ist das abgemacht«, sagte er. »Übernächsten Dienstag, Silvester, holen Muskelprotz Benvenuto di Cesare und ich dich und deine Eltern gegen Mittag ab. Wir fahren nach Bozen, und du bekommst eine Privatführung durch die Questura. Unter der Leitung von unserem Vice Questore Dottore Alessandro Baroncini persönlich! Je nachdem, was ein bestimmter Plan bringt, der in diesem Moment in die Tat umgesetzt wird, ist vielleicht sogar schon dein Idol dabei, Commissario Vincenzo Bellini.«

Marzoli hatte seine Stimme wie der Direktor im Zirkus beim Ankündigen einer Nummer immer mehr erhoben, und Dominik klatschte begeistert in die Hände.

»Danach machen wir einen Bummel durch Bozen, mit oder ohne den Commissario«, fuhr Marzoli fort. »Aber spätestens abends wirst du ihm begegnen. Denn dann feiern wir Silvester zusammen in Sarnthein, in Bellinis Wohnung. Du, deine Eltern, ich und meine Familie, zwei meiner Kinder sind in deinem Alter, außerdem Benvenuto di Cesare und Sabine Mauracher, die du ja schon kennengelernt hast. Bellini ist ein begnadeter Koch. Ob seine Wohnung für so viele Gäste groß genug ist, werden wir dann sehen. Jedenfalls feiern wir zusammen bis in die Morgenstunden. Und weil di Cesare keinen Alkohol trinkt, hat er schon zugesagt, dich und deine Eltern wieder nach Cortina zurückzufahren. Egal, wie spät oder früh es wird. Was sagst du dazu?«

Dominik kullerten vor Freude ein paar Tränen über die Wangen.

***

Klobenstein, 17:35 Uhr

Alexander Mur hatte nach dem Gespräch mit seiner Frau sofort die Polizei verständigt. Er wusste, dass das Verschweigen des Besuches vom Monster von Bozen eine Straftat gewesen wäre. Dann hatte er sich bei seinem Chef entschuldigt, er müsse dringend nach Hause. Es gebe bezüglich der Vergewaltigung seiner Frau relevante Neuigkeiten. Sein Chef war nicht begeistert, aber verständnisvoll mit einem seiner dienstältesten und zuverlässigsten Mitarbeiter gewesen.

Nachdem Alexander Mur den Bericht über seine heutige Beschattungsaktion fertig geschrieben hatte, war er aufgebrochen. Wohl wissend, dass die Polizei längst in Klobenstein gewesen sein musste, um seine Frau zu befragen und Spuren zu sichern. Als er zu Hause eintraf, waren die Beamten tatsächlich schon wieder fort gewesen. Er war nicht traurig darüber. Auf diese Begegnung hätte er keine Lust gehabt.

Er wusste nicht mehr, wo ihm der Kopf stand. Immer wieder musste er daran denken, dass das Monster von Bozen, jener Wahnsinnige, nach dem er selbst im Auftrag seiner Firma gefahndet hatte, sich fast eine Stunde lang mit seiner Frau unterhalten und Kaffee getrunken hatte. Eine ganz schräge Nummer!

Aber wenn Alexander Mur ehrlich zu sich und ihr war, gestand er sich ein, dass dieser Typ für ihn ein Held war. Natürlich, er hatte versucht, Bellini in eine Falle zu locken, was mies war. Aber jetzt, da sich, gottlob, immer mehr Indizien zu Bellinis Gunsten fanden, hatte der Mörder kein Problem damit, seine Taten zu gestehen. Also war er auf dem Lagazuoi tatsächlich dem leibhaftigen Monster von Bozen begegnet und nicht Bellini. Dabei hätte er schwören können …

Neugierig hatten er und Silvia eine der Weinflaschen geöffnet, um auf den Mörder anzustoßen. Dass er in der Questura angerufen hatte, um den Vorfall zu melden, hatte Silvia verärgert. Was ihn wiederum gefreut hatte, weil es zeigte, dass sie den Tod von Dissertori und den anderen endlich als Befreiung empfand.

»Ich frage mich nur, warum er sich dir gegenüber geöffnet hat. Was hat er bloß vor?«, sagte er jetzt mehr zu sich selbst als zu seiner Frau. »Ob er sich etwas antun will, weil er begriffen hat, dass es vorbei ist?«

Sie schüttelte den Kopf. »Das halte ich für ausgeschlossen. Nie zuvor habe ich einen so selbstbewussten Menschen kennengelernt. So jemand bringt sich nicht um. Weißt du, was ich glaube?«

»Nein.« Es war befremdlich, wie sie von diesem Typen sprach. Das Monster hatte zwar ihre Vergewaltiger zur Strecke gebracht, aber bei ihr Saiten zum Klingen gebracht, die selbst ihm unbekannt waren. Das gefiel ihm ganz und gar nicht.

Sie lächelte triumphierend. »Der hat das alles genau so geplant.«

Er blickte irritiert auf. »Inwiefern geplant?«

Sie nahm einen Schluck von dem Wein und stellte fest, dass sie niemals etwas Köstlicheres getrunken hatte. »Ich glaube, der hat mich nur besucht, damit ich anschließend dich anrufe und du dann die Polizei. Er hat uns manipuliert, aber mit einem Charme, der das fast schon wieder entschuldigt. In seiner Gegenwart fühlst du dich ernst genommen. Aber wenn das alles so beabsichtigt war, dann frage ich mich, welches Ass der noch im Ärmel hat.«

Alexander Mur betrachtete seine Frau nachdenklich. Seit Leitners Geburtstagsfeier im Juni in Kaltern hatte er sie von einer anderen Seite kennengelernt. »Ist dir bewusst, was dieser Mann schon alles auf dem Kerbholz hat?«

Sie sah ihn verständnislos an. »Natürlich weiß ich das, und natürlich gehört der hinter Schloss und Riegel. Aber zu mir, zu uns, war er einfach nur hilfsbereit. Anfangs empfand ich die Morde als schlimm, ja, aber jetzt nur noch als Erlösung. Sogar in meinen alten Job kann ich zurück. Du warst doch derjenige, der gesagt hat, ich müsse deswegen kein schlechtes Gewissen haben.«

Alexander Mur erinnerte sich daran, dass das vermeintliche Monster bei Bellinis letztem Fall sogar ein Entführungsopfer gerettet hatte. Die Polizia di Stato hatte mit allen Mitteln versucht zu verhindern, dass dieses Detail an die Öffentlichkeit gelangte, aber erfolglos. War dieser Mann am Ende kein billiger Verbrecher, sondern ein moderner Robin Hood? Hatten die Medien ihn nur als Quotengaranten und die Polizia di Stato als Rechtfertigung für illegale Ermittlungsmethoden missbraucht? Alexander Mur konnte sich dieses Gefühls nicht erwehren.

Er nahm seine Frau in den Arm und küsste sie. Lange und

intensiv. Sie duftete so gut, und sie wirkte so frei. Sie gingen ins Bett. Seit langer Zeit zum ersten Mal wieder zusammen. Und sie hatten Sex. Zunächst ein wenig verhalten, fast schüchtern, aber mit jedem Kuss und jeder Berührung immer leidenschaftlicher. Es war so verdammt lange her!

Sie umarmten sich, ja vergruben sich ineinander. Alexander Mur konnte nur hoffen, dass die Kinder nichts davon mitbekamen. Aber er konnte nichts dagegen tun. Er spürte ihre Tränen auf seiner Wange und wusste, dass die Zeit diese Wunde nun geheilt hatte. Unter Mitwirkung eines gütigen Monsters, das alles war, nur kein Monster.

***

Gries-Quirein, 17:45 Uhr

»Und er hat dich wirklich nicht angefasst?«

Sie starrte auf ihr Weinglas. Gefüllt mit seinem Abschiedsgeschenk, das er ihr bei ihrer Freilassung gegeben hatte. »Nein, er war sehr höflich, wie ein Gentleman aus einer längst vergangenen Zeit.«

Anton Gufler war erleichtert. Er hatte sein Versprechen nicht brechen müssen, die Polizei war von selbst darauf gekommen. Ihn und seine Frau traf keine Schuld. Und weil er ihm von Anfang an geglaubt hatte, war ihm klar gewesen, dass ihnen angesichts dieser Entwicklungen kein Ungemach drohte. Ebenso, wie ihm klar gewesen war, dass er sein Versprechen erfüllen und sie beide töten würde, sollten sie ihn verraten.

Und doch konnte er die Haltung seiner Frau nicht nachvollziehen. Der Typ hatte sie betäubt und gekidnappt, und sie tat so, als wäre das ein Entspannungsurlaub gewesen. Er hatte sogar Mühe gehabt, sie dazu zu überreden, der Polizei gegenüber die Wahrheit zu sagen.

»Das glaubst du allen Ernstes? Ein Gentleman aus einer längst vergangenen Zeit?« Er bemühte sich, nicht ironisch zu klingen.

Sie zog die Stirn in Falten. »Worauf willst du hinaus?« Ihr Tonfall verriet Erregung, Wut. »Meinst du, ich weiß nicht, dass das ein Verbrecher ist?«

Warum nur passte dieser Typ in keine Schublade? Warum würde auch er so jemanden jederzeit als Gast zum Diner willkommen heißen? Und warum war er nicht eifersüchtig auf ihn? Er war doch tagelang allein mit seiner Frau gewesen und schien auch noch blendend auszusehen. Diese Situation war einfach zu abstrus.

Anton Gufler hatte kein ausgeprägtes Selbstbewusstsein. Er war jemand, der sich lieber versteckte. Schon sein ganzes Leben lang. Und Julia hatte er auch stets für einen eher zurückgezogenen Menschen gehalten. Deshalb kamen sie auch so gut miteinander aus. Sie vermieden Konflikte, scheuten innige Freundschaften, die nur unweigerlich zu Auseinandersetzungen führen mussten. Ein paar lockere Bekanntschaften, die Leute vom Tennisclub, die letzten Verwandten, das waren sie auch schon, ihre sozialen Kontakte.

Aber seit dieser Typ seine Frau entführt hatte, war sie wie ausgewechselt. Viel souveräner. Energiegeladener. Er erkannte sie kaum wieder. Und das machte ihm Angst.

»Ich wollte nur betonen, dass der Typ nichts als ein gewöhnlicher Krimineller ist«, sagte er beschwichtigend, spürte aber die wachsende Distanz zu seiner Frau oder genauer gesagt ihre wachsende Distanz zu ihm.

Sie musterte ihn von oben bis unten, bevor sie ruhig und mit fester Stimme erwiderte: »Du hast recht, was diesen Entführer angeht, Anton. Er ist charmant und höchst attraktiv, aber nichtsdestotrotz eben auch ein Schwerverbrecher. Aber ich hatte während meiner Gefangenschaft Zeit nachzudenken. Über mich. Über uns. Und habe erkannt, dass ich meine Wünsche und Träume in all der Zeit, die wir schon zusammen sind, dir und deinen Ängsten untergeordnet habe. Insofern hat er mir unbewusst und unbeabsichtigt die Augen geöffnet. Ich wollte immer eine Familie haben, Anton! Am liebsten mit Hund. Liebend gern hätte ich mich mit dem Kindergarten und der Schule rumgeärgert und mich bei den Kindern angesteckt, wenn sie krank gewesen wären. Und ich wollte viele gemeinsame Freunde, wegfahren und die Welt erkunden, nachdem die Kinder aus dem Haus wären. Aber aus all dem ist nichts geworden und wird auch niemals etwas werden. Weil du ein Feigling bist, Anton, für den ich gegen meine Natur so ein zurückgezogenes Leben geführt habe. Anscheinend habe ich diese Extremsituation gebraucht, um das zu erkennen. Ich bin noch nicht zu alt, um von vorn anzufangen. Ich verlasse dich. Hier und jetzt. So leid es mir tut.«

Sie stand auf, verschwand in ihrem Zimmer, kam nach wenigen Minuten mit zwei Koffern zurück, ging zur Tür und drehte sich noch einmal um. »Das Taxi steht vor der Tür. Jetzt ist es von Vorteil, dass wir getrennte Jobs, getrennte Konten und getrennte Schlafzimmer, aber weder Kinder noch sonstige Gemeinsamkeiten haben. Wir können unsere Leben von jetzt auf gleich trennen, als hätten wir nie als Paar existiert. Ich wünsche dir von Herzen alles Gute, Anton, und hoffe, dass auch du die Gunst der Stunde nutzt.«

»Aber … aber …«, stotterte er. »Du kannst doch nicht von einer Minute auf die andere gehen und mich hier allein lassen. Du hast vorher nie ein Wort darüber verloren. Du hast dich nie beschwert. Wir haben doch eine gute Ehe, du musst mir eine Chance geben, etwas zu ändern! Oder *mich* zu ändern. Und wir haben sehr wohl eine Gemeinsamkeit, sogar eine sehr große: uns! Ich kann ohne dich nicht leben, Julia.«

Sie sah ihn kühl an. Dann sagte sie: »Wenn man mehr als zwanzig Jahre miteinander verbracht hat, sollte man über Probleme reden, damit hast du wahrscheinlich recht. Ich mache dir auch keinen Vorwurf, denn *ich* bin das Problem. Ich habe zwanzig Jahre lang nicht gesehen, dass mein Leben eine Sackgasse ist. Aber nun habe ich die Realität erkannt. Hätte ich schon vor über zwanzig Jahren begriffen, was ich will, wäre ich nie mit dir zusammengekommen.«

Die Tür fiel hinter ihr ins Schloss und er damit in sein Grab. Sie hatte ja keine Ahnung, was sie ihm damit antat. Er hatte für sie gelogen und sich damit strafbar gemacht. Er wäre für sie in den Knast gegangen! Doch davon wollte sie nichts wissen und zerstörte stattdessen mit wenigen Worten ihr gesamtes gemeinsames Leben.

So lange waren sie schon zusammen. Sicherlich, sie verband eher Freundschaft als Partnerschaft, aber war die nichts wert? Ging es nicht vielen Paaren so? Und hatte das nicht über zwei Jahrzehnte lang wunderbar funktioniert? Wieso konnte ein gottverdammter Verbrecher all das binnen weniger Tage zerstören?

Vermutlich, dachte Anton Gufler, weil er die Fähigkeit besaß, alles zu zerstören, was er wollte. Und hatte er sich erst einmal entschlossen, konnte ihn nichts und niemand davon abhalten oder die Zerstörung rückgängig machen.

Er starrte noch lange auf die Haustür. Seine Frau würde niemals wieder durch sie hindurchgehen. Egal, wie sehr er das auch hoffte oder sie bekniete, zurückzukehren. Denn er kannte sie …

Aber sie täuschte sich gewaltig in ihm, wenn sie glaubte, dass er eines Morgens aufwachen und wie sie erkennen würde, dass sein Leben eine Lüge war. Denn er liebte Julia! So wie sie war. Und so wie ihre Ehe gewesen war. Er war zufrieden damit gewesen, mit seinem Lebenssinn.

Doch was würde die Zukunft bringen? Er würde vielleicht ein paarmal mit ihr telefonieren, um notwendige Dinge wie die Scheidung und die Auflösung des gemeinsamen Hausstands zu besprechen. Und danach würden sie sich in irgendeinem namenlosen Café treffen, um für immer Lebewohl zu sagen und einen Schlussstrich zu ziehen.

Hatte er ihre Bedürfnisse denn wirklich all die Jahre verleugnet? Hatte er Zeichen, Hinweise, was auch immer übersehen und seine Frau und das Leben mit ihr als allzu selbstverständlich hingenommen? War es seine Schuld?

Sein Blick fiel auf den Wein des Henkers. Des Henkers seiner Liebe. Die Flasche war noch fast voll. Ihre beiden Gläser auch. Julia hatte nicht viel Zeit gebraucht, um Tabula rasa mit ihrem gemeinsamen Leben zu machen.

Er nahm ihr Glas, entdeckte ihren Lippenstift am Rand. Schnupperte daran. Tränen liefen ihm über die Wangen. Er leerte ihr Glas auf ex. Der Tod hatte ihnen einen verdammt guten Wein vermacht.

Das erneut gefüllte Glas in der Hand, ging er durch das Haus, das sie nach der Hochzeit mit seinem Geld und seinem Bausparvertrag gekauft hatten. Ein kleines Haus, weil sie nie geplant hatten, Kinder zu bekommen. Auch sie nicht.

Verrückt. Wenn er jetzt verrecken würde, fiele Julia das Haus zu. Es gehörte ihm allein, war abbezahlt. In ihm hatte er mit ihr alt werden wollen.

In ihrem Schlafzimmer machte er den Fehler, ihre Bettdecke anzuheben. Wo ihr Nachthemd lag, das sie schon seit fünf Jahren trug. Seit er es ihr geschenkt hatte. Jetzt war es noch hier, aber sie war weg. Niemals wieder würde seine Frau das Nachthemd tragen, das so wunderbar nach ihr duftete.

Anton Gufler erinnerte sich daran, dass im Keller noch der alte Militärrevolver seines Vaters liegen musste, der im Krieg gefallen war. Niemand hatte jemals nach der Waffe gefragt. Ihre Existenz war in den Wirren der Nachkriegszeit untergegangen.

Er schlich die Treppe hinunter und fand die Waffe in der Schublade, in der er sie vermutet hatte. Lange vergessen, aber kein Geheimnis.

Er nahm sie aus der Schatulle und betrachtete sie. Ein Revolver. Geladen, aber seit mehreren Jahrzehnten nicht mehr benutzt. Soweit er wusste, war die Mechanik einfachster Natur, sollte also noch funktionieren.

Er entriegelte die Trommel, stellte fest, dass alle Kammern mit Patronen gefüllt waren, ließ sie wieder einrasten, steckte den Revolver in den Hosenbund und ging zurück in die Küche. Am Tisch sitzend leerte er nun auch sein Weinglas und füllte es erneut. Er trank die fast volle Flasche des Gentleman-Entführers in einer halben Stunde. Und während sein Bewusstsein in immer weitere Ferne driftete, gelang es ihm gerade noch, aus dem Kühlschrank zwei Flaschen Bier und aus dem Wohnzimmer den Whiskey zu holen.

Er legte den Revolver, den er bereits doppelt sah, vor sich auf den Tisch, beugte sich zu einer Schublade hinüber und holte aus ihr einen Block und einen Kugelschreiber. Damit zumindest die Polizei weiß, was hier geschehen ist, dachte er und fing an zu schreiben. Ihm kam in den Sinn, dass Julia das, was er vorhatte, entsetzlich finden, sich aber keiner Schuld bewusst sein würde. Sie würde ihren Weg traurig, aber konsequent weitergehen. Vielleicht sogar in diesem Haus.

Sein Abschiedsbrief umfasste nur wenige Zeilen und war voller Fehler. Als er fertig war, sah er sich noch einmal um. Betrachtete den Revolver auf dem Tisch vor sich, dann das Foto an der Wand, das während ihres Urlaubs auf Mallorca entstanden war. Im letzten Sommer, vor nur wenigen Monaten. Glücklich. Entspannt. Frei von Problemen. So hatte er das zumindest empfunden. Was für ein Selbstbetrug. Und jetzt brach sein ganzes unbedeutendes Leben wie ein Kartenhaus über ihm zusammen und begrub ihn unter sich.

Der letzte Schluck. Der letzte Atemzug. Er nahm den Revolver vom Tisch und setzte ihn sich ans Ohr. Weil es außer seiner Frau niemanden gab, der ihn vermissen würde, würden ihn Polizisten finden. Die waren an Leute mit zerschmettertem Kopf hoffentlich gewöhnt.

Er spannte den Hahn und spürte noch, wie seine Wangen feucht wurden. Eigentlich war er glücklich gewesen.

45

Passo di Falzarego, 19:55 Uhr

Durch die Schneemassen hatte er von Stern im Tal bis zum Pass fast vier Stunden gebraucht. Abschnittsweise gab es parallel zur Passstraße einen offiziellen Wanderweg, vor allem zwischen dem Passo di Valparola und dem Passo di Falzarego, aber die übrige Strecke hatte er sich querfeldein durch das Gelände quälen müssen, das schon ohne Schnee kaum zum Wandern geeignet war. Aber er hatte vermeiden wollen, dass ihm auf der Straße Polizei begegnete. Es wäre ärgerlich gewesen, wenn sie ihn aufgegriffen hätten, er war doch so gespannt, was ihn auf dem Lagazuoi erwartete.

Um die Uhrzeit war auf dem Pass nichts mehr los. Er warf einen Blick in die wenigen Autos, die noch auf dem Parkplatz standen. Alles Zivilfahrzeuge, aber vielleicht fand sich in einem davon ein Hinweis auf die Staatsgewalt. Doch er entdeckte nichts Verdächtiges. Er sah nach oben. Ein unglaublicher Sternenhimmel spannte sich über ihn. Die Luft war klar und eisig. Wenn sie Spuren im Schnee hinterlassen hatten, hatte der schneidende Ostwind sie längst überweht. Was allerdings im Umkehrschluss bedeutete, dass der Wind auch ihm helfen würde. Denn er hatte nicht die Absicht, den Direktzustieg zu nehmen.

Zunächst wählte er den breiten, aber tief verschneiten Forstweg nach Nordosten. Der kräftige Gegenwind erschwerte sein Vorwärtskommen. Sobald es das Gelände zuließ, ging er wieder ein Stück querfeldein. Auf seinem Spezialweg. An der Stelle, wo die direkte Route nordwestwärts über den Klettersteig verlief und durch den Tunnel auf den Gipfel führte, hielt er sich weiter geradeaus. Ein langer Umweg über die Forcella Travenanzes, aber würde oben die Kavallerie auf ihn warten, hätte er das Überraschungsmoment auf seiner Seite. Aus dieser Richtung würden sie ihn niemals erwarten.

Käme er weiterhin wie geplant voran, wäre er noch vor Mitternacht an der Hütte. Dort, wo sie am Montag seine Spuren bergen und sichern wollten. Doch es würde anders kommen, als sie sich das vorstellten. Er würde neue Spuren hinterlassen, die tatsächlich am Montag geborgen werden könnten: ihre Leichen!

***

Lagazuoi, 22:25 Uhr

»Ich denke, wir brechen die Aktion ab. Der kommt nicht mehr.«

Bis zum Einbruch der Dunkelheit hatten Sabine Mauracher und Taumann auf der Terrasse in der Kälte ausgeharrt und so getan, als wären sie ein Paar. Nachdem der Bericht über die neuen Spuren auf dem Lagazuoi in der aktuellen Zeitungsausgabe gestanden hatte, hätte er sofort aufbrechen müssen, um den Wahrheitsgehalt dieses Beitrags zu prüfen und die möglichen Hinweise zu vernichten. Das jedenfalls hatten Vincenzo und di Cesare gehofft, als sie Maurachers Idee zustimmten. Vom Grundsatz her auch nicht schlecht, aber leider schien er nur selten das zu tun, was man von ihm erwartete. Und so war er nicht erschienen, und sie hatten stattdessen um exakt sechzehn Uhr dreißig die Mitteilung aus der Zentrale erhalten, dass er bei Silvia Mur mit einem blauen VW Polo aufgetaucht war, um mit ihr, und das fand Mauracher unfassbar, in aller Seelenruhe Kaffee zu trinken und ihr eine Kiste eines sündhaft teuren Weins zu schenken. Während des Kaffeekränzchens sollte er Silvia Mur auch gestanden haben, der Mörder ihrer Vergewaltiger zu sein. Nein, der tat wirklich nicht das, was man von ihm erwartete.

Bestimmt hatte er schon längst in ein anderes Fahrzeug gewechselt und war damit auf dem Weg Richtung Süden. Es wäre nicht das erste Mal. Und sie hatten wieder einmal das Nachsehen. Er entkam, blieb aber eine dauerhafte latente Bedrohung, und sie hatten sich hier oben für nichts und wieder nichts den Arsch abgefroren.

»Sei doch nicht so pessimistisch, Sabine«, ermahnte sie di Cesare, der zugestimmt hatte, dass sie mit Taumann in die Hütte kam. »Morgen ist auch noch ein Tag. Vielleicht will er lieber einen Sonntagsausflug machen. Außerdem war das Ganze doch deine Idee!«

Mauracher schüttelte den Kopf. »Dann habe ich mich eben getäuscht, und er fällt nicht darauf herein«, sagte sie. »Wenn er Silvia Mur gegenüber schon gestanden hat, macht es für ihn keinen Sinn mehr, hier noch irgendwelche vermeintlichen Spuren zu vernichten.«

»Und warum, glaubst du, hat er ein Geständnis abgelegt? Was macht das für einen Sinn?«

Mauracher zuckte mit den Schultern. »Keine Ahnung. Ich weiß nur, dass der jetzt wahrscheinlich schon etliche hundert Kilometer von Südtirol entfernt ist. Wir und unsere Spuren sind dem doch völlig wurscht. Vielleicht hat er begriffen, dass diese Runde an Vincenzo geht, und will irgendwo im Warmen etwas Neues aushecken.«

Di Cesare schüttelte den Kopf. »Das glaube ich nicht. Dann hätte er kein Geständnis abgelegt. Wir hatten ja bisher nur neue Hinweise für Vincenzos Unschuld, nicht aber für *seine* Schuld! Ich denke, er ist immer noch davon überzeugt, dass er unbesiegbar ist. Und weil er uns das gern persönlich mitteilen will, freilich auf wesentlich unfreundlichere Weise, wird er kommen. Dann eben morgen.« Er drückte einen Knopf an seinem Funkgerät: »Tut sich was bei euch?«

Quintarellis Stimme ertönte blechern aus dem Gerät. »Hier ist tote Hose, und die widerliche Kälte kriecht mir langsam von den Füßen aus in meinen ganzen Körper. Nimm's mir nicht übel, Benvenuto, aber das war eine Schnapsidee.«

Di Cesare forderte ihn auf, weiter bei der Sache zu bleiben. »Womöglich spekuliert er darauf, dass uns irgendwann die Konzentration verlässt. Vielleicht hält er sich schon längst in unserer Nähe auf und beobachtet uns.«

Bortolo Moroder meldete sich. »Di Cesare«, knurrte er, »glaub ja nicht, dass du besser bist als wir Carabinieri, nur weil du irgendeine Spezialeinheit leitest. Wir sind hochkonzentriert und lauern in der Poleposition. Wenn der kommt, sehen wir ihn meilenweit vorher. Zumal er im Dunkeln ja schlecht ohne Licht gehen kann. Aber vertrau mir, altes Haus: Wir warten vergeblich.«

»Haltet trotzdem die Augen offen.«

Mauracher kratzte sich nachdenklich am Kinn. »Was machen wir eigentlich, wenn er tatsächlich heute Nacht kommt?«

Di Cesare sah sie verwundert an. »Wie meinst du das?«

»Die Liebespaarnummer wäre dann noch unglaubwürdiger als am Tag. Wie sollen wir ihn zu einem weiteren Geständnis bewegen?«

»Indem ich ihm die Knarre an den Kopf halte und ihn dazu zwinge. Und ihr hinterher die Klappe haltet.«

»Das ist jetzt nicht dein Ernst, oder?«

»Natürlich nicht«, knurrte di Cesare, »aber einen Plan dafür habe ich auch nicht. Dann müssen wir halt improvisieren.«

***

Sarnthein, 22:50 Uhr

Giuseppe Marzoli war von Cortina d'Ampezzo aus direkt zu Vincenzo nach Sarnthein gefahren. Der hatte sich zwar über Silvia Murs Aussage gefreut, weil die dazu führen würde, dass der Richter am Montag wahrscheinlich den Haftbefehl gegen ihn aufheben würde, aber weil er seinen Kontrahenten besser kannte als jeder andere, war er auch bis in die Haarspitzen angespannt. »Der hat etwas vor. Sonst hätte er sich niemals Mur offenbart.«

»Glaubst du, dass er auf dem Lagazuoi auftaucht?«, erkundigte sich Marzoli.

Vincenzo schüttelte den Kopf. »Eher nicht. Wenn, dann hätte er sich direkt, nachdem er die Zeitung gelesen hat, auf den Weg gemacht. Aber ich finde es merkwürdig, dass sich di Cesare nicht meldet.«

Marzoli nickte. Auch er hatte vor viereinhalb Jahren sehr persönliche Erfahrungen mit dem Monster von Bozen gemacht, indem er ihm eine Kugel verpasst hatte. Seither fragte er sich, warum dessen Rachegelüste scheinbar ausschließlich Vincenzo galten und nicht auch ihm. Und manchmal überkam ihn, so wie in diesem Moment, ein mulmiges Gefühl, wenn er seine Frau Barbara allein mit den Kindern wusste. Vincenzo hatte recht. Der plante etwas. Auf einmal hatte Marzoli das Bedürfnis, zu Hause anzurufen. Er ging ins Nebenzimmer, um zu telefonieren.

Achtmal musste er es klingeln lassen, ehe Barbara sich mit verschlafener Stimme meldete. »Warum rufst du mitten in der Nacht an? Jetzt sind bestimmt auch die Kinder wach. Ist was passiert?«

Marzoli blickte auf seine Uhr und registrierte, dass es schon auf Mitternacht zuging. Er murmelte eine Entschuldigung und bat seine Frau, alle Türen und Fenster zu prüfen. Außerdem sollten sie und die Kinder ihre Schlafzimmertüren abschließen.

Sie protestierte, doch Marzoli bestand darauf und erklärte ihr, warum er sich Sorgen machte. »Ich bin die ganze Nacht wach, Barbara, und mein Handy liegt neben mir. Das ist kein Spaß«, sagte er, bevor er sich verabschiedete.

Als er zu Vincenzo zurückkehrte, telefonierte auch der. Sein Gesicht verriet große Anspannung, während er sagte: »Das kann doch nicht wahr sein«, »Das ist ein Horror«, »Wenn wir das doch nur geahnt hätten« und »Oder doch Mord?«.

»Was ist passiert?«, fragte Marzoli besorgt, als der Commissario das Gespräch beendet hatte.

»Das war die Questura. Sie haben Anton Guflers Leiche gefunden. In dessen Haus in Gries-Quirein. Erschossen. Sieht nach Selbstmord aus. Einen Abschiedsbrief gibt es auch. Darin steht, dass seine Frau ihn verlassen hat und er keinen Sinn mehr im Leben sieht. Die Nachbarn sind sich wohl einig, dass sie eher glücklich gewirkt haben«, murmelte Vincenzo. »Klingt irgendwie nach eher unglücklich, finde ich.«

»Jedenfalls ist es wie immer«, stellte Marzoli fest. »Wo er

auftaucht, gibt es Leichen. Wer hat Anton Gufler eigentlich gefunden?«

»In dem Moment, als der Schuss fiel, ging wohl ein Passant an Guflers Haus vorbei, der genug Zivilcourage hatte, sich Sorgen zu machen und bei den ihm fremden Leuten zu klingeln. Als niemand öffnete, schaute er in alle Fenster und entdeckte in der Küche jemanden zusammengesunken auf einem Stuhl. Da er meinte, auch Blut gesehen zu haben, informierte er sofort die Polizei und wartete bis zu deren Eintreffen vor Guflers Haus. Es gibt keine Hinweise auf Fremdverschulden. Insofern können wir dem Monster an diesem Tod wohl nicht die Schuld geben«, konstatierte Bellini.

»Aber seltsam ist es schon, dass Julia Gufler ihren Mann nach ihrer Gefangenschaft verlässt. Vielleicht leidet die ja auch unter dem Stockholm-Syndrom. Wie Gianna. Dann wäre er also indirekt doch schuld an … Scheiße! Sorry, tut mir total leid, Vincenzo. Das war selten dämlich von mir.«

Doch Vincenzo winkte ab. Er kam damit zurecht, dass seine Exfreundin sich ebenso lange in Geiselhaft befunden hatte wie Julia Gufler und danach ihre Beziehung zerbrochen war.

»Mach dir keine Vorwürfe«, beruhigte er seinen Kollegen. »Außerdem hast du recht. Es ist merkwürdig, dass sie ihren Mann ausgerechnet nach ihrer Befreiung verlassen hat. Und damit ist Gufler offensichtlich noch schlechter klargekommen als ich mit meiner Trennung.«

Wobei auch er damals in ein tiefes Loch gefallen war. Er hatte nicht nur getrunken, sondern im Grunde täglich gesoffen. Hatte immer weniger Sport getrieben und binnen kurzer Zeit über zehn Kilo zugenommen. Aber selbst in seinen düstersten Phasen war ihm niemals der Gedanke gekommen, sich umzubringen. Es gab zu viel, was er an diesem Leben liebte. In diesen Momenten hatte er sich stets gesagt, dass auch diese Zeit vorübergehen würde.

»Ich mache mir viel mehr Sorgen, weil so gar nichts vom Lagazuoi kommt«, sagte er unvermittelt. »Das ist nicht Benvenutos Art. Selbst wenn nichts passiert, würde er uns doch einen Zwischenbericht geben. Hoffentlich ist bei ihnen alles gut. Wenn wir in der nächsten halben Stunde nichts hören, versuche ich meinerseits …«

Vincenzo konnte den Satz nicht vollenden. Wie ein Blitz traf ihn die Angst, dass sein ewiger Feind so einen ausgeklügelten Plan geschmiedet haben könnte, dass es ihm gelungen war, seinerseits und im Alleingang die Kollegen auf dem Lagazuoi auszuschalten. Sogar den Elitesoldaten. Und Sabine. Wäre das nicht genau seine Art der Rache?

46

Forcella Travenanzes, 23:20 Uhr

Er ließ sich Zeit. In der Nacht übten die Dolomiten ihre mystische Wirkung besonders stark auf ihn aus. Es war kein Wunder, dass sich so viele Legenden und Sagen um das Weltnaturerbe rankten. Er blieb stehen und drehte sich langsam im Kreis. Die Landschaft war unter einem dicken, pluderigen Weiß verborgen, aus dem sich die Tofana mit ihrer mächtigen Südwand wie eine uneinnehmbare Festung erhob. Ein Klettersteig im vierten, teils fünften Schwierigkeitsgrad durchzog die Wand. Früher war er ihn ein paarmal gegangen, heute wäre er ihm zu anspruchslos. Der Anblick war dennoch beeindruckend.

Der Wind hatte nachgelassen, und von Süden her zogen zunehmend Schleierwolken über den zuvor klaren Himmel, an dem man eben noch jeden einzelnen Stern der Milchstraße hatte sehen können. Ja, das war seine Welt. Die Welt des Adlers. Nicht das sinnlose Dasein der Schafe im Tal, von denen sich einige in sein Reich gewagt hatten.

Er musste keine Wetterberichte hören, um zu wissen, dass die Schleierwolken noch in der Nacht im Tal der Schafe Regen und hier oben Neuschnee bringen würden. Schnee in der Welt des Adlers. Wie schon an jenem schicksalhaften Tag, an dem er an vier Vergewaltigern die Todesstrafe vollstreckt und Vincenzo damit in dessen schlimmsten Alptraum gestürzt hatte, war das Wetter auch diesmal auf seiner Seite. Es war immer auf seiner Seite. Es war sein Verbündeter.

Er zog einen Handschuh aus, befeuchtete den Zeigefinger mit ein wenig Speichel und reckte ihn in die Höhe. Eine Seite des Fingers wurde sofort kalt, der Wind hatte gedreht. Er kam jetzt aus Südsüdost. Das Hoch war nach Süden gewandert und schob ein Tief aus dem Mittelmeer vor sich her. Genau in Richtung Südtirol. Auch die Luft wurde feuchter. Obwohl es ihm etwas milder vorkam als noch vor einer halben Stunde, konnte er seinen Atem besser sehen. Wenn ihn seine Erfahrung nicht täuschte, würde es zwischen Mitternacht und ein Uhr anfangen zu schneien. Auch der Wind würde dann wieder etwas an Stärke zunehmen, die Sicht mithin immer schlechter werden.

Welch erhabenes Gefühl, wenn man wusste, dass man ein Begünstigter des Schicksals war. Eines Schicksals, das ihm noch mehr Zeit schenkte. Denn er plante, erst bei einsetzendem Schneefall die Hütte zu erreichen. Was gab es Schöneres, als sich vorher noch in den Schnee zu setzen und eine Tasse heißen Tee zu trinken? Während die Schafe blökend Schutz in der Hütte suchten, weil sie solch lebensfeindliche Bedingungen nicht ertrugen. Wie viele aus der Herde waren wohl gekommen, um den Adler zu fangen? Di Cesare? Auf jeden Fall. Diese Carabinieri? Möglich. Di Cesares Truppe? Schwer zu sagen. Aber keinesfalls alle. Und die junge, tapfere Sabine? Ob sie wohl auch dabei war? Oder war am Ende niemand dort? Weil er sie falsch eingeschätzt hatte oder sie schon wieder ins Tal geflohen waren. Zurück in ihren heimeligen, warmen Stall. So oder so, auf ihn wartete hoffentlich spannende Unterhaltung.

Er nahm den Rucksack ab und stellte ihn senkrecht in den Schnee, in den er sich anschließend selbst hineinfallen ließ. So wie damals als Kind in den Rheinwiesen. Wenn mal Schnee gelegen hatte. Seine Augen tasteten den Himmel ab, verfolgten den Zug der ersten dichten Wolken, die, angetrieben von einem scharfen Höhenwind, wie Gespenster am Mond vorbeizogen. Kein einziges Geräusch war zu hören. Es herrschte Totenstille.

Noch!

Schon als Kind hatte er begriffen, dass er klüger und stärker war als die anderen. Es gab viele Schafe und wenige Adler. Und doch gehörte den Adlern die Welt, und die Schafe hatten ihnen zu folgen. Deshalb hatte er niemals Freunde gehabt. Er hätte sie auch als lästig empfunden. Dafür hatte er Gefolgsleute. Jeder in der Klasse tat, was er wollte. Sie hatten Angst vor ihm. Selbst die Lehrer. Und seine Eltern, diese Versager, bissen sich an ihm die Zähne aus. Er hatte sie immer zutiefst verachtet.

Sie verkörperten das, was er niemals sein wollte. Wachsweiche Spießbürger, Gutmenschen, Jasager. Selbst wenn der Direktor sie in die Schule zitierte, weil ihr Sohn mal wieder jemanden verprügelt hatte, nahmen sie ihren Sprössling noch in Schutz, anstatt ihn in seine Schranken zu weisen. Was ihnen allerdings auch nicht gelungen wäre.

Mit vierzehn hatte er beschlossen, auf eigenen Füßen zu stehen. Was seine Eltern freilich nicht zugelassen hätten. Also fragte er sie gar nicht erst um Erlaubnis und stattdessen, was eigentlich aus ihm würde, sollte ihnen, seinen Eltern, etwas zustoßen. Dann käme er zu seinem Patenonkel, hatte sein Vater gesagt. Aber das würde nicht passieren, versprach seine Mutter. Sein Patenonkel war ein Penner, der entweder soff oder schlief oder Pornos oder Fußball guckte. Manchmal traf er sich mit Freunden in der Kneipe und seltener mit seinen Eltern. Das waren die einzigen Anlässe, zu denen er halbwegs nüchtern erschien und sich ein ordentliches Hemd anzog. Woraus seine Eltern folgerten, dass er ein guter Mann sein musste. Eine Illusion, aber gerade deshalb war der Patenonkel genau das richtige Umfeld für ihn.

Sie wohnten außerhalb von Köln, im Bergischen Land. Auf einem alten Bauernhof, den seine Eltern umgebaut hatten, um ein alternatives Leben zu führen. Was für ein Schwachsinn. Und abgrundtief öde. Zumal sie von ihm erwarteten, dass er in ihre Fußstapfen trat.

Weil niemand einen vierzehnjährigen Jungen verdächtigte und weil er schon damals klüger als die Polizei gewesen war, kamen sie nie dahinter, dass sich der Trockner nicht von selbst entzündet und das Haus in Brand gesetzt hatte. Auch die Leichen seiner Eltern obduzierten sie nicht, sonst hätten sie womöglich Rückstände von Medikamenten gefunden. Sein Vater hatte Schlafprobleme und immer starke Tabletten im Haus, die sich erstaunlich gut und fast geschmacksneutral in einem Getränk auflösen ließen.

Er hatte gewartet, bis das Feuer ein gewisses Ausmaß erreicht hatte, und dann die Feuerwehr angerufen. Unter Tränen.

Weil der alte Hof zum Großteil aus Holz bestand, brannte alles ab. Sein Erbe, das ihm völlig gleichgültig war, denn er wollte aus eigener Kraft reich werden. Weil sein Patenonkel, dem er genauso wenig bedeutete wie er ihm, ihn gewähren ließ, erreichte er dieses Ziel sogar früher als geplant. Außerdem besuchte er eine Karateschule, lief schon mit siebzehn seinen ersten Marathon und begann mit dem Extremklettern. Es war von Vorteil, dass ihm das Gefühl von Angst gänzlich fremd war.

Und egal, wie dicht ihm die Vertreter des fadenscheinigen Gesetzes auch auf den Fersen sein mochten, egal, wie viele Besitztümer in Saint-Tropez oder sonst wo sie beschlagnahmten, er häufte neues Vermögen schneller an als sie es konfiszieren konnten.

Der Mond verschwand jetzt vollständig hinter den Wolken. Nur noch selten blitzte ein Stern durch sie hindurch, und vereinzelt fielen bereits Schneeflocken vom Himmel.

Es war so weit.

Er richtete sich auf, zog die Thermoskanne aus dem Rucksack und nahm sich zehn Minuten Zeit für eine Tasse schwarzen Tee. Dann erhob er sich, holte auch seine Waffe hervor, eine Glock 17 mit einem Dreiunddreißig-Schuss-Magazin, prüfte sie und steckte sie in seine Manteltasche. Nachdem er den Rucksack wieder aufgesetzt hatte, ging er los. Wäre es noch sternenklar und trocken gewesen, er hätte hinter dem nächsten großen Felsen schon die Lagazuoi-Hütte und die Bergstation der Seilbahn sehen können.

***

Lagazuoi, 23:55 Uhr

»Mist, jetzt fängt es auch noch an zu schneien.« Di Cesares Nerven lagen blank. Und das taten sie eigentlich nur dann, wenn eine Aktion sich als Pleite entpuppte oder gar als Fiasko endete. Dass ihm das Monster von Bozen bei Vincenzos letztem Fall durch eine spektakuläre Flucht über eine Felswand entkommen war, hatte er nicht als persönliche Pleite gewertet, sondern nur als Beweis des Könnens eines ernst zu nehmenden Gegners. Aber dass er sich nun schon stundenlang die Beine in den Bauch gestanden hatte, weil ihn eben jener Gegner sitzen ließ, wertete er sehr wohl als persönlichen Misserfolg. »Könnt ihr überhaupt noch was sehen?«, fauchte er in das Funkgerät.

»Ja«, sagte Moroder, »Schnee.«

»Sehr witzig«, giftete di Cesare und bedachte Mauracher, die grinste, mit einem bösen Blick.

»Du hast doch selbst Augen im Kopf«, ertönte erneut Moroders Stimme. »Wenn der heute Nacht käme, was er nicht tun wird, darauf verwette ich mein Autogramm von Daniele Massaro aus dem Champions-League-Finale 1994, dann würden wir ihn nur sehen, wenn er so freundlich ist, seine Taschenlampe anzulassen.«

»Weitermachen«, grunzte di Cesare und murmelte: »Wer ist Daniele Massaro?«

»Ein Genie«, klärte ihn Taumann auf. »Champions-League-Finale 1993/1994, AC Mailand gegen das große Barcelona. Vier zu null für Mailand! Und unser Trainer war kein Geringerer als Fabio Capello.« In seiner Stimme lag Ehrfurcht, als wäre er ein Prediger. »Der Trainer von Barcelona war einer der größten aller Zeiten. Ach, was rede ich, der größte Trainer überhaupt: Johan Cruyff. Aber Capellos Mannschaft hat Cruyffs mit vier zu null blamiert, und Doppeltorschütze zum eins und zwei zu null war Daniele Massaro. Ich beneide Moroder um dieses Autogramm von einem der besten Spieler in einem der besten Spiele aller Zeiten. Damals war er bestimmt mit seinem Vater im Stadion. Vielleicht sollte ich seine Wette annehmen und auf die Hilfe des Monsters hoffen.«

Di Cesare starrte seinen Untergebenen an. »Wovon redest du, Mann?«

Taumann ignorierte den Tonfall seines Chefs und weihte ihn in die Feinheiten des Fußballs im Allgemeinen und die Besonderheiten der Champions League im Speziellen ein. Und schloss mit der Feststellung, der AC Mailand sei der beste Verein in der gesamten Fußballgeschichte.

»Er scheint Fan des AC Mailand zu sein«, versuchte Mauracher, di Cesares Ausbruch noch zu unterdrücken, doch das misslang gründlich.

Di Cesare starrte abwechselnd sie, Taumann und dann wieder sie an. »Wenn noch irgendjemand irgendwas von Fußball faselt, während wir auf den gefährlichsten Verbrecher in der Geschichte Südtirols warten, dann hänge ich ihn höchstpersönlich an den Eiern auf. Habt ihr das kapiert, ihr Nullnummern?«

»Och«, erwiderte Mauracher immer noch erheitert, »davor habe ich jetzt nicht so eine große Angst.«

Auch der eben noch gescholtene Taumann brach in Gelächter aus.

Dann hörten sie die Schüsse.

***

Er hatte dem Ersten zwei Kugeln verpasst. Der lag jetzt an der Stelle, wo sich der Ausstieg der Gondel befand, und rührte sich nicht. Den Zweiten, noch Größeren, musste er auch erwischt haben. Er war mit einem Hechtsprung in die Tiefe gestürzt. Wenn er die Uniformen richtig erkannt hatte, waren beide Carabinieri gewesen. Vorsichtig näherte er sich der leblosen Gestalt im Schnee, die Glock im Anschlag.

Es war genauso, wie er es erwartet hatte. Sie rechneten damit, dass er vom Passo di Falzarego kam, nicht aus dem Val Travenanzes. Als er die Bergstation erreicht und sich angeschlichen hatte, starrten die beiden durchaus kräftigen Typen nach Süden, in Richtung Pass.

Er war enttäuscht gewesen, zeugte dieses Verhalten doch davon, dass sie ihn für einfältig hielten. Was wiederum auf mangelnden Respekt schließen ließ. Und das machte ihn wütend. Ebenso wie die für ihn als solche feststehende Tatsache, dass in der Hütte noch ein paar von diesen Trotteln auf ihn warteten.

Oder gleich zu ihm stießen, wenn sie die Schüsse gehört hatten. Allesamt aus seiner Waffe abgefeuert.

Ein wenig irritierend war nur, dass er nicht wusste, ob der zweite Carabiniere, der gesprungen oder gestürzt war, noch lebte und damit eine Gefahr darstellte. Er konnte sich auch nicht sicher sein, ob der erste noch lebte, aber in diesem Fall ließ sich wenigstens auf einfachem Weg für Klarheit sorgen.

Er schoss dem Mann einmal in den Rücken und einmal in den Kopf und ging weiter zum Rand der Brüstung der Seilbahnstation, über die sich der andere gestürzt hatte. Vorsichtig beugte er sich vor und blickte in die Tiefe. Jetzt war der dichte Schneefall selbst für ihn von Nachteil.

Als er keine Bewegung ausmachen konnte, wich er rasch wieder zurück. Er hatte dreiunddreißig Schuss im Magazin gehabt. Acht davon waren für die beiden Carabinieri draufgegangen. Blieben noch fünfundzwanzig. Plus Ersatzmagazin in der Jacke, also nochmals dreiunddreißig Schuss. Seinetwegen konnten sie mit einer ganzen Armee anrücken. Er fragte sich nicht zum ersten Mal, warum die Bösen über solche leicht zu beschaffenden Magazine verfügten, die Guten aber nicht.

Angespannt erwartete er diejenigen, die bisher in der Hütte ausgeharrt hatten. Würde dies das letzte Gefecht werden, oder ginge es danach in eine weitere Runde? Was für ein irres Spiel!

Er rannte auf die andere Seite des Seilbahngebäudes und versteckte sich hinter dem Eingang. Brachte Distanz zwischen sich und den vielleicht noch lebenden Carabiniere und die Hütte, von der aus die Verstärkung kommen musste. Ihm blieb nur abzuwarten, was der Gegner tat.

Der sich nur zum Teil so wie erwartet verhielt. Zwei Gestalten näherten sich dem Haupteingang der Bergstation. In geduckter Haltung, Felsen als natürliche Deckung nutzend. Blieben immer noch zwei. Mindestens. So schätzte er die Lage ein. Es sei denn, ihre Respektlosigkeit ging so weit, dass sie mit einer Unterbesetzung angerückt waren. Was ihm die Sache noch einfacher machen und seine Meinung über diese Schafe bestätigen würde.

Er trat aus seinem Versteck und verbarg sich hinter dem westlichen Geländer, von wo aus er einen besseren Überblick hatte. Den Abgrund, in dem vielleicht ein schwer verletzter oder toter Polizist lag, links von sich, beobachtete er seine Umgebung, die Glock im Anschlag.

***

Di Cesare war außer sich. Aber nicht vor Wut, sondern vor Sorge. Unmittelbar nach den ersten Schüssen, sechs, wenn er sich nicht verzählt hatte, hatte er vergeblich Moroder angefunkt. Dann waren weitere zwei Schüsse gefallen. Wenn dieser Verbrecher Bortolo oder Mauro etwas angetan hatte, war er so gut wie tot.

Er hatte zwei Gruppen eingeteilt: Taumann und Rohregger sollten direkt zur Bergstation laufen, Mauracher und er würden sich von der anderen Seite anschleichen. Di Cesare machte sich nichts vor: Die Wahrscheinlichkeit, dass seinen Kollegen etwas zugestoßen war, war hoch. Obwohl die beiden erfahrene Polizisten waren. Selbst bei diesen Sichtverhältnissen hätten sie den Angreifer in dem offenen Gelände doch vorher bemerken müssen. Außerdem waren Moroder und Quintarelli zu erfahren, um sich von einem einzelnen Gegner eliminieren zu lassen.

Es sei denn …

»Wie gut kennst du dich hier oben aus, Sabine?«, flüsterte er, obwohl die Bergstation noch mehrere hundert Meter entfernt war.

Auch Mauracher antwortete leise: »Ich bin recht häufig hier in der Gegend, um zu wandern und zu klettern. Warum fragst du?«

»Kann man deiner Erfahrung nach vom Pass zum Val Travenanzes und von dort zur Bergstation gehen?«

Mauracher nickte. »Da gibt es einen Weg. Der ist sogar relativ einfach, aber dafür lang. Eine Genusswanderung mit wahnsinnig schönen Ausblicken. Du meinst, dass er diese Route genommen hat?«

»Allerdings. Und jetzt nehmen wir ihn in die Zange.«

Der Wind, der zwischenzeitlich deutlich abgeflaut war, wurde nun wieder stärker, während der Schneefall nachließ und der eine oder andere Stern für einen kurzen Augenblick zwischen den Wolken sichtbar wurde. Die starken Verwehungen boten ihnen einen natürlichen Sichtschutz.

»Ist wirklich übelst kalt hier draußen«, sagte Mauracher, »und der Wind peitscht einem volle Möhre ins Gesicht.«

Trotz des Ernstes der Lage musste di Cesare grinsen. *Volle Möhre.* Ja, das war seine Kollegin, wie sie leibte und lebte. Prächtiges Mädel.

***

Unfassbar. Die waren anscheinend nur zu viert gewesen. Nirgendwo war Verstärkung im Anmarsch. Besonders die Abwesenheit von di Cesare überraschte ihn. Die beiden, die vor ein paar Sekunden aufgetaucht waren, gehörten doch zu dessen Team. Unvorstellbar, dass sich der Boss so einen Showdown entgehen ließ. Er vermutete, dass sich das Muskelpaket, wahrscheinlich mit einem weiteren Mann aus seinem Team, von der anderen Seite heranschlich, um ihn aus dem Hinterhalt zu überraschen. So wie er die Carabinieri überwältigt hatte. Mit einem entscheidenden Unterschied: Die Carabinieri waren einfältig gewesen und ihm deshalb auf den Leim gegangen. Er war allen überlegen und würde sie mit ihren eigenen Waffen schlagen.

Sein größtes Problem waren im Moment die beiden in der Bergstation, die ihm nicht den Gefallen taten, nach den Carabinieri zu rufen oder gar wieder herauszukommen. Vielleicht hätte er den toten Polizisten auf den Schlüssel zur Bergstation abtasten sollen, mit ihm hätte er sich einschließen und sich so einen entscheidenden strategischen Vorteil verschaffen können.

Aber so musste er das tun, was niemand besser beherrschte als er: improvisieren. In geduckter Haltung lief er auf die andere Seite des Gebäudes. Eine waghalsige Aktion, aber für jemanden wie ihn nur ein besseres Warm-up. Außerdem rechneten sie damit bestimmt nicht.

Er flankte über das Geländer in die Tiefe. Fiel fünf, sechs Meter. Hinein in den Schnee. Landete knapp neben dem Abgrund. Auf der anderen Seite der Seilbahnschneise lauerte vielleicht ein angeschossener Bulle. Er robbte über den verschneiten Fels, bis er die Garagen für die Schneefahrzeuge und Raupen erreichte, auf deren Dach sich eine Aussichtsterrasse befand. Nur mit den Fingerspitzen zog er sich an der Außenwand hoch, sprang auf die Terrasse, ging rasch in Deckung und schlich zu deren nördlichem Rand, von wo aus er bei Tag und guten Wetterbedingungen das gesamte Gelände im Blick gehabt hätte. Auch die Polizisten im Gebäude konnten sich ihm hier nicht unbemerkt nähern. Er war ihnen allen haushoch überlegen.

Was für ein Kick!

***

»Und was machen wir jetzt?«, fragte Mauracher, nachdem sie realisiert hatte, dass sie sich der Bergstation zwar ungesehen nähern, sie aber nicht ungesehen betreten konnten. Taumann und Rohregger waren ohne Deckung ein hohes Risiko eingegangen, aber bislang waren keine weiteren Schüsse gefallen. Vielleicht hatte er ihnen schon das Genick gebrochen, darin war er schließlich Spezialist.

»Knifflige Situation«, befand di Cesare. »Ich kann die Jungs da drinnen ja auch nicht anfunken. Das würde er hören. Wenn wir nur wüssten, wer die Schüsse abgegeben hat.«

»Jedenfalls nicht Moroder und Quintarelli. Dann hätten sie sich bis jetzt gemeldet.«

»Das stimmt. Leider.« Di Cesare wischte sich ein paar Schweißtropfen von der Stirn. Bei minus elf Grad waren sie ein stummes Zeugnis seiner Anspannung.

»Fakt ist jedenfalls, dass er sich da drinnen aufhalten muss. Es sei denn, er hat Bortolo und Mauro erschossen und ist dann geflohen.«

Mauracher schüttelte den Kopf. »Das glaube ich nicht. Der sucht doch förmlich die Konfrontation.«

»Scheiße«, fluchte di Cesare. »Jetzt kommt auch noch der Mond durch. Los, runter mit dir!«

Der Schneefall hatte aufgehört, die Wolkendecke riss großflächig auf, und der Mond tauchte die Landschaft in ein unheimliches Licht. Damit standen sie im Schnee wie auf einem Präsentierteller.

»Hätten wir wenigstens an Tarnkleidung gedacht. So was Blödes!« Di Cesare musterte die Bergstation aus zusammengekniffenen Augen. Wäre der Psychopath im Gebäude, hätte er Taumann und Rohregger längst begegnet sein müssen. Er konnte sich aber auch in dem Bereich verstecken, wo die Gondeln hingen, dann könnte er sie selbst bei strahlendem Sonnenschein nicht sehen.

Di Cesares Blick fiel auf die Dachterrasse. Er zupfte Mauracher am Ärmel und wies in die Richtung. »Wenn er da oben ist, hat er alles im Blick. Unmöglich, ihn dann zu überraschen.«

Mauracher schlug vor, Verstärkung anzufordern und bis dahin die Bergstation zu umstellen.

Di Cesare winkte ab. »Bis die eintreffen, vergehen Stunden und wir sind erfroren! Zu viert sollte es uns doch gelingen, einen einzelnen Gegner zu besiegen.«

»Was schlägst du also vor?«

Di Cesare zermarterte sich das Hirn. Auf keinen Fall wollte er Mauracher in Gefahr bringen. Die war für so eine Situation noch zu unerfahren, aber das konnte er ihr nicht sagen. Er blickte nach Süden, zum Monte Cernera. Hinter ihm schien sich eine neue Wolkenfront aufzutürmen. Der Mond war im Moment ihr größter Feind. Eine Bewegung in seinem Lichtschein und schon wurden sie zur Zielscheibe. So wie die Österreicher im Ersten Weltkrieg. »Ich hab's«, sagte er. »Du sicherst hier den Rückraum und rührst dich nicht vom Fleck. Behalt die Terrasse im Auge. Wenn sich was tut, schick mir eine Nachricht. Ich habe mein Handy auf lautlos gestellt. Sollte er versuchen zu fliehen oder sich dir nähern, fackel nicht lange und schieß! Ich werde ein Stück zurückrobben, über die Felswand zur Rückseite der Station klettern und das tun, was er vielleicht bereits getan hat: mich von hinten auf die Terrasse schwingen.«

»Bist du irre?«, stieß Mauracher hervor.

»Wieso?«

»Weil du höchstwahrscheinlich abstürzt. Und solltest du es wider Erwarten durch die Felswand hinaufschaffen, wirst du im Kugelhagel untergehen. Der rechnet doch damit, dass einer von uns dort auftaucht. Das ist ein Scheißplan!«

»Hast du einen besseren?« Di Cesare wartete keine Antwort ab, sondern kroch mit einer für seine Körpermasse beeindruckenden Geschwindigkeit von Mauracher weg, begleitet von ihrem entsetzten Blick. Er näherte sich der Hütte, machte dann aber einen Schlenker nach rechts, weg von der Terrasse.

Als er sicher sein konnte, außer Sichtweite von ihm zu sein, blieb er einige Minuten regungslos liegen und beobachtete den Himmel. Die Wolkenfront vom Monte Cernera näherte sich langsam. Sie war hoch und mächtig. Wahrscheinlich war der Schneefall zuvor nur Vorgeplänkel gewesen. Erst als der Mond vollständig hinter den Wolken verschwunden war, sprang di Cesare auf und rannte in gebückter Haltung den Hang hinauf, bis er den Verbindungsweg zwischen Bergstation und Hütte erreichte. Er flankte über das Geländer, das die Station vom Abgrund trennte, rutschte den steilen Hang durch den Schnee hinab und stoppte kurz oberhalb der Felswand, die er begann, ostwärts zu queren. Unter ihm ging es senkrecht in die Tiefe. Ein Fehltritt, ein Ausrutscher auf Schnee und Eis, und selbst sein widerstandsfähiger Körper würde in Einzelteile zerlegt. Hoffentlich rechnete sein Gegner nicht mit diesem Schachzug und versteckte sich nicht unterhalb des Seils. Wäre dies der Fall, kletterte er direkt auf ihn zu. Seine Waffe hatte er in das Holster stecken müssen, um beide Hände frei zu haben. Wenn der Typ jetzt auf ihn schoss, wäre es aus und vorbei.

Nicht daran denken! Einfach klettern! In Bouldertechnik

schwang er sich, oftmals nur mit den Fingerspitzen Halt findend, durch den von Eis durchsetzten Fels. Die Wolken hingen nun genau über dem Lagazuoi, mit einem Mal wurde es zappenduster. Keine fünf Meter Sicht mehr. Das war gut.

Die abweisende, trutzige Mauer der Bergstation tauchte direkt vor ihm auf. Der schwierigste Part lag hinter ihm, und niemand hatte auf ihn geschossen. Kritisch würde es wieder werden, wenn er unter dem Seil der Bahn hindurchlief.

Als er sich vom Fels abstieß und sicher im Schnee landete, sah er Bortolo Moroder. Er saß vor der Felswand, der Schnee um ihn herum war rot verfärbt.

Moroder hob den Kopf. »Der Bastard hat uns von hinten überrascht«, sagte er matt.

Di Cesare begutachtete die Verletzung. Glatter Durchschuss im rechten Schulterbereich. Gottlob war er so klug gewesen, mit seiner Mütze und dem Schal auf der Vorderseite einen behelfsmäßigen Druckverband anzulegen, sonst wäre er vielleicht schon verblutet. Di Cesare nahm seine eigene Mütze vom Kopf und zog den Gürtel aus seiner Hose. »Ich muss auch die Austrittswunde schließen. Wird ein bisschen wehtun«, erklärte er. »Aber dann hole ich mir diesen Teufel, und wir rufen die Bergrettung. Das wird schon wieder. Was ist mit Mauro?«

Moroder presste die Lippen zusammen. »Ich weiß es nicht. Aber ich befürchte, diese Missgeburt hat ihn erwischt.«

»Scheiße!«

»Schnapp ihn dir, Benvenuto.«

»Darauf kannst du dich verlassen.«

Di Cesare presste seine Mütze auf die Austrittswunde und band den Gürtel fest um Moroders Schulter. Damit war die Blutung weitgehend gestoppt. Vorläufig zumindest. Er spürte, wie Hass in ihm aufstieg. »Jetzt erledige ich den Hurensohn. Vielleicht bringe ich dir als Trophäe seinen Kopf.«

»Damit würdest du mir eine große Freude machen.«

Di Cesare drückte Moroders Hand, dann hechtete er auf die andere Seite des Seils der Seilbahn und sah über sich die Terrasse. Wenn sein Gegner dort war, dann nicht auf der rückseitigen, ihm zugewandten Seite. Wollte er das Gelände im Blick haben, musste er sich im vorderen Bereich aufhalten. Sein Ziel im Blick, lief di Cesare den Steilhang hinauf. Nach wenigen Augenblicken erreichte er die Garagen, auf denen sich die Terrasse befand, und drückte sich an die Wand.

***

»Er ist auf der Terrasse«, mutmaßte Rohregger. »Oder abgehauen.«

Taumann nickte. Sie hatten inzwischen das Innere des gesamten Gebäudes gesichert. Nichts. Dafür hatten sie draußen, wo die Bahngondeln einfuhren, Mauro Quintarelli gefunden. Tot. Er hinterließ eine Frau und zwei Kinder. Taumann hatte sein Tod einen Stich versetzt. Er hatte Quintarelli schon lange gekannt und gewusst, dass sich hinter seiner oft rauen Fassade ein liebenswerter, zugänglicher Mensch verbarg, der seine Familie über alles liebte und gern Mozart hörte. Ein großer Verlust. Und dafür würde die Hackfresse büßen!

»Wie gehen wir vor?«, fragte Rohregger. »Wo sind überhaupt Benvenuto und Sabine?«

Taumann dachte nach. Keinesfalls durften sie sich auf die Terrasse wagen. Wenn er dort war, konnte er sie abknallen wie räudige Köter. Er schlug vor, aus einem Fenster eine Etage höher zu schauen. Vielleicht hatte man von dort aus einen Blick auf die Terrasse.

»Gute Idee«, befand Rohregger.

Sie hasteten die Treppe hinauf zum Kassenbereich. Und wurden enttäuscht. Vor den Fenstern befanden sich schwere Holzläden.

»Seit wann sind die denn da?«, wunderte sich Rohregger.

»Wahrscheinlich schon immer«, mutmaßte Taumann. »Sie sind nur geöffnet, wenn die Bahn in Betrieb ist. Fakt ist, wenn wir sie jetzt öffnen, warnen wir unseren Mann auf der Terrasse.«

»Und wenn wir außenrum auf die Terrasse gehen?«

»Über die Treppe? Dann sieht er uns doch sofort! Und hören wird er uns schon vorher, weil die alten Holzstufen bestimmt knarzen.«

»Wir könnten über die Hauswand kommen.«

»Bist du seit Kurzem unter die Kletterer gegangen?«

»Mist, du hast ja recht. Der Typ hat uns schachmatt gesetzt.«

***

Totenstille. Nichts rührte sich. Sie blieben cool, hatten aber keine Chance, sich ihm unbemerkt zu nähern. Er hingegen hatte einen wunderbaren Rundumblick, der ihm zweierlei offenbarte: erstens, dass es vor den Fenstern im Obergeschoss Holzläden gab, die ihn vor Blicken aus dem Innern der Station schützten. Und zweitens, dass eine Person nicht weit von der Hütte entfernt im Schnee lag. Als das Mondlicht durch die Wolken gebrochen war, hatte er ihre Bewegungen gesehen. Eher zierlich. Vielleicht das Sabinchen. Auf die wollte er nach Möglichkeit nicht schießen. Damit wusste er von drei Gegnern: die beiden im Gebäude und das Sabinchen. Gab es noch mehr? Seit es sich wieder zugezogen hatte, wurde er selbst des Sabinchens nicht mehr gewahr. Sein Sichtfeld beschränkte sich auf wenige Meter östlich und nördlich der Hütte.

Damit war seine Strategie klar. Er würde ausharren und abwarten. Irgendwann mussten sie etwas tun. Das Falscheste war, sich zu bewegen und auf sich aufmerksam zu machen. Auf dieser Terrasse, die niemand unbemerkt betreten konnte, war er in der besseren Ausgangsposition. Auch mehrere Gegner, die nacheinander über die Treppe kamen, konnte er einfach abknallen.

Und doch wäre ihm wohler, wenn er wüsste, wie viele da draußen lauerten und was sie gerade planten.

Wieder schaute für einen Augenblick der Mond durch die Wolken hindurch. Nur für einen Hauch von Zeit, ehe die Wolkendecke sich wieder schloss und dichter Schneefall einsetzte. Doch dieser Moment hatte ihm genügt. Das Sabinchen war nicht mehr da. Hoffentlich beging sie nicht den tödlichen Fehler, sich mit ihm anzulegen.

***

Mauracher presste sich an die nördliche Wand der Garagen, ihre Waffe im Anschlag. Das hatte sich Benvenuto fein ausgedacht. Rückraum sichern, so ein Blödsinn! Das konnte er seiner Großmutter erzählen. Der wollte sie nur aus der Schusslinie nehmen. Nett von ihm, aber überflüssig. Dafür war sie nicht zur Polizei gegangen.

Als die kompakte Wolkendecke für totale Dunkelheit gesorgt hatte, war sie direkt zur Hauswand gesprintet. Bei null Sicht hätte er sie kaum erschießen können, zumal sie auch noch zickzack gelaufen war.

Hier harrte sie schon seit Minuten aus und hatte keine Ahnung, wie sie weiter vorgehen sollte. Es gab einfach keinen uneinsehbaren Zugang auf diese blöde Terrasse, und sie hatte auch keine Ahnung, wo di Cesare sich gerade aufhielt. Oder wo Taumann und Rohregger waren. Total verrückt. Mitten in der Nacht, hoch oben im Gebirge im Duell mit einem Schwerverbrecher, und niemand wagte sich aus der Deckung. Sie könnte di Cesare eine SMS schreiben, aber dann würde das Monster auf der Terrasse vielleicht ihr Handydisplay leuchten sehen.

Kurzzeitig hatte sie erwogen, aufs Dach zu klettern und ihn von dort aus mit einem gezielten Schuss auszuschalten. Aber das Gebäude war sehr hoch. Die Hauswand bot kaum Tritte und Griffe, und das Dach war sehr schräg, dazu noch schneebedeckt. Das käme einem Selbstmordkommando gleich. Außerdem war nicht einmal gesagt, dass er wirklich auf der Terrasse war.

Es gab nur einen Weg, das herauszufinden: Sie musste über die Treppe auf die Terrasse. Sie nahm all ihren Mut zusammen, löste sich ein Stück von der Hauswand und lief die paar Meter bis zum Treppenaufgang, ihre Waffe im Anschlag. Das Terrassengeländer im Blick, setzte sie einen Fuß auf die erste Stufe. Dank des Schnees waren ihre Schritte nicht zu hören, und auch die Holzplanken knarzten nicht. Sie stieg auf die zweite Stufe und blieb stehen. Gestoppt von einer Panikattacke. Sie war ihm im Eis begegnet und nur mit viel Glück entkommen. Wenn sie es realistisch betrachtete, war sie chancenlos gegen ihn.

Aber sie war Polizistin!

Sie fasste neuen Mut und setzte den Fuß auf die nächste Stufe. Dann auf die übernächste. Den Blick noch immer starr auf das Geländer der Terrasse gerichtet. Wenn er dort auftauchte, musste sie sofort abdrücken.

Noch sechs Stufen. Ihr Herz schlug. So laut. Hoffentlich hörte er es nicht. Auf der Terrasse musste sie um die Hausecke springen und auf den Punkt zielen, wo sie ihn vermutete. Zeit, zuerst die gesamte Terrasse zu überprüfen, hatte sie nicht. Wehe, er stand an einer anderen Stelle. Eine Zehntelsekunde würde über Tod oder Leben entscheiden. Ihr Leben.

Auf der drittletzten Stufe machte sie noch einmal Halt und sammelte sich. Ja, sie war ihm im Eis begegnet, doch es war zu keiner direkten Konfrontation gekommen. Anders als jetzt. Als sie die letzten Stufen auf einmal nehmen wollte, passierte es.

Ein ohrenbetäubender Lärm zerfetzte die vollkommene Stille. Die Lärmquelle war ganz in ihrer Nähe. Ein Schuss? Aber da war auch noch etwas anderes. Ohne zu zögern, hechtete sie die letzten Stufen hinauf und warf sich auf die Terrasse.

Er wirbelte herum und starrte sie an. Sie wollte abdrücken, schaffte es aber nicht. Er kam ein paar Schritte auf sie zu und zielte auf sie. Sie war wie gelähmt. Sie musste schießen. Oder weglaufen. Aber war zu nichts von beidem in der Lage. Sie sah ihn grinsen und schloss die Augen.

Und öffnete sie wieder, als sie einen lauten Schrei hörte. Taumann stürzte sich aus dem Fenster im ersten Stock direkt auf den Mörder. Beide gingen zu Boden, die Waffe des Monsters flog im hohen Bogen über die Brüstung, und die zwei Männer wälzten sich im Schnee. Taumann machte seine Sache gut. Er war schließlich Mitglied einer Spezialeinheit. Und sie, Mauracher, war Polizistin und müsste nun endlich aufstehen, einmal in die Luft schießen und dem Gegner dann androhen abzudrücken, sollte er nicht aufgeben. Aber sie war immer noch wie gelähmt. Dieses Mal hatte sie sich gründlich überschätzt.

Er packte Taumanns Kopf und riss ihn hoch, um ihm vermutlich das Genick zu brechen. *Verdammt, Sabine, schieß!* Aber sie schaffte es nicht. Hilflos sah sie mit an, wie er Taumanns Kopf wie ein Schraubstock umschloss. Unter Aufbietung all ihrer Kräfte hob sie die rechte Hand mit der Waffe und gab einen Schuss ab, in die Luft.

Er ließ nur kurz von Taumann ab. Um ihr zuzulächeln. Ein sadistisches Lächeln. Dann packte er wieder zu, und erneut fiel ein Schuss. Von di Cesare, der über die Brüstung flankte und nun genau auf ihn zielte.

»Loslassen«, schrie er, »oder ich puste dir den Schädel weg! Was mir allerdings große Freude machen würde.«

Wieder lächelte der andere. Und ließ Taumann los, der sofort zu di Cesare lief.

»Das war Rettung in allerletzter Sekunde, Boss. Danke!«

»Es tut mir so leid!«, rief Mauracher und spürte, wie ihr Tränen über die Wangen liefen. »Ich war wie paralysiert. So etwas habe ich noch nie erlebt.«

»Mach dir keine Vorwürfe«, beruhigte sie di Cesare, ohne den Blick von seinem Gegner abzuwenden, »das ist ganz normal in deinem Alter und bei deinem geringen Erfahrungsschatz. Aber zukünftig solltest du meinen Anweisungen folgen. Genau diese Situation wollte ich dir ersparen.«

Rohregger kam die Treppe hoch und gesellte sich zu ihnen.

»Was hattet ihr vor?«, fragte di Cesare.

Der Kollege erzählte, Taumann und er hätten einen Plan ausgetüftelt. Sie hätten die Fenster als einzige Möglichkeit eines Angriffs eruiert. Vor dem Haus habe er einen Schuss auf die Eiszapfen an der Regenrinne abgegeben, damit der Gegner abgelenkt war und Taumann unbemerkt einen quietschenden

Fensterladen im ersten Stock aufstoßen konnte. Eigentlich habe er ihn zum Aufgeben bewegen und nötigenfalls erschießen wollen, aber als er gesehen habe, wie er auf Mauracher anlegte, sei er ohne nachzudenken gesprungen.

Nachdem di Cesare dem Monster Handschellen angelegt hatte, rief er die Flugrettung Südtirol an, weil Moroder so schnell wie möglich ins Krankenhaus und Quintarellis Leiche abtransportiert werden mussten. Der Koordinator versprach, sofort »Pelikan 1«, einen Hubschrauber mit Notfallarzt, loszuschicken. Dank Nachtsichtgeräten könne der auch auf der unbeleuchteten Fläche zwischen Hütte und Bergstation landen. Di Cesare wies Rohregger an, zu Moroder zu gehen und nicht von dessen Seite zu weichen, bis die Rettung eingetroffen war.

Der Mörder hatte das Telefonat grinsend verfolgt.

»Darf ich vorstellen«, sagte di Cesare schließlich mit vor Sarkasmus triefender Stimme zu Taumann, »das Monster von Bozen. Manchmal auch unter anderem Namen bekannt. Zuletzt als Jan Göritz aus Köln. Seine Herkunft stimmt zumindest. Im Moment noch ein Monster in Handschellen, doch schon sehr bald ein Monster im Hochsicherheitstrakt der Psychiatrie. Auf Lebenszeit.«

»Ich fand und finde immer noch die Bezeichnung ›Monster‹ ein wenig despektierlich«, beschwerte sich der Gefangene. »Sie beleidigt sowohl meine Motive als auch meine Intelligenz. Von meinem Äußeren ganz zu schweigen. Weder Carmen Ferrari noch Silvia Mur haben in mir ein Monster gesehen.«

Di Cesare kniff die Augen zusammen. »Wieso sind Sie das Risiko eingegangen?«

Der andere grinste. »Ich wollte mich von einer Frau verabschieden, deren Leben ich gerettet habe. Sehr hübsch übrigens. Man kann ihren Mann nur beglückwünschen.«

Di Cesare schnaubte verächtlich durch die Nase. »Es hätte Ihrem Naturell entsprochen, die Frau auch zu töten.«

Das Monster sah dem Polizisten direkt in die Augen. »Es ist nicht mein Stil, mich an Unschuldigen zu vergreifen. Im

Gegenteil: Ich habe Silvia Mur zur Rückkehr in ein normales Leben verholfen.«

Di Cesare lachte. »Aha, also ein moderner Robin Hood?«

»Wenn Sie so wollen.«

»Und was ist mit Quintarelli?« Es juckte di Cesare in den Fingern, diesem Killer das anzutun, was dieser schon früheren Opfern angetan hatte: ihm mit bloßen Händen das Genick zu brechen.

»Wer ist Quintarelli?«, fragte er gelangweilt.

»Der Polizist, den Sie eiskalt hingerichtet haben. Er hatte Familie.«

Der Polizistenmörder zuckte mit den Achseln. »Das tut mir leid, aber er hätte mich ja nicht bedrohen müssen. Außerdem ist das Berufsrisiko. Ist Ihnen eigentlich schon mal aufgefallen, dass jegliche Auseinandersetzung zwischen mir und Ihrer Behörde stets von Ihrer Seite ausgeht?«

Di Cesare starrte den Mann ungläubig an. Dessen Kaltschnäuzigkeit und Nervenstärke verschlugen selbst einem Elitesoldaten wie ihm die Sprache.

»Haben Sie kürzlich nachts und im strömenden Regen unter der Laterne vor meiner Wohnung gestanden und zu mir hinaufgestarrt?«, schaltete sich Mauracher ein.

Der andere lächelte und verfiel in den für ihn so typischen, unheimlichen Singsang, der Mauracher frösteln ließ. »Ach, Sabinchen. Wer will bei der Laterne stehen wie einst Lili Marleen?«

»Hüten Sie Ihre Zunge!« Mauracher spürte eine heftige Wut in sich aufsteigen. Dieser Mann war ein Großmeister der Provokation.

Er lächelte jovial. »Sie sind eine attraktive Frau, wissen Sie das eigentlich? Wäre es da nicht verständlich, würde ich des Nachts schmachtend vor Ihrer Wohnung ausharren? Darauf hoffend, von Ihnen zu einem Glas Wein eingeladen zu werden?«

»Haben Sie oder haben Sie nicht?«, fragte Mauracher ungerührt.

Er lächelte sanft, sagte aber nichts.

»Ja oder nein?« Ihre Stimme schwoll um mehrere Dezibel an.

»Und wenn Sie wütend werden, sind Sie sogar noch attraktiver. Schade, dass ich schon so alt bin, sonst könnte vielleicht etwas aus uns werden. Wir haben so viele Gemeinsamkeiten. Wir könnten wandern, klettern und zusammen Ski fahren. Auf den steilsten Gletschern Südtirols. In der Brenta kennen Sie sich doch auch gut aus, oder? Wenn ich ein paar Tage freibekomme, besuche ich Sie an Heiligabend, und wir stoßen auf Ihren Geburtstag an.«

Wieder fühlte Mauracher jene Panik, die sie schon in ihrer Wohnung gespürt hatte, als er unter der Laterne gestanden hatte. Eigentlich sollte sie sich freuen, dass es vorbei war. Aber sie konnte es nicht. Weil sie wusste, dass es niemals vorbei sein würde. »Woher kennen Sie meinen Geburtstag?«

Diesmal war sein Lächeln kalt. »Sollte man so etwas nicht von seinen Freunden wissen?«

»Das reicht«, schritt di Cesare energisch ein. »Jetzt machen wir eine Bergtour zum Passo di Falzarego, wo ein hübscher Polizeiwagen auf Sie wartet. Die Handschellen werden Sie hoffentlich nicht stören. Demnächst werden Sie viel Zeit haben, um über Ihre Freunde nachzudenken.«

»Das glaube ich kaum«, antwortete er ausdruckslos.

Di Cesare verdrehte genervt die Augen. »Was soll das nun wieder?«

»Ich habe noch viel vor. Ein längerer Aufenthalt in einer psychiatrischen Einrichtung käme mir recht ungelegen.«

Di Cesare lachte laut, während Mauracher ihrer Panik kaum noch Herr wurde. Dieser Singsang! Dieser furchteinflößende Singsang!

Immer noch lachend, klärte di Cesare ihn darüber auf, dass ihm für seine Pläne zukünftig neun wenig komfortable Quadratmeter zur Verfügung stünden. »Ich hoffe, das genügt Ihnen.«

»Mitnichten. Sie scheinen mich nicht gut zu kennen, sonst wüssten Sie, dass ich von jeher einen gewissen Standard, um nicht zu sagen Luxus gewohnt bin. Und darauf gedenke ich nicht zu verzichten, nur weil Sie sich in den Kopf gesetzt haben, mich in eine Zelle zu sperren. Was ich im Übrigen persönlich nehme. Wie war noch mal Ihr Name?«

Di Cesare brachte seinen Mund an sein Ohr und flüsterte: »Commissario Benvenuto di Cesare. Prägen Sie ihn sich gut ein, denn ich bin Ihr schlimmster Alptraum.«

Er lächelte. »Wohl eher andersrum.«

Di Cesare packte ihn am Kragen.

»Lass dich nicht von ihm provozieren«, sagte Mauracher. »Das ist doch genau das, was er will.«

»Sieh an, sieh an, unser Sabinchen hat wirklich Mumm«, spottete er.

Mauracher kostete es eine immense Überwindung, überheblich zu grinsen. Obwohl sie sich bedroht fühlte, wollte sie souverän und abgeklärt wirken. »Und viel Erfahrung im Eis«, sagte sie.

Er nickte anerkennend. »Die hat nicht jeder.«

Sie beschloss, es auf einen Versuch ankommen zu lassen: »Niemand kennt meine Fähigkeiten im Eis besser als Sie!«

»Wie darf ich das verstehen?« Wieder wirkte er gelangweilt.

»Es dürfte ziemlich an Ihrem Ego kratzen, dass ich Ihnen mit einer geschwächten Frau auf einem Tandemboard entkommen bin.«

»Ach, Sabinchen, ich habe keine Ahnung, wovon Sie sprechen. Hat es vielleicht etwas mit dem guten Vincenzo zu tun? Der scheint ja tatsächlich zu glauben, dass ich seinerzeit seine Gianna entführt habe. Es enttäuscht mich, dass mein lieber Freund so schlecht über mich denkt.«

»So, genug geplaudert«, sagte di Cesare wütend. »Jetzt geht es ab in die Klapse!« Er machte Anstalten, nach ihm zu greifen, doch der andere wich mit einer schnellen, dynamischen Bewegung aus, sodass di Cesare ins Leere griff.

»Ich habe noch eine Frage, Sportsfreund«, sagte er ruhig.

Di Cesare lief rot an und holte schon aus, doch Mauracher konnte ihn im letzten Moment zurückhalten.

Er lächelte milde. »Ich mag Sie wirklich, Sabine. Nur wenige Menschen haben so viel Courage wie Sie. Und das, obwohl Sie noch so jung sind. Ich bin froh, dass mich Ihr Kollege davon abgehalten hat, abzudrücken. Aber jetzt würde mich noch interessieren, wie dem Muskelpaket mein kleines Spiel gefallen hat?«

Di Cesare machte keine Anstalten zu antworten. Er starrte den anderen nur an, und sein Gesichtsausdruck verriet, welche Phantasien ihm gerade durch den Kopf gingen.

»Schade«, sagte der. »Das hätte mich wirklich interessiert. Aber das Spiel ist noch lange nicht vorbei. Es hat im Gegenteil gerade erst angefangen.«

Mauracher lief wieder ein eisiger Schauer über den Rücken. Der Teufel hatte Menschengestalt angenommen. Und der Teufel ließ sich nicht einsperren. Weder in einer Gefängniszelle noch im Hochsicherheitstrakt einer Psychiatrie.

Di Cesare nahm seinen Arm. »Es reicht jetzt wirklich.«

Trotz di Cesares Kraft gelang es ihm, sich mit einer einzigen Bewegung zu lösen. Dennoch setzte er sich an seiner Seite in Bewegung. In Richtung Abstieg zum Passo di Falzarego. »Hat mich so etwas wie eine lächerliche Zelle jemals aufgehalten?«, fragte er im Gehen. »Und unterlassen Sie zukünftig Gewalttätigkeiten gegen meine Person. Sie wirken sich sehr nachteilig auf meine Laune aus.«

Und als di Cesare ihn daran erinnerte, dass die neue Bozener Psychiatrie über die modernsten Sicherheitsvorrichtungen verfüge, die es derzeit auf dem Markt gab, verkündete er wieder in jenem Singsang, der Mauracher schaudern ließ: »Wir werden sehen.«

Denn es war dieser Singsang, der die schlimmsten Erinnerungen in ihr weckte. Und ihr Gewissheit darüber brachte, dass dieser Alptraum so lange weitergehen würde, wie das Schwein lebte. Der Gedanke war wie der Würgegriff einer Python, aus dem es kein Entrinnen gab.

»Jedenfalls darf ich Sie herzlich willkommen heißen«, sagte er jetzt zu di Cesare, blieb stehen und sah ihm direkt in die Augen.

»Wozu?«, fragte di Cesare verblüfft.

Mauracher wusste, was jetzt kommen würde. Es gab nur wenige Psychopathen vom Schlage des Monsters von Bozen. Wenn er nicht gar der Einzige seiner Art war. Und ausgerechnet ihr hatte er über den Weg laufen müssen!

Er grinste hämisch. »Zu unserem Spiel! Bis jetzt gab es zwei Spieler, aber ab sofort sind es mit Ihnen, Sie Superheld, drei.«

Di Cesare ging kopfschüttelnd weiter. Eine Zeit lang sagte niemand etwas. Der Gefangene bewegte sich trotz der Handschellen sicherer im Gebirge als Taumann. Nach einer Viertelstunde ging es steiler bergab, und bald mussten sie eine schmale Rinne queren. Schon ohne Handschellen war die Passage nicht ungefährlich, denn linker Hand ging es in die Tiefe.

»Soll ich Sie anseilen?«, fragte di Cesare nicht aus Sorge, sondern weil es seine Pflicht war.

Der Gefangene blickte abschätzend in den Abgrund, ging ein paar Schritte vor und dann wieder zurück. »Danke, aber das ist nicht nötig«, erwiderte er dann. »Das ist doch nicht mehr als ein Spaziergang.«

»Wie Sie meinen. Dann gehen Sie mal schön voraus. Sie werden sicherlich verstehen, dass wir hinter Ihnen bleiben.«

Grinsend setzte sich das Monster in Bewegung, stoppte aber schon nach wenigen Metern wieder und drehte sich um.

»Was?«, fragte di Cesare genervt.

»Wussten Sie eigentlich, dass ein Steinadler seinen Horst selbst in den steilsten Felswänden bauen kann?«

»Bitte?« Di Cesare glotzte den Gefangenen verständnislos an.

Der schaute wehmütig in die Tiefe. »Zudem kann er Beutetiere reißen, die viel schwerer sind als er selbst. Manche Adler jagen am liebsten Schafe. Leider ist der König der Berge vom Aussterben bedroht.«

»Vorwärts«, sagte di Cesare bestimmt.

»Gern«, entgegnete der andere, »aber nicht, bevor ich Sie zu guter Letzt noch mit einer weiteren Besonderheit des Steinadlers vertraut gemacht habe.«

»Aber sicher doch. Sie sind ja vollkommen durchgedreht.«

»Danke«, erwiderte er milde. »Der Adler entscheidet selbst, wann er fliegt!«

»Was?«

Im Bruchteil einer Sekunde erstarrten seine Augen zu Eis, und er wandte seinen Blick von di Cesare ab und der Tiefe zu.

Auch di Cesare sah hinab. Und begriff. Er machte einen Satz nach vorn, aber er war zu spät.

Er sprang, ohne zu zögern. Stumm verschwand er in der Dunkelheit.

Die Polizisten starrten entgeistert in die Tiefe.

»Scheiße. So eine gottverdammte Scheiße«, fluchte di Cesare.

Mauracher atmete tief durch. Endlich war es vorbei. Doch sie behielt diesen Gedanken für sich.

47

Sarnthein, Neujahr 2014

Vincenzo Bellini blickte aus dem Fenster zum Auener Joch. Besser gesagt dorthin, wo er es vermutete. Denn im Laufe der Neujahrsnacht hatten sich dicke Wolken im Tal ausgebreitet. Es war milder geworden. Selbst in Sarnthein waren es plus zwei Grad. Und es hatte angefangen zu nieseln, der Geruch von schmelzendem Schnee strömte durch das gekippte Fenster.

Er trank einen großen Schluck Kaffee. Extrastark. Schon seine dritte Tasse. Noch immer müde rieb er sich die Augen. Er hatte seit gestern kein Auge zugetan und Kopfschmerzen. Zudem plagte ihn eine Antriebslosigkeit wie bei einem Kater. Alkohol konnte nicht der Grund sein, denn er hatte kaum etwas getrunken, weil er zum ersten Mal Silvester mit Kindern gefeiert hatte. Mit Marzolis Bande und mit Dominik aus Deutschland, seinem Retter.

Nachdem sein Antagonist, wie er sich selbst bezeichnet hatte, in die Tiefe gesprungen war, hatte der Richter umgehend Vincenzos Hausarrest aufgehoben, sodass er selbst Dominik durch die Questura führen und anschließend mit ihm durch Bozen hatte bummeln können. Das war schön gewesen. Dominik war ein aufgeschlossener und lebhafter Junge, und die Eltern waren nett. Auch die anschließende Silvesterfeier in seiner Wohnung, die die Kapazitäten seiner Küche ausgeschöpft hatte, hatte ihm Spaß gemacht.

Und auch Silvia Mur ging es besser. Der Besuch des Monsters hatte ihr tatsächlich gutgetan. Nächsten Dienstag würde sie wieder bei Leitner S.r.l. anfangen. Der einzige Wermutstropfen, der neben dem Tod eines Kollegen blieb, war der Selbstmord von Anton Gufler. Eine Kurzschlusshandlug unter Alkoholeinfluss. Seine Frau hatte einen Schock erlitten und befand sich in einer psychiatrischen Einrichtung. Ihre Schuldgefühle würden sie wohl bis ans Ende ihres Lebens verfolgen. Was für ein sinnloses Drama.

Und dennoch hätte Vincenzo allen Grund gehabt, zufrieden zu sein. Zumal er in der Therapie bei Rosa Peer Fortschritte machte und hoffte, sie bald privat kennenlernen zu können. Denn mit jeder Sitzung zog sie ihn mehr an, und er spürte, dass sein Gefühl auf Gegenseitigkeit beruhte. Er hatte ihr sogar schon versprechen müssen, sie sofort nach Therapieende auszuführen.

Schlussendlich war auch noch das Monster von Bozen Geschichte. Nie wieder würde es in Südtirol sein Unwesen treiben. Es gab also reichlich Gründe zur Freude, doch stattdessen litt er unter einem regelrechten Seelenkater. Er spürte eine merkwürdige Leere in sich und ahnte, woher sie rührte.

Hast du eigentlich jemals darüber nachgedacht, dass du ohne mich nichts wärest?

Wie ein Echo hallten die Worte seines jahrelangen Gegenspielers in seinem Kopf nach. Warum war er in den Tod gesprungen? Das passte nicht zu ihm. Hätte er eine Gefängniszelle oder einen Hochsicherheitstrakt nicht vielmehr als eine besonders spannende und schwierige Hürde in seinem Spiel gewertet, die es zu überwinden galt?

Doch stattdessen hatte er seinem Leben freiwillig ein Ende gesetzt. Spätestens im Frühjahr würde der Winter seine Leiche freigeben. War das gar als letzte Strafe für Vincenzo gedacht gewesen? Sein letzter Spielzug? Hatte er vorhergesehen, dass er Vincenzo damit in ein schwarzes Loch stoßen würde? Mit gesundem Menschenverstand ließ sich seine Reaktion nicht erklären, aber was hatten Gefühle schon mit dem Verstand zu tun?

Doch irgendwann würde auch dieses Gefühl verblassen und er sich auf sein neues Leben freuen. Ein Leben ohne einen psychopathischen Serienkiller. Mit einem interessanten Job und vielen Bergtouren. Und vielleicht mit einer neuen Liebe. Und viel später vielleicht mit Familie und Kindern.

Epilog

Val Travenanzes, nahe dem Lagazuoi, Sommer 2014

»Papa, was ist das für ein großer Vogel?«

Der Deutsche setzte sein hochauflösendes Fernglas an die Augen und fand das Tier, das majestätisch seine Kreise über dem Lagazuoi zog.

»Wenn ich mich nicht irre, ist das ein Steinadler«, erklärte er seiner Tochter.

Sie verbrachten zum ersten Mal ihren Sommerurlaub in Südtirol. Auslöser war ein Bericht im Fernsehen über einen Südtiroler Commissario namens Vincenzo Bellini gewesen. Der Mann schien in Südtirol so etwas wie einen Heldenstatus zu genießen, und sie wollten dessen Wirkungsstätten mit eigenen Augen sehen. An diesem Tag waren sie mit dem Auto auf den Passo di Falzarego gefahren, waren dort in die Seilbahn umgestiegen und machten nun eine kurze Wanderung. Das Wetter war ein Traum. Urlaubsglück pur. Südtirol schien das Versprechen zu halten, ein Sonnenparadies zu sein.

»Sind Steinadler gefährlich?«, fragte seine Tochter ängstlich, die sich vor großen Tieren fürchtete.

Ihr Vater grinste. Und fabulierte, dass ein solcher Adler zwar sehr groß werden könne, größer als er selbst, er aber niemals einen Menschen attackieren würde. Spätestens bei einem Murmeltier als Beute sei Schluss.

Seine Tochter gab sich damit zufrieden. Die Felsen hatten es ihr angetan. Sie wollte auf und zwischen ihnen spielen, während ihre Eltern ein Picknick machten.

Der Deutsche musste wie seine Frau über ihre neugierige Tochter lächeln. »Aber bleib in der Nähe, sodass wir dich immer im Blick haben, okay?«

»Natürlich!«, rief sie und war schon verschwunden.

»Findest du es klug, sie allein hier rumturnen zu lassen?«,

fragte seine Frau nach einiger Zeit. »Ich kann sie jetzt schon nicht mehr sehen.«

Er winkte ab. Zu viele Sorgen um nichts. Ihre Tochter war zuverlässig. Und in den Bergen gab es weit und breit nichts, was ihr gefährlich werden konnte. Auch keinen Adler. Also widmeten sie sich ihrem Picknick.

»Herrlich«, befand seine Frau. »Wir sollten häufiger nach Südtirol kommen.«

Er stimmte ihr uneingeschränkt zu. Und freute sich, ihr in den nächsten Minuten, ganz der geborene Bergführer, die Namen der Gipfel um sie herum nennen zu können. Als er ihr mangelndes Interesse bemerkte, das sich in einem hemmungslosen Konsum der mitgebrachten Köstlichkeiten äußerte, hielt er mitten im Satz inne und füllte stattdessen sein Weinglas aus Plastik bis zum Rand. Nahm einen Schluck und sah demonstrativ und schweigend zur Tofana hinüber.

Noch bevor einer von beiden das Schweigen brechen konnte, kam ihre Tochter aufgeregt von den Felsen auf sie zugelaufen. In der Hand schwenkte sie etwas, das in der grellen Mittagssonne aufblitzte.

Völlig außer Atem ließ sie sich zwischen ihnen zu Boden fallen und übergab ihrem Vater erwartungsvoll ihren Fund.

»Wo hast du das her?« Er starrte das Ding in seinen Händen ungläubig an.

Das Mädchen wies auf eine Felsgruppe ein Stück vom Weg entfernt, die nicht gut einsehbar war. »Dahinten. Es lag zwischen zwei großen Steinen.«

Der Vater runzelte die Stirn und wandte sich an seine Frau. »Was hältst du davon?«

Sie schaute den Fund von allen Seiten an. »Merkwürdig, dass so etwas mitten in den Bergen liegt.«

Andere Wanderer gingen achtlos an ihnen vorüber, während der Adler noch immer über ihren Köpfen kreiste. Urplötzlich, zu schnell für das menschliche Auge, stieß er hinab in die Tiefe und entzog sich in Sekundenschnelle den Blicken der wenigen Menschen, die ihn beobachtet hatten.

Die Mutter starrte noch immer unbehaglich auf das Ding, das nicht den Eindruck erweckte, als hätte es schon jahrelang zwischen den Felsen gelegen, und schlug vor, sofort ins Tal zu fahren und den merkwürdigen Fund ihrer Tochter den Carabinieri zu übergeben.

»Was ist das denn nun?«, fragte die Kleine ebenso neugierig wie genervt.

»Kannst du dich an den Bericht über die Heldentaten von Commissario Bellini erinnern?«, fragte ihr Vater.

Das Mädchen nickte. »Natürlich! Das ist der, der im Winter beinahe in den Knast gekommen wäre.«

»Und du weißt auch, dass sein Beruf darin besteht, Verbrecher zu verhaften?«

»Klar.«

»Hiermit«, er reckte das Ding in die Höhe, »bringt der Commissario normalerweise die bösen Menschen, die er gefangen hat, ins Gefängnis.« Seine Tochter sah ihn immer ungeduldiger an, sodass er schließlich ergänzte: »Das sind Handschellen.«

Danksagung

Auch bei Commissario Bellinis fünftem Fall, oder eher dem Fall seiner Kollegen, haben mich liebe Menschen unterstützt, denen ich ganz besonders danken möchte:

- meiner großen Liebe Carola, die das Manuskript gelesen hat, ehe ich es an den Verlag geschickt habe. Sie hat damit verhindert, dass ich an der einen oder anderen Stelle ein wenig übers Ziel hinausschieße.

- einem ganz speziellen und lieben Freund in Südtirol, der nicht so gern namentlich in Erscheinung treten möchte. Ein »echter« Commissario. Er hat mich nicht nur über das Polizeisystem in Südtirol, über Waffen, die Besonderheiten eines Hausarrests et cetera aufgeklärt, sondern auch das Manuskript gelesen und fachlich geprüft. Ich hoffe, ich kann auch zukünftig auf dich zählen, und freue mich auf ein Wiedersehen!

- Jörg Markwardt und der Hugo Hamann GmbH & Co. KG.

- den Mitarbeitern des Verlages.

- meiner Lektorin Susanne Bartel, die den Text mit ihrer Erfahrung und Kompetenz nochmals aufgewertet hat. Es hat Spaß gemacht, mit ihr zusammenzuarbeiten. Ich hoffe, es war nicht das letzte Mal.

BURKHARD RÜTH
Goldrausch in Bozen
KRIMINALROMAN
emons:

Burkhard Rüth

SCHATTEN ÜBER BOZEN

Broschur, 416 Seiten

ISBN 978-3-95451-577-6

Commissario Bellinis schlimmster Alptraum ist wahr geworden: Das »Monster von Bozen« ist aus der Psychiatrie ausgebrochen. Während Bellini ihn jagt, geschehen Morde, die fatal an die des berüchtigten Guido Zingerle erinnern, der Südtirol in den fünfziger Jahren in Angst und Schrecken versetzte. Handelt es sich um einen Nachahmungstäter? Steckt das »Monster« dahinter? Oder ist Zingerle tatsächlich wiederauferstanden, um sein Werk zu vollenden?